KB036229

윤정인

이민아

인소의 법칙

인소의 법칙

유한려 지음 솔 그림

iT
BOOK

제47조. 수학여행이 아니라 이별 여행 아닌가요?(상)

수학여행이 아니라 이별 여행 아닌가요?(상)

수학여행을 가기 위해서는 아침 여섯 시 반까지 학교 본관 구령대 앞으로 집합해야 했다. 여덟 시 반 정도에 공항에 도착하여 짐을 맡기고, 열 시경에 비행기를 타고 제주도로 향하는 일정이었다.

꼭두새벽부터 반여령과 만나 아파트 단지를 빠져나오면서, 나는 바로 오늘이 수학여행 출발일이라는 데 마음 깊이 감사했다. 덕분에 여령이는 여단 오빠가 아침에 나를 데려다주러 나오지 않아도 별 의문을 갖지 않았다.

나는 가슴을 쓸어내렸다. 물론 언제까지나 말하지 않을 생각은 아니었지만, 그 언제가 최소한 지금은 아니었으면 했다.

그러나 좋지 않은 안색까지 숨길 수는 없었던 모양인지,

각자 반의 대열에 합류하기 위해 헤어지기 직전 여령이가
물었다.

"어제도 잠 제대로 못 잤어?"

"응, 좀."

"요즘 맨날 꿈자리 안 좋다더니."

멀미약 좀 줄까? 하고 그녀가 내미는 것을 손을 내저어
거절하고 나는 우리 반으로 향했다. 이건 건강상의 문제는
결코 아니었으니까.

김혜힐과 나란히 서서 즐거운 얼굴로 무슨 말인가를 주
고받던 이민아가 나를 발견하고 기겁해서 외쳤다.

"아니, 애가 얼굴이 반쪽이 됐네!"

김혜힐이 옆에서 담담하게 정정했다.

"아니지, 반쪽인 건 최근 계속 그랬고 오늘은 반의반쪽
이 됐네. 4분의 1?"

"반의반쪽까진 아니지 않냐……."

내가 힘없이 웃으며 대답한 말에 김혜힐은 작게 고개를
내젓곤 턱짓했다. 너, 거울이나 보고 와.

그녀들에겐 최근 여단 오빠와 내 일에 대해서 말한 적이
있었기 때문에 금세 어떤 일이 일어났는지 눈치챈 모양이
었다.

내게로 몸을 기울인 이민아가 목소리를 낮추어 물었다.

"하신다던 생각은 다 끝나셨대?"

나는 힘없이 웃으며 고개를 끄덕였다. 내 표정에서 대강 눈치챈 모양이었지만, 그럼에도 이민아는 얼굴을 굳히며 물었다.

"결론은……?"

내가 손바닥 두 개를 맞붙였다 떼어 내는 시늉을 하자, 이민아는 물론이고 김혜힐도 얼굴색이 푸르죽죽해졌다.

그녀들은 어쩐지 시무룩한 얼굴로 한참이나 내 옆을 지켰다. 우리들의 가라앉은 분위기 때문에 윤정인은 물론이고 평소 친한 녀석들도 우리 쪽으로 다가오지도 못할 정도였다.

우리는 여섯 시 반이 되고 버스에 탈 때까지도 한마디도 나누지 않았다.

* * *

버스 자리를 배정하는 과정에서 약간의 문제가 있었다.

우리는 본래 맨 뒷자리를 차지하고 앉을 계획이었다. 윤정인과 이민아가 바로 앞 좌석 하나를 차지하고, 나와 신서현, 김 쌍둥이가 섞여 맨 뒷좌석을 일렬로 차지하는 구도였다.

우리가 제일 시끄러울 것을 예상해서 뒤로 빠져 주자는 의도이기도 했고, 우리 무리는 특이하게 남녀가 다 섞여 있다 못해 남매까지 섞여 있으니 이편이 편했다.

그러나 맨 뒷자리에 앉아 내 이별의 전 과정을 구구절절 온 반에 들리게 떠들 수는 없는 노릇 아닌가, 무슨 라디오 사연도 아니고.

하여 이민아와 나, 김혜힐은 곧장 그룹에서 단호하게 떨어져 나왔다.

"갑자기? 혹시 내가 또…….."

"아니야, 우리 사이 문제가 아니고 여자들끼리 심오한 얘기를 나눠야 하는 일이 좀 있다. 뭔지 알지? 미안."

"아하."

황당해하며 묻던 윤정인은 이민아가 진지한 기색으로 내놓은 말에 아하, 하는 맥없는 대답만 내놓고 곧바로 돌아섰다.

나는 그들 조금 뒤에 서서 윤정인의 눈치를 살폈다.

아무리 그래도 그렇지 고등학교 때 딱 한 번 가는 수학여행인데 남 일 때문에 여자 친구와 같이 못 앉아서 가게 되다니. 나한테 짜증 나지 않을까?

그러나 윤정인은 아무렇지도 않은 양 신서현에게 가서는 자기랑 같이 앉자며 생난리를 피우기 시작했다.

신서현은 싫어 죽겠다는 얼굴을 하고서도 반항 없이 수긍했다. 내가 볼 때는 윤정인과 맞서 싸운 오랜 세월이 그를 체념하게 한 것 같았다.

한편, 김혜힐이야 상대가 김혜우였으므로 미안하다고 말할 필요조차 없었다. 그러나 어차피 좌석 때문에 같이 앉을 수 있는 사람의 수는 둘이 한계였다.

김혜힐이냐 이민아냐, 고민 끝에 나는 일단 이민아와 앉기로 했다. 김혜힐은 김혜우와 우리가 앉은 자리 바로 건너편에 앉았으므로 김혜우만 잠들면 얘기를 나눠 볼 수도 있을 것 같았다.

보안을 위해 구석 중에서도 구석에 틀어박힌 나는, 최대한 소리를 낮춰 여단 오빠와 나 사이에 있었던 일에 대해 설명했다. 그러는 동안 버스는 덜컹거리며 공항으로 가는 도로를 가로질렀다.

창밖 풍경이 시시각각 변하는 것에 맞추어 얘기를 듣는 이민아의 표정도 몇 번이나 바뀌었다. 마침내 내 얘기가 마지막 장면에 도달했을 때, 이민아가 말했다.

"헤어진 데 대고 이런 말 하기는 좀 그렇지만."

내게 말하기 위해서라기보단 머릿속에 있는 생각이 여과 없이 툭, 튀어나온 듯한 느낌이었다.

그렇게 말하고 이민아는 문득 눈을 굴려 내 눈치를 보았다. 내가 고개를 끄덕이자 그녀는 말을 이었다.

"나는 그냥…… 그런 아름다운 이별은 영화에서나 있을 수 있는 거라고 생각했어. 그중에서도 90년대 외국 영화 같은 거 말이야."

그렇게 말하는 내내 이민아의 시선은 무릎께를 서성였다. 그녀는 어쩐지 나보다도 더 혼란스러운 듯 보였다.

나는 담담하게 고개를 끄덕였다. 내가 말했다.

"나도…… 이별을 겪어 본 건 이번이 처음이라서 잘 모르긴 하지만, 이런 이별이 일반적이지 않다는 건 알아."

"응……."

"아마 여단 오빠가 결코 흔히 볼 수 없을 만큼 좋은 사람이라서겠지."

그렇게 말하고 나는 창밖으로 시선을 던졌다. 때마침 버스가 시커먼 터널에 잠겼다.

터널은 꽤 길었다. 덕분에 표정 관리를 하지 않아도 되어 마음이 한결 편해진 내가 말을 이었다.

"……이상하지. 헤어지고 나서야 그 사람을 사랑할 수 있을 것 같은 느낌이 든다는 게."

이민아는 대답이 없었다. 나는 손을 매만지며 느릿느릿 말을 이었다.

"여단 오빠가 보여 준 마지막 모습이 오히려 진짜 좋은 사람이라는 걸 확인시켜 줘서. 그래서 지금 만감이 교차해."

그리고 나는 신발을 주섬주섬 벗어 좌석 아래로 내던져 버리고, 다리를 올려 무릎을 끌어안으며 말을 이었다.

"그냥, 계속 그런 식으로 사귀다가는 점점 서로 마음이 닳아 없어질지도 모른다고 생각했거든. 여단 오빠는 내 마음을 알고서도 나를 잡아 두느라 지칠 거고, 나는 여단 오빠에게 솔직한 마음을 말하지 못해서 지칠 거라고."

"응……."

"헤어질 때쯤에 우리는 더 이상 오래 알고 지낸 이웃으로조차 남지 못하게 될 거라고 생각했어. 그렇게 생각하면 두려웠거든. 우리 가족들은 아마 앞으로도 온 명절과 행사를 함께 지내고, 그렇게 거의 평생을 함께할 텐데. 그런데 그 요란한 분위기 속에서 우리 둘만 떳떳하지 못한 비밀이라도 품고 있는 것처럼 즐겁지 못할 것을 상상하면 너무 괴로워서."

"……."

"그래서 여단 오빠가 얘기를 꺼낸 지금이야말로 헤어져야 할 때라고 생각했는데, 침몰하는 배에서 내릴 수 있는 유일한 때라고. 그런데 막상 마지막 순간 여단 오빠가 보여 준 모습을 생각하니까……."

숨을 한 번 들이쉰 내가 말을 뱉었다.

"그대로 있었으면 언젠가는 틀림없이 여단 오빠를 정말 좋아하게 됐을 거라는 생각이 들었어."

"……."

"여단 오빠는 서로의 마음을 키우면 키웠지, 닳아 없어지게 할 그런 사람은 아니라는 확신이. 이제야."

어쩐지 아까보다도 서글픈 얼굴이 되어 입술을 꾹 깨무

는 이민아에게, 나는 힘없이 웃어 보였다.

"그런데 너무 늦은 거겠지? 게다가, '좋아한다'도 아니고 '좋아하게 될 것 같다'는 예감에 기대어 여단 오빠를 붙잡는 건, 오빠에게 너무 가혹한 일인 것 같아서. 정작 여단 오빠는 내게 좋은 이별을 선사하기 위해 자기 마음을 몇 번이고 깎아 내야만 했을 텐데."

"……."

"백번을 생각해도 나는 여단 오빠처럼 할 수 있었을 거란 생각이 안 들어. 괴로웠겠지. 괴로웠을 거야……. 그런 사람한테 이런 안일한 생각으로 두 번 상처를 줄 순 없지, 싶어져서."

무릎을 조금 더 꽉 끌어안은 나는 문득 이민아를 돌아보며 다시 웃었다. 내가 가볍게 덧붙였다.

"그냥, 그래서 기분 진짜 이상하다고. 내 얘기 끝."

"아……."

말없이 탄식만 흘리는 그녀에게 나는 뒷머리를 긁적이며 웃어 보였다.

"뭐, 지금은 이상한데 어쨌든 끝난 건 끝난 거잖아. 아까 말했던 대로 어찌 됐든 돌이킬 생각은 없고. 그러니까 차차 나아질 거라고 생각해. 오히려 아무런 결론도 나지 않아서 발 동동 구르던 때보단 지금이 나은지도…… 너 왜 그래?"

나는 기겁해서 다급하게 물었다. 이민아가 붉어진 눈을 황급히 가리며 대답했다.

"아니, 나는 그냥."

"응?"

"헤어진 다음에야 마음을 알게 되는 건 너무 슬프지 않아?"

"아니, '좋아한다'가 아니라 '좋아하게 될 것 같다'라니까. 현재형 아니고 미래형이야, 나 괜찮아."

"으으, 그래도……."

도로를 둘러싼 주변 건물들이 서서히 낮아지고, 공항에 도착할 때까지도 이민아는 상당히 복잡한 얼굴로 입을 다물고 있었다.

한참 뒤에야 마음을 추스른 그녀가 입을 열었다. 그녀가 다짜고짜 내뱉은 말에 나는 조금 당황했다.

"나랑 윤정인은, 헤어진다면 하는 얘기지만…… 엄청 구질구질하게 헤어질 것 같아."

"목소리 좀 낮춰. 윤정인이 들으면 엄청 섭섭해하겠다."

내가 속삭이자 황급히 주변을 둘러본 민아는 다시 고개를 숙이더니 말했다.

"윤정인 듣고 서운하라고 하는 소리는 절대 아니지만, 네 말을 듣고 생각해 본 건데 우리는 헤어질 때쯤 서로에 대해 좋아하는 마음 같은 건 눈곱만큼도 남지 않을 것 같아. 대신에 서로를 좋아하는 마음이 조금이라도 남아 있는 한은 헤어지지 않겠지만."

"……."

"틀림없이 그 전에 수백 번은 부딪힐 거야. 100이던 마음이 점차 깎여 나가서 마침내 0이 될 때까지…… 헤어질 때쯤엔 서로 지긋지긋해져서 눈물도 메말라서 아무런 미련도 없겠지."

"아니, 설마 그 정도로?"

어색하게 웃으며 끼어든 내 말에도 이민아는 단호하게 고개를 내저었다.

"마지막 모습 생각하면 '헤어지길 백번 잘했다', '왜 진작 헤어지지 않았을까?' 그런 생각이나 할걸? 그런 이별밖에는 할 수 없을 것 같아. 쟤 성격에나, 내 성격에나."

그렇게 말하고 이민아는 어쩐지 조금 슬픈 듯한 눈빛으로 조금 멀리 앉은 윤정인을 힐끔거렸다. 그러다 그가 시선을 눈치챈 듯하자, 그녀는 재빨리 고개를 휙 돌려 버렸다.

그런 그녀에게 잠시 생각하던 내가 말했다.

"글쎄, 나는 여단 오빠하고 사귀는 와중에도 한 번도 안 싸워 봐서 그런 이별은 상상이 안 가지만…… 그래도 그것도 나쁘진 않지 않을까? 헤어진단 뜻이 아니고, 내 말은 이별의 방식으로 말이야. 어쨌든 미련은 안 남는다는 거잖아."

그러자 고개를 숙이고 있던 이민아가 퍼뜩 나를 보며 물었다.

"그 말은, 너는 미련이 남았다는 뜻이야?"

나는 어깨를 으쓱하고는 대답했다.

"이 기분을 미련이 아니면 뭐라고 부르겠어?"

그러자 이민아는 또다시 조용해졌다. 버스 덜컹거리는 소리가 귀에 익을 즈음, 그녀가 다시 말을 꺼냈다.

"너는 계속 안 된다고, 못할 짓이라고 그러는데…… 나는 네 마음 가는 대로 해도 된다고 생각해."

그 말을 들은 나는 다시 고개를 들었다.

"응?"

"네가 지금이라도 좋아졌으면, 지금 당장 붙잡아도 괜찮지 않아? 어차피 네가 붙잡아도 받아들일지 말지 판단하고 정하는 건 그쪽일 텐데. 받아들일 때는 그 나름의 각오도 했을 거고."

"……."

"네 말을 들으면 좋아하는 마음이 100까진 아니어도 30이나 50쯤은 되는 것 같아. 그러면 그게 적어도 0이 될지 100이 될지 알 때까진 부딪혀 보는 것도 괜찮지 않아? 네 말대로, 그편이 미련은 안 남잖아."

"하지만……."

"가족 같은 사이면 뭐가 어때? 평생 불편한 사이가 되거나, 미련이 남은 채로 겉으로만 화기애애하게 지내거나, 어차피 한 번 사귀었다 헤어진 시점에서 원래대로 돌아갈 순 없는 거잖아. 그렇다면…….”

거기까지 말하고서 이민아는 문득 정신을 차린 듯 고개를 퍼뜩 들고는 미안하다고 말했다. 왜 이 타이밍에 사과가 나오는 건지 몰라 나는 그저 고개를 기울였다.

이민아가 조금 의기소침해진 얼굴로 말을 이었다.

“모르겠어. 당연히 네가 결정한 일이고 너도 힘들게 결론 내렸다는 걸 아는데, 그런데도 이렇게 열 올리게 되는 걸 보면…… 내가 네 얘기에 너무 이입했나 봐.”

그 말을 들은 나는 그제야 손사래 쳤다.

“아냐, 나도 의견이 필요해서 말한 건데. 오히려 네 일처럼 들어 주니까 고맙지.”

“네 말대로 정말 믿을 수 없이 좋은 사람이야, 그 오빠. 항상 들을 때는 내 주변 남자애만 생각해서 ‘설마 그렇게까지야?’ 했는데, 이별 얘기까지 듣고 나니까.”

나는 고개를 끄덕였다.

그렇지, 나도 여단 오빠를 어느 정도 오래 알아 온 만큼, 그가 어떤 사람인지 잘 알고 있다고 생각했는데. 이번만큼은 그에 대해 또 한 번 놀라고 말았다.

그런 사람을 다시 만날 수 있을까? 그러다 나는 또 고개를 젓고 말았다. 아니, 이거야말로 내 선택지를 없애고 스스로를 가두는 생각……. 그때 버스가 공항에 도착했다.

비행기를 탈 때는 김혜힐과 함께 앉았다. 이민아와 얘기하면서 한 번 정리돼서인지, 여단 오빠와 있었던 일을 설명하는 데는 처음 걸린 시간의 반도 걸리지 않았다.

이윽고 김혜힐이 돌려준 대답을 듣고, 나는 새삼 깨달을 수 있었다. 김혜힐, 이민아랑은 정말 성격 다르구나 하고.

내 기분에 대해서까지 얘기가 끝나자, 그녀는 특유의 담백한 어조로 말했다.

"아까부터 자꾸 너만 일방적으로 가해자인 것처럼 말하는데, 너무 그러지 마. 어차피 먼저 고백한 건 그 오빠고 먼저 좋아한 것도 그 오빠인데."

"음, 그건……."

"네 말대로 오래된 관계고, 더군다나 양가가 서로 가깝기도 하니까 앞으로 불편한 일 생길 거 생각하면 조금 조심스러워질 필요는 있겠지만."

그리고 한 번 느리게 눈을 깜빡인 그녀가 덧붙였다.

"그렇다고 좋아하지 않는데 고백을 받아 주고 사귀었다는 것에 그렇게 죄책감 느낄 필요 있어? 나쁘진 않다고 생각해서 사귀었다가 나중에 서로 죽고 못 사는 사이 되는 경우가 오히려 더 많은데. 꼭 자기도 상대를 좋아해야만 고백을 받아들여야 한다면 그 커플 대부분은 시작도 못 하고 끝났겠지."

"……."

"좋아하진 않아도 괜찮은 사람이라고 생각했으니까 사귄

거고, 스킨십은 사귀는 사이니까 받아 준 거고. 사기 결혼이라도 한 것처럼 그렇게 미안해할 필요가 뭐가 있어? 애정이 한 종류도 아니고, 오래 알고 지낸 사람인 데다 생김새도 이상형에 가깝고 거기다 첫사랑이기까지 했으면 헷갈릴 수도 있지, 뭘."

"으음……."

나는 말없이 신음을 삼켰다.

친구들이 하나같이 몹시 개성이 강하다는 건 이런 데서 좋군. 다양한 의견을 들을 수 있으니까 말이야.

팔짱을 끼고 난감한 표정으로 생각에 잠기는 내게 김혜힐이 마지막으로 못 박았다.

"아마 네 죄책감의 원인은 '나와 사귀기엔 너무 괜찮은 사람이었는데 내가 뭐라고 찼지?' 하는 생각에 있을 텐데, 아무튼 내가 강조하고 싶은 건 그 괜찮은 사람이 좋아한 게 너란 거야. 그럼 결국 뭐겠어."

"……."

"너도 충분히 괜찮은 사람이란 얘기 아니야. 그러니 미안해할 필요 하나도 없어. 그래도 정 죄책감이 들거든, 다음에는 네가 먼저 좋아하게 되는 사람한테 네가 먼저 고백해서 사귀든가. 이상."

"너 혹시 변호사야?"

듣고 있자니 혼이 쏙 빠지는 말만 늘어놓고 있네. 김혜힐의 말이 너무 설득력 있게 느껴지는 나머지, 앞으로의 모든 고민을 그녀에게 맡기고 싶다는 위험한 생각마저 들 지경이다.

내가 물은 말에 김혜힐은 훗, 하고 의기양양하게 웃으며 짧은 머리칼을 쓸어 넘겼다.

그 미소가 몹시 낯선 반면에 익숙한 데도 있어서, 가만히 생각해 보니 어려운 수학 문제를 풀어냈을 때의 김혜우의 미소와 똑같았다.

갑자기 김혜힐이 너무 귀엽게 느껴져서 김혜힐의 머리칼을 마구 헝클자, 금세 얼굴에서 미소를 지운 그녀가 대꾸했다.

"그러는 너는 혹시 우리 오빠 닮아 가니?"

"아니야, 내가 무슨."

"그 흐뭇한 듯한 표정 뭐야."

"아니, 나는. 네가 너무 의지가 돼서."

그리고 나는 어깨를 움츠리며 작게 웃었다. 어제저녁 이후로 진심으로 웃은 것은 처음이었다.

그러다 문득 고개를 들자, 시야가 밝아지면서 이제까지는 보이지 않았던 것들이 한꺼번에 쏟아지듯 들어왔다.

조금 낮은 비행기 지붕과 바로 앞에 놓인 비상시 호흡기, 낙하산 이용에 대한 안내 문구, 기내를 가득 채운 아이들의 들뜬 웃음소리, 카트 가득 음료수를 싣고 복도를 지나가다 말고 상냥한 미소를 던지며 음료 필요하시냐고 묻는 승무원들. 그간 잊고 있었던 수학여행을 간다는 실감이 온 피부에 확 끼쳐 왔다.

나는 고개를 돌렸다. 이제껏 한 번도 보지 않았던 비행기 창밖에 하얀 구름이 목화솜 밭처럼 수평으로 펼쳐져 있었다. 그 장관에 나는 창문에 손을 대며 감탄을 터트렸다.

"와."

이윽고 구름은 사라지고 광대한 바다가 나타나는가 싶더니, 크고 작은 바위섬들이 한동안 이어지다가 마침내 바닷가에 걸친 논밭과 주택들이 모습을 드러냈다.

나는 벅찬 기분으로 눈을 크게 떴다. 내가 어제 있었던 일로 혼을 쏙 빼놓고 있는 와중에도 내 몸은 착실히 이동을 거듭해 이곳까지 온 것이었다.

비행기 안으로 낮은 햇살이 확 스치더니 이윽고 기다란 활주로가 모습을 드러내었다.

마침내 제주도였다.

* * *

공항에서 내리고서야 정신이 덜컥 들었다.

우리 가족은 저번의 대만 나들이가 이례적이었다고 할 수 있을 정도로 국내 여행밖에는 잘 다니지 않았고, 그조차 내 어린 시절에 한정되었던 바, 비행기를 타 본 것은 이번이 처음이었다.

그런데 보안대를 통과하고 비행기에 오르는 대부분의 과정을 정신을 빼놓고 진행하다니! 덕분에 난생처음 탄 비행기인데도 머릿속에 남은 기억이 거의 없었다.

으윽, 아까워. 나는 머리를 부여잡고 속으로만 끙끙 앓았다. 그러다 갑자기 찰칵 소리가 들려서 고개를 돌리자, 디지털카메라 렌즈를 이쪽으로 향하고 있는 김혜우가 보였다.

나는 한 손으로 이마를 짚으며 물었다.

"뭘 찍은 거야?"

"음, 아침에 멀미약을 거절한 대가를 톡톡히 치르는 학우의 모습?"

"지워라, 지워. 그게 무슨 추억이야."

손을 내저으며 말하던 나는 김혜우의 다음 말에 눈을 동그랗게 떴다.

"아니야, 이거 잘하면 우리 반 학급 앨범에 들어갈 수도 있다고."

"뭐?"

"애초에 그럴 명목으로 윤정인이 나한테 디지털카메라를 맡긴 건데. 내가 오늘 2학년 8반 찍사라고."

"으악, 싫어! 학급 앨범에 싣기만 해 봐!"

내가 비명을 지르며 손을 뻗었지만, 김혜우는 디지털카

메라를 쑥 하고 위로 들어 올렸다. 앗, 우리 키가 20센티미터 가까이 차이 나는 시점에서 반칙이지, 그건!

내가 까치발을 들고 팔을 쭉 뻗고도 키가 모자라 끙끙거리는 그때, 뒤에서 날아온 발이 김혜우의 무릎 뒤를 가격했다.

"컥."

김혜우가 장렬하게 무너진 틈을 타 후다닥 카메라를 뺏어 사진을 지운 내가 뒤를 향해 외쳤다.

"김혜힐, 나이스!"

김혜힐은 말없이 엄지만 척 들어 올렸다. 그녀가 김혜우에게 디지털카메라를 돌려주며 말했다.

"아무리 학급 앨범에 들어갈 사진이라 리얼리티가 중요하다고 해도 3, 2, 1은 세고 찍어야지, 오빠."

"알았어. 그럼, 3, 2……."

아악! 나와 김혜힐은 당장 얼굴을 싸매며 저 멀리로 달아났다.

발소리가 텅텅 울리는 공항 복도를 쏜살같이 가로질러 달리던 우리는 이윽고 크게 웃음을 터트렸다.

별로 웃을 일도 아닌 평소 하는 장난에 불과한데도, 어쩐지 웃음이 한 번 터지니 멈추지 않았다. 아마도 이 상황보다는 낯선 장소에 아는 사람들과 함께 있다는 그 자체가 우리를 무척이나 들뜨게 한 것 같았다.

한참이나 웃다가 겨우 진정하는 우리 뒤에서 누군가 인기척도 없이 나타났다.

"너희는 어째…… 방금 내리고도 기력이 넘치냐."

"깜짝이야! ……신서현, 놀랐잖아."

내가 반사적으로 김혜힐을 붙들었다가 간신히 내놓은 대답에, 신서현은 '미안.' 하고 말하더니 다시 입을 틀어막고 비척비척 돌아섰다. 이제 보니 그가 나온 방향에 화장실 표지판이 걸려 있었다.

그의 등 뒤에서 관광 온 40대 부부처럼 천연덕스럽게 붙어 있던 이민아와 윤정인이 장난스레 외쳤다.

"서현아, 너 고작 50분 비행기 탔는데 그렇게 아파 가지고 어떡하니! 올림픽 때는 몇 시간을 타야 할지 모르는데."

"맞아! 나 네가 티켓 보내 주는 그 순간을 기대하고 있었단 말이야."

"아니야, 외국 나가서 경기 치르는 게 문제지 국내 우승해서 티켓 보내 주는 데는 멀미는 문제가 안 돼. 고로 쟤가 멀미가 있건 없건 우리의 티켓은 무사하다."

"정인아, 멋져."

적응 안 될 정도로 바짝 붙어 서서 천연덕스럽게 닭살 돋는 눈빛을 주고받는 둘을 보며 나는 혀를 내둘렀다.

이민아, 평소엔 저런 거 오글거려 죽으려고 하면서 누구 놀릴 때만큼은 저렇게나 잘한다니까.

까르르, 몰라, 하하. 서로의 가슴팍을 두드리며 알콩달콩 얘기를 나누는 두 사람 뒤로 한결 초췌해진 신서현이 다시 모습을 드러냈다.

"악마가 닭 피 마신다는 얘기는 들어 봤어도 김칫국 마신다는 얘기는 못 들어 봤는데……."

"당연하지. 정인이는 악마가 아닌걸?"

"그럼, 그럼."

"소금 없냐, 소금!"

급기야 그들 커플의 행각을 견디다 못한 신서현이 우리를 향해 필사적으로 외치기 시작했다. 그런 그들에게도 어김없이 김혜우의 카메라 렌즈가 내리꽂혔다.

찰칵, 이윽고 카메라 화면을 만족스럽게 내려다보던 김혜우가 말했다.

"사진 이름은 뭐가 좋을까?"

김혜힐이 옆에서 슬쩍 끼어들었다.

"엑소시즘."

"오."

그리고 우리는 여전히 아웅다웅하고 있는 세 사람을 버려두고 걸음을 옮겼다. 모르는 사이인 척하자, 찬성이야, 그런 이야기를 주고받으며.

　　　　　　　＊　＊　＊

　당연히 숙소에 먼저 갈 줄 알았는데, 버스가 식당 앞에
서는 것을 보고 나는 깨달았다. 아차, 이거 수련회 아니고
수학여행이었지, 참?

　수련회가 아니니 당연히 갈 곳이 숙소 빼고도 많은데, 부
랴부랴 짐부터 내려놓을 필요가 없다. 동선을 계산하여 효
율적으로 이동하면 되는 것이다.

　그렇게 해서 우리가 처음으로 간 곳은 흑돼지 불백집이
었다.

　그 앞에서 우리는 잠시 숙연해졌다. 나는 콧대를 잡으며
조용히 중얼거렸다.

　"음, 아니. 제주도니까 어느 정도 예상은 했는데……."

　제주도에서 먹으리라 예상되는 음식 폭이 좁으니만큼 어
느 정도 예상하곤 있었지만, 그래도 버스를 타고 해안가를
따라 달리는 동안 보이는 수많은 근사한 식당들, 특히 테
라스와 정원수가 딸린 레스토랑들을 보며 기대감에 부푼
것도 사실이었다.

　그러나 인터넷 소설이라고 제주 특산물이 흑돼지에서 다
른 무엇으로 바뀌진 않는 모양이었다.

　음, 아니. 하다못해 생고기이기만 했어도. 불백은 그냥

학교 급식 먹는 기분이잖아.

식당 안으로 들어가고 나서의 절망감은 더했다.

포근한 분위기의 식당에는 테이블마다 흰 종이가 씌워져 있고, 음식은 많은 학생들이 빠르게 이용할 수 있게끔 급식 형태로 차려져 있었다. 저기서 먹고 싶은 만큼 자율 배식하는 모양이었다.

옆에서 김혜우도 말했다.

"음, 이거 완전히……."

김혜힐이 받았다.

"급식과……."

"다를 바가 없는데."

두 사람이 마치 한 사람인 것처럼 말하는 쌍둥이의 장기는 늘 신기한 것이었지만, 이번만큼은 어쩐지 나도 저 둘의 신묘한 묘기에 끼어들 수 있을 것 같은 기분이었다.

나는 침통한 표정으로 고개를 끄덕였다.

윤정인이 뒤에서 말했다.

"오, 학교 떠나온 지 여섯 시간 만에 다시 학교 온 기분이다."

그는 정작 가리는 것 없이 잘 먹는 편이라 딱히 상심하지 않은 투로 던진 말이었지만, 그 말을 들은 우리의 얼굴은 썩어 들어갔다.

그래도 먹고 살아야 하긴 하니까, 뭐. 나는 불만을 삼키며 묵묵히 접시를 들었다. 하지만 역시 급식 먹으러 온 기분밖엔 들지 않았다.

어흐흑, 이게 뭐냐고. 대체. 수학여행의 설렘 좀 오래 가게 해 주라. 접시를 끌어안고 우는 참인데, 누가 옆에서 내 팔을 툭, 쳤다.

당연히 우리 반 애인 줄 알고 돌아보았던 나는 의외의 얼굴을 발견하고 당황하며 물었다.

"어, 은지호. 네가 왜 여기 있어?"

아담한 가정집 분위기의 실내에는 햇빛이 잘 들어오지 않아서, 은지호의 은색 머리카락은 마치 회색처럼 보였다.

그가 아무렇지도 않은 투로 대꾸했다.

"왜긴, 지금 2학년 다 이 식당에서 먹는데 우리 반 너희 반이 어디 있냐?"

"아, 하긴 그건 그러네."

그리고 나는 은지호의 등 뒤를 보았다. 내 딴에는 우리 반 애들과 같이 줄을 섰다고 생각했는데, 한숨을 푹푹 쉬며 딴생각하는 사이 멀어진 모양이로군.

반찬 몇 가지 앞에서 고심하는 듯하던 김혜힐이 나를 보고는 손을 흔들었다. 내가 마주 인사하려던 그때, 옆에서 심술궂은 목소리가 돌아왔다.

"어쭈, 이제는 옆에 있는데 보지도 않아."

"아, 아니야. 그런 거."

화들짝 놀라 손사래 치며 다시 옆을 보자 은지호는 다행히도 아직 웃는 얼굴이었다. 아니, 하지만 그도 주인이와 소꿉친구이다 보니 표정이 항상 솔직하진 않아서 신경 써서 살펴야 했다.

어디 보자, 진심으로 하는 말인가? 내가 그를 유심히 살피는 동안, 그는 건성으로 불백을 적당히 퍼 나르더니 내 접시 위에 부었다.

내가 화들짝 놀라 말했다.

"뭐야, 깜짝이야. 너 여기 취직했어?"

"어, 좀 됐어."

태연히 받아치는 그의 모습을 보며 나는 안도했다. 농담 주고받을 정도면 아예 삐지진 않은 모양이군. 그리고 나는 다시 접시를 내밀며 말했다.

"그런데 왜 이렇게 조금 줘? 나 버스랑 비행기에서 아무것도 안 먹었단 말이야."

정확히는 기회가 없진 않았는데 내가 얘기하느라 못 먹은 거지만.

그러자 은지호는 내 얼굴을 빤히 보다가 말했다.

"멀미하고 많이 먹으면 버스 다시 타서 토한다, 너."

"아, 공항에서 들었어?"

나는 머쓱해져서 이마를 매만지며 되물었다. 하기는, 우리 반 말고도 그렇게 사람이 많았는데 당연히 듣기는 어렵지 않앗겠지. 잠시 그의 눈치를 보던 내가 소리 죽여 말했다.

"그런데 나 멀미한 거 아닌데."

"그래? 하긴, 공항 복도에서 100미터 전력 질주하는 거 보니까 아닌 것도 같더라."

"그것도 봤어?"

"그래서 이것도 못 주고 놓쳤잖아. 자."

태연하게 불백을 한 국자 더 떠서 내 접시 위에 얹은 그가 갑자기 뭔가를 꺼내 내 주머니에 넣었다.

뭐지? 그 정체를 확인하려다 말고 뒤에 기다리는 사람이 한참 남았다는 것을 깨달은 나는 황급히 걸음을 옮겼다.

각자의 방향으로 헤어지기 전, 은지호가 물었다.

"이런 거 챙겨 주는 것까지는 규칙 위반 아닌 거지?"

"뭘?"

그는 대답하지 않고 먼저 자리를 떠났다. 뒷머리를 긁적거리다가 주머니에 손을 집어넣자, 귀밑에 붙이는 종류의 멀미약이 나왔다. 나는 작게 중얼거렸다.

"멀미 아니래도……."

그제야 은지호의 '규칙 위반'이니 어쩌니 하던 말이 이해가 갔다.

하긴, 주인이도 말이지. 일전에 루다와 함께 계단에서 마주쳤을 때 사귀기 전이었다면 틀림없이 거기서 뛰어내려서 품에 안겼을 텐데, 얌전하게 하이 파이브 하는 선에서 끝냈으니까.

자리에 앉은 나는 젓가락을 입에 집어넣고 흠, 하고 생각에 잠겼다.

여단 오빠와 헤어졌다는 얘기를 애들한테 도대체 언제쯤 꺼내야 좋을까?

무엇보다도 여령이에게 아직 말하지 않았다는 점이 가장 마음에 걸렸다. 그녀는 여단 오빠의 동생이기 이전에 내게 있어 가장 친한 친구였으니까.

여령이에게 이 사실에 대해 말한다면, '그건 두 사람 문제고, 아무튼 우리는 우리니까.'라고 말하고는 나를 전과 다르지 않게 대해 줄 게 분명하다.

또한, 그녀가 내게 바라는 것 역시 이와 같을 것이다. 내 남자 친구가 여단 오빠이건 아니건 간에 상관없이, 내가 누군가와 헤어졌다면 그 사실을 가장 먼저 알고 싶어 할 거란 얘기다.

그러니만큼 그녀가 우리가 헤어졌다는 사실을 남의 입으로 듣는 일은 없어야 하는데. 반여령이 기억 상실에 걸렸다가 회복된 지 얼마 되지도 않았는데 우리 사이를 또다시 위기로 밀어 넣는 건 싫었다.

그렇다고 수학여행 때 얘기를 꺼내자니, 여단 오빠와 멀리 떨어져 있는 지금만큼은 여행에 집중하는 게 좋지 않나 싶고, 이런저런 일들 때문에 숨 돌리는 시간이 필요하던 차였다. 아마 얘기하기엔 수학여행 끝나고 돌아가는 비행기나 버스에서가 제일 적당하지 않을까?

음, 좋아. 나는 마음을 다잡았다. 집에 돌아가는 길에 얘기하고, 그 전까지는 혜힐이와 민아한테 얘기하는 데서 그치는 거야.

우리가 얘기하던 목소리가 가끔 커져서 그 때문에 새어 나갔다면 모를까, 그 외의 경우는 걱정하지 않아도 된다. 둘 다 퍼뜨리고 다니지 않을 것을 믿어서 얘기한 거니까.

그래도 믿을 수 있는 친구들이 주변에 많은 건 좋은 일이다. 그렇게 생각하며 나는 갑자기 젓가락을 내려놓고 두 손 모아 기도를 올렸다. 맞은편에서 김혜우가 황당한 듯 물었다.

"기도는 밥 먹기 전에 하는 거지, 무슨 중간부터 하고 앉아 있냐."

"냅둬. 두 악마들이랑 같은 자리에 앉아 있는데 기도를 몇 번 해도 모자라지, 뭐."

아직 공항에서의 원한을 잊지 못한 것 같은 신서현의 말에 나는 작게 웃고는 다시 젓가락을 잡았다.

식사를 마치고 버스에 다시 타기 전, 누군가 팔랑거리며 내게로 뛰어왔다. 내 어깨를 휙 잡아챈 반여령이 내가 무슨 말을 할 새도 없이 내 손에 무언가를 쥐여 주더니, 다시 검은 머리카락을 흩날리며 돌아섰다.

손바닥을 펴 본 나는 가볍게 웃어 보였다.

"멀미약이네."

하여간 둘 다 귀엽기는. 나는 옆 반 버스 줄에 서 있는 은지호와 반여령을 흐뭇한 시선으로 훑다가 차에 올라탔다.

그때만 해도 나는 그날 저녁에 무슨 일이 일어날지 전혀 모르고 있었다.

* * *

숙소에 가는 대신 이곳저곳 돌아다니는 것은 좋았다. 우리가 수련회가 아닌 수학여행에 왔다는 것을 상기시켜 준다고 해야 하나.

하지만 좋아하는 것도 한두 번이지.

식물원에 가서 발이 부르트게 걷는 와중에도 이상한 기체라도 마신 것처럼 들뜬 나머지 이곳저곳을 방방 뛰어다니며 하지 않아도 될 숨바꼭질까지 한 우리는, 유리의 성을 지나 소인국 테마파크로 갈 무렵에는 완전히 지쳐 있었다.

"정문에서 다섯 시까지 모인다. 재밌게 놀고 와라!"

노민찬 선생님이 외치기가 무섭게 테마파크로 돌진한 우리는 입구 바로 옆에 있는 동상 뒤에 몸을 숨기고는 그대로 주저앉아 버렸다.

동상에 기대앉아 숨을 헐떡이며 하늘만 쳐다보는 우리를

향해 김혜우가 물었다.

"너희 뭐 하냐."

"우리 계획은 다섯 시까지 여기 있는 거야."

"우리는 한날한시에 태어났지만 끝은 결국 따로겠지…….
이제 독립해야 할 때야, 오빠. 운명을 받아들여."

내 말에 이어 김혜힐의 말까지 들은 김혜우의 얼굴이 어
처구니없다는 듯 변했다.

한편, 조금 놀란 것은 나도 마찬가지였다. 김혜힐 너, 뇌
에 산소가 부족해지면 헛소리하는 건 윤정인 못지않구나.

생각난 김에 윤정인 커플을 찾으려고 고개를 들자, 얼마
떨어지지 않은 곳에서 팔짱을 끼고 물소처럼 돌진하는 그
들을 볼 수 있었다.

나는 혀를 내둘렀다. 저 둘은 우리 반에서도 손꼽히는 체
육인이었지. 그래, 우리가 이상한 게 아니야. 쟤들이 이상
한 거라고.

나와 김혜힐이 동상 그림자에 파묻혀 꼼짝할 생각을 않
자, 난감한 듯 뒷머리만 긁적이던 김혜우는 갑자기 주저앉
아 버렸다.

내가 놀라서 물었다.

"너는 안 가?"

"너희 없으면 뭔 재미인데."

"너 카메라는? 네가 사진 맡았다며."

그제야 그 사실을 떠올린 듯, 김혜우가 울상을 하며 머리칼을 벅벅 헤집었다.

"아, 맞다……."

무척 가기 싫다는 듯한 얼굴로 우리와 뒤에 난 길을 번갈아 보던 그는, 결국 비척비척 일어나더니 걸음을 옮겨 우리 시야에서 사라졌다.

그의 처량한 뒷모습이 멀어질 때까지 예의상 지켜봐 주던 우리는, 그가 완전히 사라지고 나서야 벌러덩 주저앉았다.

내가 하늘을 쳐다보며 말했다.

"아, 살겠다. 나 오늘 숙소 가면 바로 죽음이야."

"나도 그래. 그런데 애들이 얌전히 재울 리 있겠냐구."

김혜힐이 다리를 주무르며 투덜거린 말에 나도 동의했다. 저번에는 장기 자랑이 끝나자마자 돌아와서 자는 척을 하는 요행이 통했지만, 이번에도 과연 그럴지…….

수학여행이라 감시도 없을 테니, 애들은 분명히 통제 불능이 될 때까지 날뛸 것이다. 나는 이마를 짚었다.

부디 복도에서 취한 채로 선생님과 마주쳐서 인사하는 일은 없어야 할 텐데. 선생님들과 같이 숨겨 온 술을 걸고 도박 한판을 벌였다든가 하는 어느 고등학교 얘기를 떠올리자 절로 한숨이 나왔다.

제발 술 마셨으면 얌전히 자라, 특히 윤정인. 복도에서 노래 부르지 좀 말고. 너 그거 대학 가서 그대로 한다.

아무튼 전쟁처럼 급박하게 휘몰아치던 일정에서 벗어나서 모처럼 두 시간이나마 휴식을 취하려니 마음이 푸근해졌다.

나와 김혜힐은 한동안 은퇴한 노부부 같은 대화를 주고받았다.

"구름 예쁘다. 모양 특이해."

"그러게. 섬이라서 그런가?"

"앗, 갈매기다."

"여긴 꽤 안쪽인데 여기까지 갈매기가 다니네."

평화롭게 얘기를 주고받으며 웃던 우리 눈에 문득 희한한 모양의 교복이 포착되었다.

수학여행 때 교복 대신 사복을 착용하게 하는 게 이런 이유에서구나, 바로 실감이 났다. 구분하기는 진짜 용이하니까.

김혜힐의 팔을 툭 건드린 나는 입구 쪽을 가리켰다.

"어라, 저기 봐 봐. 어디 학교지?"

"그러게, 교복 예쁘네."

김혜힐의 말투는 대체로 심드렁해서 진담과 농담을 구분하기 쉽지 않았지만, 이번에는 확실히 진담인 것 같았다.

짙은 카키색과 선명한 노란색이 어우러진 교복은 무척 눈에 띄었지만 꽤 예뻤다.

도대체 어디 학교일까? 고민하던 나는 지금 이 테마파크에 있는 게 저 학교 학생들뿐만이 아니라는 사실을 깨닫고 벌떡 일어났다.

그런 나를 올려다보며 김혜힐이 당황해서 물었다.

"왜 그래?"

"아니, 나 좀 누굴 찾아봐야……."

다급하게 말하던 나는 마침 귀를 파고드는 낭랑한 목소리에 고개를 돌렸다.

"관심 없어."

"그러지 말고. 몇 학년이야? 우리는 2학년인데. 너희도 서울 살지? 딱 봐도 서울 말투네."

반여령과 그녀에게 끈질기게 치근덕거리는 다른 교복의 남학생을 발견한 나는 이마를 짚었다.

아오, 진짜. 수학여행도 평소 여행 갔을 때만큼이나 위험하다는 걸 잊고 있었네. 수련회야 보통 한 번에 한 학교 밖에는 진행하지 않으니까 이럴 일이 없지만.

앞으로 걸어 나가며 나는 비장하게 소매를 걷어붙였다. 어디 오랜만에 솜씨 좀 발휘해 볼까. 나의 '거기 너희 뭐 하는 거야으흐흑 커흑 구급차! 나는 다른 학교 학생과 얘기하면 알레르기가 도져서…… 누가 구급차를 좀 불러 줘!' 기술을 보여 주마.

그러다 나는 흠칫 걸음을 멈췄다. 거침없이 나가려고 했는데, 문득 떠오른 김혜힐이 이쪽을 보고 있다는 사실과, 그녀 앞에서는 한 번도 이 기술을 보여 준 적이 없다는 사실이 내 발목을 잡았다.

음…… 어쩐다. 다시 돌아가서 나와 반여령의 눈물겨운 역사에 대해 설명하려다가는 늦어 버릴 텐데.

그래, 역시 닥친 일부터 해결하고 설명은 나중에 하는 게 낫겠지? 비록 고등학교 와서 사귄 제일 친한 친구에게 조금 이상한 사람으로 보이더라도 말이야.

더군다나 반여령 근처에는 사대천왕도 없었다. 그들 딴에는 반여령이 같은 반 여자아이들과 어울리라고 배려해 준 모양이었다.

그래, 녀석들도 잊어버렸겠지. 다 함께 여행 간 지가 벌써 꽤 됐으니까. 나조차 하마터면 잊을 뻔했는데. 다시 마음을 다잡은 내가 눈물을 머금고 한 발짝 나서는 그때였다.

"그만둬, 싫다고 하잖아."

전혀 낯선 목소리가 들렸다. 나는 고개를 획 틀었다.

혹시 사대천왕인가? 아니, 하지만 그렇다기엔 내가 한 번도 안 들어 본…….

과연 그랬다. 갑자기 나타나 반여령에게 치근덕거리던 남학생에게 쏘아붙인 것은 사대천왕도, 심지어 우리 학교 학생도 아닌 다른 학교 학생이었다.

아니, 그렇다면 저쪽과는 친구 사이 아닌가? 혹시 연기하고 있을 뿐 사실은 한패? 내가 미심쩍게 바라보는 사이, 지적당한 남학생이 목소리를 높였다.

"아니, 이유도 안 말해 주고 무조건 싫다는데, 그럼 기분이 나쁘냐 안 나쁘냐."

"그러는 너는 아는 사이도 아닌데 갑자기 친한 척 들이대면, 거기서부터 이미 기분이 나쁘겠어, 안 나쁘겠어? 그리고 처음 본 여자애한테 말하는 투가 그게 뭐야?"

또래 애들치고는 진중한 것이 은형이와 비슷한 말투인 것도 같았지만 조금 달랐다. 은형이의 경우에는 마치 어른이 어린애를 타이르는 듯한 부드러움이 섞여 있었던 반면, 그에게는 자비라고는 없었다.

칼같이 받아치는 말에 나는 어깨를 움찔하며 한 발자국 뒤로 물러났다. 이윽고 나는 그렇게 말하는 남학생의 얼굴을 자세히 살폈다.

사대천왕처럼 보자마자 세상의 온갖 감탄사가 튀어나올 만한 얼굴은 아니더라도 흔히 볼 순 없겠다 싶은 준수하고 단정한 외모에, 검은 머리카락을 깔끔하게 자르고 넥타이까지 제대로 매고 있었다.

심지어 대체로 모범생들만 모인 우리 학교 애들조차 덥다며 타이 따위 진작 풀어 던져 주머니에 쑤셔 넣고, 선생님들도 그걸 묵인하는 판인데.

일대에 정적이 흐르는 사이, 남학생이 말을 이었다.

"너 깡패야? 내가 너 깡패인 줄 모르고 이때까지 친구로 사귄 거야? 그래, 황철민?"

"아니, 서진아. 나는……."

황철민이라 불린 남학생이 부쩍 기가 죽은 얼굴로 말끝을 흐리는 데서부터 이들의 세력 구도는 확실히 알 수 있었다.

서진이란 남학생은 황철민이 없어도 아쉽지 않지만, 황철민은 서진이란 남학생이 아쉬운 입장이로군.

과연 뒷머리만 긁적거리던 황철민이 이윽고 칫, 하며 입술을 짓씹더니 돌아섰다.

그런 황철민의 등에 대고 서진이 날카롭게 물었다.

"사과 안 해?"

"미안하게 됐다."

퉁명스러운 목소리가 날아온 직후, 황철민은 터벅터벅 걸어서 저들 무리로 돌아가 버렸다.

서진이란 남학생은 그를 쫓아가는 대신 뒤돌아서서 반여령을 향해 정중히 말했다.

"죄송합니다. 제가 대신 사과할게요."

"음, 아니요……."

그렇게 말하는 반여령은 조금 혼란스러운 듯한 표정이었다.

그보다도 나는 반여령이 처음 본 남자애에게 저렇게 순순히 대답하는 모습은 거의 처음 보았다.

뭐지, 이 상황? 내가 눈을 휘둥그레 뜨고 그 광경을 지켜보는 사이, 반여령이 다시 말했다.

"저기, 우리 같은 나이인데 존댓말은 좀⋯⋯."

그러자 서진이란 남학생은 산뜻하게 웃었다.

"아, 그래요? 그럼⋯⋯ 음, 말은 놓을게. 아무튼 미안해. 우리 때문에 즐거워야 할 수학여행을 망치지 않길 바랄게."

"그⋯⋯ 래. 괜찮아, 아마도."

여전히 혼란스러운 듯 느릿느릿 대답하는 반여령을 서진은 빤히 응시했다. 그의 검은 눈은 거울처럼 무구하고 맑게 반여령의 얼굴을 비추었다.

그 모습을 보며 나는 조금쯤 감탄하고 싶은 기분마저 들었다. 도대체 지금까지 만난 남자 중에 어떤 남자가 반여령의 얼굴을 저토록 사심 없이 응시했던가?

그때 반여령이 다시 말했다.

"익숙하니까. 그러니까 신경 쓰지 않아도⋯⋯."

그런데 서진은 반여령의 그 말에 표정을 바꾸었다.

그가 말했다.

"익숙하다니까 오히려 갑자기 신경이 쓰이는데."

"뭐?"

"아, 이러면 되겠다."

고개를 숙인 서진이 갑자기 말했다. 놀랍도록 진지하고 또렷한 목소리였다.

"우리가 공교롭게 같은 날에 이곳으로 수학여행을 온 모양이니까, 되도록 안 그러면 좋겠지만 혹시나 앞으로도 우리 학교 학생이랑 마주치거든, 특히 그 남학생들이 귀찮게 굴거든 내 이름 말해."

"어, 응?"

"내 이름은 이서진이야."

그리고 이서진은 휙 돌아서서 성큼성큼 걸음을 옮기더니, 또 반여령을 돌아보고는 손을 흔들었다. 자리에 남은 반여령은 멍하니 서서 불어오는 바람을 맞고 있을 뿐이었다.

그 모습을 보며 나는 몇 년 전엔가 인터넷 소설에서 보았던 장면을 떠올렸다. 그래, 저런 설정 당시엔 꽤 흔했지. '누가 너를 괴롭히거든 내 이름을 불러.' 비유하자면, 근처 식당에서 마음껏 먹고 자기 이름으로 외상 달고 나오라고 말하는 것과 비슷한 건가?

반여령, 수학여행에서조차 이런 일을 겪는 너는 도대체 어떤 운명을 타고난 거냐. 나는 그녀를 안타깝게 응시했다.

바로 그때, 테마파크 저편에서 은형이가 나타났다. 그는 반여령을 발견하고 곧장 직진하다가 나를 보고 뛰던 것을 멈추었다.

"단아, 너 거기서 뭐 해?"

은형이의 말에 그제야 입구를 가로막다시피 하고 서 있던 나는 퍼뜩 정신을 차렸다. 뒤이어 나를 발견한 여령이의 얼굴에도 똑같은 의문이 떠올랐다.

'너 도대체 거기서 뭐 하는 거야?' 그런 의미가 담뿍 담긴 두 사람의 시선을 받으며 나는 하하 웃었다.

"아니, 나는. 반여령이 곤경에 처했기에 '거기 너희 뭐 하는 거야, 으흐흑…….'이 아니라, 구급차를 부를 준비를……."

헉, 위험했다. 하마터면 작전명을 그대로 말할 뻔했어. 여기에는 우리뿐만 아니라 혜힐이와 반여령 친구들까지 있단 말이야.

내가 화들짝 놀라며 스스로 입을 틀어막자, 은형이는 복잡한 표정이 되어 대꾸했다.

"단아, 싸움이 날 것 같으면 구급차가 아니라 경찰차를 불러야지?"

"아니야, 단아. 나 구급차가 필요할 정도로 싸울 생각은 아니었어."

그러자 내게 쏠렸던 시선이 금세 반여령에게로 넘어갔다.

그제야 숨 쉬기가 좀 편해진 나는 이마를 쓱 닦는 한편, 작게 중얼거렸다. 반여령, 너 그럴 생각이었냐?

어쩌면 나와 이서진이 구한 것은 반여령이 아니라 황철민인지 뭔지 하는 남학생 쪽이었는지도 모른다. 나는 갑자기 아련해졌다. 아니, 틀림없이 그쪽이 맞을 것이다…….

그렇지, 이루다가 전국 서열 1위인 반휘혈을 이기는 판인데, 그런 이루다와 비슷한 속도로 뛰고도 조금도 숨찬 기색이 없던 반여령을 대체 누가 당할 수 있겠어?

내가 새삼 잊었던 사실을 되새기는 동안 은형이가 물었다.

"괜찮아? 다른 학교 학생들이 시비 걸고 있다기에 와 봤어."

그제야 반여령이 낮잠에서 깨어난 것처럼 느릿느릿 대답했다.

"아, 응. 난 괜찮아."

"그런데 왜 그렇게 멍해?"

은형이가 걱정스럽게 물은 질문에 반여령이 내놓은 대답은 모두를 놀라게 했다.

"나, 그런 사람 처음 봤어……."

"누구?"

"이서진……."

반여령이 멍하니 내뱉은 이름에 은형이는 의아한 표정만을 지었지만, 방금 '이서진'과 있었던 일을 보았던 사람은 모두 입을 가리며 어머머, 하고 탄성을 내뱉었다.

나 역시 입을 가리기는 마찬가지였다.

맙소사, 이게 무슨 일이야.

이 소설, 도대체 어디로 굴러가는 거람?

여주인공한테 운명의 상대가 나타날 거라면 진작 나타났어야지, 더군다나 사대천왕도 아니고 갑자기 수학여행에서 만난 다른 사람? 이러기야?

나는 갑자기 사는 곳을 알아냈다는 이유로 노아리에게서 번호를 받아 두지 않은 것이 몹시 후회되기 시작했다.

＊　＊　＊

"으음……."

마침내 숙소로 향하는 버스 안, 나는 맨 앞자리에서 졸고 있는 노민찬 선생님에게 노아리의 번호를 물어보고 싶은 걸 참느라고 무진장 고생하고 있었다.

누가 이런 내 모습을 보았다면 수상하게 여기거나 무슨 일 있냐고 물어보았겠지만, 다행히도 버스 안에 생존자라고는 나와 소수의 인원들뿐이었다.

체력이 모 건전지 광고를 떠올리게 하는 윤정인, 이민아마저 테마파크에서 얼마나 쏘다닌 건지 기절에 가깝게 잠들어 있었다. 나머지 사람들도 깨어 있다고는 해도 떠들 체력까진 남지 않은 것 같았다.

숨 막히는 정적 가운데 드르렁, 푸푸 하고 개성 있게 코고는 소리만이 텁텁한 공기 안을 굴러다녔다. 나는 머리를 짚으며 다시 한숨을 푹 내쉬었다.

내가 중얼거렸다.

"아니, 말이 전혀 안 되잖아."

소인국 테마파크에서 '그 사건'이 있고 나서, 나는 김혜힐을 데리고 당장 테마파크 주차장으로 잠입해 들어갔다.

'학교 이름을 알아내서 뭘 어쩌려고?'

김혜힐이 미심쩍다는 듯 물은 말에 나는 하하 웃기만 했다.

방금 그 이서진이라는 남학생이 다니는 고등학교 이름이 '지존 고등학교'나 '최강 고등학교'가 아닌지 확인하려고 그런다, 하고 말할 수는 없는 노릇이었으니.

애초에 그 남학생 성이 은씨나 반씨이기만 했어도 이런 고생은 안 하지. 그렇게 투덜거리며 나는 우리 학교 버스가 아닌 버스 앞으로 다가갔다.

버스 앞 유리창에 붙은 종이로 확인한 바, 고등학교 이름은 '선율 고등학교'였다. 예쁜 이름이긴 하지만 아예 현실 세계에 없을 법한 이름도 아니라서, 썩 감이 오지 않았다. 결국, 나는 의문을 풀지 못하고 얌전히 후퇴해야만 했다.

턱을 매만진 내가 다시 중얼거렸다.

"이렇다 할 이름도 아닌 학교의, 이렇다 할 특징도 없는 캐릭터가 반여령의 마음을 사로잡는다고?"

더군다나 이서진이라는 이름은 원래 세계로 돌아갔던 날 보았던 〈해가림〉 등장인물 소개 글에는 아예 언급되지도 않았다. 물론 소설이 완결 나지 않았으니, 그 뒤에 등장한 캐릭터일 가능성도 있다. 하지만⋯⋯.

나는 다시 한번 미심쩍은 시선을 맨 앞자리의 노민찬 선생님에게 던졌다. 하지만 그 소설의 작가가 이 세계에 있는데, 대체 무슨 수로 다음 편이 나온단 말인가?

더군다나 노아리와 주인이의 대화를 되새겨 봤을 때, 노아리 역시 수학여행에서 무슨 일이 일어날지 자세히 모르는 듯했다. 그녀는 주인이에게 무척 겁먹고 있는 것 같았으니, 아는 바가 있었다면 될 수 있는 한 자세히 얘기했을 거란 얘기다.

아니, 잠깐만. 나는 갑자기 떠오른 새로운 가설에 얼굴을 굳혔다. 주인이를 누구보다도 잘 알고 있을 작가가 주인이를 가장 두려워한다? 그 말인즉, 주인이 성격은…….

음, 그만두자. 나는 고개를 내저었다. 상념이 꼬리에 꼬리를 무니까 끝도 없네.

마침 버스가 덜커덩 소리를 내며 뒤로 기울었다. 경사로로 접어든 모양이었다. 경사가 그리 심하진 않았음에도 아이들은 침입자를 감지한 미라처럼 하나둘 눈을 떴다.

"으음, 안녕."

옆에서 김혜힐이 눈을 비비다 말고 나를 향해 인사하자 나는 작게 웃었다. 지금까지 계속 옆에 있었으면서 '안녕'이라니, 대체 뭐야.

나는 그녀 뒤로 뚫린 창을 힐끗 보았다. 먹물처럼 새카만 어둠에 덮인 밤 풍경, 그와 대조적으로 환한 버스에서 조명 불빛 아래 보이는 김혜힐의 얼굴이 꿈속인 듯 낯설었다.

도로가 잘 포장되지 않았는지 버스가 거세게 덜컹거리자

반 아이들이 어어 하는 소리를 뱉다가 일제히 웃음을 터트렸다. 그 웃음까지 포함해서 하나의 꿈인 것 같았다.

갑자기 이명이 울려와서 나는 이마를 짚었다. 아무래도 잠이 필요했던 건 김혜힐뿐만 아니라 나도 마찬가지였던 모양인데, 어차피 결론 나지 않을 바에는 자 버릴걸.

이제 와 후회되었지만 어쩔 수 없었다. 버스는 이미 숙소 주차장에 들어서는 중이었다.

"우와."

버스에서 내리자마자 입에서 탄성부터 흘러나왔다.

지금까지의 일정이 여타의 수학여행과 다를 바가 없었기 때문에 숙소에 대해서도 기대를 접고 있었는데, 버스에서 내리자마자 네온사인 야자수와 보통의 야자수들이 빙 둘러싼 호수가 모습을 드러냈다.

가로등이 여기저기 솟아 있어 밤인데도 환한 정원 너머로 우리가 올라온 경사로가 보였다. 주변보다 지대가 높은 덕에 관광 단지들과 더불어 바다의 모습까지 한눈에 들어오는, 그야말로 명당이었다.

옆에서 일어나는 소란에 나는 고개를 돌렸다.

"우와, 완전 예뻐."

"사진 찍자, 사진."

나만 감탄했으면 어쩌나 하고 조금 민망하게 생각했는데, 다들 표정이 좋아 보여서 다행이다. 카메라를 갖고 쟁

탈전을 벌이는 그들 사이로 노민찬 선생님의 목소리가 날아들었다.

"자, 다들! 숙소가 예쁜 걸 보니 선생님도 기분이 좋지만, 기념사진은 나중에 찍고. 호텔 식당이 닫히기 전에 밥을 먹어야 하니까 다들 잽싸게 짐을 내려놓고 와서 줄부터 선다. 알았지?"

"넵!!"

"좋아, 반장이 애들 방 알려 줘."

그 말에 다들 윤정인의 주변으로 개미 떼처럼 우르르 몰려들었다. 아, 잠깐만. 많은 사람들 사이에 껴서 이리 치이고 저리 치이느라 정신없던 그가 이윽고 품에서 구깃구깃해진 종이를 꺼냈다.

"각자 같이 신청한 애들 이름 정돈 기억하고 있지? 방별로 한 명씩만 말한다? 내가 포함된 조 방은 1501호, 황시우가 포함된 조 방은 1502호……."

한 방에 네 명씩이 기본이었다. 나는 사람들 사이를 뒤져 정세연을 찾아냈다.

"세연아, 여기!"

그렇게 외치자, 고개를 퍼뜩 든 정세연이 이쪽으로 다가왔다.

아무래도 사람 무리란 게 꼭 네 명이란 법이 없고, 세 명이나 다섯 명인 무리도 있다 보니 그게 문제였다. 나와 김혜힐과 이민아가 그랬고, 정세연을 포함한 다섯 명이 그랬다.

그래서 우리는 간단히 우리 조에 정세연을 포함시키고, 점호가 끝나면 정세연이 자기 친구들이 있는 방에 가기로 합의를 보았다.

우리 조의 이름이 불리자, 우리는 저마다 등을 떠밀며 분주히 나아갔다.

"가자, 1603호래."

"알았어, 1603호, 1603호."

방 호수를 중얼대며 카드 키를 들고 엘리베이터로 향하던 도중 나는 은형이를 보았다.

은형이는 홀수 층으로 가는 엘리베이터 앞에 서서 왜인지 초조한 얼굴로 바닥을 내려다보고 있었다.

나는 그의 주변을 의아하게 살폈다. 다른 애들은 어디 가고 혼자? 내가 은형이의 등을 조심스레 쿡 찌르자, 그가 이쪽을 돌아보았다.

나를 돌아본 그의 얼굴에 금세 평소 같은 미소가 피어올랐다.

"단아."

느리게 피어나는 꽃을 본 것처럼, 왠지 모르게 감격스러운 기분마저 들었다. 이 호텔 내부의 따뜻한 조명이 그에게 잘 어울려서 그런지도 모르겠다.

나는 한쪽 손을 들어 올렸다.

"혼자서 뭐 하고 있어?"

그가 무심히 한 손을 내밀어 부딪쳐 주며 대답했다. 아니, 하이 파이브 해 달라는 게 아니었는데.

"아, 우리 반 버스는 가장 먼저 도착해서 애들은 이미 다 숙소에 들어가 있거든. 한쪽 방 화장실 조명이 이상하다고 해서, 그것 때문에 잠깐 내려왔어."

"표정이 안 좋던 것도 그럼 그것 때문이야?"

"그건……."

은형이는 어쩐지 애매한 얼굴로 뺨만 문질렀다. 그러다 땡 소리가 들려서 뒤를 돌아보니, 그새 열린 엘리베이터 앞에서 친구들이 전부 나를 쳐다보고 있었다.

먼저 갈까? 입 모양으로 묻는 김혜힐에게 나는 고개를 내저었다. 어차피 은형이도 얘기할 기분은 아닌 것 같고.

몸을 돌리던 차에 그가 갑자기 손을 내밀어 버튼을 붙잡았다. 잠시 눈을 깜빡이며 그를 보던 내가 말했다.

"남자는 홀수 층이잖아."

"한층 걸어 내려가지, 뭐."

그렇게 말하며 은형이가 14층을 눌렀다.

갑자기 가방에 무게가 사라져서 돌아보니, 은형이가 내 가방 아래를 한 손으로 받쳐 주고 있었다.

설마 이거 해 주겠다고 엘리베이터를 같이 탄 거야? 나는 미심쩍게 그를 올려다보았다. 나는 그가 상담할 일이 있어서 그러는 줄로만 알았는데.

그때, 옆에서 갑자기 이민아가 물었다.

"그러고 보니까 혹시 오늘 저녁에 뭐 하는지 알아? 원래는 윤정인한테 물어봤어야 했는데 깜빡해서. 같은 반장이니까 알지?"

은형이는 친절한 안내원처럼 웃으면서 대답했다.

"아, 응. 반별 장기 자랑은 내일 밤이고, 오늘 밤에는 간단한 협동 레크리에이션 하는 걸로 알아."

그러자 이민아가 윽 소리를 내며 인상을 썼다.

"협동 레크리에이션이라니, 그게 뭐야?"

"나도 잘은 모르는데 준비물 목록은 교무실에서 얼핏 봤거든. 음악 CD에 밧줄에 훌라후프, 뭐 그런 거던데."

"아니, 수련회도 아니고."

"하하, 그러게."

아무렇지도 않게 웃은 은형이가 힐끗 앞을 보았다.

14층에서 문이 열리자, 그는 가방 고리를 놓고 내게 손을 흔들었다.

"이따 저녁에 보자."

"으, 응."

저녁이라 함은 식당을 말하는 걸까, 레크리에이션 때를 말하는 걸까? 의문을 해소할 틈도 없이 엘리베이터 문이 닫히고, 우리는 16층으로 올라갔다.

짧은 정적이 흐르는 사이, 왜인지 뺨이 따끔거려서 돌아 보자 이민아는 물론이고 김혜힐이며 정세연까지 나를 가늘어진 눈으로 쳐다보고 있었다.

내가 한 걸음 물러나며 물었다.

"아, 아니, 왜 그래?"

"권은형이 여자 친구가 있었나?"

질문은 영 엉뚱한 곳에서 흘러나왔다.

폭탄 질문을 던지는 김혜힐을 향해 내가 대답했다.

"아니. 은형이 약간 중학교 때부터 만인의 썸남 같은 애라서."

그러자 그들은 저마다 고개를 주억거리며 하긴, 과연, 같은 감탄사를 늘어놓았다.

그즈음에 그들의 생각을 알아차린 내가 미심쩍게 물었다.

"아니…… 지?"

"뭐가?"

이민아가 즐거운 듯 물었다. 그녀를 향해 나는 팔로 단호하게 엑스 자를 그려 보였다.

"절대 안 된다, 엮지 마라. 아니, 엮을 사람이 따로 있지!"

"뭐라고? 가방 들어 주려고 굳이 홀수 층 가는 사람이 짝수 층 엘리베이터를 탔다고?"

"아니, 좀! 은형이 아무한테나 다 그러니까."

"네네, 우리는 아무나가 아닙니다. 우리는 가방도 안 멨

습니다. 이건 착한 사람 눈에만 보이는 투명 가방이에요."

이민아의 계속되는 깐족거림에 나는 열이 오른 이마를 감싸며 한숨 쉬었다. 하여간, 윤정인이랑 사귀더니 이상한 것만 늘어 가지고.

엘리베이터에서 내려 방에 들어갈 때쯤엔 얘기가 마무리 되나 했는데, 믿었던 김혜힐이 결정타를 날렸다.

"나는 역시 너한테는 다정한 사람이 잘 어울리는 것 같아."

나는 정리하던 배낭 위로 그대로 엎어지며 외쳤다.

"아, 김혜힐!"

"딱히 누굴 두고 말한 건 아닌데."

"아니긴 뭐가 아니야?"

나는 토끼처럼 달아나는 김혜힐을 쫓아 부리나케 달려갔다. 그녀의 허리를 끌어안고 기어이 침대에 메치자, 김혜힐도 키득거리며 나를 발로 걷어찼다.

이민아가 옆에서 중계했다.

"아, 김혜힐 선수 반격합니다. 김혜힐 선수 보기보다 무서워요."

그 옆에서 정세연도 나를 도와 보겠다고 달려들었다가 김혜힐에게 한 대 얻어맞았다.

산발이 된 채 뒤엉켜 킥킥 웃던 우리는 저녁 식사 안내 방송을 듣고 황급히 달려나갔다.

*　*　*

　세연이는 다른 방 아이들과 합류하고, 우리는 셋이서만
식당으로 향했다.

　엘리베이터에서 서로의 몰골을 확인한 우리는 또 한 번
웃음을 터트렸다. 황급히 정리했다고 해도 스스로 하는 것
과 거울을 보고 하는 것에는 큰 차이가 있었다.

　벽 거울을 보고 간신히 옷매무시를 가다듬는데, 엘리베
이터가 중간에서 멈추며 문이 위잉 열렸다.

　아무리 봐도 우리 또래로밖에 안 보이는 여자애들이 쏟
아져 들어왔다. 사복 차림이라 나이를 구분하기 쉽지 않지
만, 아무래도 20대는 아닐 것 같은 느낌.

　다른 학교에서도 수학여행을 왔나? 아무래도 그런 것 같
았다. 10대들끼리 여행 다니는 일은 위험해서라도 흔치 않
으니까 말이야.

　나는 고개를 돌려 옆을 바라보았다. 이민아와 김혜힐도
비슷한 생각을 한 것 같았다.

　우리가 조심스레 고개를 끄덕이고 조금 더 구석으로 비
켜나는 그때, 여자애들의 말소리가 내 귀에 꽂혔다.

　나는 한순간 귀를 의심했다.

　"너도 이번 수학여행 때 서진 님께 고백할 거야?"

"아이, 몰라."

"하지만 서진 님은 한 번도 고백을 받아 주지 않은 걸로 유명하잖아."

나는 당장 얼굴을 굳혔다.

아, 이건…… 내게는 너무나 익숙한 대화인데.

엘리베이터 문이 열리자마자, 나는 이민아와 김혜힐을 양손에 잡고 총알같이 쏘아져 나갔다.

두 사람이 당황해서 물었다.

"왜, 왜 그래?! 어딜 가는데?!"

나는 단호하게 외쳤다.

"담임 선생님께!"

* * *

"선생님 여동생 좀 주세요!"

그러자 노민찬 선생님은 느긋하게 식사를 하시다 말고 당황한 얼굴로 나를 올려다보셨다.

"……뭐?"

그러는 노민찬 선생님의 옆에서 동료 교사들도 입을 가리고 수군거리기 시작했다. 쟤가 누구였죠? 그, 8반의 함단이……. 내가 그렇게 못할 말을 했나 싶어 어리둥절하게 서 있던 나는 뒤늦게 내 잘못을 깨달았다.

내가 황급히 말을 정정했다.

"아니, 선생님 여동생을 달라는 게 아니고. 번호 말이에요."

"아, 아아. 나는 또."

미처 당황을 수습 못 한 얼굴로 품을 더듬거리던 노민찬 선생님은 급기야 핸드폰을 떨구고 말았다. 그 광경을 보며 나는 속으로만 빌었다. 죄송합니다, 제가 너무 급해서요…….

이윽고 자신의 핸드폰과 내 핸드폰을 번갈아 보며 번호를 입력해 주던 선생님이 말했다.

"그런데 전에는 분명히 아는 사이라고……."

"제가 핸드폰을 망가뜨려서 새로 샀거든요. 그때 번호를 잃어버려서요."

다행히 선생님은 크게 의심하는 눈치가 아니었다. 번호를 모두 입력한 그가 내게 핸드폰을 돌려주었다.

"자, 여기 있다. 그런데 수학여행 때는 반 친구들에게 조금 더 집중하는 편이……."

"고맙습니다!!"

그가 뭐라고 말하려던 것을 듣지도 않은 나는 부리나케 뛰쳐나갔다.

핸드폰을 내려다보느라 고개 숙인 채 황소처럼 돌진하던 나는 그만 누군가에게 부딪치고 말았다.

"윽."

자그마한 신음 소리에 나는 고개를 휙 들었다. 헉, 어떡해.

〈60〉 인소의 법칙 11

"죄송합니다…….."

사과하며 반사적으로 내가 부딪친 어깨에 손을 가져다 대는데, 다가온 손이 내 손을 붙잡아 내렸다.

손의 주인을 보고 나는 안도의 한숨을 내쉬었다. 주인이가 휘둥그레진 갈색 눈으로 나를 내려다보고 있었다.

"엄마?"

"미안해, 주인아."

"난 괜찮아. 그런데 어딜 그렇게 급하게 가는 거야?"

그의 시선이 저절로 내 핸드폰으로 향하기에, 나는 황급히 핸드폰 화면을 품 안에 숨기며 고개를 내저었다.

안 된다. 주인이의 기억력이 얼마나 좋은지 내가 아는데. 사소한 단서라도 제공했다가는 주인이가 노아리와 내 관계를 알아차릴지도 모른다.

노아리가 그토록 애를 쓰고 숨겨 온 '천기'의 정체에 대해서, 그리고 나 또한 애를 쓰고 숨겨 온 '다른 세계'의 비밀에 대해서 그가 알아채기라도 한다면 끝장이야.

나는 몇 번이고 말없이 도리질하다가 홱 돌아섰다.

"나 그만 가 볼게! 지금은 좀 바빠서."

"어, 엄마?"

뒤에서 당황에 찬 부름이 희미하게 흩어지는 것을 들으며 나는 빠르게 걸음을 옮겼다.

식당 바깥으로 나오자 그제야 숨통이 좀 트였다. 나는 비틀거리며 엘리베이터를 타고 1층으로 내려갔다.

정원에는 먼저 식사를 끝낸 듯한 우리 학교 학생들이 상당히 많았다. 옷을 갈아입은 아이들도 있고, 그렇지 않은 아이들도 있어서 다른 학교 학생들과의 구분이 쉽지 않았다.

그들은 경계 어린 눈으로 서로를 힐끗거리며 소속을 확인하다가도 저마다 호수를 돌아보며 탄성을 터트리곤 했다.

아무튼 조명이 많아서 여학생 혼자 다녀도 위험하지 않은 것만은 다행이었다. 나는 뚜벅뚜벅 걸음을 옮겨 호수 언저리 벤치에 걸터앉았다.

"휴우……."

몇 번이고 심호흡을 한 나는 주머니에서 핸드폰을 꺼냈다.

방금 받은 번호를 한참이나 들여다보다가 일단 저장부터 했다.

[원수]

호칭은 굳이 거르지 않기로 했다. 누가 보고 대체 무슨 짓을 했기에 원수냐고 물으면 대답하지, 뭐. 내 인생을 좀 꼬아 놨다고.

그리고 나는 파들거리는 엄지를 들어 통화 버튼을 꾹 눌렀다. 최근 유행하는 익숙한 컬러링이 울리고도 한참이 지나도록 상대방은 전화를 받지 않았다.

[누구세요?]

마침내 컬러링이 끊기고 잠에서 덜 깬 듯한 목소리가 새어 나왔다.

그에 대답하기 전, 나는 잠깐 시간을 확인했다.

벌써 아홉 시 반이군. 선생님들이 왜 식당이 끝날까 봐 전전긍긍했는지 알 것 같았다.

나는 아직 밥도 먹지 않은 상태였다. 아마 이대로 간다면 틀림없이 저녁을 거르게 되겠지만, 협동 레크리에이션인지 뭔지를 할 때까지는 시간이 조금 있겠지.

배고프면 과자 부스러기라도 주워 먹으면 되는 거고, 정 시간이 안 나면 나중에 호텔 편의점에서 뭐라도 사서 때워야지. 설마 호텔 편의점이라고 밤에 안 하진 않겠지?

그리고 나는 입을 열어 대답했다.

"나다. 네 피조물."

[…….]

잠깐 수화기 너머가 씻긴 듯 조용해졌다.

야, 너 왜 그래? 내가 묻기도 전에, 도저히 인간의 언어라고는 할 수 없는 비명이 한참이나 쏟아지더니 전화가 뚝 끊겼다.

나는 먹먹해진 귀를 문지르며 한숨만 내뱉었다.

"허."

너무 공포 영화 대사 같았나? 조금 더 순화해서 말할 걸 그랬나? 아니, 하지만 맞는 말이지 뭐.

다른 세계에서의 나는 온전한 독립적인 존재였지만, 그러니까 신 같은 걸 믿지 않는다는 전제하에.

하지만 이쪽 세계의 나는 엄밀히 말하자면 노아리의 피조물이 맞다. 내가 최선을 다해서 차선을 탈주하고 있는 와중이라고는 해도.

그런 생각을 하며 귀를 만지작거리는데 다시 핸드폰이 울렸다. 발신인은 '원수'. 나는 통화 버튼을 꾹 눌렀다.

[흑, 흑흑. 너무해요. 도대체 어떻게 아신 건지는 모르겠지만…… 그렇게까지 말씀하실 건 없잖아요.]

"아니, 내가 뭘 했다고."

누가 들으면 내가 너한테 못할 말이라도 한 줄 알겠네. 내 말에 노아리가 거의 흐느끼는 듯한 목소리로 대답했다.

[전화에 잠을 깼는데 사방이 너무 조용해서 생각해 보니까 오빠는 수학여행 가서 집에는 혼자고, 모르는 번호라서 망설이다가 받았는데 누구냐는 말에 대답하는 소리가 '네 피조물'이라니……. 아무리 사실이라고 해도 그렇지 너무하다고요, 정말.]

평범한 또래 아이처럼 울먹거리는 목소리에 그제야 나는 조금이나마 미안해졌다.

그래, 가끔 부모님이 출장이나 여행 가서 집에서 혼자 자야 할 때 모르는 번호로 전화 오면 엄청 겁나긴 하더라,

그거.

전에 본 바로는 노아리가 노민찬 선생님을 무척 귀찮게 여기는 눈치라서 그리 사이좋은 남매는 아니구나 했는데, 나름대로 의지하고 있던 모양이었다.

그렇게 생각하기 무섭게 노아리가 다시 울먹거렸다.

[왜 제 인생 장르를 공포 영화로 만들고 그러세요!]

대답할 생각은 없었는데, 그만 반사적으로 대답이 튀어나갔다.

"그러는 너는 내 인생 장르를 인터넷 소설로 만들었잖아."

[…….]

맞은편이 조용해진 것을 들으며 나도 입을 다물었다. 앗, 실수했다.

그렇게 한 작가와 한 피조물은 먹먹한 침묵에 잠겨 들었다.

제주의 바람은 꽤나 세찼다. 나는 불어오는 바람에 호수의 표면이 몇 번이고 얇게 접히는 것을 멍하니 지켜보았다. 네온사인의 분홍색과 보라색 불빛이 호수 위로 잘게 쪼개져서 일렁거렸다. 꼭 빛나는 가루를 뿌려 놓은 것 같았다.

한참이 지나고서야 수화기 너머에서 조심스러운 목소리가 들렸다.

[왜 전화하셨어요? 그쪽은 수학여행이라고 알고 있는데…….]

혹시 바쁘시진 않으신지……. 어물거리며 돌아오는 목소

리를 들으며 나는 주인이 노아리를 못살게 구는 이유를 조금 알 것도 같았다.

싫어하는 게 이렇게까지 티가 나니까 괜히 나도 한번 들쑤셔 보고 싶어지네.

아니지, 지금은 한시가 급하잖아. 황급히 고개를 내저은 나는 비로소 용건을 말했다.

"선율 고등학교 이서진이라고, 알아?"

[네에?]

"알아, 몰라?"

그러자 잔뜩 당황한 목소리가 돌아왔다.

[모, 모르죠. 저야……. 애초에 소현 고등학교 합격해서 서울 올라온 지도 몇 달 안 됐는데. 다른 학교 사람까지 알리가.]

"아, 그래."

나는 혀를 차고는 핸드폰을 귀에서 조금 떼었다. 당연히 저토록 인위적인 인물이 있다면 노아리의 수작인 줄로 믿었는데, 그게 아니었단 말이지.

하긴, 나는 턱을 가만히 쓰다듬었다. 애초에 이루다나 루카스, 게다가 반휘혈까지 몇 개의 인터넷 소설이 섞였는지도 모를 세계였다. 그렇다면 모든 소설의 작가가 한 사람일 거라고 가정할 필요는 없겠지.

하지만 여기에 쓰인 모든 소설의 작가가 이 세계에 와 있는 건 아닐 테고 말이야. 그래서야 어디 무서워서 인터넷 소설을 쓰기야 하겠어?

그때 날아온 말에 나는 퍼뜩 고개를 들었다.

[아, 혹시 존재하지 않는 사람도 포함이에요?]

저게 대체 무슨 말이야? 나는 다급히 되물었다.

"뭐?"

[그러니까, 혹시 책 속 사람이나 제 머릿속 사람도 포함해 주냐는…….]

"네가 썼던 책 속 세계가 바로 지금 이 세계인 거잖아!"

나는 당장 외쳤다.

무슨 말도 안 되는 소리를 하고 있는 거람? 이 세계에 들어오기까지 해 놓고, 아직까지 '책 속 사람' 어쩌고 하고 있을 줄이야. 그리고 나는 눈을 꾹 감았다.

물론, 나야말로 그 문제에 대해서 할 말은 없지만! 빠른 정보 획득을 위해 과거는 잠시 잊자!

내 단호한 대답에 노아리가 당황한 듯 허둥거렸다.

[아, 알았어요. 그렇다면……. 제가 이 세계에 오고 지금까지 썼던 글들에 대해 기억나는 대로 적어 둔 노트가 있는데, 일단 가져올게요.]

그러더니 곧장 부스럭부스럭하는 소리와 함께 의자 삐거덕거리는 소리가 들렸다.

[찾아볼게요, 잠시만요…….]

종이책 팔랑거리는 소리가 들려오더니 얼마 지나지 않아 탄성이 터졌다.

[아, 있다! 있어요, 선율 고등학교 이서진.]

"그게 진짜야?"

[네.]

"이 소설, 그러니까 반여령과 내가 나오는 소설 어디쯤에서 등장하는데?"

나는 다급하게 물었다.

만약 이것만 확인된다면, 그리고 내가 보았던 상황과 그것이 정확히 일치한다는 것만 확인한다면 보다 확실히 알 수 있겠지.

이게 작가의 무계획한 떡밥 투척 때문에 벌어진 일인지, 아니면 그냥 한 번 나오고 지나갈 인물에 대해 내가 과하게 반응하고 있는 건지.

그런데 뜻밖에도 당황에 찬 대답이 돌아왔다.

[네? 무슨 소리예요. 이서진은 이 소설에는 안 나와요.]

"뭐?"

[잠시만요. 아, 하지만…… 반휘혈의 경우도 있었고.]

나는 반사적으로 자세를 낮추며 물었다.

"반휘혈이 뭐?"

[아, 그러니까…… 반휘혈도 원래는 당신이 나오는 소설에 등장하는 인물이 아니에요. 그래서 제가 서열전에 대한

얘기를 듣고 얼마나 놀랐는지.]

"인터넷 소설에 서열전 나오는 게 이상한 일이야?"

나는 미심쩍어하며 물었다. 내가 읽은 인터넷 소설들에도 세계 서열 1위나, 하다못해 전국 서열 1위 얘기는 무척 흔한 축에 속했는데.

노아리가 간신히 평정을 되찾은 듯한 목소리로 대답했다.

[물론 이상한 일이 아니죠. 하지만, 당신 주위의 사대천왕은 이상할 정도로 그런 쪽에 관심이 없죠? 하다못해 가장 높은 싸움 실력을 가진 권은형조차.]

그 말에 나는 침을 꼴깍 삼켰다.

"그건, 그렇지……."

[이상하지 않았어요? 이 소설의 주인공인 사대천왕의 프로필에 한 줄조차 쓰이지 않는 서열이 어째서 버젓이 존재하는지.]

"……."

[비유하자면 어느 이력서에서도 영어를 취급하지 않는데 토익 자격증 시험이 버젓이 존재하는 거랑 똑같다고요.]

"네가 말하려는 게 뭔지는 알겠어. 지금 네가 하려는 말은……."

가만히 듣던 내가 마침내 끼어들었다. 숨을 한 번 들이쉰 내가 되물었다.

"이 세계에 서열전이 존재하는 건 반휘혈이 존재하기 때문이란 거지?"

[네, 맞아요. 그리고 한 가지 더, 우주인의 사촌 오빠인 '우산'에 대해 아시려나 모르겠어요.]

내게 깍듯한 존대를 쓰는 그녀가 주인이를 이름으로 불러도 나는 별로 놀라지 않았다.

그녀의 안에서는 나나 우주인이나, 혹은 자기보다 나이가 까마득하게 높은 사람이나 누구 할 것 없이 전부 같은 선상에 놓여 있을 것이다. 종이 위의 활자들에 불과한 존재.

그래서 나는 따지는 대신 이렇게 대답했다.

"인간 폭풍이라고 불린다는 것 정도는 알아. 서열 1위 후보로 거론될 만큼 강한데 싸우는 걸 귀찮아해서 102위에서 그쳤다는 것도. 저번에 반휘혈네 사건에 휘말렸을 때 잠깐 들었어."

[그래요, 이상하지 않아요?]

"뭐가?"

[우산은 우주인의 친척이니 분명 우주인의 세계에 속해 있는 인물이고 그쪽 세계에는 서열이 없을 텐데, 어째서 우산은 버젓이 서열 102위를 차지하고 있는 걸까요?]

나는 그제야 깨달았다.

"지금 그 말은……."

[서로 다른 소설에서 나온 것들이라도, 일단 한 세계에 존재하는 이상 상호 작용이 있을 수 있다는 것.]

거기까지 듣고서야 내 머릿속 의문이 탁 하고 풀렸다. 엉망진창으로 얽혀 있던 실뭉치가 갑자기 튀어나온 가위에 의해 석둑 잘린 느낌이었다.

이제 나는 더 이상 이서진과 반여령의 미래 따위에 대해 질문할 필요가 없었다. 어차피 노아리가 대답해 줄 수 있는 문제가 아닐뿐더러, 방금 그녀의 설명만으로 대답은 충분했다.

다른 소설에서 나온 것들이라도 한 세계에 있는 이상 상호 작용이 가능하다.

하긴, 애초에 그게 안 될 거였다면 은형이와 이루다가 반휘혈에게 있었던 사건에 적극 개입했던 거야말로 말이 되지 않는다.

그래서 나는 대신에 다른 것을 묻기로 했다.

"한 가지만 묻자."

[말씀하세요.]

나는 지끈거리는 관자놀이를 검지로 짚으며 말했다.

"반휘혈이 나오는 소설에서 말인데, '정세연'이라는 여자애 있어?"

[음…… 반휘혈이 나오는 소설 주인공은 반휘혈이 아니에요.]

"뭐?"

[그 소설은 반휘혈의 친구에게 맞고 외국에서 힘을 길러

돌아온 정요한의 복수 일대기예요.]

아니, 힘을 기르는 걸 굳이 외국에서 해야 하는 건가? 그냥 헬스클럽이나 체육관 다니면 되는 게 아닌가?

나는 잠시 당황하다가 물었다.

"아니, 그래서 정세연이라는 여자애가 나온다는 거야, 안 나온다는 거야?"

[주요 인물 중에는 그런 사람 없어요.]

나는 입술을 꾹 깨물었다가 다시 열며 내뱉었다.

"마지막으로 한 가지 더. 선율 고등학교 이서진이 나온다는 소설의 내용을 설명해 줘."

* * *

방으로 돌아가자 나를 제외한 세 사람은 이미 편한 옷으로 갈아입고 난 뒤였다. 마치 도둑처럼 살금살금 기어들어오던 내게 이민아가 물었다.

"무슨 일이었어? 우리를 데리고 뛰어서 식당에 갈 땐 언제고, 갑자기 내팽개쳐 두고 딴 데로 가 버리다니."

"아, 그게……."

나는 민망함에 뺨을 긁적이며 대답했다.

"꼭 하기로 한 중요한 전화 통화가 있었는데…… 수학여행 때문에 정신이 없는 와중에 그만 시간을 넘겼지 뭐야.

그래서 뒤늦게라도 다급히……."

"아아."

그때 우리 옆에서 잠자코 듣던 김혜힐이 끼어들었다.

"그렇게까지 급했던 걸 보면 택배 반품 전화 같은 건 아
니었나 봐?"

"으응, 뭐."

그러자 김혜힐은 고개를 돌렸다. 그렇게 중요한 거라면
캐묻지 않겠다는 그녀 나름의 의사 표시였다.

그러고는 잠시 어색한 침묵이 찾아왔다. 내가 휴 하고 안
도의 한숨을 내쉬는데, 바로 옆의 욕실에서 머리 위에 젖
은 수건을 돌돌 만 정세연이 등장했다.

"씻었어?"

내가 묻자 정세연이 머리를 탈탈 털어 내며 대답했다.

"응, 저쪽 방은 붐빌 테니까 씻는 건 여기서 씻으려고."

"그래, 이따 잘 때도 너희 방 침대 좁으면 여기로 와."

그렇게 말하던 내 뒤에서 갑자기 뛰쳐나간 이민아가 정
세연을 잡고 옆구리를 간질였다.

"맞아! 반휘혈이랑 어떻게 된 건지 얘기하러 와!"

"아악, 간지러!"

"얘기하러 올 거야, 안 올 거야, 응?"

온다고 할 때까지 안 놔줘. 이민아가 협박하는 말에 정세
연은 자지러지게 웃으며 복도를 가로질러 옆방으로 도망쳐

버렸다.

그녀의 뒷모습을 잠시 아득한 눈으로 바라보다가, 돌아서서 옷가지를 챙기는 내게 김혜힐이 말했다.

"방금 식당에서 들었는데, 6반 여자애들 방 예약 오류 나서 호텔 측에서 스위트룸으로 바꿔 줬대."

이민아도 다가와서 끼어들었다.

"운동장만 하다더라."

"우와, 진짜?"

"구경 가자."

그녀들의 말에 나는 고개를 끄덕였다. 이런 근사한 호텔 스위트룸은 내가 적어도 20대 후반이 될 때까지는 구경해볼 수 있을 것 같지 않으니까.

그러다가 잠시 은지호네 호텔의 존재를 떠올린 나는 슬며시 고개를 내저었다. 음, 아니다. 친구 할인으로 설령 반값에 해 준다고 해도 그 반값조차 내가 낼 수 있을 것 같진 않다.

그리고 나는 옷을 갈아입으며 기억을 되짚기 시작했다. 6반 중에 아는 애들이 얼마나 있더라? 작년에 1학년 8반이었던 여자애들이 틀림없이 몇 명은 있을 텐데.

그때, 이민아와 김혜힐이 나를 냉큼 잡아채었다. 나는 당황해서 물었다.

"왜? 설마 지금 가자고?"

그녀들이 조금도 망설이지 않고 고개를 끄덕이자 나는 조금 난감해졌다.

나는 볼을 긁적이다 다시 말했다.

"음, 나는 이따 가는 줄 알고. 그럼 다녀와."

내 대답에 김혜힐이 의아하게 물었다.

"넌 안 가?"

"나는 그냥 방에서 좀 쉬려고."

"하긴, 계속 돌아다녔는데 지금까지도 빈속이니까…… 멀미 다시 도진 거 아니야?"

"그런지도 모르겠어. 좀 어지럽네."

이민아가 하는 말에 나는 고개를 끄덕이고 대답했다. 문 득 다행이란 생각이 들었다. 점심에 멀미약을 받은 데다 잔소리까지 들은 게 이런 핑계가 되어 줄 줄이야. 아무튼 지금 혼자 있을 시간이 필요한 건 사실이었다.

내 대답에 두 사람은 적잖이 고민하는 눈치였다. 스위트 룸이 궁금하긴 한데, 아프다는 사람을 혼자 두고 가기도 미안한 모양이었다.

내가 이대로 있으면 같이 이 방에 남을 듯한 모양새라 나 는 황급히 침대가 딸린 방으로 들어가 불을 껐다. 그러면 서 내가 말했다.

"난 진짜 괜찮아. 다녀와서 좀 깨워 주기만 해 줘."

내가 그렇게 말하자 그녀들은 그제야 등이 떠밀린 것처

럼 방을 나섰다.

요새는 거짓말이 늘어난 것 같아서 조금 미안하네, 특히 연애를 시작하고부터. 그렇게 생각하던 나는 눈을 꾹 감고 고개를 내저었다. 아무렴 어때, 이제는 다 지난 일이야. 지난 일.

베개 어귀를 꽉 틀어쥔 나는 회상에 잠겼다.

* * *

[이서진은 선율 예술 고등학교를 중심으로 한 로맨스 소설의 서브 남자 주인공이에요.]

"예술 고등학교였어?"

나는 조금 놀랐다.

한편으로는 인터넷 소설에 나오는 중학교와 고등학교에 다니면서 한껏 높아졌던 눈으로도 '예쁘다' 소리가 절로 나왔던 이유를 알 것 같았다.

예술 고등학교 교복은 본래 예쁘기로 유명한데, 더군다나 여기는 인터넷 소설 속이니 어떻게 예쁘지 않고 배기겠어.

노아리는 설명을 이었다.

[이서진은 선천적으로 감정의 폭이 몹시 좁아요. 마음속에 텅 빈 구멍이 뚫려 있지만, 본인은 그것에 대해 괴롭다고 느끼지도, 외롭다고 느끼지도 않아요. 애초에 그런 감

정을 느낄 수조차 없는 거죠.]

"계속 설명해 줘."

[하지만 그런 이서진도 주변에서 자기를 이상하게 본다
는 걸 알았고, 특히 친인척들이 자기를 이상하게 보는 것
에 대해 귀찮게 생각해요. 여러 가지 검사를 받으러 데리
고 다니기 시작했으니까요.]

"······."

[그래서 그는 자기 마음속 텅 빈 구멍을 완전히 감추는
방법을 터득했어요. 영특한 그이니 얼마 걸리지 않았죠.]

한 박자 쉰 노아리가 말을 이었다.

[선율 고등학교에서 그의 평판은 '완벽한 선배'예요. 1학
년 때부터 인기가 좋았지만 2학년이 되어 학생회를 역임하
면서 더 올라가고, 3학년이 됐을 때 정점에 달해요. 선배
보다는 후배들에게 인기가 많을 타입이니까요. 뭔지 이해
하지요?]

한 번밖에 못 봤지만 이해할 것 같은 느낌이었다. 나는
그렇다고 대답했다.

[그렇게 해서 그가 3학년일 때 여주인공이 등장해요. 덜
렁대서 툭하면 실수를 하지만 그걸 다 무마할 만큼 밝은
미소를 가진 여자애······. 이서진은 모든 것을 철저히 계산
해서 행동하는 자신과는 전혀 다른 여자애에게 필연적으로
끌려요.]

"잠깐만, 이서진이 3학년일 때라고?"

[네. 왜 그러세요?]

"아, 아냐. 잠시……."

나는 이마를 짚으며 중얼거렸다. 이서진이 3학년일 때 이서진의 그녀가 등장한단 말이지.

하지만 반여령이 말한 바로 이서진은 우리와 동갑이었다. 그렇다면 그는 고등학교 2학년. 아직 그의 여주인공이 등장하기까지는 1년이나 남아 있었다.

나는 뒤의 내용을 전부 들었지만, 이서진과 여주인공이 잘되고 어쩌고 하는 얘기는 거의 아무것도 남기지 않고 내 머릿속을 그냥 통과했다. 어차피 반여령과 그 소설의 여주인공이 끔찍할 정도로 닮지 않은 이상 들어 봐야 허사였다.

'덜렁대서 툭하면 실수를 하지만 그걸 다 무마할 만큼 밝은 미소를 가진 여자애'라니.

반여령은 보는 사람이 내가 지금 도깨비를 보는가 싶어 무서워질 정도로 모든 것을 완벽하게 해내는 여학생이었다. 모든 것을 무마할 수 있을 정도로 환하고 눈부신 미소, 그것만은 조금 닮았을지도 모르겠지만.

거기까지 되짚은 나는 한숨을 푹 내쉬며 이불을 덮어썼다.

그렇다고 이서진이 반여령을 좋아하게 되지 않으리란 보장이 있을까? 반여령의 눈부신 외모를 마주하고도 아무런 감정도 담기지 않던 거울 같은 눈동자를 기억한다.

하지만 그가 반여령의 외모에 대해 아무런 관심을 가지지 않는다고 해도, 실제 반여령의 정수는 다름 아닌 그녀의 성격에 있다.

노아리가 이서진의 여주인공에 대한 끌림을 묘사하면서 쓴 표현도 마음에 걸렸다.

'이서진은 모든 것을 철저히 계산해서 행동하는 자신과는 전혀 다른 여자애에게 필연적으로 끌려요.'

나는 입술을 질끈 깨물었다.

반여령에게 제일 잘 어울리는 표현이 있다면 그건 바로 '예측 불허'다. 함께 납치당했을 때 당장 달려들어 납치범들 손이라도 물어뜯을 기세였던 반여령을 생각하면 아직도 머리가 아파 올 정도니까.

그러다가 나는 갑자기 억울한 마음이 들었다.

내 연애조차 끝난 지 채 하루가 안 된 시점이다. 그런데 왜 기껏 '수학여행 때만은 모든 것을 잊겠다'고 선언한 주제에, 반여령의 연애에 온 정신이 쏠려 저녁까지 걸렸단 말인가? 더군다나 반여령이 '저런 사람은 처음이야.'라고 말했다는 이유 하나만으로.

아니, 물론 인터넷 소설에서 저런 대사는 필연적으로 사랑의 시작을 예고하기는 하지만! 나는 급하게 고개를 내저었다. 그래도 반여령이 어디 보통 철벽이냐고!

한참의 고민 끝에 나는 결론을 내렸다.

"내가 과민하게 반응한 거야."

노민찬 선생님께 노아리의 번호를 받은 데다 저녁까지 굶어 가며 난리 친 것치고는 다소 허무한 결론이긴 했지만, 이렇게라도 생각하지 않으면 버틸 수 없을 것 같았다.

이 수학여행 2박 3일 내내 가시방석에 앉은 느낌일 것이다. 지금만 해도 머릿속에 고슴도치가 들어앉은 것처럼 쿡쿡 쑤시는데.

그렇게 내 모든 걱정과 고민들을 단순 착각으로 치부하자, 비로소 온몸의 감각이 돌아오며 잊고 있던 허기가 느껴졌다.

"뭐라도 먹어야겠다."

고개를 절레절레 내저은 나는 침대에서 빠져나왔다.

침대에서 일어나 텅 빈 호텔 방에서 혼자 부스럭거리며 과자를 꺼내는 중인데, 갑자기 인터폰이 울렸다.

나는 인터폰 버튼을 눌렀다.

"누구세요?"

[나 여령이!]

"뭐?"

나는 당장 달려가서 문을 열었다.

"왜 왔어?"

"너 저녁 안 먹었잖아. 식당 잠깐 들어왔다가 바로 나가는 거 봤어."

그렇게 대답하는 그녀의 손에는 치즈 케이크 빵 봉지가 들려 있었다.

나는 잠시 기억을 되짚었다. 호텔 아래에 카페 겸 베이커리가 있는 것 같긴 했는데, 설마 거기서 사 온 걸까?

여령이가 내 손에 빵 봉지를 억척스러운 손길로 쥐어 주었다. 꼭 명절날 오랜만에 만나자 왜 이렇게 말랐냐며 꾸역꾸역 먹을 것을 챙겨 주는 친척 아주머니 같은 손길이었다.

"속 안 좋으면 나중에 먹어. 우리 오늘 밤에 레크리에이션 한대."

"아, 맞아. 은형이한테 들었어."

고개를 끄덕이던 내가 문득 물었다.

"우리 방 번호도 은형이한테 들었어?"

"응? 응."

주저 없이 고개를 끄덕이는 반여령에게 나는 물어보려 했다. 혹시 그가 이상해 보이는 이유에 대해서 아느냐고.

그러나 내가 채 묻기도 전에, 복잡한 얼굴로 바닥만 내려다보던 반여령이 불쑥 입을 열었다.

"단아, 있잖아."

"응?"

"나 상담하고 싶은 게 있어."

그렇게 말하는 반여령의 얼굴에 전에는 한 번도 못 본 혼란스러운 표정이 떠올라 있어 나는 괜히 가슴이 철렁해졌다.

아니, 대체 무슨 얘기를 하려고. 천하의 반여령을 이렇게까지 동요케 하는 일이라니, 듣기가 무서워질 지경이었다.

하지만 나는 고개를 끄덕였다.

"뭔데?"

"있잖아, 혹시 모르는 사람이 계속 떠오르는 것에 대해서……."

[—소현 고등학교 2학년 학생들에게 알립니다.]

갑자기 날아온 여자 목소리가 반여령의 말을 끊었다. 그녀가 휙 고개를 들었다. 인터폰에서 안내 방송이 침착한 목소리로 흘러나오고 있었다.

[소현 고등학교 2학년 학생들은 지금 바로 호텔 정문 앞에 반별로 줄을 서 주시기 바랍니다.]

나는 당황하며 말했다.

"여령아, 반별로래. 얼른 가서 줄 서야지."

여령이가 여전히 놀란 듯한 얼굴로 대답했다.

"으, 응."

"앗, 옷은 어떡하지? 교복 입고 오란 말 없었으니까 그냥 가도 되겠지?"

내가 부산스럽게 배낭을 뒤지는 동안 반여령은 황급히 방을 나가 버렸다.

곧이어 이민아와 김혜힐이 문을 열고 들어왔다. 그녀들은 나가던 반여령과 마주쳤는지 휘둥그레한 눈으로 물었다.

"반여령이네? 놀러 왔었어?"

"응, 빵 주고 갔어."

그러자 김혜힐이 갑자기 심각해진 얼굴로 말했다.

"과연, 반여령 정도 챙겨 주는 사람한테 길들여지면 웬만큼 다정한 사람은 눈에도 안 찰 만해."

"그건 맞아. 거기다 은형이까지 있으니 내가 눈이 하늘 꼭대기에 달렸다."

내가 체념 조로 대답하자 김혜힐이 재밌다는 듯 픽 웃었다. 그새 얇은 저지를 걸친 이민아가 우리 둘의 등을 떠밀었다.

"얼른 가자. 야, 근데 뭔 이 밤에 소집하고 난리래?"

"내 말이."

우리는 운동화를 대강 구겨 신고 바깥으로 향했다.

복도로 걸음을 옮기며 나는 문득 생각했다.

김혜힐은 내가 다정한 사람을 만나야 한다고 했지만, 사실 다정한 사람이 필요한 건 나보다는 반여령이 아닐까? 무심한 것도 다정한 것도 어느 정도 균형이 맞아야 대등한 관계가 가능하니까.

나는 가끔 반여령의 애정을 내가 너무 날로 먹는 것 같아 마음이 무거워질 때가 있다. 이를테면 방금 방에 놓고 온

치즈 케이크 같은 것.

반여령이야말로 자기만큼 다정한 사람을 만나야 할 텐데. 노아리의 설명에 따르면 감정이라곤 없는 이서진 같은 인물보다는.

그렇게 생각하자마자 내 머릿속에 떠오른 것은 다름 아닌 은형이였다. 애초에 내 주변 사람 중에서 가장 다정한 사람이 그 두 사람이니, 함께 떠오르는 것은 어쩔 수 없는 수순이었다.

그러자 지금까지 한 번도 상상해 본 적이 없는 그림이 내 머릿속에 떠올랐다.

"으음."

잠시 엘리베이터를 돌아보고 우리뿐이란 것을 확인한 내가 조심스레 물었다.

"저기, 있잖아."

"응?"

이민아와 김혜힐이 동시에 고개를 돌렸다.

"너희들, 여령이랑 은형이에 대해 어떻게 생각해?"

침묵이 흘렀다. 잠시 후, 가장 먼저 이민아가 숨넘어가는 소리를 냈다.

"헉, 대박 잘 어울린다."

"그렇지?"

잠시 고민에 빠져 있던 김혜힐도 순순히 고개를 끄덕였다.

"불꽃 튀는 그림은 상상이 안 가는데, 둘이 분위기가 비슷해서 편안히 잘 어울릴 것 같아."

두 사람의 대답을 들은 나는 내 생각이 틀리지 않았다는 것에 만족하여 고개를 끄덕였다. 역시 두 사람이 잘 어울리는 건 내 착각이 아니구나. 왜 지금까지는 이런 생각을 하지 못했지?

그러다 나는 또 금방 우울해졌다.

왜 못 했긴, 두 사람 사이에 그럴 기미가 전혀 안 보여서지.

이런 생각은 그만두자. 아까부터 김칫국을 마시는 걸로도 모자라 김칫국에 김치를 말아 먹고 있잖아.

나는 한숨을 길게 내쉬었다.

* * *

호텔 로비는 온통 다른 학교 학생들로 북적였다. 이상할 정도로 많은 수라서 미심쩍어진 내가 속닥거렸다.

"혹시 쟤들도 우리처럼 바깥에서 뭐 하나?"

"글쎄? 우리 학교가 이상한 거 아니야? 수학여행인데 무슨 놈의 협동 레크리에이션이야, 협동 레크리에이션이."

이민아가 투덜거리는 말에 나는 고개를 끄덕였다. 그건 그래. 무슨 수련회도 아니고.

호텔 정문 앞으로 가자 벌써 우리 학교 학생이 반 이상이

나 나와 있었다. 반 아이들 사이를 오가며 숫자를 세던 윤정인이 이쪽을 돌아보았다.

"아, 너희 왔구나. 어서 가서 줄 서."

"윤정인, 다른 학교 애들은 왜 이렇게 많이 나와 있대?"

이민아의 물음을 들으며 나는 고개를 기울였다. 글쎄, 다른 학교 사정인데 윤정인이 그걸 알 리가?

그러나 윤정인은 내가 생각하던 것보다도 훨씬 대단한 녀석이었다.

"아, 선율 예고 애들?"

당연한 듯 흘러나오는 말에 나는 눈을 휘둥그레 떴다.

"하, 학교 이름도 알아?"

내가 떨리는 목소리로 되물은 말에 윤정인이 도리어 나를 이상하다는 듯 쳐다보았다. 그가 대답했다.

"그렇게 놀랄 것까지야? 한 번만 얘기해 보면 바로 아는데, 뭐. 쟤네는 레크리에이션 아니고 자유 시간이래. 호텔 바깥까지 나가도 된다고 해서 전망대 다녀오려는 애들은 다녀오려나 봐."

나는 술술 대답하는 윤정인을 게슴츠레한 눈으로 쳐다보았다. 너 진짜 앞으로 어디 가서 소심하다고 말하지 마라. 소심한 사람 위원회에 신고해 버릴 거니까.

그나저나 '서진 님'이란 말 때문에 거의 확신하고는 있었지만, 역시나 학교의 정체는 선율 예술 고등학교가 맞았군.

나는 눈을 가늘게 뜨고 혹시라도 이 주변에 있을지도 모르는 이서진을 찾으려고 노력했다. 그렇게 눈에 띄지 않는 용모도 아닌데 안 보이는 것을 보면 방에서 쉬고 있는 모양이었다.

그제야 나는 안도의 한숨을 내쉬었다.

아무튼 불안 요소는 하나라도 없는 편이 좋다. 이미 유천영을 제외한 사대천왕과 반여령이 있는 것만으로도 이곳은 화약고나 다름없는데, 이서진이 불씨가 될지 어떻게 안단 말인가?

노아리, 이서진의 성격에 대한 네 정보를 믿는다.

주머니에 들어 있는 핸드폰을 힐끔 본 나는 이동을 시작하는 행렬 끄트머리에 붙어 걸음을 옮겼다.

우리는 가로등으로 빽빽하게 둘러싸인 완만한 경사로를 따라 일렬로 빙 돌아 내려갔다.

심심한 길이었지만, 가까운 듯 먼 곳에서 보이는 바다 덕분에 지루함은 거의 느껴지지 않았다.

어두운 밤하늘 사이로 언뜻 파도의 흰 선이 나타났다가 사라지면 모두가 탄성을 터트렸다. 그 모습에 홀려 밤바다 나들이를 획책하는 애들도 있었다.

"밤에 잠깐만 나갔다 올까?"

"그러다 귀신한테 홀려."

"에이, 무슨!"

멀리서 왁자한 대화들이 밤바람을 타고 실려 왔다. 우리 반 아이들인 것 같기도 했고 다른 반 아이들인 것 같기도 했다.

바다에는 별 감흥이 없다고 생각했던 나조차 제주의 바다에는 흥미가 생길 정도였다. 나도 잠깐 애들 꼬셔서 나갔다 올까? 그런 생각을 할 때쯤 경사로가 끝나고, 나무로 둘러싸인 체육관이 모습을 드러냈다.

크기는 별로 크지 않았고, 사람들이 잘 드나들지 않는 공간 특유의 음산함마저 느껴졌다. 아마도 수학여행 철에 놀러 온 고등학생들이 사용할 때를 제외하고는 거의 방치된 건물인 것 같았다.

활짝 열린 문 사이로 새어 나온 오렌지색 불빛이 어두워진 땅 위로 사각형을 그리고 있었다. 체육관을 빙 둘러 설치된 유리 벽을 통해서도 불빛이 새어 나왔다.

나무 사이에 방치된 체육관에서 불빛이 흘러나오고 있으니, 꼭 괴담 속 주인공이라도 된 기분이네. 나는 소름이 돋은 팔을 한 번 털어 내고 걸음을 옮겼다.

체육관은 벌써 우리 학교 학생들로 거의 꽉 차 있었다. 쇠도 씹어 먹는다는 고등학생 300명 정도가 우글거리고 있자니, 체육관의 음산함은 금세 자취를 감추었다. 그러나 있을 곳이 아닌 듯한 꺼림칙함은 남았다.

나는 단상 위에 선 남자를 보고 눈을 휘둥그레 떴다. 레크리에이션 전문 강사인지도 모른다고 생각했는데, 가까이에서 보니까 노민찬 선생님이었다.

운동복 차림에 촌스러운 형광색 모자를 푹 눌러쓴 그가 우리를 향해 마이크를 들고 외쳤다.

"우리 자랑스러운 소현 고등학교 2학년 학생 여러분!"

전자 장비들 또한 오랫동안 사용하지 않았는지, 무대 양옆에 놓인 스피커에서 키잉─ 하는 이명이 일었다. 으아악. 우리는 저마다 귀를 부여잡고 고통스러워했다.

"아, 미안 미안."

재빨리 마이크의 감은 줄을 풀어 버린 노민찬 선생님이 다시 외쳤다.

"자, 우리 자랑스러운 소현 고등학교 2학년 학생 여러분!"

"네에에."

다 죽어 가는 목소리로 대답들이 돌아왔다. 그에 아랑곳하지 않고 노민찬 선생님은 여전히 명랑한 목소리로 외쳤다.

"모처럼 공부만 해야 하는 교실에서 탈출했으니, 다 함께 뛰어놀며 친목을 다지지 않으면 섭섭하겠죠?"

"네에에……."

이번에는 대답하는 소리가 더 작아졌다. 여전히 아랑곳하지 않은 노민찬 선생님은 두 손을 쫙 펼치며 외쳤다.

"그래서 준비했습니다! 소현 고등학교 협동 레크리에이션!"

곳곳에서 탄식과 한숨이 들불처럼 번졌다. 그 속에서 나 역시도 이마를 짚고 한숨을 내쉬었다.

"하아아······."

의도는 잘 알겠지만 차라리 방에 가서 씻고 자고 싶다.

몸은 덜 자랐더라도 머리는 이미 다 자란 고등학교 2학년쯤 되면 의욕이고 뭐고, 학교에서 있는 단체 행사란 단체 행사는 전부 귀찮아지기 마련이었다.

단체 행사가 좋을 때는 오직 그것을 통해 합법적으로 수업을 빼먹을 수 있을 때뿐. 그러나 여기서 단체로 봉기를 일으켜 봐야 이미 장소까지 빌려서 벌인 판을 엎을 수도 없을 테고, 나는 한숨을 푹푹 내쉬며 노민찬 선생님의 지시에 따랐다.

"자, 그럼 반별로 커다란 원을 만들어요!"

"네에!"

자포자기한 아이들의 외침이 체육관 벽에 부딪혀 먹먹하게 울렸다. 나는 홀로 팔짱을 낀 채 주위를 두리번거렸다. 김혜힐이랑 이민아가 어디 있지?

바로 그때, 선생님의 목소리가 다시 귓가에 날아왔다.

"제일 빨리 원 만든 팀에게 추가 점수 100점!"

"아아악."

그 말과 함께 나를 둘러싼 인간의 파도가 급격히 출렁대며 나는 급류에 한바탕 휩쓸려 버렸다.

아니, 어차피 추가 점수 그거 다 무용지물이란 거 알고 있으면서! 속으로 비명을 지르면서도 나는 급류 속에서 몇 명의 손인가를 잡고 또 놓았다.

퍼뜩 정신을 차렸을 때는 어느새 우리 반 아이들로 이루어진 원이 완성되어 있었다. 나는 휙 양옆을 확인하고는 얼굴을 구겼다.

"……."

내 얼굴을 확인하고 따라서 죽을상을 하는 것은 다름 아닌 황시우였다.

그는 운 나빴다는 표정을 짓곤 혀만 차며 내 눈을 피했다. 그래도 최근엔 망나니짓을 접은 데다가, 엄밀히 말하자면 고래 루다와 반휘혈 사이에 등이 터지는 새우 같은 입장이라 별로 무섭지는 않았다.

바로 오른편에는 다름 아닌 윤정인이 있었다. 그는 나를 보고 태연하게 인사하다가, 내 옆의 황시우를 보고 살짝 미간을 구겼다.

하긴, 그에겐 뒤통수에 공 맞은 일이 별로 좋은 추억으로 남지도 않았을 터였다. 윤정인을 발견한 황시우의 얼굴이 썩어 들어갔다. 그가 갑자기 내 손을 힘주어 잡는 바람에 화들짝 놀란 내가 작게 외쳤다.

"아! 뭐예요, 아프잖아요!"

그러자 황시우는 어깨를 으쓱하더니 천연덕스럽게 말했다.

"내가 한 거 아니야. 옆으로 전달하래."

"누가요!"

"모르지."

나는 인상을 있는 대로 찌푸린 다음, 윤정인의 손을 세게 잡았다. 그러나 그는 별다른 통증을 느끼지는 않은 모양으로 나를 보고 의아한 듯 물었다.

"왜?"

"황시우가 전해 달래."

"뭐?"

그러자 그는 잠시 어이없어하는 듯싶더니, 내 손을 꽉 잡았다 놓았다.

"다시 전달."

아이 씨. 나는 황시우의 손을 내 모든 유감을 담아서 콱 눌렀다. 꽤 아팠던 모양인지 황시우가 아야야, 소리를 지르며 나를 돌아보았다.

"뭐야?"

"전달이래요."

"뭐? 야, 잠깐 있어 봐. 내가 내 비장의 무기를……."

"아, 진짜!"

결국 소리를 지르며 두 사람의 손을 뿌리치듯 놓은 나는 황시우와 윤정인의 무릎 뒤에 각각 로우킥 한 방씩을 먹이고는 자리를 헤치고 나왔다.

적당히 연결이 헐거운 자리를 발견한 나는 곧장 그리로 다가가 손을 잡았다. 잡고 보니 이루다와 모르는 남학생의 사이였다.

내가 그들을 보며 물었다.

"나 여기 껴도 돼?"

"어? 어⋯⋯."

둘은 당황한 듯하면서도 곧바로 대답했다. 나는 둘의 손을 잡고 안도의 한숨을 내쉬었다. 하마터면 줄 서는 데서부터 실패할 뻔했네.

그리고 나는 선생님의 말씀을 기다렸다.

"자, 다들 손을 잡았죠?"

"네!!"

"그럼 그대로 자리에 앉아 주세요!"

자리에 털썩 주저앉으며 나는 중얼거렸다. 어, 이 모양새는 좀 불안한데. 설마.

그리고 선생님이 외쳤다.

"첫 번째 협동 레크리에이션 게임은 바로 바로, 수건돌리기예요!"

"아악!"

몇 명이 쓰러지며 머리를 감쌌다. 달리기를 못 하는 애들은 쥐약일 수밖에 없는 게임이었다.

머리를 쥐어짜며 쓰러진 것은 나 역시도 마찬가지였다.

난 수건돌리기 진짜 싫어. 초등학교 졸업하고 나서 그거 안 해도 된다는 생각에 내가 얼마나 기뻐했는데…….

꺼이꺼이 우는 나를 보며 이루다가 남 일을 보는 듯 안타까운 눈으로 응원했다.

"힘내. 내가 술래 걸리면 살살할게."

"그러면 네가 나 대신 원 안에 들어와서 벌칙 받아야 하는데?"

"……되도록이면 우리 안 만나는 쪽으로 하자."

이루다가 따뜻한 손길로 내 어깨를 툭툭 두드려 주자 나는 다시 울상을 지었다.

망했어, 완전히 망했어. 이 반에 달리기 능력자들이 몇 명이나 되는데. 내가 시작도 전에 절망에 휩싸이는 동안, 노민찬 선생님의 말씀이 이어졌다.

"각 반에서는 모자나 손수건을 하나씩 준비해 주세요!"

우리 반에서는 윤정인이 모자를 벗었다.

"각 반에 벌칙 수행자가 열 명이 될 때까지 할 거예요. 준비되셨죠? 자, 시작!"

윤정인이 헝클어진 머리를 툭툭 털며 말했다.

"술래 누가 해? 내가 해?"

"어차피 네 모자니까 너부터 해."

"오케이, 이게 반장의 숙명이지."

윤정인은 의외로 투덜거림 하나 없이 일어나서 곧장 우

리의 등 뒤를 돌기 시작했다. 그는 산보라도 나온 듯 느린 속도로 걸음을 옮기기 시작했다.

스피커에서는 신나는 노래가 흘러나와 사방을 쿵쿵 울리기 시작했다. 다른 반에서는 벌써부터 달리다가 넘어지고, 서로 다리를 붙잡고 구르는 둥 온갖 난리가 나는 와중에도 윤정인은 천천히 반 바퀴를 돌았다.

맞은편에 앉은 나와 신서현의 눈이 마주쳤다. 불현듯 손을 내밀어 뒤를 더듬어 본 신서현의 눈에 반짝, 불이 켜졌다.

그가 당장 큰소리로 되물었다.

"윤정인, 너 지금 나 무시했냐?"

"50미터 13초랑은 말 안 해."

그렇게 말하는 윤정인은 벌써 토끼처럼 깡충깡충 뛰고 있었다. 죽기 살기로 뛰는 다른 반에 비해서는 한없이 느린 걸음이었다.

"저 자식이!"

짓씹듯 내뱉은 신서현이 달리기 시작하자 그제야 윤정인도 속도를 높였다. 그러나 안타까울 정도로 속도 차이가 크게 났다.

나는 조금 아련한 눈으로 신서현을 바라보았다. 신서현, 너 50미터 13초였구나……. 나보다 느리네…….

윤정인은 지쳐 나가떨어진 신서현을 내버려 두고 여유롭게 자기 자리에 골인했다.

신서현의 다음 타자는 이민아였다. 아무래도 윤정인의 원수를 이민아에게 갚는다는 계획인 것 같았지만, 이민아가 여자 계주에서는 독보적인 주자란 것이 문제였다. 채 반 바퀴도 뛰지 못한 신서현은 결국 이민아의 손에 원 안에 내팽개쳐졌다.

　신서현은 너무 쪽팔려선지 앞으로 쓰러진 채로 고개도 들지 못했다. 그런 그를 향해 대뜸 다른 반에서 외침이 날아왔다.

　"서현아, 체육 특기생의 이름이 운다!"

　신서현은 말없이 그쪽을 향해 가운뎃손가락만 들어 보였다.

　한바탕 웃음이 쏟아졌다. 그들과 섞여서 키들거리던 나는, 그제야 이 체육관에 우리 반만 있는 게 아니란 사실을 떠올렸다.

　옆을 돌아보자, 바로 옆에서 7반도 한창 수건돌리기 중이었다. 원 안에 잡혀 있는 사람들을 보고 나는 화들짝 놀랐다.

　저쪽은 윤정인처럼 여유 부리는 애들이 없어 게임 템포가 꽤 빠른 모양인지 벌써 셋이나 되는 아이들이 잡혀 있었는데, 그들 가운데 무릎을 끌어안고 앉아 있는 것은 다름 아닌 주인이였다.

　너무 안 어울리는 그 모습에 나는 하마터면 웃음을 터트릴 뻔했다. 나와 눈이 마주치자, 주인이는 주먹을 두 볼에 대고 어깨를 들썩이며 흑흑 우는 시늉을 했다.

어쩌다 잡혔어? 내가 입 모양으로 벙긋거리자 그가 어딘가를 가리켰다.

그곳에는 다름 아닌 은지호가 책상다리를 하고 한쪽 무릎에 팔꿈치를 걸친 채 턱을 괴고 있었다. 흡사 영화에서 나오는 암흑가의 보스라도 된 듯한 자세였다.

아하. 사대천왕끼리 죽고 죽이기를 한 거군. 나는 눈을 가늘게 뜨며 고개를 끄덕였다. 하긴, 은지호야 편하게 잡을 만한 사람은 소꿉친구인 주인이 정도밖에 없었겠지.

주인이도 술래가 은지호만 아니었으면 잡히진 않았을 텐데, 아깝다. 한숨을 내쉰 나는 문득 생각했다. 그런데, 주인이 단순히 수건돌리기에서 진 것치고는 눈빛이 좀 어둡지 않나?

내가 그를 자세히 보기 위해 고개를 길게 빼는 그 순간, 누군가 내 어깨를 툭 쳤다. 나는 화들짝 놀라 뒤를 돌아보았다.

양 뺨이 상기된 김혜힐이 입술 새로 거칠어진 숨을 내뱉으며 나를 내려다보고 있었다. 그제야 나는 상황이 어떻게 된 것인지 깨달았다.

눈이 마주치자, 악당처럼 씩 웃은 김혜힐이 말했다.

"게임 중에 한눈을 팔면 안 되지."

"잠깐, 이럴 순 없어!"

울상을 지으며 빠져나가려는 나를 몇몇 애들이 허리를 잡아 원 안으로 내쳤다.

현실을 인정하지 못하고 한참이나 제자리에 엎드려서 흑흑 울던 나는 겨우겨우 고개를 들고 신서현에게 인사를 했다.

"신서현, 안녕."

"그래……."

그가 퀭해진 눈으로 대답했다.

내가 속삭였다.

"벌칙 이상한 거 안 시켰으면 좋겠다."

"나도."

그리고 우리는 바닥에 주저앉아 우울한 눈으로 게임이 돌아가는 모양을 구경했다.

애초에 수건돌리기 자체가 별로 느린 게임은 아니기 때문에 벌칙 수행자 열 명이 모이는 것은 금방이었다. 마지막으로 원 안으로 터덜터덜 걸어 들어온 사람은 다름 아닌 윤정인이었다.

그는 한 손으로 뒷목을 주무르며 죽는소리를 냈다.

"아, 죽겠다……."

그는 방금 반휘혈과 한바탕 대추격전을 벌인 다음이었다.

아무리 전 학년에서 손꼽힐 정도로 운동 신경이 좋은 윤정인이라고 해도, 반휘혈 앞에서는 표범 앞의 토끼에 불과했다.

둘의 추격전은 밀림의 질주를 방불케 했다. 황량한 체육관 안이 일순 거대 나무가 가득한 열대 우림으로 보일 지경이었다.

그렇게 느낀 것은 우리뿐만 아니었는지, 다른 반 아이들이 우리 쪽을 보며 수군거리고 있었다.

"방금 8반 봤어? 무슨 방향 트는데 끼기긱 소리가 나?"

"나는 맹수 두 마리 보는 줄 알았어."

그때, 노민찬 선생님의 목소리가 우리 사이에 끼어들었다.

"각 반 벌칙 수행자 열 명 됐나요? 아직 안 된 반 손 들어 보세요."

아무도 손을 들지 않는 것을 본 노민찬 선생님이 쾌활하게 외쳤다.

"그럼 이제 바로 벌칙 나갈게요! 벌칙 참가자 여러분, 준비되셨나요?"

으악, 제발. 나는 양손을 붙잡고 기도했다. 엉덩이로 이름 쓰기만은 참아 주라. 그건 수치심을 모르던 초등학교 때, 아니, 유치원 때 졸업했어야 하는 거란 말이야.

나를 본 신서현도 따라서 기도를 올리기 시작했다.

태연한 건 오직 윤정인뿐이었다.

"다들 너무 심각하게 왜 그래? 벌칙 한번 한다고 죽는 것도 아니고."

나는 짐짓 우울하게 대꾸했다.

"윤정인, 사람은 수치심 때문에 죽을 수도 있어."

"아, 예전에 매점에서 네가 반여령과 사랑과 전쟁 찍었을 때처럼?"

"……."

나는 말없이 윤정인을 음산한 눈으로 노려보았다.

죽인다, 윤정인. 기필코 죽일 것이다.

그때 다시 노민찬 선생님의 목소리가 들려왔다.

"벌칙은 바로! 프리 댄스!"

그러면서 시작된 음악은 다름 아닌 현아의 버블 팝(bubble pop)이었다.

'우·우·우' 하는 경쾌한 코러스와 함께 통통 튀는 멜로디가 나오기 시작하자, 나는 두 손으로 얼굴을 가리며 주저앉고 말았다.

여름이 되면서 교실에서 몇 번이고 뮤직비디오를 틀었기 때문에 이 노래의 안무는 기억하고 있었다.

이 노래 안무, 결국은 엉덩이 춤이잖아! 우리 열 사람이 원 안에서 혼란에 빠져 서성이는 동안, 윤정인은 혼자 고개를 주억거리며 리듬을 타더니 제멋대로 막춤을 추기 시작했다.

아이들이 당장 배를 잡으며 자지러졌다.

"아악, 윤정인!"

"누가 쟤 좀 끌어내!"

벌칙을 보는 사람이 끌어내라고 할 정도의 파격적인 안무를 선보이고 있는 윤정인의 옆에서 나와 신서현은 급기야 결탁하기에 이르렀다.

내가 물었다.

"신서현, 아무리 생각해도 우리가 버블 팝 춤을 출 수는 없어. 차라리…… 포크 댄스를 출까?"

포크 댄스라면 희한한 거 많이 가르치는 이 학교에서 1학년 때 배운 일이 있었다.

신서현이 진지하게 내 손을 잡으며 말했다.

"찬성이야."

그리고 우리는 박자가 빠르고 경쾌한 버블 팝이고 뭐고 다 무시한 채, 아주 느릿느릿하고 절도 있는 포크 댄스를 추기 시작했다.

이러면 적어도 쪽팔리진 않겠지 하는 생각에서였는데, 어째 돌아온 것은 더욱 큰 웃음이었다.

"우리 반엔 정상인 애가 왜 하나도 없냐?"

"완전 개판이야. 버블 팝 추는 윤정인 옆에서 둘이서 포크 댄스를 추면 어떡하냐?"

그런 소리들이 들려왔지만, 나는 꿋꿋이 신서현과 호흡을 맞춰 포크 댄스를 추는 데 열중했다. 어차피 아는 춤이라곤 이것밖에 없단 말이야.

그러다 웃음소리가 커진다 싶어 문득 고개를 돌리자, 정색하고서 버블 팝 안무에 있는 골반 털기 춤을 완벽히 소화하고 있는 윤정인이 보였다.

이민아는 진작 고개를 돌리고 있었고, 웬만해선 윤정인의 이상 행동을 쿨하게 무시하고 넘기는 김 쌍둥이조차 서로를 끌어안고 무너지고 있었다.

현아에 빙의라도 한 듯, 신들린 양 춤추고 있는 윤정인을 게슴츠레하게 쳐다보던 나는 고개를 돌렸다. 마침 7반 한가운데서 주인이도 버블 팝을 가볍게 추고 있었다.

그 모습을 보고 나는 키득키득 웃었다. 같은 동작인데도 주인이는 되게 귀엽게 추네. 꼭 아이돌 같다.

버블 팝 노래가 끝날 때쯤, 우리 반 대부분은 윤정인 때문에 웃다 못해 실신에 이르렀다.

노민찬 선생님이 협동 레크리에이션 첫 번째 게임의 종료를 알리고서도 우리는 그 여운에서 벗어나지 못했다.

저마다 너무 웃은 나머지 산소가 부족해져서 잔뜩 붉어진 얼굴로 눈물을 그렁그렁 매달고 있었고, 더러는 배를 부여잡고 주저앉아 앓는 소리를 내기도 했다.

"아, 어떡해. 나 배 아파…….."

"근육 당겨서 죽을 것 같아."

춤 하나만으로 우리 반 대부분을 빈사 상태에 빠트린 윤정인은 오히려 개선장군처럼 당당하게 고개를 들고 돌아다녔다.

간혹 몇몇이 어이없어하는 눈빛을 보내면 그는 억울하단 표정을 짓고는 말했다.

"왜? 나는 그냥 벌칙 하란 거 했을 뿐이라니까? 나처럼 성실하게 벌칙 수행한 사람이 어디 있냐?"

그리고 그는 한쪽 눈을 찡긋하며 물었다.

"다시 춰 주랴?"

그에 노려봤던 사람은 본전도 못 찾고 물러났다.

"제발 그만해…… 내가 잘못했어."

그쪽을 진지한 눈으로 쳐다보던 신서현이 불쑥 물었다.

"우리는 현세에 존재해선 안 되는 무언가를 소환한 것이 아닐까?"

그 말을 옆에 있던 김혜힐이 받았다.

"버블 팝이란 주문으로 말이야?"

"설득력 있네."

김혜우의 말에 우리 모두는 진지하게 고개를 주억거렸다.

그리고 시작된 다음 게임은 닭싸움이었다. 한쪽 다리만 든 사람들이 헤집고 다니는 체육관은 금세 난장판으로 변했다.

의욕이 없는 사람들, 이를테면 나나 김혜힐 같은 사람들은 서로 건배라도 하듯 가볍게 짠 하고 부딪치고 나서 둘 다 엎어져 버린 다음 곧바로 구석에 앉아 빈둥거렸으나, 세상엔 모든 일을 완벽하게 해내야만 성이 풀리는 사람들도 있는 모양이었다.

바로 그중의 하나, 반여령의 기세는 무시무시했다. 그녀가 다섯 명째 도전자를 한 방에 날려 버리는 것을 보면서 나는 중얼거렸다.

"어째 반여령이 들고 있는 게 다리가 아니고 검으로 보이는데."

"우연이네. 나도 그런데."

옆에서 웅크리고 있던 김혜힐이 나직이 대꾸했다.

호리호리하고 연약한 반여령의 체구를 쉽게 보고 덤벼들었던 도전자들은 죄다 반여령의 용수철처럼 튀어 나가는 어택에 쓰러지고 말았다.

심지어 쾅! 소리를 내며 엎어진 사람을 보고 누군가 유혈 사태 난 거 아니냐고 걱정스레 외치기도 했다.

그 모습을 보며 나는 생각했다.

작가, 아무리 반여령이 완벽한 여자 주인공이라지만 닭싸움까지 잘하는 건 설정 과잉 아니냐.

아, 그러고 보니 이제 작가한테 이런 것에 대해서 직접 물어볼 수 있구나? 문득 떠오른 사실에 내가 표정을 달리하는 그때, 체육관 한가운데선 돌연한 대접전이 막 시작되려는 참이었다.

사복 차림의 반여령은 검은 머리카락을 한 갈래로 질끈 동여 묶고, 흰 티셔츠와 검은 아디다스 바지를 걸쳤을 뿐이었다. 늘 그렇듯 심플한 의상이 그녀에게는 무척 잘 어울렸다.

반여령이 검은 눈에 불을 켜고 말했다.

"비켜. 그러지 않으면 피를 보게 될 거야."

그에 맞서는 은형이 역시 흰 반팔에 검은 트레이닝복 바지를 입고 있어 둘은 꼭 커플룩을 입은 것처럼 보였다.

은형이가 난감한 얼굴로 말했다.

"여령아……."

그가 차분하게 말을 이었다.

"나도 그러고 싶은데…… 벌써 우리 둘밖에 안 남았어."

벽에 붙어 있던 다른 생존자들마저 그쪽을 보는 가운데, 나 또한 손에 땀을 쥔 채 두 사람을 보았다.

평소라면 매사에 성실한 데다 운동 신경까지 좋은 반여령과 은형이, 두 사람이 마지막까지 살아남은 데 별다른 관심을 갖지 않았을 것이다.

하지만 나는 지금 두 사람의 사이를 점쳐 보고 있었다.

나는 진심으로 반여령이 이서진 같은, 설명만 들어도 오싹해지는 사람보다는 은형이처럼 다정하고 상냥한 사람을 만나면 좋겠다고 생각한다. 그래야 반여령이 자신이 주는 호의만큼의 애정을 돌려받을 수 있을 테니까.

내가 살아 본 바, 반여령만큼 남에게 세심하게 신경을 기울일 수 있는 사람은 세상에 그리 많지 않았다. 그리고 은형이는 그 흔치 않은 사람들 중 하나였고.

딸 가진 어머니 같은 심보이긴 하지만, 아무래도 시원찮은 놈에겐 여령이를 못 주겠는데. 나는 한숨을 푹푹 내쉬었다. 이거야말로 너무 오지랖인가?

두 사람 사이에 정말로 이성적인 기류가 피어오를 가능성이 조금이라도 있을지, 이번 일로 약간의 가능성이라도 볼 수 있으면 좋겠는데.

내가 긴장된 눈으로 팽팽한 기류 속을 노려보던 그때, 반여령이 낭랑하게 외쳤다. 자비라곤 조금도 기대할 수 없는 날카롭고 굳어진 목소리였다.

"좋아…… 은형이 네 뜻이 정 그렇다면 어쩔 수 없지!"

은형이가 난감한 듯 웃으며 대답했다.

"아니, 내 뜻이라기보다는 우리가 싸우지 않고 넘어가면 남은 사람들이 서운해할……."

그가 채 말을 끝내기도 전에 반여령이 득달같이 덤벼들었다.

두 사람의 무릎이 부딪혔을 뿐인데, 나는 어째 쾅! 소리를 들은 것만 같은 기분이 들었다.

어깨를 움찔하는 것도 잠시, 나는 눈에 불을 켜고 싸움의 양상을 관찰했다.

반여령은 은형이를 상대로 조금도 물러나려 하지 않았다. 그녀는 몸을 사리지 않는 적극적인 공세를 취했다. 반면, 은형이는 공격하는 대신 여령이의 공격을 피하거나 방어하는 데만 주력하고 있었다.

어찌나 그가 물 흐르듯 미꾸라지처럼 잘 빠져나가는지, 계속 덤벼드는 여령이의 동작에서 점차 기운이 빠지는 게 실시간으로 보일 지경이었다.

맙소사, 천하의 반여령이 체력이 부족해질 정도라니. 내가 혀를 내두르며 중얼대는 그때였다.

급기야 무리한 공격을 감행하던 반여령의 발목이 꼬이고 말았다. 그녀가 앞으로 넘어지며 작게 비명을 내뱉었다.

"앗."

나는 나도 모르게 자리에서 벌떡 일어났다.

그러나 사실 반여령을 심각하게 걱정한 것은 아니었다. 반여령의 운동 신경이라면 그냥 넘어지는 것이 아니라, 2층 높이에서 미끄러져도 안전하게 착지할 수 있단 것을 나는 경험으로 알고 있었다.

지금 미끄러진 것도 단순히 한 발로 계속 뛰느라 그런 것일 뿐, 두 발을 사용하면 바닥에 부딪히는 일은 없을 터였다. 나처럼 생각한 애들이 대부분인지, 다들 반여령이 넘어지는 것에 대해 크게 걱정하진 않는 눈치였다.

그런데 바로 그때, 단숨에 들고 있던 다리를 내려놓은 은형이가 여령이를 끌어안았다.

얼떨결에 은형이의 품에 끌어안긴 여령이가 휘둥그레진

눈으로 은형이를 올려다보았다.

"아."

"여령아, 괜찮아?"

은형이가 걱정스러운 듯 묻는 것을 나는 놓치지 않았다.

승부가 싱겁게 결정된 것에 대해 군중들이 분노한 듯, '우우—' 하는 야유 소리가 빗발쳤다. 나는 그것을 깔끔하게 무시하고 두 사람의 대화에만 귀를 기울였다.

여령이는 은형이의 품에서 얼른 빠져나오지 않았다. 그녀는 오히려 그곳이 자신이 있을 자리라는 듯, 그의 품에 편안하게 안겨 있었다.

그들의 모습을 보면서 나는 수련회 때 두 사람의 모습을 떠올렸다. 그때도 은형이의 품에 안겨 있는 반여령의 모습은 그저 편안해 보이기만 했다.

그건 두 사람이 그만큼 친한 사이라는 증거일 뿐일까? 아니면 내가 지금까지 놓쳐 왔을 뿐, 사실 저건 두 사람의 무의식적인 감정을 나타내는 어떤 신호는 아닐까?

내가 생각하던 그때, 몹시 가까이에서 품에 안긴 여령이를 내려다보던 은형이가 말했다.

"여령아."

그렇게 말하는 은형이의 목소리나 표정에선 어떤 징조도 찾아볼 수 없었다.

여상한 부름이었지만, 둘의 자세가 자세인지라 나는 괜

히 긴장했다. 지금 둘이 하는 양을 멀리서 지켜보면 다정한 연인들이 따로 없어서, 꼭 고백이라도 할 것만 같았기 때문이었다.

여령이는 태연한 얼굴로 되물었다.

"응?"

다음으로 흘러나온 은형이의 말에, 나는 어깨에 힘을 빼며 푹 한숨을 내쉬었다.

그럼 그렇지.

"네가 이겼어."

은형이가 그린 듯한 미소를 지으며 대꾸했다.

나는 이마를 짚었다. 역시. 하긴…… 5년간 아무런 일도 없었던 마당에 갑자기 그런 걸 기대한 내가 잘못이지.

정말 이게 무슨 김칫국이람.

사이다마냥 김이 푸쉬쉬 빠진 내가 한숨을 내쉬는 사이, 은형이가 노민찬 선생님을 향해 고개를 꾸벅 숙였다.

고개를 끄덕인 노민찬 선생님이 한 손을 들며 쩌렁쩌렁하게 외쳤다.

"닭싸움 우승을 한 7반에게 500점!"

"와아아!"

대번에 외침이 솟구치는 가운데, 김혜힐이 황당한 듯 중얼거렸다.

"어차피 둘 다 7반인데, 그럼 결국 싸울 필요가 없었다는 거잖아?"

"생각해 보니까 그러네."

그렇게 중얼거리며 나는 반여령 쪽을 돌아보았다.

그녀는 은형이를 향해 조금 열 받은 듯한 눈치로 뭐라 뭐라 말하고 있었다. 언뜻언뜻 들려오는 말을 들어 봐서는 정정당당하게 승부하고 싶었는데 거기서 네가 날 잡아 버리면 어떻게 되냐, 원래는 네가 이기는 게 맞는 거 아니냐, 뭐 그런 얘기인 것 같았다.

역시 반여령. 승부 외에는 관심이 없군. 아까 은형이에게 끌어안긴 일 따위는 이미 그녀의 머릿속에서 날아가고 없는 것이 분명했다. 나는 미간을 좁혔다.

그러다 문득, 여령이와 나란히 걸으면서 웃는 얼굴로 미안풀이를 하고 있는 은형이를 본 나는 고개를 살짝 기울였다.

어라, 은형이 지금…….

귀 조금 빨갛지 않나?

그러나 거리가 너무 멀어서 확신할 수도 없는 노릇이었다. 더군다나 격한 운동을 마치고 난 참이라 몸에 열이 오르는 게 이상한 일도 아니고.

뒷머리만 한참 긁적이던 나는 결국 걸음을 옮겨 그들에게서 돌아섰다.

* * *

다음 게임을 시작하기 전에 잠깐 쉬는 시간이 있었다.

오랫동안 쓰이지 않은 듯한 체육관 화장실에는 락스 냄새와 풀 냄새가 섞인 싸한 공기가 가득 고여 있었다.

별로 좋은 냄새는 아니었지만 그럭저럭 청결한 느낌은 들고, 또 화장실 안도 오랫동안 방치된 것치고는 깔끔했다. 다만 죽은 날벌레가 너무 많아서 그것을 피해 다니느라 아이들이 울상일 뿐이었다.

화장실 칸이 몇 개 없었으므로 줄을 서야 했다. 잠자코 차례를 기다리던 나는 문득 들려오는 말에 고개를 들었다.

"아까 보니까 유리창 밖에 사람 그림자 있던데?"

"으, 진짜? 숲속이잖아. 가로등도 없어서 어두워서 하나도 안 보이고."

"몰라, 그런데 달빛에 희미하게 보였어."

급기야 한 애가 '원숭이 아니야?' 하고 그럴듯한 가설을 제시하자 여자애들 전체가 술렁이기 시작했다.

원숭이라니? 나는 조용히 팔을 두 손으로 감쌌다.

이런 곳에서 마주치는 야생 원숭이라니, 상상은 잘 안 되지만 별로 귀여울 것 같진 않다. 혹시나 잘못 보여서 공격이라도 하면 큰일이고.

그때 다른 누군가가 또 하나의 의견을 제시했다.

"다른 학교 학생 아니야? 왜, 있잖아. 우리랑 같은 숙소 쓰는 학교. 선율 예고인가……."

"아!"

곳곳에서 탄성이 터졌다. 맞네, 그거네.

나도 고개를 주억거렸다. 아무래도 야생 원숭이보다는 저쪽이 훨씬 설득력 있어 보였다. 또 덜 무섭기도 했고.

그러나 그것과 별개로, 남의 학교에 구경거리가 되었다는 것이 썩 유쾌한 기분은 아니었다. 내가 조용히 미간을 좁히는 동안에도 대화는 계속되었다.

"걔네 그럼 우리 레크리에이션 하는 거 다 봤겠네? 닭싸움하고 그러는 것도?"

"야, 그래 봤자 네 얼굴 기억 못 해."

"왜! 혹시 알아, 보고 반했을지."

"지랄 쩐다, 진짜."

가볍게 킬킬거리는 아이들이 있는가 하면, 나와 같은 고민을 하는 아이도 있었다.

한 아이가 조심스럽게 말했다.

"아, 어떡해? 나 아까 수건돌리기 벌칙으로 막춤 췄는데, 그것도 봤다는 거 아니야. 쪽팔려."

그녀의 말을 들으며 나는 한 손으로 얼굴을 가렸다. 그래, 내가 걱정되는 것도 그거라고.

우리 반은 8반이란 위치상 유리창과 무척 가까이 붙어 있었던 데다가, 심지어 윤정인의 춤은 우리 반 전체를 집단 실신 상태로 몰고 갔을 만큼 강력한 것이었다.

만약 선율 예고 학생들이 정말로 밖에 있었다면 윤정인의 춤을 안 보고 넘어갈 수 없었겠지. 그리고 윤정인을 봤다면 그 옆에서 신서현과 포크 댄스를 추고 있던 내 꼴도 분명 보았을 테고.

"으으……."

나는 슬그머니 눈을 감으며 앓는 소리를 냈다. 안 되겠다, 남은 이틀 동안 선율 예고 학생들 쪽에는 눈길도 주지 말자.

하지만 밖에 나가자, 이미 우리 학교 학생들과 선율 예고 학생들과의 만남이 이루어지고 있었다.

둘 다 사복을 입고 있어서 구분이 쉽지 않았지만, 모르는 얼굴이 많았으므로 금세 상황은 파악이 됐다.

대개 다른 학교에 대한 호기심과 흥미가 섞인 얼굴로 조심스럽게 얘기를 나누고 있는 반면, 마음에 든 이성에게 적극적으로 다가가는 애들도 있었다.

여자애들에게 인기를 끌고 있는 것은 다름 아닌 주인이와 윤정인이었다.

주인이야 아까 눈웃음치면서 귀엽게 버블 팝을 춰 대던 모습이 웬만한 아이돌 못지않았으니 이해는 가는데, 윤정인의 경우에는……. 나는 그를 빤히 보았다.

그런 춤을 추고도 인기를 끌 수 있단 말인가? 그것참 혁신이라면 혁신인데.

윤정인은 여자애들에게 한눈파는 일 없이 곧장 이민아에게로 직진해서 그녀와 팔짱을 끼고는 여학생들을 모른 체했다.

주인이로 말할 것 같으면 평소처럼 즐겁게 대화를 주고받으면서도 번호는 절대로 알려 주지 않는 노련함을 보이고 있었다.

아무튼 각자 잘 대처하고 있어서 다행이네. 그렇게 생각하던 나는 어디선가 들려온 큰 소리에 고개를 돌렸다.

막는 아이들을 뿌리치고 막무가내로 돌진하는 남학생 두엇을 본 내 미간이 찌푸려졌다.

"아까 닭싸움에서 우승한 여자애 있어? 지금 어디 있어?"

나는 한숨을 푹 내쉬었다.

역시, 반여령에게 관심 보이는 애들은 어딜 가나 있군.

내가 먼저 그녀를 찾아서 여자 화장실로 대피시킬 요량으로 주위를 살피는데, 불운하게도 그가 나보다 먼저 반여령을 발견했다.

"어, 거기! 머리 하나로 올려 묶고 흰 티에 아디다스 레깅스 입은 여자애! 잠깐만!"

정확히 자기를 지목한 호칭에도 반여령은 전혀 알아들

지 못하고 다른 곳으로 고개를 돌리고 있었다. 물론, 결정적인 말이나 고백 같은 건 하나도 듣지 못하는 여주인공의 특성 때문이었다.

그러자 남학생은 성큼성큼 걸음을 옮겨 그녀에게 다가갔다.

아니, 잠깐만! 내가 반여령을 향해 뛰어가고 남학생이 반여령의 어깨를 향해 손을 뻗던 찰나, 어디선가 튀어나온 손이 남학생을 저지했다.

그런데 손의 개수가 두 개였다.

나는 당황한 눈으로 두 사람을 번갈아 보았다.

남학생의 손이 반여령의 어깨에 닿기 전에 가까스로 붙든 것은 은형이였다.

그는 차가운 눈으로 남학생을 바라보다가, 곧 그 너머에 서 있는 또 한 사람을 발견하곤 눈을 깜빡이며 의아한 얼굴을 했다.

한편, 남학생의 등 뒤에서 갑자기 나타나 그의 어깨를 붙잡은 사람은 낮에 본 적이 있는 얼굴이었다.

"이서진."

나는 내뱉었다.

선율 예술 고등학교 내에서 '서진 님'이라고 불리는 학생이자, 다른 소설의 서브 남자 주인공이었다.

낮에도 참 새카맣다고 생각했던 그의 밤하늘 같은 머리카락은 체육관 불빛 아래 유독 선명했다.

붉은 머리카락에 회녹색 눈을 가진 다채로운 색채의 은형이와, 빛 한 점 섞이지 않은 먹물 같은 검은 머리카락과 검은 눈의 이서진은 극명한 대조를 이루었다.

그러면서도 또 한편으로는 두 사람의 인상이 묘하게 비슷해 보이기도 했다. 눈꼬리가 아래로 향하는 부드러운 눈매, 또래보다도 깊은 눈빛, 교복이 아닌 사복 차림인데도 어딘가 풍겨 나오는 단정한 분위기. 마치 같은 사람을 컬러 사진과 흑백 사진으로 찍어 둔 것 같았다.

그러나 단 하나 결정적으로 다른 게 있다면 눈이었다.

은형이의 눈은 내면에 타오르고 있는 불꽃을 보호하거나 혹은 감추려는 듯 견고하고 단단한 반면, 이서진의 눈은 오히려 텅 빈 내면을 감추려는 듯 사방의 것들을 환히 반사하고 있었다.

어쩌면 그것은 그 둘의 결정적인 차이를 나타내는 유일한 단서일지도 몰랐다.

나는 주먹을 질끈 쥐고 둘의 대치를 지켜보았다.

이윽고, 남학생의 손을 풀어 준 은형이가 경고하듯 부드럽게 말했다.

"모르는 사이에 몸에 손을 댈 때는 허락을 받아야지."

"그, 그래. 미안하다."

그렇게 말하며 남학생은 손목을 문질렀다. 반팔 차림이라 훤히 드러난 손목 위로 푸르게 솟아오른 멍 자국을 보고 나는 숨을 삼켰다.

나는 퍼뜩 고개를 돌려 은형이를 바라보았다. 은형아, 그래도 조금 과하게 힘을 쓴 거 아닐까?

그때, 그 광경을 지켜보던 이서진이 불쑥 입을 열었다. 은형이와 남학생의 고개가 동시에 그리로 돌아갔다.

"그래, 준우야. 네가 잘못하긴 했어. 멍이 들 정도의 잘못이었는지는 모르겠지만."

이서진의 부드러운 말에 준우라고 불린 남학생의 어깨가 축 처졌다. 그가 머뭇거리며 말했다.

"미, 미안."

"나한테 미안할 것까지는 없고. 사과는 저기 저 여자애한테 해야지?"

그렇게 말하며 이서진이 반여령을 가리켰다. 이어 준우가 반여령을 향해 사과하자 반여령은 고개를 내저었다.

"아니야, 결과적으로 나한테 닿지도 않았는걸, 뭐."

그녀가 말했다.

상황이 돌아가는 것을 지켜보고 있던 나는 문득 의구심이 들었다.

어라, 이상하네.

이서진의 행동은 분명 학생회라는 그의 직함으로 미루어 볼 때 나무랄 데가 없었지만, 아까부터 싸한 감각이 자꾸만 머릿속을 찌르고 있었다.

그러다 사건에서 한 발자국 격리된 것 같은 은형이의 모습을 보고 나는 깨달았다. 아, 그거구나!

이서진은 준우란 남학생에게 잘못을 지적하고 나서 '멍이 들 정도의 잘못이었는지는 모르겠다'는 점을 지적했다.

그리고 남학생이 이서진에게 사과했을 때, 이서진은 '사과는 저 여학생한테 해야 한다'고 말했다. 남학생이 잘못을 저지른 대상은 어디까지나 반여령에게 한함을 상기시킨 것이다.

그렇다면 결과적으로, 자기 일도 아닌데 상대방을 멍들게 한 은형이의 입장이 몹시 애매해진다.

그 사실을 이미 알고 있었던 듯, 애매한 미소를 짓고 있던 은형이가 말했다.

"그쪽에서 여령이한테 사과해 줬으니 나도 사과할게. 여령이한테 이런 일이 자주 있어서, 막아야 한다는 생각에 급해서 힘 조절을 실수했어."

"아."

나는 또다시 고개를 끄덕였다.

'여령이에게 사과했으니' 나도 사과한다. 즉, 상대방이 여령이에게 사과할 때까지 기다리고 있었을 뿐이지 결코 사과할 생각이 없지 않았음을 주지시키는 말이었다.

은형이도 이서진의 말 속에 박힌 작은 가시를 눈치챈 걸까? 그러자 고개를 끄덕인 이서진은 갑자기 반여령에게로 돌아섰다.

시선을 받은 반여령이 움찔했다.

이서진이 부드러운 표정 그대로 입을 열었다.

"이런 일이 많이 일어난다는 건 전에 들어서 알고 있었
어. 그렇지? 반여령."

어쩐지 멍해져 있던 여령이가 그의 물음에 잠에서 깬 것
처럼 고개를 끄덕였다.

"어? 응……. 그렇긴 한데."

"그때마다 네 친구가 항상 도와줬나 봐. 전에도 급하게
달려왔었고."

그가 달짝지근한 미소를 매달고 묻는 것을 들으며, 나는
께름칙한 얼굴로 생각했다. 그래, 은형이가 항상 도와주긴
했지.

생명 보호를…….

반여령이 생명을 해치지 않도록…….

그 가운데 이서진이 다시 물었다.

"그래서 좀 줄어들긴 했어?"

고개를 내저은 은형이가 차분하게 대답했다.

"아니, 오히려 늘어나기만 하더라."

그제야 원하는 대답을 들었다는 것처럼 이서진이 웃었
다. 이서진은 나무랄 데 없이 예의 바른 태도로 말했다.

"그랬구나. 둘 다 고생 많았겠다."

그를 마주 보고 있던 은형이의 얼굴 한구석이 심상치 않게 굳어졌다.

　그 이유가 뭔지 생각하던 나는 또다시 깨달았다.

　설마, 방금 이서진이 권은형한테 '네가 그동안 도와줘서 나아진 게 뭐가 있냐'고 깐 건가?

　그거 맞네! 은형이의 눈을 보고 나는 속으로 비명을 질렀다. 입가는 웃고 있었지만, 그의 눈은 북극 바닷속 얼음처럼 차가웠다.

　문득, 반여령에게로 시선을 옮긴 이서진이 다시 말했다.

　"아, 하긴. 나도 도움이 된 건 아니네. 내 이름을 말할 틈도 없으리란 건 예상을 못 했으니까."

　그때 붉어진 얼굴로 앞머리만 매만지던 반여령이 말했다.

　"아, 아니야……. 딱 한 번 만난 사이인데, 도와주려고 했던 것만으로도 난 고마운데."

　"닭싸움 잘하더라."

　그렇게 말한 이서진이 고개를 돌리고 픽 웃었다. 그의 웃음을 본 내 가슴이 돌에 눌린 듯 무거워졌다.

　물론 이서진은 등장한 이래로 지금까지 내내 웃고 있었지만, 방금 그 미소는 그런 것과는 차원이 달랐다.

　마치 덮어 둔 뚜껑 틈을 비집고 나온 듯, 갑작스럽고도 자연스러운 웃음이었다.

　그 말에 반여령은 눈에 띄게 안절부절못했다.

그녀가 부끄러운 듯 말했다.

"그, 그걸 봤어?"

"잘하던데."

"아니야, 은형이가 양보해 준 거나 다름없는데."

여령이가 쑥스러운 듯한 목소리로 말하는 것을 들으며 나는 기분이 미묘해졌다.

음, 여령아. 이서진은 오히려 은형이를 해치우기 전까지의 과정을 보고 말하는 걸 텐데. 검을 든 장수처럼 다섯 명의 닭을 단숨에 날려 버리던 네 모습이 잊히지 않는구나…….

그때 강당 한구석에서 소란이 일어났다. 어느새 돌아온 노민찬 선생님이 이곳을 향해 외치고 있었다.

"이곳에 들어와 있는 다른 학교 학생들은 나가 주세요! 소현 고등학교 레크리에이션이 재개될 예정입니다. 어서 나가 주세요!"

그곳을 돌아본 이서진이 반여령을 향해 마지막으로 말했다.

"전에도 말했지만, 우리 학교 학생들이랑 문제 생기면 내 이름 말해. 이번에는 별 도움 안 됐어도 대부분은 통할 거야."

그동안 무거운 눈을 하고 상황을 지켜보고 있던 은형이가 불쑥 끼어들었다.

"여령이한테 신경 써 줘서 고마워."

그에 이서진은 순순히 웃으며 대답했다.

"곤란한 일에 휘말린 애를 보면 당연히 신경이 쓰이지."

이서진을 대할 때 은형이는 내내 반여령의 학부모 같은 태도를 견지하고 있었다. 그가 날을 세우는 이유는 본인이 공격당해서이기 때문이 아니라, 단지 이서진이 반여령에게 무슨 일을 벌일까 걱정해서라는 것이 훤히 보였다.

반면에 이서진은 뭘까? 나는 눈을 가늘게 떴다.

벌써 여령이를 두 번이나 도와준 데다가, 곤란한 일이 생기면 자기 이름을 대라고까지 말해 주었다.

하지만 그는 은형이가 자교 학생을 건드린 것에 대해서 예민하게 반응할 뿐, 반여령에 대해선 이렇다 할 태도를 취하는 것 같지 않았다.

실제로 은형이의 고맙다는 인사에도 그는 '반여령을 위해서' 어쩌고저쩌고하는 대신, 도덕 교과서에 나올 법한 평범한 대답이나 내놓았다. 반여령이 자신에게 특별해서 신경을 쓴 게 아니라는 투였다.

아니, 하지만. 별안간 머릿속을 스친 생각에 나는 얼굴을 굳혔다.

반여령이 이서진에게 신경 쓰기 시작했던 때는, 그가 반여령을 보고도 아무런 동요도 하지 않았던 그때가 아니었던가?

반여령은 그런 사람을 '처음 봤다'고 했으니까.

나는 바닥을 알 수 없을 정도로 깊은 이서진의 검은 눈을 응시했다.

준우라는 남학생을 앞장세운 이서진이 돌아서서 출구로 향했다.

내가 그가 출구로 가는 길목에 서 있었기 때문에, 우리는 필연적으로 마주칠 수밖에 없었다.

나와 마주쳤을 때, 그는 문득 고개를 돌리더니 또 한 번 작게 웃었다. 나는 귀를 의심했다. 내가 잘못 들은 건가?

이윽고 이서진을 비롯한 선율 예술 고등학교 학생들이 모두 강당 밖으로 사라지자, 나는 고개를 기웃거리다가 다시 강당 안으로 향했다.

"각 반 원 모양으로 모이세요!"

"네에!"

나는 그렇게 외치며 재빨리 반의 대열에 합류했다.

세 번째 협동 레크리에이션 게임은 다름 아닌 프리 댄스였다.

쿵쾅거리는 음악이 온 체육관의 공기를 뒤흔드는 가운데, 도대체 어떻게 한 것인지 모를 기술로 색색의 광선이 어두워진 체육관 이곳저곳에 내리꽂혔다.

전등이 꺼진 체육관은 어두웠지만, 체육관 무대 위를 비추는 조명과 곳곳을 색색으로 물들이는 빛기둥 덕에 사람의 형체를 알아볼 정도는 됐다.

각 반의 가운데를 조명으로 쏴서 고정시킨 노민찬 선생님이 무작위로 아무 번호나 부르기 시작했다.

"각 반 5번 가운데로 나와!"

명령에 따라 기어 나온 사람은 다름 아닌 김혜우였다. 나는 그를 보며 키득거렸다. 그렇지, 성이 김씨니까 꽤 앞에 있구나. 그 옆에서 김혜힐이 안도의 한숨을 내쉬는 것으로 보아 6번은 김혜힐이었던 모양이었다.

나오고 나서도 한동안은 음악에 맞춰 오징어처럼 몸만 흐늘대던 김혜우는 욕을 무진장 들어 먹은 뒤에야 겨우겨우 춤 비슷한 것을 추기 시작했다.

그마저도 통 아저씨 춤이었다. 양손을 앞으로 내밀고 열심히 돌리는 그를 보고 우리 반은 뒤집어져라 웃어 댔다.

남의 일이라고 웃는 것도 잠시, 내 번호가 호출되자 나는 잔뜩 울상을 지었다.

윽, 그냥 숨어 있으면 안 되나? 반사적으로 몸을 웅크린 나는 이윽고 주변 아이들의 손에 떠밀려 원 가운데로 내던져졌다.

흘러나오는 음악은 포미닛의 '거울아 거울아'였다.

상대방이 없으니 포크 댄스를 출 수도 없고. 고민에 빠져 있다가 겨우 팔다리를 움직이는 나를 향해 이민아가 외쳤다.

"야, 그거 '거울아 거울아' 아니고 '핫이슈'잖아!"

나는 진지하게 춤을 추며 대꾸했다.

"몰라, 나 이 춤밖에 모른단 말이야. 이제부터 이 노래는 핫이슈다."

"아, 그런 게 어디 있어!"

재미도 없고 감동도 없다는 아이들의 항의를 나는 가볍게 무시했다.

너희 모르는데, 내가 여기에 서서 춤을 추고 있는 것 자체가 대단한 일이야. 원래는 굳어서 움직이지도 못하고 있어야 한다고.

그나마 외우고 있는 춤이 하나라도 있는 게 어디야. 무념무상으로 춤을 추고 있던 나는 어디선가 시선을 느끼곤 고개를 돌렸다.

7반 사대천왕과 반여령의 시선이 일제히 이쪽으로 꽂혀 있는 것을 본 나는 황급히 그들에게 고개를 내저어 보였다.

안 돼, 보지 마! 보지 말라고!

그러나 은지호는 고개를 돌리긴커녕 삐뚜름한 미소를 지으며 턱까지 괴고 본격적으로 관찰하기 시작했고, 여령이와 주인이는 응원을 하려는지 주먹을 양옆으로 흔들어 보였다. 귀엽긴 했으나 내 쪽팔림 완화에 도움이 되진 않았다.

내 요청을 받아들여 준 건 고작해야 은형이뿐이었다. 복수해 주리란 다짐을 하며 자리로 돌아온 나는 눈에 불을 켜고 7반을 응시했다.

이윽고 은지호가 자리에서 일어나자 나는 속으로 환호했다. 그래, 너도 한번 당해 봐라!

그리고 불과 몇 분도 안 되어 광란의 도가니에 휩싸인 7

반을 보고서 나는 허망한 얼굴을 했다. 그래, 사대천왕이 못하는 게 있으리라 생각한 내가 잘못이지…….

자리로 돌아온 은지호가 내게 삐뚜름한 미소를 날리는 게 희미한 불빛 아래로 보였다.

나는 그에게 혀를 쏙 내밀고는 고개를 돌렸다. 워낙 강당이 어두워서 그가 봤으려나 모르겠다.

우리 반의 대미는 반휘혈이 장식했다.

마지막에 호출된 반휘혈은 대뜸 정세연을 부르더니 느릿느릿한 포크 댄스를 춰서 우리 반 애들을 폭소하게 만들고, 나와 신서현에게는 반성의 시간을 갖게 했다.

윤정인이 내 어깨를 툭툭 치며 말했다.

"저거 봐라. 깨냐, 안 깨냐."

나는 나직한 소리로 대꾸해 주었다.

"거기서 더 말하면 내가 너의 머리를 깰지도 모르지……."

윤정인이 아무 말도 없이 고개를 돌리자, 나는 따라서 고개를 돌려 7반 쪽을 바라보았다.

7반의 마지막 주자는 반여령이었다.

아, 그렇지. 반휘혈과 반여령 둘 다 반씨니까 번호대가 비슷할 만하네. 나는 턱을 괴고 반여령이 춤추는 모습을 구경했다.

검은 머리칼이 그녀가 몸을 움직일 때마다 찰랑거리며 흔들렸다. 희고 긴 팔다리가 자유자재로 움직이는 모습은 언제 봐도 보기에 좋았다.

그녀는 고작 여러 가지 춤을 섞어 추고 있을 뿐이었다. 설렁설렁 추다가, 또 아이들의 요청에 웨이브를 타기도 하다가, 금세 춤의 안무를 완벽하게 소화해 내는 그녀는 즐거워 보였다.

눈에 띄기 싫어하는데도 저렇게나 눈에 띈다는 건, 또 눈에 띄는 편이 오히려 더 자연스러워 보인다는 건 참 이상한 일이지.

나는 그녀의 모습을 눈도 깜빡이지 않고 오랫동안, 아주 오랫동안 응시했다. 마치 금방 사그라질 폭죽의 불꽃을 필사적으로 눈에 담으려는 사람처럼.

그러다 반여령의 맞은편을 본 나는 미간을 살짝 좁혔다.

방금 조명 불빛이 스치고 간 유리창 너머에서, 이서진의 그림자를 얼핏 본 것 같았다. 그의 검은 두 눈은 체육관 안에 고정되어 있었다.

그가 반여령을 보고 있었을까? 모를 일이다.

꺼림칙한 감상과 함께, 마침내 수학여행 첫날 전 일정이 마무리되었다.

* * *

숙소로 올라가는 짧은 길을 지나는 동안에 나는 헛구역

질을 두 번이나 했다. 다른 애들이 그런 내 모습을 보고 놀라서 물었다.

"대체 뭘 먹은 거야? 반여령이 챙겨 준 빵?"

나는 핼쑥해진 얼굴로 손을 내저으며 대답했다.

"아냐, 그거 먹을 시간도 없이 바로 내려왔어. 아마 아무 것도 안 먹어서 그런 것 같은데."

그렇게 말하면서 나는 엄지로 명치를 꾹꾹 눌러 보았다. 어깨가 저절로 축 처졌다.

물론, 내 상황이 여단 오빠와의 일에 여령이의 일까지 겹쳐서 이래저래 좋지 못한 건 알고 있지만, 그래도 기념비적인 수학여행을 3일 내내 빌빌대며 보내고 싶지는 않은데.

제발 아무것도 못 먹어서 이러는 것뿐이길. 속으로 기도하는 내 앞에서 다른 애들은 저녁 계획을 늘어놓기 바빴다.

"야, 너 어쩌냐? 술 가져왔는데."

"그리고 여기 치킨 배달도 된다? 선생님들이 딱히 금지한다는 말 없었으니까 시켜도 될 듯."

"우리 방은 돈 모아서 시킬 거야."

"우리 방도!"

"여기 근처 전망대는 몇 시까지래?"

방마다 자기들만의 계획을 가지고 있었다. 일찍 자기로 한 이들은 정말 몇 안 되는 듯하고, 기본이 술에 밤샘에 바깥으로 나들이 갈 계획이 있는 애들까지 있었다.

심지어 몇몇 애들은 선율 예술 고등학교 학생들에게 관심을 보이기까지 했다.

그들이 윤정인에게 물었다.

"야, 같은 숙소 쓰게 된 것도 인연인데 단합 같은 거 안 하냐?"

"그걸 왜 나한테 물어?"

윤정인이 어이없다는 표정으로 대꾸했다.

"아니, 그러지 말고…… 반장 권한으로 어떻게 좀 안 돼?"

"내가 여기서나 반장이지 저기서도 반장이냐?"

턱도 없다는 듯 코웃음을 친 윤정인은 걸음을 옮겨 이민아와 우리 곁으로 다가왔다.

그가 물었다.

"이따 가도 되지?"

혼자 오는 것도 아닐 테고, 당연히 그러라고 대답하려던 나는 옆에서 툭 튀어나온 대답에 눈을 깜빡였다.

"봐서."

눈을 내리깔고 뾰족한 목소리로 그렇게 말한 사람은 다름 아닌 이민아였다.

뭐야, 무슨 일 있었나? 나는 뒷목을 긁적였다.

내내 반여령과 체육관 바깥에 신경을 쏟느라고, 정작 우리 반에서 무슨 일이 일어나는지 보질 못했다. 옆에 선 김혜힐을 힐끗 보았지만, 그녀 역시 조금도 감이 안 잡힌다는 표정이었다.

우리가 멀뚱히 지켜보는 동안 이민아는 휙 걸음을 옮겨 사라지고, 윤정인이 그런 그녀를 황급히 뒤쫓았다. 단둘만 남은 우리는 괜히 뒷덜미만 긁적였다.

한참 만에 내가 겨우 물었다.

"왜 저러지?"

김혜힐이 눈을 내리깔며 대답했다.

"글쎄, 짚이는 거라면 하나 있는데⋯⋯."

"뭔데?"

"선율 고등학교 학생들이 윤정인한테 막 몰려들었던 거?"

"아하."

그리고 나는 눈을 굴렸다.

하지만 그때 윤정인은 제법 잘 대처하지 않았나? 바로 이민아에게 가서 팔짱을 꼈고 말이야.

그러다가 일전에 이민아가 상담했을 때 해 주었던 말을 떠올린 나는 살짝 고개를 끄덕였다.

하긴, 그녀는 일의 경위와는 상관없이 자신이 기분이 나쁘면 그것으로 끝이라는 사람이었다. 의무도 아니고 자기 좋자고 하는 연애니까, 무엇보다도 스스로의 마음에 신경 쓰는 것은 당연한 일이다. 남이 끼어들 일도 아니고.

그리고 나는 쓰게 웃었다.

"그래도 한번 해 보니까 조금은 관록이 생기네."

작게 중얼거린 나는, 김혜힐이 옆에서 '뭐라고?' 묻는 말에 찬찬히 고개를 내저었다. 그리고 나는 다시 생각에 잠겼다.

그래, 자기 좋자고 하는 연애니까 내가 끼어들 문제가 아니긴 하지.

하지만, 반여령은······.

*　*　*

불안한 예감을 안고 방문을 열자, 방 안은 침묵만이 가득했다.

서로를 돌아보며 어깨를 으쓱한 나와 김혜힐은 각자 먹을 것을 뜯고 짐 정리를 하며 이민아가 오길 기다렸다.

이민아가 돌아온 것은 그로부터 20분 정도가 지나서였다. 이미 대여섯 명의 아이들이 우리 방에 찾아와서 함께 놀러 갈 것을 권유한 뒤였다. 우리는 '이민아가 오면 물어보겠다'는 말과 함께 전부 돌려보냈다.

그러나 돌아온 이민아는 눈이 시퍼런 데다가 냉기를 풀풀 날리고 있어 도무지 놀러 나갈 상태가 아니었다. 한여름인데도 그녀의 어깨 위에 눈이 얹혀 있는 것처럼 보일 지경이었다.

그 모습을 황당하게 바라보던 내가 물었다.

"무슨 일이야?"

그러기가 무섭게 이민아가 분통을 터트렸다.

"아, 짜증 나! 내가 왜 연애를 시작해 가지고!"

놀랄 정도로 크게 터져 나온 외침이었다.

나는 순간적으로 방 바깥을 힐끗거렸다. 지금 누군가 우리 방 앞을 지나고 있었다면 필시 이 외침을 들었을 터였다.

하지만 그런 걱정은 나중으로 미뤄 두고, 나는 옆자리를 손바닥으로 두드리며 물었다.

"왜 그러는 건데?"

이민아는 울상을 하고서 내가 두드린 자리에 털썩 주저앉았다.

이어지는 이민아의 설명을 들으며 나는 고개만 기웃거렸다. 별일이 벌어질 만큼의 시간이 있던 것도 아니었기에 상황은 단순했다.

"아니, 레크리에이션 중간 쉬는 시간에 윤정인한테 선율 예고 여자애들이 막 달라붙어서 번호 달라고 조른 거 기억나?"

나는 고개를 주억거렸다.

"기억나지."

"버블 팝 다시 춰 달라고 하고."

그렇게 말하고 이민아는 갑자기 퍼뜩 떠오른 것처럼 미간을 구겼다.

그녀가 짜증스레 말했다.

"아니, 다시 생각해도 웃기네? 이것들이 앨범 사서 팬 사인회 온 것도 아니고, 보태 준 거 있어?"

나는 이쯤에서 이민아가 윤정인에게 화가 난 건지 윤정인을 보호하고 싶은 건지 모르게 되었다. 아마도 둘 다이 겠지만.

그녀가 답답한 듯 말을 이었다.

"아니, 그것까진 상관없었다? 왜냐하면 윤정인이 인기 많은 거 알고 있었거든? 중학교 때부터 이름깨나 날려서 우리 학교까지 들려왔고."

"그랬어?"

나로서는 처음 듣는 소리였다.

고개를 주억거린 이민아가 말을 이었다.

"아, 내가 다니던 중학교가 윤정인이 다니던 중학교 바로 옆이었거든. 벽이 너무 가까이 붙어 있어서 창문으로 말싸움까지 했을 정도라니까. '우리 오늘 급식 스파게티 다!', '어쩌라고, 우린 오늘 탕수육 나오거든?' 이따위 시답 잖은 걸로."

나는 고개를 기울였다.

"그건 몰랐어. 신기하다."

"뭐, 나는 목소리가 크니까 말싸움 날 때마다 껴서 진짜 엄청 싸워 댔는데, 윤정인은 정작 그런 데는 안 낀 모양이 더라. 그래서 나도 만난 건 고등학교 때가 처음이었어. 각자 친구들한테 얘기야 많이 들었지만."

"흐음."

"그땐 사귀게 될 줄은 진짜 몰랐는데……."

그러더니 이민아는 갑자기 머리를 감싸 안으며 으으, 하고 신음했다. 나와 김혜힐은 그런 이민아의 둥그런 정수리를 가만히 바라보기만 했다.

한참 있다 고개를 든 이민아가 입을 열었다. 탈수기에 돌린 것처럼 그새 힘이 쪽 빠진 목소리였다.

"그때부터 인기 많았던 건 알고 있었으니까, 여자애들이 몰려든 거 볼 때까지만 해도 별생각 없었거든."

"응."

"별생각 없었는데……."

힘없이 툭 뱉어 낸 이민아가 이윽고 또다시 제 머리를 감싸더니 도리질을 했다.

"아아, 몰라. 내 옆으로 와서 팔짱을 끼는데 괜히 '저 애들을 다 끌고 내 옆으로 온 이유가 뭐야? 자랑하러 온 건가?' 하는 생각이 드는 거야. 나도 내가 너무 꼬인 거 아는데."

"오, 그건……."

나는 김혜힐과 힐끗힐끗 시선을 주고받으며 생각을 정리했다. 내 딴엔 굉장히 좋은 대처라고 생각했지만, 이민아는 전혀 다르게 느낀 모양이군…….

이민아가 답답한 듯 토로했다.

"아니, 왜냐하면 그런 일이 한두 번이 아니다? 윤정인이 나한테 숨겼는데 윤정인 친구들이 나한테 말해서 들통난 것도 여러 번이고. 윤정인이 나한테 자진 신고한 것도 여러 번이거든? 근데 난 둘 다 스트레스받아. 나도 내가 어쩌고 싶은 건지 모르겠어. 윤정인이 인기 있는 게 잘못이 아니란 건 아는데."

"으음……."

"이번에도 여자애들이 가고 나서 나한테 계속 칭찬해 달라고, 잘했다고 해 달라는 식으로 말을 하는데…… 사실 걔가 나한테 바라는 건 칭찬 같은 게 아니라 '재수 없어' 한마디란 걸 알거든? 그냥 한 대 때리고 그걸로 잊어 달라는 거지. 걔 자주 하는 짓이잖아."

잠자코 듣고 있던 나와 김혜힐은 고개를 끄덕였다.

확실히 윤정인은 분위기가 심각해진다 싶으면 차라리 맞을 말을 해서 경직된 분위기를 푸는 편이었다. 그런 식으로 친구 사이에서야 여러 번 위기를 넘겼지만, 여자 친구인 이민아로서는 다르게 느꼈을 수도 있다.

고개를 내저은 이민아가 다시 분통을 터트렸다.

"몰라, 그러니까 더 짜증 나는 거야. 입 열면 욕부터 튀어 나갈 것 같아서 아무 말 안 했더니 이번엔 심각해져서 미안하다고 하는데, 그럼 또 내가 뭐가 돼? 난 걔한테 짜증 난 게 아니라 그 상황에 짜증 난 건데, 거기서 그렇게 진지하게 사과하면 내가 이상한 사람 되잖아."

거기까지 말한 이민아는 갑자기 자리에서 벌떡 일어나며 괴성을 내질렀다. 아악, 몰라! 그러더니 그녀는 레크리에이션 때문에 땀에 젖은 옷을 갈아입겠다고 방에 들어갔다.

방에 들어가기 전, 그녀가 문 틈새로 우리를 보며 경고했다.

"윤정인 오면 나 없다고 그래라."

김혜힐이 심드렁히 대답하며 손을 내저었다.

"걱정하지 마."

"오케이, 믿는다."

그리고 그녀는 문 너머로 사라졌다.

잠시 침묵이 찾아왔다. 그 속에서 나는 턱을 괴며 중얼거렸다.

"흐음. 진짜 복잡하네."

아무래도 이 갈등은 이민아와 윤정인의 갈등을 푸는 방식이 한참 다르기 때문에 생긴 것 같았다.

윤정인은 연애 문제에 있어서만은 대체로 덮어 놓고 지나가거나 유들유들하게 넘기며 최대한 심각하지 않은 분위기를 선택하는 반면에, 이민아는 직설적으로 해결하는 걸 좋아하니까.

겉으로 봐선 말 잘하고 웃긴 일이 생기면 누구보다도 신나 하는 두 사람이, 사실은 그렇게 다른 방식의 소유자일 줄은 아무도 몰랐겠지. 적어도 두 사람이 사귀기 전까지는 말이다.

　말없이 고개를 기울이는 내 옆에서 김혜힐이 소곤거렸다.

　"윤정인은 이민아를 예민한 여동생 다루는 오빠인 듯 대하고, 이민아는 그냥 다 터놓고 말하는 관계를 바라는 게 문제네."

　"오, 그거 되게 좋은 비유다."

　"나야 김혜우가 있으니까."

　"아하, 남매가 있는 사람의 관록이구나."

　나는 감탄했다. 그러자 픽 웃은 김혜힐이 대꾸했다.

　"그렇지, 뭐."

　그러더니 그녀는 대뜸 물었다.

　"윤정인은 여동생 있었지?"

　"그러고 보니 그러네. 이민아는 외동이고."

　"……."

　그리고 우리는 말없이 고개만 주억거렸다. 역시, 환경이 다른 두 사람이 만나면 이런 문제가 있군.

　닫힌 문 쪽을 힐끗 본 김혜힐이 다시 말했다.

　"일단은 둘이 방식이 너무 다른 게 첫 번째 원인이고, 두 번째 원인은."

　"두 번째 원인도 있어?"

　내가 놀라며 묻자 김혜힐은 주저 없이 고개를 끄덕였다.

　"두 번째 원인은, 이민아가 윤정인을 너무 좋아하기 시작했다는 거지 뭐겠어."

"아."

나는 영구 박 터지는 소리를 냈다.

김혜힐이 말을 이었다.

"쟤, 봄 체육 대회 때만 해도 어떤 여자애가 '좋아하는 사람' 적힌 쪽지 뽑고 윤정인 데리고 달려가니까, 땅 두드리면서 엄청 웃었던 거 기억나? 그때 반 애들이 다들 쟤네 사귀는 거 맞냐고 물어봤었잖아. 언제 헤어졌냐고."

"맞다. 그러네."

"근데 이민아는 자기 마음 모르는 것 같지?"

그렇게 말한 김혜힐이 대뜸 고개를 숙이더니 작게 덧붙였다.

"그리고 이민아가 모르는 걸 윤정인이 알 리가 없고."

나는 안타까운 탄식을 터트렸다.

"아⋯⋯."

"윤정인은 그냥 자기가 너무 나댔다고 생각하고 있을 거야."

"⋯⋯."

우리는 침묵 속에서 여전히 닫힌 문만 바라보았다.

나는 중얼거렸다. 어떡하냐, 완전 꼬였네. 불쌍한 윤정인.

사람에게 상담이 필요한 이유를 알 것도 같았다. 우리 중에 제일 대범하던 이민아가 저렇게 될 줄 누가 알았겠나.

자기 마음은 절대 자기가 모른다니까. 그렇게 생각하던

나는 문득 핸드폰을 확인해 보았다.

우리 반 단톡방은 고요했다. 이민아와 윤정인의 심상치 않은 기류를 읽은 이들이 알아서 입을 다문 것임이 분명했다.

대신에 개인 메시지가 쉴 새 없이 오고 있었다.

[서혜리 : 야 너희 진짜 안 와?]
[서혜리 : 윤정인도 안 온다던데 뭔 일?]
[서혜리 : 아니 다 빠져도 그 둘이 빠지는 건 말이 안 되지 않냐?]

이게 바로 유구무언이란 거겠지. 나는 한숨을 내쉬었다.

방금 자초지종을 들었어도 어디까지 말을 옮겨야 하는지 알 수도 없을뿐더러, 말하고 싶었다면 이민아가 직접 말했을 것이다.

그때, 마침 옷을 갈아입고 나온 그녀가 핸드폰을 보면서 말했다.

"헉, 그새 연락 온 것 좀 봐. 서혜리, 무슨 톡을 50개나 보냈대?"

그런 그녀에게 김혜힐이 물었다.

"너, 다른 방 갈 거야?"

"몰라. 그런데 지금 톡 보면 이미 애들 파장 각인데?"

그렇게 말하며 이민아가 우리에게 핸드폰 화면을 내밀었

다. 나와 김혜힐은 그쪽으로 고개를 기울였다.

[서혜리 : 지금 안 그래도 선율 예고 애들 보러 간다고 사람 없는데]

화면 위에 떠오른 글씨를 읽은 우리는 눈을 가늘게 떴다. 아하, 대충 방 분위기가 예상은 가는군.

김혜힐이 먼저 소파 위로 올라가며 말했다.

"그럼 나는 그냥 방에 있을래. 사실 난 점심때부터 피곤했어."

그 말에 '야, 점심때면 우리 비행기에서 내리고 한 시간도 안 돼서거든?' 하며 툭툭 장난을 걸던 이민아가 이윽고 그 옆에 털썩 앉으며 말했다.

"나도. 그냥 텔레비전 보다가 잠이나 잘래. 어, 〈검은 비〉 재방이다!"

그녀가 외친 말에 고개를 돌리자, 과연 화면 위에는 마침 유천영의 모습이 흘러나오고 있었다.

방금 분명히 소파 위에 앉거나 다른 무슨 일을 하려고 했던 것 같은데, 화면을 본 순간 머릿속의 모든 생각이 사라지고 말았다.

몇 번을 보았음에도 이질적인 모습이었다. 화면 속의 유천영.

"좀 불쌍한 것 같아. 유천영 말이야."

이민아가 갑자기 말했다.

김혜힐이 되묻는 소리가 들렸다.

"갑자기?"

"쟤는 이제 평범한 인생은 다 텄잖아. 고등학교에서 단한 번 있는 수학여행인데도 못 오고. 추억 하나 못 쌓을 거아니야."

"남친이랑 싸워서 아무 데도 안 가고 바로 잘 애가 할 소리는 아니다."

"죽을래?"

이민아와 김혜힐의 대화가 도란도란 흐르는 것을 멍하니듣던 나는 문득 떠올라서 말했다.

"나 7반에 좀 다녀올게."

"어, 그럴래? 그래! 뭐, 너까지 우중충하게 있을 필요 없으니까."

이민아의 흔쾌한 대답에 나는 눈을 가늘게 뜨며 그녀를살살이 살폈다.

이게 지금 허락인 건지, 반어법인 건지. 그러나 내가 떠나는 게 싫었다면 이럴 게 아니라 바짓가랑이를 안고 매달렸겠지.

나는 조용히 카드 키 하나만 챙겨 방을 나왔다.

시끌벅적한 복도를 혼자서 주파하며 나는 생각했다.

이번에 수학여행 정말 재미없을 거라고 내 입으로 말하기는 했지만, 말이 씨가 되다니.

진실 게임도 없고 밤을 새우지도 않는 수학여행 첫날이라니, 이게 말이나 돼? 더군다나 윤정인과 싸우는 것에 대한 얘기를 했던 이민아는 진짜로 윤정인과 싸우고 말았고.

다음부턴 말을 조심하자. 오늘의 결론이었다.

엘리베이터를 타고 내려선 층에서 나는 어째선지 은지호와 마주쳤다. 아무 말도 하지 않고 그를 따라 걸음을 옮기려니, 그가 황당한 듯 물었다.

"어딜 가는 줄 알고 따라와?"

눈을 깜빡인 나는 당연하다는 듯 대답했다.

"뭐야, 반여령 방에 가는 거 아니었어?"

"아닌데? 지금 반여령 상태 이상해. 혼자 있고 싶다던데."

그의 심드렁한 대답에 나는 화들짝 놀랐다.

내가 황급히 되물었다.

"뭐야? 체한 거야? 아니면 어디 다른 데가 아프대?"

그랬더라면 은지호의 표정이 저렇게 태평하진 않았겠지만.

과연, 흘러나오는 대답은 평이했다.

"아니, 그런 건 아닌데 그냥 복잡한가 보던데? 나한테 상담하라고 했더니 돈이면 다 되는 게 아니라면서 쫓겨났다. 나 참, 사람을 뭘로 보는 건지."

작게 투덜거린 은지호가 지나쳐 온 쪽을 손짓으로 가리

켰다.

"너한테 연락하고 싶어 하는 눈치던데. 노는 거 방해할까 봐 참고 있는 것 같더라. 한번 가 봐."

그제야 반여령이 직전에 고민 상담하러 왔던 것을 떠올린 나는 재빨리 돌아서서 걸음을 재촉했다.

뒤에서 은지호의 목소리가 희미하게 흩어졌다.

"일찍 자라. 내일 산 탄다더라."

그 말에 기겁한 나는 다시 몸을 돌렸다.

"뭐? 농담이지?"

그러나 은지호는 이미 사라지고 없었다.

나는 조심스럽게 문을 두드렸다. 초인종을 누른 내가 인터폰에 불이 들어온 것을 확인하고 말했다.

"반여령 있어?"

잠깐만! 안에서 낭랑한 목소리가 울리는가 싶더니 문이 벌컥 열렸다.

방에는 반여령 혼자였다. 현관에 들어서며 나는 의아하게 물었다.

"다른 애들은 다 어디 있어?"

"나도 잘 모르겠어. 아마도 밖에?"

반여령은 전혀 개의치 않는 듯한 목소리로 말하며 먼저 총총 거실로 들어갔다. 나는 가라앉은 눈빛으로 허전하다

못해 텅 빈 방들을 살폈다.

사람들의 시선 한가운데 서는 것에 누구보다도 어울리는 반여령이, 정작 무대가 끝나자 혼자 있다는 사실은 내 마음을 적잖이 무겁게 했다.

정말로 생각할 것이 있어서 혼자 있고 싶었던 것뿐일까? 사대천왕 외에도 틀림없이 많은 사람들이 함께 가자고 권유했을 것이다. 그럼에도 반여령이 이렇게 혼자 남겨져 있기를 택한 것은 어째서일까.

나는 문득 떠올렸다. 작년엔 이렇지 않았는데.

물론, 그때도 반여령의 옆을 차지한 건 사대천왕과 나였긴 하지만. 그 외에도 최유리가…….

그 대목에서 나는 인상을 썼다. 혹시 혼자 있기로 정한 게 그 때문인가? 그 사건 때문에 사람들을 사귀는 것에 염증이 나서?

그러면 안 되는데. 그 사건에는 내 책임이 아예 없다고도 못하니까.

본래대로라면 최유리는 반여령의 가장 절친한 친구가 되었어야 할 운명이었다.

내가 외톨이가 될 운명에서 벗어난 대신, 반여령이 외톨이가 되는 일은 있어선 안 되었다. 그렇게 생각하며 나는 입술을 잘근 깨물었다.

그러나 내 걱정은 유난에 불과했던 모양이었다.

"단아."

한참이나 맨발로 거실만 서성이던 그녀가 처음으로 꺼낸 말에 나는 당황했다.

"있지, 같은 숙소를 쓸 뿐이고 다른 학교 학생인데 친해지고 싶다고 다가가면 많이 불편할까?"

그렇게 말하며 반여령이 검정 구슬 같은 눈으로 나를 빤히 올려다보았다. 그녀의 눈 안에는 간절한 빛이 깃들어 있었다.

단언컨대 나는 반여령이 나나 가족 일이 아닌 다른 일에 이런 눈빛을 하는 것을 처음 보았다.

혼미해지려는 정신을 간신히 붙잡은 내가 대답했다.

"설마, 이서진 말이야?"

그러자 반여령의 볼이 복숭아처럼 발그레하게 물들었다. 그것만으로 모든 대답을 눈치챈 나는 이마를 짚었다.

맙소사. 결국엔 이런 일이 벌어지고 말았어.

나는 한숨을 내쉬었다. 노아리가 '다른 소설의 것이라도 한 세계에 있는 이상 상호 작용을 할 수 있다'고 말할 때 예상은 했지만, 그래도 실제로 일어날 거라 믿은 것은 아니었다. 반여령의 철벽이 어디 보통이어야지.

그런데 오래 알고 지낸 사람도 아니고, 고작 두어 번 말을 섞어 봤을 뿐인 상대에게 마음을 빼앗기다니.

"역시 이상하지?"

민망한 듯 묻는 반여령을 나는 착잡한 얼굴로 바라보았다.

왜 하필 이서진이야? 그렇게 물어봐야 의아한 시선을 받을 뿐이겠지. 반여령은 나와 달리 이서진에 대한 자세한 정보를 모르니까.

그렇다고 그녀에게 이 모든 것을 설명할 수도 없다. 설명해 봐야 너무 모호하고 근거 없는 이야기라서 중상모략으로 들릴 뿐이고, 그렇다고 출처를 댈 수도 없는 일이다.

말없이 한숨만 푹푹 쉬던 나는 결국 그녀를 데리고 소파에 앉았다.

내가 그녀의 팔에 손을 얹으며 물었다.

"그 애의 어디가 좋은 건데?"

"아, 아직 좋아하는 정도는 아니야! 그냥…… 그 애라면 나쁘지 않겠다는 생각이 들어서."

반여령에게서 흘러나온 대답을 듣고 나는 잠시 멍해졌다.

내가 여단 오빠와 헤어지고 나서 가장 후회했던 것이 바로 그것이었다. '나쁘지 않다는 안일한 마음으로 사귀지 말걸.'

그러나 반여령으로서는 남자에게 '싫다'는 느낌이 들지 않은 것만으로도 독보적이라 할 수 있었다.

"구체적으로 어떤 부분에서 그런 느낌이 들었는데?"

내가 되묻자, 반여령은 발그레한 얼굴로 말을 이었다. 더없이 사랑스러운 모습이었지만, 또한 더없이 착잡해지는 모습이기도 했다.

"나한테 뭘 바라는 것 같지 않았어."

나는 인상을 찌푸렸다. 묘하게 익숙한 말이다 싶었더니, 이전에 유천영이 나한테 했던 말이었다.

자기한테 뭘 바라지 않아서 좋다는 얘기, 인터넷 소설의 주연들에게는 당연한 걸까?

두 눈을 반짝거리며 반여령이 말을 이었다.

"우리가 그냥 우연히 마주쳤을 뿐이고, 앞으로 영원히 다시 만나지 않고 지나가도 그걸로 괜찮다는 듯한 얼굴이었어."

그러더니 그녀는 문득 우울한 듯 덧붙였다.

"다른 사람들은 안 그래."

"안 그렇다니?"

"지금 이 순간을 놓치면 안 된다는 것처럼, 내가 스쳐 지나갈 뿐인 인연이란 것을 받아들일 수 없는 것처럼 잡아채려고 해. 갈퀴로 잡아채고, 낚싯바늘을 찔러 넣는 것처럼."

나는 잠시 멍해졌다. 그런 가운데, 말을 멈춘 반여령은 잠시 두 손바닥을 눈에 얹고 심호흡을 했다.

나직한 목소리가 뒤따랐다.

"나는 물고기가 아니야."

"……."

"절호의 기회 같은 것도 아니야. 그 사람들한테는 나 하나지만, 나한테는 그런 사람들이 너무 많단 말이야. 일대

다수라고. 그게 나는 너무, 너무⋯⋯."

나는 그렇게 말하는 반여령을 멍하니 바라보았다.

그녀에게서 이런 얘기를 들은 것은 처음이었다.

그녀나 나나 달려드는 사람들을 받아넘기는 데 온 정신을 집중하지, 일단 무사히 넘기는 데 성공하고 나면 다시 평소로 돌아가 아무렇지도 않게 하던 얘기를 시작하곤 했다.

나야 반여령이 인터넷 소설의 여주인공임을 알고 있으니만큼 그저 당연한 일이었고, 반여령 역시 익숙한 듯했으니까.

그러나 그 과정에서 반여령이 느낄 피로감은 생각지 못했다.

한참이나 얼어 있던 나는 간신히 입을 뗐다.

"미안해. 그렇게 힘들어하는 줄 몰랐어."

그러자 반여령은 단호하게 고개를 내저었다.

"왜 그런 말을 해? 넌 나한테 잘못한 거 아무것도 없잖아."

"그래도⋯⋯."

"넌 항상 나를 지켜 줬잖아. 아주 당연한 것처럼, 아무것도 바라지 않고."

나는 뒷머리를 긁적였다. 그거야, 여주인공 친구로서 어쩔 수 없는 숙명이려니 생각했을 뿐인데. 그게 이런 식으로 포장되는 것을 들으니 불편했다.

내가 멋쩍어하는 사이, 반여령이 다시 입을 열었다.

"난 이서진한테서 너랑 비슷한 느낌을 받았어. 내 호감을 사기 위해서 나를 도와주는 게 아니라, 단지 의무이고 도덕적으로 옳기 때문에 한다는 느낌…….”

그녀의 말에 나는 다시 의아해졌다. 반여령은 내 생각보다도 이서진에 대해 훨씬 더 잘 파악하고 있었다. 이 정도면 굳이 노아리의 말을 옮길 필요가 없지 않나 싶어질 정도였다.

모든 행동이 '보통 사람으로 보이기 위해서' 이루어지는 남자.

그가 반여령에게 호의를 베푼 것은 그녀에게 관심이 있어서가 아니었고, 그 부분이 내가 가장 걱정하는 점이었다. 그런데 그 부분을 반여령은 이미 파악하고 있었다.

고민 끝에 내가 조심스럽게 물었다.

“그럼 그 애는…… 너한테 관심이 없다는 뜻이잖아. 그래도 괜찮아?”

내 물음에 반여령은 망설임 없이 대답했다.

“그게 좋아. 나한테 관심이 없다는 점이…….”

나는 미간을 살짝 구겼다.

어째 로맨스 소설 남자 주인공 같은 대사일세. 하지만 그보다도 신경 쓰이는 것은 따로 있었다.

잠시 망설이던 내가 다시 물었다.

“너를 좋아하지 않는 사람이 좋아?”

그건 너무 슬프지 않나? 비록 짧은 시간이었더라도, 나를 좋아하는 누군가가 내 옆에 있어 주는 경험이 얼마나 특별하고 또 안정감을 주는지를 나는 여단 오빠를 통해 충분히 체험했다.

반여령이라면 틀림없이 그녀를 충분하다 못해 넘치도록 사랑해 줄 사람을 만날 수 있을 것이다. 스스로에 대한 부정적인 생각은 들지도 못하도록.

그런데, 반여령이 원하는 건 그 반대라니.

반여령은 단호하게 대답했다.

"그게 좋아."

"왜?"

"다들 좋아한다는 이유로 오히려 나를 휘두르려고 하니까."

그러더니 반여령은 갑자기 무릎에 얼굴을 파묻었다. 내가 채 뭐라고 말할 새도 없이 격정적인 목소리가 터져 나왔다.

"다들…… 나에 대해선 신경 안 써. 자기가 나를 '좋아하는 감정'만 가장 중요하게 생각할 뿐이야."

"여령아."

"왜 내 감정은 생각하지 않는데? 좋아한다면서, 그런데 왜 배려해 주지 않는 건데."

나는 손을 놓고 그렇게 말하는 반여령을 멍하니 바라보았다.

"내가 원하지 않는 방식으로 나를 좋아하는 건 싫어."

"……."

"사실 싫은 게 아니야. 싫은 게 아니라, 무서워……."

나직하게 덧붙인 반여령은 잠시 고개를 들었다가 또 무릎에 얼굴을 처박고 침묵했다.

다시 한번 싸늘한 침묵이 찾아왔다.

숨도 함부로 쉬기 어려울 정도의 침묵이었다. 한참이 지나고서야 나는 천천히 숨을 들이마시고 내쉴 수 있었다.

반여령에게서 고개를 돌리며 나는 씁쓸하게 생각했다. 은형이에 대한 얘기를 슬쩍 흘리려고 했는데, 반여령의 애정에 대한 반감이 저토록 깊고 격렬한 줄은 미처 몰랐다.

빗발치던 욕설 속에서 눈물을 흘리긴커녕, 담담한 얼굴로 내 귀를 막아 주던 데는 그런 배경이 있었을 것이다. 이미 너무 상처받아서 더는 아플 것도 없는 사람의 담담함이었다.

다시 한번 얼굴이 확 달아올랐다.

왜 몰랐지? 그런데도 나는 누군가 반여령에게 반한 것 같으면 속으로 휘파람이나 불며 역시 반여령, 따위의 생각이나 하고.

남을 매료시키는 체질을 타고난 게 그녀에겐 저주와도 같이 느껴질 수 있다는 걸 왜 몰랐을까.

사람들과 같이 있는 것을 좋아하던 그녀가 어느새 혼자 있는 쪽을 선호하게 된 데는, 중심이 어울리는 그녀가 언제나 눈에 띄지 않을 방법을 고민하게 된 데는 그만한 과정이 있었을 것이다.

그러고도 한참을 침묵만이 흘렀다.

나는 조심스럽게 그녀를 불렀다.

"여령아."

여령이가 눈을 휘둥그레 뜨고 이쪽을 돌아보았다.

나는 미미하게 웃으며 제안했다.

"이서진 찾으러 가 볼까? 그 애 유명한 것 같던데, 애들한테 물어보면 금방 찾을 수 있지 않을까?"

다른 학교 애들에게 아무렇지도 않게 말 붙이는 건 윤정인의 특기지 내 특기가 아니었지만, 이번만큼은 윤정인의 영혼을 잠시 빌려 와서라도 해내야겠다 싶었다.

아무튼, 저런 반여령이 처음으로 관심을 보인 남학생인데 친구 된 도리로서 이 정돈 해 줘야 하지 않나. 물론, 시원찮은 놈인 것 같으면 잘라 내는 것도 내 역할이 될 것이다.

반여령이 밝아진 얼굴로 물었다.

"정말 그럴까?"

"그럴 거야. 학생회니까 애들 통제해야 해서 일찍 자지도 않을 거고."

고개를 끄덕인 반여령은 내 손을 잡고 자리에서 일어났다.

우리는 곧장 방을 나섰다.

　　　　　＊　＊　＊

　호기롭게 나선 것까진 좋았지만, 이서진은 호텔 어디에서도 모습이 보이지 않았다. 내가 민망함을 감수하고 몇몇 다른 학교 애들한테까지 물어보았지만, 다들 모르겠다는 얼굴로 고개만 내저었다.

　그들은 우리가 이서진을 찾는다는 것보다도 반여령의 존재에 더욱 관심을 갖는 눈치였다. 그러나 정말로 이서진의 명령이 있었는지 어쨌는지, 남학생들조차 말을 걸어오지 않았다.

　호텔 로비의 폭신한 소파에 기대앉아 반쯤 졸던 나는, 문득 유리문을 열고 들어오는 무리를 보고 눈을 크게 떴다.

　이서진을 선두로 한 선율 예술 고등학교 학생들 열 명가량이 들어오고 있었다. 아마도 근처 전망대에 다녀온 모양이었다. 이서진이 인솔자로 따라나섰고.

　우리가 지켜보는 가운데, 이서진은 학생들을 층별로 나눠 차례로 엘리베이터에 태워 보냈다. 일 처리가 가이드처럼 능숙하고 주도면밀했다.

　다른 아이들을 먼저 태워 보내고 마지막으로 엘리베이터에 타는 그에게 내가 달려가며 외쳤다.

　"자, 잠깐만! 이서진! 이서진이라는 학생아!"

한 번도 말 안 해 본 내가 이름을 부르자니 너무 친한 척하는 느낌이라, 이름을 부르고 다급하게 덧붙였다.

자신의 이름이 불렸을 적부터 나를 보고 있던 그의 눈이 살짝 가늘어지면서 입가엔 웃음기가 맺혔다.

다시 엘리베이터에서 내린 그가 물었다.

"무슨 일이야?"

업무 보는 은행원처럼 친절하고 선선한 태도였다.

"앗, 그게. 용건이 있는 건 내가 아니라 이쪽이거든!"

그렇게 외치며 나는 내 뒤를 가리켜 보였다. 그러자 내 어깨 뒤를 힐끗 본 이서진이 대답했다.

"유령?"

"뭐? 앗."

뒤를 돌아본 나는 작게 탄식했다. 반여령이 없잖아! 당연히 나와 같이 이서진을 발견하고 따라왔을 줄 알았는데, 내가 졸던 새 화장실이라도 갔나?

아무튼 난감하게 된 일이었다. 이렇게 된 이상, 나는 반여령이 오기 전까지 이서진을 잡아 둘 필요가 있었다.

나는 머리를 마구 헤집으며 대답했다.

"아니, 유령은 아니고. 내가 가리키려던 건 내 친구인데. 이름은 반여령이고, 아, 너랑 만난 적이 있어. 기억하지?"

내가 들어도 횡설수설하는 말이었다. 나는 속으로 탄식했다.

미안하다, 반여령! 혹시나 우연한 만남을 가장하려 했다면 내가 방금 그걸 망쳐 버린 셈이구나! 이제 이서진은 우리가 그를 찾아다녔다는 것을 짐작했을 것이다.

더 떠들다간 반여령이 그에게 호감을 가지고 있다는 것에 더해서 반여령의 장점까지 중매쟁이처럼 줄줄 불어 버릴 것 같아서, 나는 그냥 입을 다물기로 했다.

그러면서 나는 속으로 욕했다. 어흐흑, 내 입아. 왜 이런 상황에서 똑 부러지질 못하고…….

그러는 동안 이서진은 예의 아무것도 들여다보이지 않는 눈으로 나를 빤히 보고 있었다.

굳이 말하자면 죽은 물고기의 눈과 비슷한 그 눈은, 우리를 처음 만났을 때 은지호와의 그것과도 닮아 있었다.

스스로 완성되었기에 다른 사람은 필요하지 않은 사람. 그렇기에 아무것도 안으로 받아들일 필요가 없어서, 눈은 창문이 아니라 단지 거울의 기능만을 할 뿐.

나는 잠시 오싹해졌다. 그리고 나는 반여령이 원한다면 이서진과 반여령을 엮어 주겠다는 다짐에 대해 잠시 재고하기 시작했다.

노아리에게 들은 설명만 되새겨 봐도 반여령과 이서진은 어울리지 않는 커플이란 게 빤히 보였다. 틀림없이 여령이 쪽에서만 엄청난 상처를 입고 끝나고 말 테지.

그때, 이서진이 불쑥 입을 뗐다.

"반여령에 대한 용건이구나. 알겠어."

그렇게 말하는 그는 여전히 사근사근하게 웃고 있었다. 그러나 나는 호감이 생기긴커녕 공포감만 커졌다.

내가 고개를 끄덕였다.

"어? 어어, 어."

나는 사실 이미 도망갈 각을 재고 있었다. 재빨리 이서진의 뒤로 돌아가 엘리베이터를 타고 문을 닫으면…… 아마 누구라도 당황하지 않을 수는 없을 테니 이서진은 잠시 멍하니 있을 테고, 그사이에 나는 우리 방이 있는 층으로 올라갈 수 있지 않을까?

그때, 내 상념을 가르고 다시 목소리가 파고들었다. 침을 꼴깍 삼킨 나는 고개를 들었다.

"그래도 나를 부른 건 너니까 네 이름을 말해 줘야지? 너만 내 이름을 알고 있는 건 불공평하잖아."

"하, 함단이야. '함단' 말고 이까지 포함해서 '함단이'. 그런데 단아, 하고 부르는 사람들이 많아서 아무렇게나 불러도 상관없어."

자기소개 기능이 있는 버튼이라도 눌린 것처럼 총알처럼 쏘아 대고 나서 나는 곧바로 후회했다. 미친, 뒤에 소리는 왜 해? 꼭 성을 떼고 다정하게 단아, 하고 불러 달라는 것 같잖아.

내가 정정을 위해 입을 열었을 때, 이서진 역시 입을 열었다.

"물론 단아, 하고 부를 필요 없…….."

"그럼 단아, 아까부터 그렇게 겁먹은 이유가…….."

이서진의 입에서 '단아'라는 말이 흘러나오는 순간, 더없이 부드럽게 흘러나온 부름인데도 나는 팔에 오소소 소름이 돋아나는 것을 느꼈다.

나도 모르게 팔을 감싸자, 내 팔을 힐끗 본 이서진이 겉에 두르고 있던 남방을 벗으려 했다.

아니, 잠깐. 안 돼, 나한테 친절하게 굴지 마! 로봇한테 서비스받는 느낌이라 찜찜할 뿐이라고! 더군다나 여령이가 오면 상황이 곤란해진다.

어쩔 수 없지. 나는 최후의 작전을 실행하는 사령관이 된 기분으로 재빨리 이서진의 팔 밑으로 쏙 빠져나갔다.

그가 어리둥절한 얼굴로 멍하니 서 있는 틈을 타 나는 재빨리 엘리베이터의 버튼을 눌렀다. 물론, 엘리베이터가 마침 로비 층에 도착하는 것을 보고서 저지른 일이었다.

버튼은 내가 누르기도 전에 열렸다. 좋아, 이제 재빨리 들어가기만 하면……!

그러나 위층에서 내려오는 엘리베이터이니 당연히 안에 사람이 타고 있을 것을 계산하지 못한 것은 내 실수였다. 나는 곧장 돌진하다가 앞에 있던 사람에게 코를 박고 그대로 뒤로 나동그라졌다.

그런 나를 앞과 뒤에서 동시에 붙들었다. 나는 생각했다, 어째 이거 아까 여령이와 비슷한 상황인데.

"단아!"

"조심……."

그렇게 말하며 내 팔을 붙든 것은 은형이였고, 내 등을 받친 것은 이서진이었다.

균형을 잡자마자 아까 부딪힌 코를 감싸는 내게 은형이가 걱정스레 물었다.

"단아, 너 괜찮아?"

나는 대답 대신 고개를 끄덕였다. 솔직히 말하자면 통증보단 쪽팔림이 더 컸다.

더군다나 방금 그건 이서진에게서 달아나려고 저지른 일이었다. 그런데 이서진에게서 도망치긴커녕 도움을 받다니, 이래선 아까 속으로 로봇이라느니 어쩌느니 했던 게 너무 미안해지잖아.

마침 내 등 뒤에서 이서진도 묻는 것이 들렸다. 그래, 완벽한 학생회 임원으로 보이는 것을 목표로 하고 있으니 묻지 않을 수 없으시겠지. 나는 속으로 투덜거렸다.

그런데 어째 이서진의 상태가 이상했다.

"단아, 너 괜찮, 큼, 흐읍."

지나치게 다정한 호칭의 상태는 그렇다 치고, 나는 그가 말을 차마 잇지 못하는 것에 주목했다. 도대체 뭐냐, 저 추임새는.

내가 채 돌아볼 새도 없이 뒤에서 시원한 웃음소리가 흘러나왔다. 나는 멍한 정신으로 생각했다.

아, 그러니까 아까 그 큽, 흐읍 하는 게 웃는 거였어? 너무 근사해서 나는 무슨 폼 잡으려고 헛기침이라도 하는 줄 알았네……

그때, 웃음을 그친 이서진이 다시 말했다.

"전에도 내가 오자마자 도망갔잖아."

그 말에 나는 의아하게 고개를 기울였다. 그게 무슨 소리지?

그러다 뒤늦게 그가 소인국 테마파크 때의 일을 말하고 있음을 깨달은 나는 눈빛을 가라앉혔다.

확실히 그때 상황을 되짚어 보자면 내가 막 '119' 기술을 시전하기 직전 이서진이 튀어나왔다. 나야 상황을 내가 해결할 필요가 없어져 돌아간 것뿐이었지만, 이서진에겐 다르게 보였던 모양이었다.

다시 한번 작게 웃은 이서진이 부드러운, 하지만 짐짓 타박하는 듯한 눈빛을 보내며 말했다.

"그리고 지금도. 추워하는 것 같아 옷 좀 덮어 주려는 사람을 피해서 엘리베이터를 타고 도망가려고 하다니."

"……"

나는 설명하는 대신 그냥 침묵하는 쪽을 택했다. 너야말로 처음 본 사람이 좀 추워한다고 해서 다짜고짜 옷 같은

거 벗어 주지 말라고……. 아무리 인터넷 소설의 서브 남
주라고는 하지만.

그러던 내게 이서진이 마침내 물었다.

"내가 뭐 잘못했어?"

"아, 아니? 그럴 리가. 우리 오늘 처음 봤는데."

"그럼 나한테 왜 그러는데?"

그렇게 말하는 이서진은 짐짓 서운하다는 얼굴을 하고
있었지만, 눈빛만은 달랐다. 방금까지만 해도 생기 없던
그의 눈이 희미하게나마 반짝이기 시작했다.

그의 눈을 보며 나는 강력한 데자뷰를 느꼈다. 이건 내가
고등학교 진학하자마자 마주쳤던 패턴, '네 눈에도 내가 괴
물로 보여?' 패턴이다.

얼굴을 구기는 내게 이서진이 기다렸다는 듯 물었다.

"왜, 내가 뭔가 남이랑은 다르게 보이기라도 하나 보지?"

그 순간 나는 속으로 북을 요란하게 두드렸다. 나왔다!
'네 눈에도 내가 괴물로 보여?'의 이서진 버전이다!

아흐흑, 나는 괴로움에 이마를 짚었다. 다만 이루다 때
와 다른 점이 있다면, 이루다의 경우엔 '괴물이 아니에요'
라고 말해 주는 게 답이었지만, 이서진의 경우엔 그 반대
가 정답이라는 점이다.

'네. 제겐 보여요. 당신의 어둠이…… 당신은 간신히 보
통을 가장하고 있을 뿐, 사실은 텅 빈 사람이군요.'

나는 스스로 작성한 답안을 들고 내 안의 인터넷 소설 박사에게 물었다. 어떤가요?

인터넷 소설 박사는 근엄하게 대답했다. 5점 만점에 10점 드립니다. 이거라면 이서진을 완벽하게 꾈 수 있어요.

무섭다, 내 완벽함…….

하지만 지금은 그런 것에 감탄하고 있을 때가 아니고, 그렇다면 내가 지금 내놓아야 하는 대답은 당연히 저것과는 반대였다.

마침 은형이가 미간을 좁히며 말하고 있었다.

"무슨 일인지는 모르겠지만, 단이한테 추궁하는 건 그만둬."

"추궁하다니, 그런 게 아니라 난…….."

태연한 어조로 설명을 시작하려던 이서진의 말을 내가 석둑 잘랐다.

"이서진 너는…….."

이쪽을 응시하는 두 사람에게, 나는 엄지를 치켜들며 씩씩하게 외쳤다.

"정말 따뜻한 사람이구나!"

"……."

침묵이 흘렀다.

나를 응시하는 이서진의 눈빛이 형용할 수 없는 빛을 띠고 있는 반면, 은형이의 눈빛은 담담하다 못해 익숙한 것이었다.

'단이가 한동안 잠잠하더니 또⋯⋯.'

그가 그런 생각을 하고 있다는 것을 어렵지 않게 짐작할 수 있었다.

그가 중학교 때까지, 아니, 고등학교 진학하고 나서도 한동안 이어지던 내 기행에 대해 아직도 기억하고 있다는 뜻이었다.

미안하다, 은형아. 친구를 부끄럽게 만들어서. 하지만 나도 살고 봐야 하지 않겠니? 이서진에게 찍히는 사람의 미래가 고달플 것은 눈 감고도 뻔한 일이다.

나는 가슴에 손을 얹으며 최대한 진심이 담긴 목소리로 말을 이었다.

"서진이 너를 처음 봤을 때부터 네게서, 음, 뭐라고 해야 할까, 아주 따뜻한⋯⋯."

나는 굳이 이서진이 보는 앞에서 허공에 불 모양까지 그려 보였다. 나를 보는 이서진의 눈에는 여전히 초점이 보이지 않았다.

"⋯⋯네 마음속에 활활 타오르는 불꽃이 느껴졌다고나 할까?"

"알겠어. 그러니 그만해도 좋아."

이서진이 말했지만, 나는 단호하게 받아쳤다.

"아니야, 알긴 뭘 알아. 넌 아직 네 따뜻함의 반의반도 알지 못했어."

"······."

"너의 따뜻함은 추운 나라로 가면 그 나라 난방비를 70 퍼센트나 절감할 수 있는 수준의 따뜻함이야. 겨울에 너 하나만 집에 두면 온 가족이 행복하지."

"그래······."

이서진은 이제 '이걸 계속 듣고 있어야 하나?'란 표정을 숨기지도 않고 있었다. 그가 그런 표정을 지을수록 내 결과는 성공에 가까워진단 것을 알고 있었기에 나는 점점 신이 났다.

나는 갈수록 거침없이 말을 이었다.

"이제 내가 아까 네 남방을 거절한 이유를 알겠지? 네가 옆에 있다는 것만으로도 더워서 죽을 것 같아서였어."

"아니, 너 팔에 소름 돋았던데."

"나는 원래 더우면 소름이 돋아."

"······."

"소인국 테마파크에서도 그래. 네가 소인국 테마파크에 계속 있었다면 난쟁이들은 다 쪄 죽어서 '백설 공주와 일곱 난쟁이'는 그냥 '백설 공주'가 됐을 거야."

"너 진짜······."

잠자코 듣고 있던 이서진이 마침내 입을 열었다. 드디어 입질이 오는군. 나는 속으로 주먹을 불끈 쥐었다.

내가 내내 묘사했던 대로 따뜻하기 짝이 없는 미소를 지은 이서진이 더없이 차가운 눈빛을 하고 대답했다.

"네 사람 보는 눈이 끔찍하다는 건 알겠다."

내가 장담하건대 그것은 이서진이 본래 성격을 숨기기로 하고 나서 입에 올린 가장 강력한 막말이었을 것이다.

나는 옆을 힐끗 보았다. 평소라면 한두 마디 말려 봤을 은형이가 드물게 아무런 말도 하지 않고 나를 빤히 보고만 있었다. 아마도 이서진의 말에 동의한다는 뜻일 터였다.

중학교 동창이 나 대신 전혀 모르는 남자애의 편을 드는 쪽을 선택했는데도 나는 전혀 슬프지 않았다. 슬프긴커녕 성취감에 뿌듯하기만 했다.

그때 마침 여령이가 엘리베이터 모퉁이를 돌아 나타났다.

"앗, 단아! 어디 갔었……."

그렇게 말하면서 다가오던 그녀는 이서진을 보고 말을 멈추었다.

그녀의 얼굴이 금세 옅게 달아올랐다. 손등으로 얼굴을 가리고 말이 없는 그녀의 어깨를 툭 친 내가 속삭였다.

"난 이만 빠질게."

내가 여기 더 있어 봐야 방해가 될 뿐일 것이다.

더군다나 방금 그 대화로 인해 이서진은 나를 보통이 아 닌 또라이로 여기고 있을 터였다. 그렇다면 오히려 그의 신경이 여령이가 아니라 내게 쏠릴 위험이 있었다.

아무튼, 방금의 대화로 이서진은 내게 완전히 질렸을 것이다. 뒤에서 시원하게 터져 나오는 이서진의 웃음소리를 무시한 나는 척척 걸음을 옮겼다.

로비를 척척 가로질러 바깥으로 나온 나는 그 즉시 어딘가로 전화를 걸었다. 늦은 시간이었지만 사안의 중대성이 중대성이니만큼 어쩔 수 없었다.

얼마 안 가 수화기 너머에서 신음 어린 비명이 흘러나왔다.

[저한테 진짜 왜 그러세요! 무서워서 텔레비전 보면서 밤새우다가 간신히 잠들었던 참인데!]

전 내일 학교에서 죽었어요. 엉엉 우는 노아리에게 나는 상냥하게 대꾸했다.

"네가 이해해. 어쩔 수 없어. 네가 이서진을 만든 게 문제지 어쩌겠어?"

그 이름에 노아리가 즉각 반응했다.

[네? 이서진이요?]

그녀는 의아한 목소리로 물었다.

[왜요? 그는 쉽게 무슨 사건을 일으킬 만한 인물이 전혀 아닌데…… 기본적으로 굉장히 게으른 성정이거든요. 본성을 숨기기 시작한 것도 다른 사람들이 자신을 이상하게 여기고 검사를 받으러 다니게 한 게 '귀찮아서'였으니 말 다했죠.]

나는 잔뜩 지친 목소리로 되물었다.

"그 게으른 이서진이 내게 관심을 가질 확률 좀 계산해 줄래? 진짜 혹시, 혹시 몰라서."

그러자 맞은편에서 잔뜩 놀란 목소리가 번졌다.

[네? 그것참…….]

"참?"

[운석 떨어질 확률을 계산해 달라는 거랑 비슷하게 들리네요.]

"…….."

[무슨 짓을 하셨는데요?]

나는 아까의 일에 대해 최대한 상세히 설명했다. 레크리에이션 때의 일은 그냥 빼 버리고, 그가 내 이름을 물어본 것에서부터 남방을 벗어 주려 한 것까지.

그 대목에서 노아리는 내내 시큰둥했다.

[허수아비가 떨고 있었어도 남방을 덮어 줬을 거예요.]

"…….."

나는 그의 남방을 피하려다 은형이와 부딪쳐 뒤로 넘어지고, 그런 나를 이서진이 받아 준 것에 대해 설명했다.

노아리가 말했다.

[아, 거기서 10퍼센트.]

나는 분한 듯 말했다.

"아, 10퍼센트지, 역시? 그래, 웃더라니까."

그리고 한숨을 내쉰 나는 이마를 감쌌다. 괜찮아, 그다음에서 마이너스 100은 되고도 남을 테니까…….

나는 의기양양하게 말했다.

"내가 이서진한테 '너는 참 따뜻한 사람이구나!'라고 말했어."

수화기 너머가 당장 굳어졌다. 딱딱한 목소리가 흘러나왔다.

[예?]

"이서진한테 넌 정말 따뜻한 사람이라고. 몰라, 별말 다 했어…… 오죽하면 이서진이 나한테 그러더라. 내가 사람 보는 눈이 끔찍하게 없대."

[…….]

노아리는 조용해졌다.

그런 그녀에게 내가 뿌듯한 목소리로 되물었다.

"자, 어때. 이걸로 확률은 0이 되다 못해 지각을 뚫고 내려갔지?"

그러자마자 북풍처럼 싸늘한 목소리가 돌아왔다.

[무슨 소리예요? 그 때문에 오히려 40퍼센트는 올라갔잖아요.]

"뭐, 뭐?"

나는 당황해서 더듬었다. 내가 머리칼을 헤집으며 대답했다.

"아, 아니, 어째서? 보통 그런 인물들은 '내 어둠을 알아차린 사람은 네가 처음이야' 패턴이 되는 게 아니야? 넌 남들과는 다른 눈을 가졌군, 쓸모 있어…… 뭐 이런 거.”

[제가 아까 이서진을 사로잡는 여주인공에 대해 설명하면서 뭐라고 했어요?]

노아리가 답답한 듯 물어 오는 말에 나는 잠시 고민에 빠졌다. 뭐라고 했느냐면, 실수가 잦지만 환한 미소로 무마하는…….

내가 멍하니 내뱉었다.

“실수.”

[그거예요.]

기다렸다는 듯 대답이 돌아왔다.

아니, 이럴 순 없어. 나는 더듬거리며 되물었다.

“설마, 이서진이 내 말을 통째로 큰 실수로 받아들일 거란 말이야?”

[정확해요.]

“말도 안 돼!”

노아리의 말을 두고 나는 한동안 충격에 빠졌다.

은형이에게 이상한 모습을 보이는 걸 감수하고서라도 던진 내 혼신의 대사들, 보일러 광고하는 홈쇼핑 내레이터도 그렇게는 못 뽑겠다 싶게 던졌던 대사들이 죄다 표적을 정확히 빗나가다 못해 마이너스 점수를 내고 있었다니.

나는 멍하니 있다가 정원 한구석에 비틀거리며 웅크려 앉았다.

한참을 그러고 있던 내가 대꾸했다.

"두고 봐. 작가라고 모든 것을 알 수는 없는 법이니까."

수화기 너머에서 냉담한 목소리가 흘러나왔다.

[확실히 당신을 봐서는 그렇긴 하죠. 대체 제가 작가란 건 어떻게 안 거고, 또 이 소설을 얼마나 틀어 놓은 거예요?]

"그건 돌아가서 말해, 돌아가서. 어차피 살고 있는 집도 아는 판에."

[아아악! 제발 제 인생 장르를 호러로 바꾸지 말아요!]

그러니까 먼저 내 인생 장르를 인터넷 소설로 바꾼 건 너라니까 그러네. 그렇게 중얼거린 나는 수화기 너머가 조용해진 것을 보고 핸드폰 화면을 확인했다.

통화가 진작 끝나 있던 모양이었다. 아마도 호러 어쩌고 저쩌고 외친 이후 바로 뚝 끊은 모양인데, 덕분에 정원에서 혼잣말하는 사람 됐네. 이마를 긁적인 나는 풀숲 사이에서 불쑥 일어났다.

뭐, 내가 노아리에게 말했던 대로 이 소설이 이미 하나의 세계가 된 이상 모든 것은 가변적으로 흘러가니까. 이서진이 내 의도대로 되지 않았던 것처럼, 노아리가 말했던 대로 되란 법도 없겠지.

한들한들 걸음을 옮겨 로비로 들어선 나는 여령이와 이서진은 어디로 보냈는지, 소파에 혼자 앉아 있는 은형이를 보고 놀라서 내뱉었다.

"어."

"단아, 왔어?"

호텔 로비에 비치된 잡지를 읽고 있던 그가 나를 보고 손을 흔들었다. 그는 나를 기다리던 게 목적의 전부였다는 듯, 잡지를 옆에 꽂아 놓고 미련 없이 일어났다.

그에게로 다가간 내가 의아하게 물었다.

"이서진이랑 반여령은?"

"둘이 산책 나갔어."

"음."

나는 바깥을 힐끗 보았다가 말했다.

"안 기다려도 돼?"

"여령이한테는 이서진이 있잖아."

"그래도."

내가 잠시 머뭇거리다가 내뱉은 말에 은형이의 회녹색 눈이 언뜻 짙어졌다.

그가 상냥하게 되물었다.

"그래도?"

"……신경 안 쓰여?"

한참을 고민하던 나는 결국 곧장 정곡을 찔렀다.

그 말에 은형이가 순식간에 가라앉았다. 차광막을 한 겹 두른 것처럼 그의 분위기가 급격히 차가워졌다.

아니, 차가움과는 달랐다. 그의 경우에는 차라리 사막을 연상시키는 버석한 건조함에 가까웠다.

시선을 로비 바닥 어디쯤에 둔 그가 대수롭잖게 대답했다.

"신경이 쓰이면, 내가 뭐 어떻게 하겠어."

너무나 아무렇지도 않게 남 일처럼 흘러나온 그 말에 나는 놀라서 입을 벌렸다. 심장이 방금 건져진 것처럼 쿵쾅거렸다.

심지어는 귀가 의심될 지경이었다. 내가 방금 제대로 들은 게 맞나? 은형이가 여령이에게 감정이 있다는 걸 인정했다고?

물론 내가 두 사람이 잘됐으면 좋겠다고 생각하긴 했지만, 그건 고작해야 반여령이 이서진에게 관심을 보이기 시작한 최근의 일이고, 실제로 두 사람 사이에 어떤 감정이 있을 것이라고는 기대한 적이 없었다.

그도 그럴 게 우리는 단지 친구로서 지난 몇 년간을 지내 왔다. 은형이에게 여령이에 대한 감정이 있었다면 우리 중 하나는 눈치채지 않았을 리 없다. 적어도 유천영이라도 반여령에게 평소와는 다른 눈빛을 보냈을 것이다. 그러나 나는 그런 낌새를 조금도 느낀 적이 없다.

그런데, 은형이의 저런 선선한 대답이라니? 내가 기대감 때문에 잘못 들은 건 아니겠지? 나는 조심스럽게 반문했다.

"이서진이 여령이에게 위험할까 봐서?"

그러자 은형이는 다시 웃으며 대답했다.

"그랬다면 이서진 이전에 우리를 신경 썼겠지."

"그게 무슨 뜻이야?"

다른 곳으로 시선을 던진 은형이가 건조하게 대답했다.

"여령이를 가장 쉽게 다치게 할 수 있는 건 우리야. 알잖아."

나는 차마 대답할 말을 찾지 못해 그런 그를 멍하니 바라만 보았다. 저게 도대체 무슨 소리인지, 알 것도 같고 모를 것도 같았다.

손을 내밀어 느릿하게 목을 매만진 은형이가 말을 이었다.

"그래서 항상 생각해. 조심해야겠다고. 조심하고 있어도 더 조심하자고, 절대로 다치지도 잘못되지도 말자고."

"……."

"누군가한테 불행이 되고 싶지 않아. 너희한테는 물론이지만, 여령이한테는 더."

나는 그저 은형이를 응시했다.

느릿한 목소리가 이어졌다.

"뭘 어떻게 하겠다는 생각은 없어. 나는 잘 지내는 것만으로도 버거워. 아니……."

말을 하던 은형이가 갑자기 고개를 내저었다.

"잘 지내는 것처럼 보이는 것만으로도 버거워."

"은형아, 그 말은……."

불쑥 튀어나온 내 말을 은형이가 다시 끊었다.

그가 들에 핀 꽃처럼 소담하게 웃으며 말했다.

"알잖아, 내 힘든 시기는 이제 대부분 지나간 거. 아버지는 그토록 하고 싶으셨던 공부를 다시 시작하셨고, 은미와도 사이가 많이 회복됐어. 몇 달 전과 비교하더라도 정말로 행복해. 지금이 내 생에서 가장 행복하다고 해도 과언이 아닐 정도야, 어렸을 때를 빼면."

그의 말이 왜 그렇게 슬프게 들리는지 알 수가 없었다. 나는 여전히 꼿꼿이 선 그를 응시했다.

말을 잇던 그의 시선이 다시 바닥으로 굴러떨어졌다.

"그냥, 알잖아. 아까 이서진이 네게 '자기가 남과는 달라 보이냐'고 물었지만, 사실 나야말로 그런 구석이 있는 거."

"……."

내리깐 은형이의 속눈썹 끝에 희미한 빛이 물방울처럼 어렸다. 단조로운 목소리가 흘렀다.

"어렸을 때 뚫린 구멍 중에 어떤 것은 평생 가도 메워지지 않을지도 모른다는 생각을 해. 이젠 예감이 아니라 거의 확신이지만."

내가 참지 못하고 물었다.

"어떤 구멍?"

"글쎄, 나를 계속 아래로 아래로 가라앉히는…… 배의 바닥에 뚫린 구멍 같은 거."

"……."

"내가 보통이라고 믿고 싶어도, 아무렇지도 않게 당연한 것처럼 떠 있는 사람이 항상 옆에 있는데 자각하지 않기도 힘든 일이겠지."

그가 말하고 있는 것이 누구인지 나는 알 있었다.

그는 유천영에 대해 말하고 있었다. 그러자마자 나는 얼마 전 부모님과 싸웠을 때, 카페에서 했던 생각을 떠올렸다.

지갑을 놓고 나온 데다가 핸드폰도 잃어버리고 유천영의 호의가 아니면 그곳에 앉아 있지도 못할 거였으면서, 나는 그에게 약간의 부끄러움과 질투를 느꼈다.

내가 어렸을 때 겪었던 일들이 없었더라면 내가 얼마나 온전한 사람이 될 수 있을지 보고 싶었다. 유천영만큼이나 그늘 없는 사람이 될 수 있을지 점쳐 보고 싶었다.

성장 과정에서 전혀 생채기 나지 않은 사람이 바로 옆에 있다면, 사람은 자연스레 자신의 생채기를 자각할 수밖에 없다.

그런 맥락에서 은형이 역시 확신을 담아 말하고 있었다.

"나는 앞으로도 그런 사람이 될 수 없을 거야."

"……."

"평소에 떠 있는 것도 힘든 사람이, 더군다나 누굴 태울 수 있게 되다니, 그럴 리 없겠지."

그렇게 말한 은형이는 스스로의 머리를 털어 냈다. 그처럼 단정한 사람이 스스로의 머리를 헝클어트리는 것을 나는 오랜만에 보았다. 상당히 자조적인 몸짓이었다.

은형이가 담담하게 말을 맺었다.

"그러니까, 내 마음을 여령이에게 말할 생각은 추호도 없어."

"……."

"사랑하는 사람을 기꺼이 자기 불행 속으로 끌어들이는 사람들을, 나는 경멸해. 틀림없이 불행만을 안겨 줄 걸 알고 있는데도 끌어들이다니, 그런 이기적인 짓이 어디 있어?"

그의 말을 들으며 나는 입속으로 뇌까렸다. 아니야, 그러지 마. 네 삶 전체를 불행이라고 칭하지 마, 은형아.

"증오하는 사람도 아니고 사랑하는 사람을 내 삶으로 데리고 들어오다니, 말도 안 되지."

그렇게 말한 은형이가 자조적으로 웃었다.

내내 담담하던 목소리는 끝에 이르러 살짝 일그러졌다. 그는 목에 걸린 것을 꺼내듯 무겁게 말을 맺었다.

"좋아하는 걸 그만둘 수 없다면, 앞으로 영영 묻어 두기라도 하는 게 낫겠지."

"……."

"내가 여령이에게 고백할 일은 지금도, 앞으로도 영원히 없어. 그러니 안심해도 돼, 단아."

우린 앞으로도 지금 그대로일 테니까. 담담하게 덧붙이는 그의 말을 들으며 나는 한숨만 삼켰다.

나는 지금 당장 은형이에게 말하고 싶었다.

하지만, 하지만…… 여령이는 자신에 대한 아무런 배려 없이 퍼부어지는 막무가내식 애정이 끔찍하다고 했다.

반면에 은형이는 여령이를 행복하게 하긴커녕 불행하게 할 사랑 같은 것은 그녀에게 주지 않는 게 낫다고 말했다. 그런 이기적인 짓을 할 수 없다고, 그러므로 자신은 고백할 수 없다고.

이 얼마나 대단한 배려심과 인내심인지.

거기까지 생각한 나는 소리 없이 입만 뻐끔거렸다.

어쩌면 이건 내가 그 어떤 현실은 물론이고 소설에서도 보지 못한, 퍼즐 조각처럼 완벽하게 맞물리는 애정의 정의가 아닐까?

역시 여령이의 옆에 누군가 있을 수 있다면, 나는 그 사람이 은형이가 되었으면 한다. 이제는 그 외에는 자격 있는 사람이 없다고까지 생각이 들었다.

그러나 내가 그 말을 입에 올리기도 전에, 나는 은형이의 뒤에서 불쑥 튀어나오는 인영을 보았다.

인형처럼 창백한 얼굴의 여령이었다.

그녀를 보고 나는 눈을 크게 뜨고 얼어붙었다. 아무도 없는 로비가 죽은 듯이 고요한 데다 카펫이 너무 두꺼운 탓에 여령이가 이렇게 가까이 올 동안 전혀 눈치채지 못하고 있었다.

어째선지 그녀는 이서진이 없이 혼자였다. 내가 가장 먼저 물은 것도 이서진에 대한 것이었다.

"여령아, 이서진은?"

"걔네 학교 애들이 불러서 바로 갔어. 그보다."

정신없는 표정으로 대답한 여령이가 고개를 획 들어 은형이를 바라보았다. 그 순간 나는 확신했다.

맙소사, 들었구나.

이 또한 현실은 물론이고 소설에도 잘 없을 만한 공교로운 타이밍이었다.

여령이가 물었다.

"무슨 소리야? 고백하다니?"

"……."

은형이는 착잡한 얼굴로 침묵만 지켰다. 그러자 여령이가 다시 다그쳤다.

"그게 무슨 뜻이야? 나, 잘은 못 들었지만 나한테 고백 어쩌고 하는 건……. 어서 설명해. 방금 내가 들은 게 정말 나에 대한 얘기가 맞아?"

은형이를 대하는 여령이의 태도는 평소 같지 않았다. 나는 두 사람을 쉴 새 없이 번갈아 보았다.

주인이와는 꼭 자매처럼 까르르거리고, 은지호와는 과격하게 툭탁거리던 여령이는 은형이 앞에서만 유독 유한 얼굴이 되었다. 나란히 걸으며 조곤조곤한 목소리로 대화를 나누는 두 사람을 보고 있자면 철길에 핀 한 쌍의 민들레가 떠오르는 것이 보통이었다.

그러나 지금, 여령이는 완전히 기세가 돌변하여 다그치고 있었다.

포장지를 찢고 찢어 마침내 꺼낸 선물 상자 안에서 돌연 두려운 것을 발견하기라도 한 것처럼, 겁에 질린 목소리로 그녀가 다시 말했다.

"방금 그거, 무슨 뜻이었어? 당장 대답해. 내가 잘못 들은 거지? 그렇지?"

"아니. 여령아, 네가 들은 그대로의 뜻이야."

결국 포기한 은형이가 선뜻 대답했다.

내내 잡고 있던 풍선의 끈을 마침내 놓아 버리듯, 언뜻 가볍기까지 한 어조였다. 그러나 나는 그의 눈에 깃드는 깊은 절망감을 보았다.

표정이 변한 것은 여령이도 마찬가지였다. 비틀거리며 한 걸음 물러난 그녀가 중얼거렸다.

"말도 안 돼."

"……."

"은형이 너까지 그러면, 내가……."

여령이의 눈은 불신이 가득한 채 은형이에게로 향하고 있었다. 내가 아는 한 여령이가 은형이에게 그런 눈빛을 보인 것은 처음이었다.

은형이가 그런 그녀를 슬픈 듯 바라보았다. 그리고, 여령이의 입술이 기어이 종지부를 찍었다.

"너마저 그러면, 난 대체 누굴 믿어야 해?"

그렇게 말한 여령이가 신발이 벗겨질 기세로 로비를 달려나갔다. 내가 채 뒤쫓을 틈도 없었다.

뒤늦게 정신을 차린 내가 그녀를 따라 로비를 나갔지만, 그땐 이미 늦어 있었다. 학생들이 깔린 호텔 앞뜰 어디에서도 여령이의 모습은 보이지 않았다.

결국 포기하고 방으로 들어갈 즈음, 나는 밤공기를 가르고 치솟는 날카로운 외침을 들었다. 설마 하는 생각에 그쪽으로 다가갔던 나는 별로 보고 싶지 않았던 광경까지 목격하게 되었다.

그곳에서 다투고 있던 사람은 다름 아닌 윤정인과 이민아였다. 한창 싸우는 와중이었는지, 윤정인이 물었다.

"진짜 내가 싫어진 거 아니야?"

"그런 게 아니라니까!"

"그럼 왜 아까부터 계속 짜증 내는데? 꼭 다시는 안 볼 것처럼, 정 다 떨어진 것처럼. 그러면서 내가 어떻게 해야 풀리겠냐고 물어보면 그냥 자리를 피해 버리고."

"말했잖아! 너한테 짜증 난 게 아니라, 지금 내 상태가 안 좋다고. 오히려 네가 이러는 게 나는 더 짜증 나. 아무 잘못 안 했는데 사과를 계속하긴 왜 하는데?"

"너 화내는 모습 보기 싫으니까."

"무슨, 어린애 달래려고 장난감 쥐여 주는 것도 아니고……."

말하다 말고 입술을 깨무는 이민아에게 윤정인은 무거운 눈빛으로 말했다. 이제껏 한 번도 들어 보지 못한 진지한 목소리였다.

"그럼 이렇게 말할까? 내가 약자니까. 넌 나한테 아쉬운 거 없어도 난 너한테 아쉬운 거 많으니까."

입술을 꾹 깨문 이민아가 다시 받아쳤다.

"무슨 소리야! 왜 말을 그런 식으로 해?"

"그럼 아니라고?"

"아, 몰라! 나, 방에 갈 거야."

팔을 붙들고 있던 윤정인의 손을 거칠게 뿌리친 이민아가 잔뜩 씩씩거리며 이쪽으로 다가왔다. 화들짝 놀란 나는 재빨리 벽에 붙어 섰다.

다행히 조명이 별로 없는 곳이라서 이민아는 그런 내 모습을 본 것 같지 않았다. 아주 가까이에서 스쳐 간 이민아의 눈에는 눈물이 잔뜩 괴어 있었다.

다음으로 나는 윤정인이 서 있던 자리를 확인했다. 그는 답답하단 얼굴로 바닥만 보고 있다가, 머리칼을 연거푸 거칠게 쓸어 넘기더니 휙 돌아섰다.

다시 호텔로 돌아오며 나는 중얼거렸다.

"미치겠다. 여기저기 다 난리네."

제48조. 수학여행이 아니라 이별 여행 아닌가요?(하)

[소현 고등학교 학생들에게 알립니다.]

스피커에서 흘러나온 갈라진 기계음에 눈을 뜬 나는 몽롱한 상태로 주위를 둘러보았다.

어젯밤에 언제 잠들었는지, 뭘 하다 잠들었는지 전혀 기억이 나지 않았다. 앞으로 흘러내린 머리칼을 대충 손으로 빗어 넘긴 나는 방 안을 살폈다.

우리 방엔 킹사이즈 침대가 두 개였는데, 어째선지 세 명다 한 침대에서 구겨져 자고 있었다.

영화 속에 나오는 뱀파이어처럼 두 손을 가슴 위로 모으고 가지런히 잠들어 있는 김혜힐과, 그런 김혜힐의 배 위에 머리를 얹고 곤히 잠들어 있는 이민아를 확인한 나는 창 쪽으로 고개를 돌렸다.

야자수와 이국적인 건물들 뒤로 새파란 바다가 펼쳐져 있었다. 보는 내 눈이 다 시원해지는 풍경이었다. 유리창을 뚫고 들어오는 햇살은 맑고 청명했다.

그러다 문득, 저렇게나 하늘이 밝다니 도대체 몇 시인 거야? 하는 생각이 들 때쯤 이어진 목소리가 내 정신을 깨웠다.

[소현 고등학교 학생들에게 알립니다. 소현 고등학교 학생들은 지금 바로 야외 활동에 편한 복장으로 갈아입고 뷔페로 내려와 조식을 먹고, 일곱 시 이십 분까지 호텔 정문 앞에 모여 주시기 바랍니다.]

각 반 반장들은 모든 학생들이 빠짐없이 나올 수 있도록 방에 잠든 학생들은 없는지, 식당에 나오지 않은 학생들은 없는지 꼭 확인 부탁드립니다, 어쩌고 하는 소리를 들으며 나는 머리를 헤집었다. 그래서 대체 지금 몇 시인데? 마침내 머리맡의 핸드폰을 발견한 내 표정이 변했다.

나는 당장 기겁하여 안내 방송은 전혀 들리지도 않는다는 듯 곤히 자고 있는 김혜힐과 이민아를 마구 흔들어 깨웠다. 내 팔 근육이 시큰시큰 아파져 올 때쯤이 돼서야 두 사람이 슬쩍 눈을 떴다.

"왜? 무슨 일인데?"

그렇게 되묻는 이민아의 눈은 퉁퉁 부어 있었다. 그제야 나는 어젯밤 일을 기억해 냈다.

내가 방에 돌아왔을 때, 이민아는 나보다 먼저 들어와 김혜힐의 위로를 받고 있었다. 등을 두드리는 김혜힐의 서투른 손길을 받으며 이민아는 말 그대로 펑펑 울어 댔다.

솔직히 그녀가 다른 누구도 아닌 윤정인 때문에 그렇게 울 거라곤 한 번도 상상해 본 적 없었기 때문에, 나는 좀 당황했다.

그녀가 날 보자마자 툭 내뱉은 말에는 더더욱 당황했다.

'헤어질 거야.'

'뭐?'

'윤정인이랑 헤어질 거야.'

'너, 너희 서로 싫어질 때까진 안 헤어질 거라며? 좋아하는 마음이 점점 닳아 없어져서 0이 돼서 아예 미련도 안 남을 때까진 되는 대로 부딪혀 볼 거라며.'

다급하게 신발을 벗고 들어와 그녀의 앞에 무릎 꿇은 내가 말했다.

그러자 이민아는 입술을 깨물곤 단호하게 고개를 내저었다.

'내가 잘못 생각했어. 난⋯⋯.'

'난?'

'이렇게 힘들 줄은 모르고.'

그녀가 내뱉은 말에 나는 다시 한번 의아해졌다.

그럼 지금까진 윤정인과 싸우면서 한 번도 힘들지 않았단 말인가? 내가 여단 오빠와 싸우고, 아니, 정확히 말하자면 단절당하고 나서 복도의 발소리만 들어도 초조해지거나 핸드폰에 신경 쓰여서 도무지 아무것에도 집중할 수 없던 일을, 그녀는 겪어 보지 못했단 말인가?

그때, 다시 손목으로 눈물을 문질러 닦아 낸 그녀가 말했다.

'진짜 짜증 나. 그만둘래.'

'야…….'

'내가 왜 가족도 뭣도 아닌 남 때문에 이렇게 힘들어야 해?'

그때야말로 나는 할 말이 없어졌다.

그러게. 내가 입속으로 중얼거렸다. 나도 여단 오빠랑 태어나면서부터 사귄 것도 아닌데, 끊어 내자니 왜 그렇게 힘이 들어서…….

그러다 문득, 은형이의 말을 떠올린 나는 가슴이 선득해졌다.

'사랑하는 사람을 기꺼이 불행한 삶 속으로 끌어들이는 사람을, 나는 경멸해.'

은형이의 말은 다르게 말하면 이런 뜻이기도 했을 것이다.

여령이와 내가 가족이 아니라서 다행이야. 우리가 함께 태어나지 않았기 때문에 나는 내 고통으로부터 그녀를 떼어 놓을 수 있으니까.

순간 막막한 기분이 든 나는 고개를 털어 내고 다시 이민아를 보았다. 그녀의 가공할 결단력이 감탄스럽기도 하고 걱정스럽기도 했다.

역시 쟤, 자기 마음 모르는 것 같은데. 나는 힐끗 김혜힐을 보았으나 김혜힐은 그냥 고개를 내저었다. 아무튼 이민아가 하고 싶은 대로 하게 내버려 두자는 심산인 것 같았다.

확실히 이렇게 감정이 폭발한 지금, 남의 말이 들릴 리도 없으니. 나는 김혜힐의 옆에 쭈그려 앉아 이민아를 달래는 데 동참했다. 그리고……

회상을 마친 나는 오늘따라 푸석한 눈가를 문질러 보다가 김혜힐을 보았다.

김혜힐 역시 잠든 얼굴이 몹시 피로해 보이긴 마찬가지였다. 김혜우에게 김혜힐이 온 침대를 굴러다니면서 잔다는 둥의 뒷담을 들은 기억이 얼핏 떠오르는 것도 같았다.

그런 김혜힐이 저렇게 죽은 듯이 자고 있다는 것은 그녀의 극심한 피로를 증명하는 것일까? 아무튼 안타깝다곤 하나 수학여행 일정을 빼먹을 수도 없는 노릇이었다.

이민아를 몇 번 흔들어서 간신히 일으켜 세운 나는 다음으로 김혜힐까지 일으켜 세웠다.

김혜힐이 졸린 눈을 끔벅이며 물어 왔다.

"왜? 우리 아직…… 여섯 시 반밖에 안 됐는데."

손목시계를 힐끗 내려다보며 그렇게 말하는 김혜힐에게
내가 심각한 얼굴로 말했다.

"여섯 시 반이나 된 거야."

"뭐?"

"일곱 시 이십 분까지 식사 마치고 모이래."

내 말에 이민아가 심각해진 얼굴로 되물었다.

"물론, 방으로 모여서 각자 씻으면서 안내 방송 기다리
라는 거겠지?"

나는 단호하게 고개를 내저었다.

"아니, 정문으로."

그러자 방 안에는 잠시 침묵이 찾아왔다.

이윽고, 김혜힐과 이민아는 형언할 수 없는 비명을 질러
가며 도대체 그때까지 어떻게 준비하고 나가냐며 소리쳤
다. 막막한 것은 나 역시 마찬가지였다.

가장 먼저 냉정함을 되찾은 것은 가장 늦게 일어난 김혜
힐이었다.

"이민아! 너는 머리 기니까 나중에 감고, 일단 옷부터 갈
아입고 준비하고 있어. 단이 너는 단발이고 씻는 것도 빠
르니까 너부터 씻고."

"김혜힐 너는? 너도 머리 짧잖아."

수건을 챙기다가 내가 묻는 소리에 그녀는 머리칼을 휙 쓸어 넘기더니 대답했다.

"난 안 감아. 모자 쓸 거야."

김혜힐, 고맙다! 나와 이민아가 동시에 외친 말에 김혜 힐의 표정이 미묘해졌다. '아니, 그냥 귀찮아서 그러는 건 데.' 하고 중얼거리는 그녀를 뒤로하고 우린 저마다 화장실 이나 거울 앞으로 뛰어들어 갔다.

식당에 내려갔을 땐 집합 시간까지 10분가량 남아 있었 다. 그리고 그런 우리 앞에 펼쳐진 것은 보는 것만으로 피 눈물 나는 만찬이었다.

"조식 뷔페라고 했을 때 알아봤어야 했는데."

한 입씩만 먹어 봐도 족히 30분 걸릴 것 같은 음식들 앞 에서, 이민아와 김혜힐은 빠르게 구역을 분배해서 효율을 챙기는 데 성공했다.

마침내 일곱 시 이십 분 정각에 정문 앞에 당도하여 줄 끝에 선 내가 말했다.

"이런 아침은 다신 경험하고 싶지 않아."

수학여행인데 일곱 시 이십 분 집합이라니, 학교 다닐 때 보다 더하잖아. 비행기 타고 낯선 땅을 돌아다니느라 피로 에 찌든 학생들을 조금도 배려해 주지 않는 빡빡한 일정이 었다.

옆에서 김혜힐도 중얼거렸다.

"이상하네, 일정표 봤을 땐 이렇게까지 빡세지 않았던 것 같은데."

그 말에 이민아가 고개를 들었다.

"일정표 있어?"

"자."

도란도란 얘기를 나누는 그들의 어깨 너머로 나 역시 일 정표를 슬쩍 훑어보는 그때 소란스러운 아이들을 뚫고 윤 정인이 모습을 드러냈다.

그가 어제 이민아와 어떤 일이 있었는지 기억해 낸 나는 반사적으로 흠칫할 수밖에 없었다.

다행인지 불행인지, 일정표에 정신이 팔렸던 이민아는 윤정인이 다가오는 것을 전혀 눈치채지 못한 것 같았다. 사람을 아예 못 본 척할 수 있는 위인은 아니니, 봤다면 어 떤 식으로든 반응을 보였을 것이다.

그가 조금 떨어진 곳에 멈춰 서서 이쪽을 향해 계속 시선 을 보내기에, 나는 조금 망설이다가 그의 앞으로 달려갔다.

나를 본 윤정인이 조금 피로해 보이는 얼굴로 웃었다. 그 가 평소와 다름없는 투로 말했다.

"야, 너희 찾으러 가려고 그랬어. 그 뷔페에서 밥이 10분 만에 먹어지던?"

나는 조금 당황하면서도 애써 내색하지 않았다. 급하게

나오느라 제대로 말리지도 못한 머리를 쓸어 넘긴 내가 대답했다.

"아니, 그렇게 호화판일 줄은 나도 몰랐지. 안내 방송에 말이라도 해 줘야 하는 거 아니야? '뷔페 못 먹으면 피눈물 날 테니까 준비는 대충하고 빨리 나오세요' 하고."

"아, 그거."

픽 웃은 윤정인이 주변을 둘러보더니 소리를 조금 낮추었다.

"우리 3일째에 성산 일출봉 가는 거 있잖아. 그게 오늘 아침으로 당겨졌대."

나는 나도 모르게 소리를 높였다.

"뭐?"

어제 은지호의 말이 사실이었단 말인가? 놀리려는 거짓말인 줄 알았는데. 하긴, 생각해 보면 그는 그런 걸로 거짓말은 안 했다.

"어제 기상 특보가 떴다나. 내일부터 거센 풍랑이 일 것으로 예상된다고. 섬이라 워낙 날씨가 오락가락하잖아. 그런데 알지, 선생님들 등산 사랑하시는 거."

그렇게 말하며 윤정인이 손짓으로 뒤쪽을 가리켰다.

그곳에선 노민찬 선생님과 다른 반 선생님들이 등산복에 선캡까지 쓴 채 화기애애하게 얘기를 나누고 계셨다.

나는 그쪽을 가늘어진 눈으로 쳐다보았다. 그러게, 지난 몇 달간 본 것 중에 제일 신나 보이시긴 하네…….

어쩔 수 없다는 듯 웃은 윤정인이 말을 맺었다.

"제주도에 왔는데 성산 일출봉 안 들르고 간다는 게 말도 안 되기도 하고. 그래서 아침에 급하게 안내 방송 때린 거지, 뭐. 나도 지금 피곤해 죽겠다. 버스에서 좀 자야지."

"너 어제 다른 방에서 놀았어?"

내가 반사적으로 물은 말에 윤정인은 짧게 대답했다.

"뭐? 아니."

평소라면 불필요한 부연 설명, 가령 어느 방에서 누구와 뭘 하고 놀았고 누가 무슨 웃긴 짓을 저질렀다고까지 줄줄이 나왔을 텐데, 그런 것은 없었다. 대신에 윤정인은 의미심장한 시선을 이민아에게 던지더니 휙 뒤돌아 선두로 가 버렸다.

멋쩍게 뒷머리를 긁적인 나는 이민아와 김혜힐에게로 돌아갔다. 그때쯤 그녀들도 나와 윤정인이 대화하고 있는 것을 지켜보고 있었다.

이민아가 물었다.

"뭐래?"

"아, 오늘 아침에 이렇게 갑자기 안내 방송한 거 말이야. 그게 성산 일출봉 가려고 그런 거래. 내일 비 온다는데, 선생님들이 그래도 산은 꼭 가야겠다고…….."

김혜힐은 인상을 찌푸리며 '아, 제발.' 하고 내뱉는 반면에 이민아는 당장 흥미를 잃은 얼굴이 되었다. 아마도 그녀가 듣고 싶은 것은 다른 종류의 얘기였음이 틀림없었다.

방금까지만 해도 서로를 힐끗거리던 주제에, 버스에 올라탈 때까지도 윤정인과 이민아는 고집스러워 보일 정도로 다른 곳만 보았다.

내 옆을 차지하고 앉아 창밖만 쳐다보는 이민아를 보며 나는 작게 한숨을 내쉬었다. 어휴, 둘 다 온몸의 레이더가 서로를 향해 있는 게 빤히 보이는데 왜들 그러나 몰라.

평소라면 누구보다도 먼저 나서서 분위기를 띄웠을 두 사람이 그러고 있으니, 우리 반 버스 안은 한여름의 제주도가 아니라 시베리아인 듯 북풍만 쌩쌩 몰아쳤다.

지난번 현장 학습 때 노래방 기계로 버스 안을 싸이 공연장처럼 만들던 윤정인이 그리워질 날이 올 줄이야…….

분위기가 축축 처지자 창밖의 풍경마저 생기를 잃어 가는 것 같았다. 반짝반짝 빛나는 여름 햇살 아래 늘어선 야자수들이 우울해 보일 지경이라니, 우리 반 분위기 대체 얼마나 심각한 거냐.

너털웃음 지으며 그런 생각이나 하고 있던 나는, 버스에서 내리고서야 그게 분위기 탓이 아니었단 것을 깨달았다.

아침에 일어나 호텔 베란다 바깥으로 내다보았던 청명한 여름 하늘은 온데간데없고, 스산한 회색 하늘이 우리를 반겼다.

빨리 감기 한 것처럼 무서운 속도로 흐르는 구름들과 기다란 몸을 마구 흔들어 대는 야자수를 보며 나는 섬 기후의 공포를 처음으로 느꼈다. 뭐 이렇게 날씨가 손바닥 뒤집히듯 바뀌어?

맨 앞에서는 노민찬 선생님께서 성산 일출봉 등산로 입구를 가리키며 뭐라고 설명을 하고 계셨는데, 야자수들이 우수수 흔들리는 소리에 묻혀 절반은 채 들리지 않았다.

"그래도 다행히 아직 비구름은 아니니까, 빠르게 올라가서 빠르게 내려오도록 할게요. 원래 자주 이용하는 등산로는 여기인데, 저희는 여기 짧은 등산로로⋯⋯."

설명을 듣던 나는 가만히 고개를 기울였다. 원래 길눈이 그리 밝지 않다 보니, 모르는 길을 설명을 듣는다고 해서 알 것 같진 않았다.

적당히 애들 따라가면 되겠지? 그렇게 생각하고 설명에는 관심을 끈 나는 주위를 둘러보았다.

혹시나 이번에도 선율 예술 고등학교 학생들과 행선지가 겹치면 어쩌지 하는 생각에서였지만, 다행히 그들 교복은 코빼기도 보이지 않았다. 휴, 하고 안도의 한숨을 내쉰 나는 이번엔 7반 쪽을 살폈다.

어제의 일을 차라리 없었던 것으로 생각하고 싶었다. 날카롭게 터져 나오던 여령이의 말들.

'은형이 너마저 그러면, 난 대체 누굴 믿어야 해?'

그녀가 은형이에게 처음으로 내보이던 두려움과 배신감 섞인 그 눈빛.

나는 정말이지 여령이가 다른 누구도 아닌 은형이에게 그런 눈빛을 보낼 거라곤 상상해 본 적조차 없었다. 어떤 과학 법칙 같은 게 간단히 뒤집혔다고 해도 이보다 놀라진 않았을 것이다.

손으로 이마를 짚은 내가 조용히 읊조렸다.

"은형아."

여령이도 여령이였지만, 아무래도 지금은 은형이에게 조금 더 마음이 쓰였다.

차라리 그의 담담하던 불행의 고백을 여령이가 처음부터 끝까지 들었더라면 저렇게까지 격한 반응을 보이진 않았을 것이다. 비록, 은형이 자신은 그런 일을 원하지 않았을지언정.

그런데 일이 이상하게 꼬였다.

덕분에 은형이는 내내 자기 마음을 숨기고 사심 없는 척 지낸 사람이 되었다. 자기한테 애정을 보이는 사람을 두렵게 여기는 여령이에게 있어, 그것은 흡사 친구의 탈을 쓴 원수가 내내 곁에 있었단 것을 알아차린 것과 같은 충격이었을 것이다.

지금까지 우리 사이에 있었던 싸움은 죄다 서로가 싫어서가 아니라 성격 차이에서 번진 것에 불과했는데, 이 경우엔 달랐다. 여령이가 은형이에게 그렇게 말했을 때, 여령이는 은형이를 끊어 낼 생각까지 했을 것이다.

나는 작게 중얼거렸다.

"차라리 내가 말해?"

잠시 생각하던 나는 고개를 내저었다. 은형이의 그런 내밀한 고백을 그의 허락도 없이 내가 멋대로 말해 버릴 순 없었다.

하지만 허락을 받는다면 괜찮겠지? 여령이와 은형이가 싸운 거지, 여령이와 내가 싸운 게 아니니 기회는 충분히 생길 테고.

나는 어두운 눈으로 7반 쪽을 다시 힐끗거렸다. 조금 먼 거리라서 잘 보이지 않았지만, 한참 찾은 뒤에야 선생님 옆에 선 은형이의 모습을 볼 수 있었다. 평소와 다름없이 정갈하고 곧은 자세였다.

은지호와 주인이가 무슨 낌새를 눈치챘을지 궁금했는데, 저 정도면 전혀 눈치채지 못했다고 해도 이해할 수 있을 것 같았다. 도대체 저게 어떻게 어제 그런 일을 겪은 사람의 모습이냐고. 나는 한숨을 푹 내쉬었다.

'나는 잘 지내는 것만으로도 버거워. 아니…… 잘 지내는 것처

럼 보이는 것만으로도 버거워.'

　귓속을 맴도는 은형이의 말을 억지로 긁어내려고 노력하
는 그때, 마침내 행렬이 시작되었다.
　다시 힐끗 그쪽을 쳐다본 나는 앞사람을 따라 산을 올라
가기 시작했다.
　아침에 일어날 때 그렇게 투덜투덜하던 것은 언제고, 막
상 산에 오르니 경치는 꽤 좋았다.
　과연, 왜 제주도에 왔으면 성산 일출봉을 안 들를 수 없
다고 선생님들이 그토록 주장했는지 알 수 있는 부분이었
다. 물론, 주장한 이유 중에 그분들의 등산 사랑을 빼놓을
순 없겠지만.
　무슨 일이라도 일어날 것처럼 불길하게 회오리치는 회색
하늘만 아니면 다 좋을 것 같았다.
　나는 한 구간을 오를 때마다 눈 앞에 펼쳐지는 목초지와
멀리 보이는 바다, 그리고 머리 바로 위에서 어떤 미지의
생물처럼 꿈틀거리는 구름에 넋을 잃었다.
　아이들 사이에서 우려 섞인 목소리가 하나둘 흘러나오고
있었다.
　"아니, 진짜로 비가 안 온다고? 구름이 저렇게 많은데?"
　"구름 봐, 개빨라. 바람 얼마나 세게 부는 거야?"
　"야, 나 좀 추운데? 이거 더운 바람 아닌데?"

그들을 힐끗 본 나는 애써 걸음을 재촉했다. 아무튼 빨리 올라갔다가 빨리 내려오는 게 나을 것 같았다.

차라리 버스 타는 곳이 같다면 적당히 입구 주변에 숨어서 버티다가 내려가면 됐을 텐데, 이번엔 산 너머라 그럴 수도 없고.

그러나 전혀 계산하지 못한 게 있었다. 다름 아닌 나의 체력이었다.

지난 며칠간 과중한 스트레스에 시달린 내 몸은 바다 건너에서 부실한 식사와 과도한 운동까지 겪고 힘없이 무너졌다.

급격히 휘청거리기 시작하는 나를 보고 김혜힐과 이민아가 놀라서 물었다.

"왜 그래?"

"너 체력 없어도 이 정돈 아니잖아."

놀라서 묻는 이민아에게 난 입속으로만 중얼거렸다. 아니, 무슨 소리야. 나 원래 체력 없진 않아. 윤정인이랑 이민아 너희들 체력이 비상식적인 거지……. 그리고 나는 또 한 번 비틀거렸다.

설상가상으로 손끝까지 떨리기 시작했다. 날 보고 안절부절못하던 두 사람은 얼마 떨어지지 않은 곳에 있는 건물을 발견하고, 화색이 되어 나를 둘러멨다.

"저기까지만 가면 돼! 저기서 쉬어!"

"저기까진 도로 있으니까, 구급차 들어올 수 있을 거야."

아니, 구급차까진……. 어물거리던 나는 시체처럼 그들에게 끌려갔다.

건물의 정체는 중간 지점인 동시에 관광객들을 상대로 한 일종의 매점이었다. 작게나마 주차장이 있고 가게 주인들의 것으로 보이는 차 몇 대가 주차돼 있는 것으로 보아, 확실히 구급차가 들어올 순 있을 것 같았다.

매점 안은 농땡이 치고 있는 아이들로 북적거렸다. 도대체 오늘 안에 산 건너편으로 건너갈 계획이 있는 건가 싶을 만큼 본격적으로 컵라면을 끓이고 있는 학생들도 있었다.

의자에 나를 앉혀 놓은 김혜힐과 이민아가 말했다. 구급차 부른다? 나는 당장 고개를 내저었다.

"아니, 구급차 부를 정도는 아니야. 그냥 좀 쉬면 될 것 같아."

그리고 나는 메슥거린다는 표정을 지으며 덧붙였다. 어제 종일 굶고 레크리에이션 뛰어 놓곤 오늘 아침 뷔페를 마시듯 먹었더니 속이 총체적으로 뒤집혀서……. 내 말에 그들이 알 만하다는 표정을 지었다.

"그럼 한 30분 앉아 있어 볼까?"

김혜힐의 말에 나는 고개를 끄덕였지만, 속으로는 아무래도 미안한 마음이 들었다.

두 시간 안에 산 건너편까지 오라고 했는데, 그중 30분을 이곳에서 낭비하면 과연 제때 갈 수 있을까? 나중에 한 껏 서둘렀는데도 시간에 대지 못해 결국 셋 모두 늦어 버 린다면 욕먹을 텐데. 나만 욕먹어도 될 걸 다 같이 욕먹는 결과를 부르지 않을까?

물론, 그렇다고 두 사람 없이 나 혼자 길을 멀쩡히 잘 찾 아갈 자신이 있냐고 묻는다면 그건 또 아니지만.

이럴 줄 알았으면 노민찬 선생님 설명을 제대로 들어 둘 걸. 나는 후회하기 시작했다.

그때, 멀지 않은 곳에서 낭랑한 목소리가 날아왔다.

"단아? 너 왜 그러고 있어?"

그렇게 말하며 다가온 사람은 다름 아닌 여령이었다. 눈 을 크게 뜨고 그쪽을 본 나는 이윽고 안도의 한숨을 토해 냈다.

어제의 일 때문에 지금까지 어쩌고 있으려나 했더니, 생 각했던 것보다 멀쩡한 얼굴이었다.

반여령에게서 아무런 낌새를 눈치채지 못한 김혜힐과 이 민아가 선뜻 말을 받았다.

김혜힐이 물었다.

"반여령, 너희 반이 제일 선두 아니야? 지금까지 여기 있어도 돼?"

"응. 우리 반 중에 나만 여기 있는 것도 아니고, 나중에 좀 빨리 내려가면 되니까."

어깨를 으쓱하며 대답한 반여령이 작은 목소리로 덧붙였다. 아무래도 날씨가 이렇다 보니까 등산할 마음이 안 들더라고.

아, 그건 그래. 고개를 주억거리는 이민아와 김혜힐을 보며 나는 오히려 혼란에 빠졌다.

평소보다 희끄무레한 얼굴을 하고 있는 반여령에게 '정체가 뭐냐' 하고, 괴담 속 주인공처럼 묻고 싶은 심정이었다.

천하의 반여령이 의욕이 나지 않는다고? 어제 레크리에이션에서 보고 있는 모두가 기염을 토할 정도로 한낱 닭싸움에조차 최선을 다하던 그녀였다.

7반은 선두로 출발했으니, 지금쯤 은지호와 제가 먼저 정상을 밟겠다고 경쟁을 벌이고 있을 줄 알았는데.

나를 응시하는 대신 바닥만 향해 있는 검은 눈동자를 보고 나는 확신했다. 역시, 어제의 일 때문에 은형이와 같이 있기 싫었던 거야.

그때, 바닥을 향해 있던 여령이의 시선이 다시 나를 향했다.

"단아, 아파?"

갑작스레 들려온 질문에 나는 당황하며 고개를 들었다.

"응? 아, 체기가 좀 있어서. 아침을 급하게 먹어서 탈 났나 봐. 출발하기 전부터 몸이 좀 안 좋기도 했고."

여단 오빠와의 일 때문에 말이야. 차마 할 수 없는 말을 입속으로 삼키는 사이, 고개를 끄덕인 반여령이 물었다.

"그럼 내가 같이 있어 줄까?"

"뭐? 진짜?"

내가 기겁하며 되물은 말에 반여령은 망설임 없이 고개를 끄덕였다.

"나도 아프다고 할래."

거침없이 돌아온 대답에 나는 띵해 오는 이마를 짚었다. 열이 40도 가까이 오르고도 고집스럽게 학교를 나가겠다고 우기던 반여령을 기억하는 내게는 큰 충격이었다.

너 진짜 누구냐. 어젯밤 우리 숙소에 외계인이라도 침입해서 반여령을 바꿔치기한 거 아니야? 제주도 UFO 목격담이라도 검색해 볼까.

그러나 그런 헛생각은 잠시 접어 두고, 지금 당장은 갈길이 먼 김혜힐과 이민아부터 보내야 할 때였다.

나는 두 사람을 돌아보았다.

"그럼 너희는 먼저 올라가 봐. 너무 늦으면 안 되잖아."

"우리 없이도 올 수 있겠어?"

걱정스럽게 되묻는 이민아에게 고개를 끄덕이는 내 옆에서, 반여령이 망설임 없이 대답했다.

"정 늦을 것 같으면 내가 업고 갈게."

그러자 잠시 침묵이 흘렀다.

갑작스럽게 찾아온 무거운 정적 속에서, 나는 다른 테이블 학생들마저 이쪽을 힐끗거리고 있는 것을 확인했다.

나는 속으로만 너털웃음 지었다. 나를 업고도 산을 오를 수 있다는 여령이의 말이 과한 자신감 같은 게 아니라 진실에서 우러나왔음을 알기 때문이었다.

결국 김혜힐과 이민아가 못 미더운 얼굴을 하고서도 매점을 떠나간 뒤, 나와 반여령은 매점 한구석에 덩그러니 앉아 말없이 경치를 구경했다.

개미 떼처럼 이쪽으로 올라오던 학생들의 수가 점차 줄고 있었다. 그 말인즉, 이미 대부분의 학생들은 우리보다 앞서가고 있다는 뜻이었다. 하다못해 제일 늦게 등산을 시작한 반조차도.

이제는 매점에도 사람이 얼마 남지 않았다. 부자연스러운 침묵 속에서, 나는 바깥을 보는 척하며 연신 반여령의 얼굴을 힐끗거렸다.

잔뜩 찌푸린 회색 하늘을 배경으로 한 그녀의 옆얼굴은 꼭 석고 조각상처럼 하얗고 창백했다.

"단아."

그녀의 말은 이제는 우리밖에 남지 않은 매점 속에서 유난히 크게 울렸다.

카운터에 선 아저씨가 떠날 생각을 않는 우리를 향해 못마땅한 시선을 보내고 있었다.

평소라면 그 시선을 눈치채고 당장 자리를 떴을 여령이가 전혀 개의치 않는 태도로 말을 이었다.

"너는 내가 은형이를 어떻게 해야 한다고 생각해?"

"응?"

내가 기겁하며 묻자 그녀의 검은 눈이 구슬처럼 도르르 굴러 나를 향했다.

아픈 것처럼 눈매를 찡그린 그녀가 말했다.

"어제 들었잖아. 은형이가 내게 고백할 거라고 했던 말."

"뭐? 아니야, 여령아. 은형이는 너한테 고백한다고는 안 했어."

그거야말로 은형이의 마음 전체를 송두리째 부정하는 말이었기에 나는 기겁하며 대답했다.

그러자마자 날카로운 외침이 터져 나왔다.

"하지만 날 좋아한다곤 했겠지! 그렇지 않으면 고백하지도 않을 테니까."

고개를 숙이며 그렇게 외치는 여령이를 향해 나는 경악 어린 시선을 보냈다.

그녀의 이렇게까지 날 선 모습은 정말이지 처음 보았다. 하다못해 기억을 잃었을 때조차 지금처럼 날카롭진 않았다.

내가 조용해진 사이, 여령이는 한 손에 얼굴을 묻으며 괴로운 듯 흐느꼈다.

"아, 머리가 터질 것 같아. 다른 사람이라면 망설임 없이 끊어 냈을 텐데 하필 그 사람이 은형이야. 왜 하필 은형이일까? 그리고 언제부터? 언제부터 자기 마음을 숨겼을까."

"여령아."

"아니야, 어차피 은형이가 내게 솔직하게 말했어도 어차피 지금 이상의 결과는 안 나왔을 거야. 아니, 하지만, 이렇게 되면 내가 은형이를 친구라고 생각하고 보냈던 지난 시간들은 뭐가 되는 거지?"

여령이의 말을 들으며 나는 잠자코 입을 다물었다.

방금 그녀의 말을 들으면 꼭 '친구'의 영역과 '자기를 좋아하는 사람'의 영역이 따로 나뉘어 있는 것 같았다. 그래서 그 두 개의 영역이 절대로 겹칠 수 없는 것 같았다.

은형이가 자기를 좋아하고 있었다는 사실을 알았기 때문에, 그녀는 은형이와 자기가 보낸 시간 중에 '친구로서' 보냈던 시간마저 부정하고 있었다.

마치 순수한 마음으로 준 줄 알고 받았던 선물이 뇌물임을 깨달은 사람처럼.

"내가 힘들 때 같이 있어선 안 됐던 걸까? 틈날 때마다 병원에 얼굴을 비쳐선 안 됐던 걸까? 하지만 친구잖아. 친구니까 당연히 힘들 때 같이 있어 주고 싶잖아. 그럼 대체 내가 어떻게 했어야……."

급기야 반여령은 은형이가 자기를 좋아하지 않을 수 있었던 선택지에 대해서까지 고심하기 시작했다. 이미 돌이킬 수 없는 일임을 그녀 역시 알고 있을 텐데도.

나는 반여령을 안타까운 눈으로 바라보았다.

그 누구보다도 의리를 중요시하는 반여령이 '은형이가 힘들 때 함께 있었던 일'마저 후회하기 시작했다는 것 자체가 그녀가 지금 얼마나 정신적으로 궁지에 몰렸는지 보여주는 대목이었다.

도대체 지금까지 자신을 좋아한다던 사람들에게 얼마나 상처를 받은 걸까? 내가 충격 어린 눈으로 반여령을 바라보는 그때, 갑자기 반여령이 눈물 젖은 눈을 홱 들어 나를 보았다.

흠칫 놀라서 어깨를 떠는 내게 그녀가 단도직입적으로 물었다.

"어제 은형이랑 무슨 얘기를 했어?"

"뭐?"

"무슨 얘기를 하다가 그런 말이 나온 거야? 은형이가 나를 좋아한다는 사실을 아무런 맥락도 없이 털어놨을 리는 없고. 애초에 마음속에 있는 걸 쉽게 꺼내 놓는 애가 아니니까. 그게 아픔이든, 다른 뭐든."

그 말에 나는 잠시 입을 다물었다. 반여령이 은형이에게 더없이 배신감을 느끼고 있는 이 순간에조차 그를 그토록 잘 알고 있다는 사실이 나를 슬프게 했다.

반여령 또한 똑같은 감정을 느꼈는지, 그녀의 얼굴 위에 예리한 아픔 같은 것이 희미하게 떠올랐다가 사라졌다.

그리고 눈을 질끈 감은 반여령이 다시 물었다.

"뭐였어?"

"그건……."

나는 잠시 고민했다.

물론, 나는 앞서 은형이의 내밀한 이야기를 그에게 허락받기 전엔 털어놓을 수 없다고 생각한 바 있었다.

하지만, 반여령이 그에 대해 오해하고 있다는 것이 그에게는 더 큰 아픔이고, 손실이 아닐까?

그의 미움을 사더라도 좋다. 적어도 험악해진 반여령과 그 사이를 풀 수 있다면……. 그렇게 다짐한 내가 마침내 입을 열던 찰나였다.

서늘한 벨 소리가 우리 사이로 미끄러져 들어왔다.

텅 빈 건물 안에 울리는 벨 소리는 이계에서 날아온 신호음처럼 몹시 낯설게 들렸다.

잠시 뻣뻣하게 굳어 있다가, 한숨을 길게 내쉰 반여령이 핸드폰을 귓가에 가져갔다.

"여보세요. 은지호?"

[반여령 너 어디냐? 제 버릇 남 못 주고 또 사방팔방 쏘다니려는 우주인 잡고 끌고 오느라, 정작 너한테는 신경을 못 썼다. 어련히 알아서 오겠거니 했는데, 한참을 기다려도 안 오잖아.]

"아, 나는 지금……."

눈을 데굴데굴 굴리며 말을 꺼내던 여령이의 입이 이내

돌아온 말에 다물렸다.

[은형이 아니었으면 너 없어진 줄도 몰랐다. 권은형 눈썰미에 감사해라.]

"……."

[권은형이 이렇게 눈이 좋으니까 반장도 하는 거 아니겠냐.]

수화기 건너편에서 '지호야, 칭찬은 고마운데 이 와중에 굳이 쓸데없는 소리를.' 하고 희미하게 타박이 들려오는 것을 듣고 나와 여령이는 얼굴을 굳혔다. 기상 상황이 좋지 않기 때문인지, 산 위이기 때문인지, 소리가 툭툭 끊어지긴 했지만 누구 목소리인지 알아보는 데는 충분했다.

뒤이어 들려온 말에 나는 더더욱 기겁했다.

[권은형 바꿔 줄까?]

"아니. 그럴 필욘 없고, 나 지금 단이랑 있어."

금세 평정을 되찾은 반여령이 평소 같은 목소리로 대꾸했다. 이번엔 대꾸하는 쪽 태도가 흐트러졌다.

[함단이랑? 갑자기 왜?]

"단이 아프대. 어제부터 계속 상태 안 좋았잖아. 멀미하고, 저녁도 안 먹고. 게다가 자정 넘어서까지 레크리에이션 시키고 그다음 날 아침에 등산이라니."

술술 흘러나오는 그녀의 말에 은지호가 동의했다.

[아, 그건 그래. 이 미친 학교.]

"아무튼 그래서 난 단이랑 같이 있다가 단이 상태 안 괜찮아지면 구급차나 택시 불러서 돌아가고, 아니면 뒤늦게라도 출발해서 서둘러 갈게."

"구급차는 필요 없어. 곧 갈게."

내가 뱉은 말에 나를 힐끗 본 반여령이 말했다. 곧 따라갈게. 맞은편에선 은지호가 마지못한 듯이 대답했다.

[뭐, 그래. 알았다. 진작 알았으면 데리러 갔을 텐데 이미 산 반대편으로 넘어와서.]

"그럴 필요 없어. 나 혼자면 충분해."

[알았다. 아, 그리고.]

내내 무심하던 반여령이 이어지는 말에 눈을 조금 크게 떴다.

[우주인이 말하길, 성산 지반 약하다니까 비라도 쏟아지면 굳이 무리해서 올 생각 말고 차라리 건물에 들어가서 기다려. 내가 보기엔 지금 날씨가 심상치 않다.]

곧이어 가벼워진 목소리가 뒤따랐다.

아니, 그런데 얘는 제주도 지반 같은 걸 왜 알고 있는데? 막상 생각해 보니까 어이가 없네? 그런 얘기가 따라붙는 것을 듣다가 반여령은 전화를 끊었다.

바깥에 까맣게 몰려 있는 먹구름을 보고 작게 한숨을 내쉰 반여령이 내게 손을 내밀었다.

"단아, 괜찮아졌으면 출발할까? 기왕 오를 거면 비가 오기 전에 조금이라도 올라가 두는 게 좋겠어."

"그래, 그러자."

마침 나도 몸이 상당히 괜찮아진 참이었다. 게다가 몸이 괜찮지 않더라도 이런 상황에선 차라리 움직이는 편이 나았다.

산을 오르면서 아무 말도 안 하면 힘들어서 그러는 줄 알고 더는 묻지 않겠지. 그렇게 생각하며 건물 밖으로 나온 나는 더없이 우울한 얼굴로 주변을 살폈다.

멀지 않은 곳에 포진한 야자수들과 비교적 가까운 곳에 있는 거대한 풍력 발전기가 빠르게 흔들리는 것을 본 내 표정이 묘해졌다. 습기를 머금은 차가운 바람이 자꾸만 내 뺨을 때렸다.

불길한 예감이 든 내가 반여령의 팔을 잡고 재촉했다.

"여령아, 빨리 가자."

"응, 그러려고. 단아, 움직이기 힘들면 내가 업을까?"

단호하게 고개를 내저은 나는 걸음을 재촉했다.

그러나 서두른 보람도 없이 고작 20분 정도 걸었을 무렵, 비가 쏟아지기 시작했다.

* * *

시작을 알린 빗방울조차 맞았나 안 맞았나 싶을 만큼 작은 물방울이 아니라, 맞은 순간 목이 툭 꺾이는 굵은 빗방울이었다.

　방금 누가 돌이라도 던졌나 싶어 뒤통수를 의아하게 문지르는데, 툭툭 소리가 연이어 들리며 마른 땅 위로 굵은 원들이 연신 생겨나기 시작했다. 그제야 나는 기겁하며 외쳤다.

　"여령아, 뛰어!"

　동시에 다가온 손이 내 손을 굳세게 움켜잡았다.

　우리는 하늘에 구멍 뚫린 것처럼 쏟아지는 빗줄기 속에서 서로의 손을 놓지 않으려고 애쓰며 젖은 길을 힘겹게 달렸다.

　이 상황을 미리 예견한 것만 같은 주인이의 전언이 귓속을 찔렀다.

　'우주인이 말하길 성산 지반 약하다니까, 비라도 쏟아지면 굳이 무리해서 올 생각 말고 차라리 건물에 들어가서 기다려.'

　그러나 하필 우리가 걷고 있는 곳이 건물 따위 전혀 눈에 띄지 않는 광활한 평야란 게 문제였다.

　결국 우리는 내려가거나 올라가거나 두 개의 선택지 중에서 조금이라도 더 올라가는 쪽을 택했다. 어차피 우리가 마지막으로 머물렀던 매점 건물만 해도 10분 이상은 내려가야 할 텐데, 이렇게 땅이 미끄러워진 이상 내려가다 넘어질 확률이 컸다.

"단아, 내 손 잡아."

계단이 나오자 두어 칸 정도를 성큼 뛰어 올라간 여령이가 손을 내밀었다. 내가 그녀의 손을 잡는 순간, 번쩍! 하며 터져 나온 빛줄기에 우리의 손이 하얗게 물들었다.

나는 퍼뜩 놀라며 뒤를 돌아보았다.

"방금 번개 친 거야?"

"단아, 우리 시간 없어! 빨리!"

떨어지지 않는 다리를 애써 움직여 간신히 한 발 내딛는 내 뒤로 쿠르릉, 콰광 하는 소리가 들렸다. 거대한 돌산이 무너지는 듯 장엄하고 기괴한 소리였다.

여령이를 잡고 있지 않은 쪽 손으로 귀를 막으며 나는 진저리 쳤다. 으악, 어제 연이어 터지던 폭탄들에 이어 이제는 재난 체험까지!

"내가 다시 제주도를 오나 봐라!"

그렇게 외쳤지만 이미 늦은 일이었다. 빗소리 때문에 잘 듣지 못했는지 여령이가 '단아, 뭐라고?' 하고 묻는 것에 고개를 내저은 나는 걸음을 재촉했다.

번개가 섬광탄처럼 연이어 터지는 빗길을 한참 올라간 끝에 간신히 건물 하나를 찾을 수 있었다. 당장 신에게 기도를 한 우리는 그리로 달려갔다.

"살았다!"

그렇게 외치며 문을 열자마자, 휘둥그레진 수십 개의 눈동자들이 우리를 반겼다.

순간 흠칫한 나는 뺨에 달라붙은 젖은 머리칼을 떼어 내며 그들을 살폈다. 우리 학교 학생들인 것은 분명한데, 8반도, 7반도 아닌 다른 반 학생들인 것 같았다.

맨 마지막에 출발한 반이겠군. 나는 반여령을 이끌고 구석으로 향했다. 그러면서 나는 중얼거렸다. 각 반 애들이 각기 다른 건물에 나뉘어 있겠지.

혹시 이 와중에 건너편으로 내려가는 데 성공한 학생들이 우리만 남겨 두고 떠날 가능성은 없을까?

그렇게 생각한 나는 이윽고 바깥에서 우르릉, 쾅 하며 들려오는 소음에 고개를 흔들었다. 음, 아니겠군. 저런 날씨에 그 누구라도 등산을 속행하고 있을 리 없어.

습기로 가득한 건물 안에서 웅성웅성 불안한 목소리가 번졌다.

"어떡해?"

"세상 망할 것 같아."

그러다 급기야 들려온 말에 나는 눈을 크게 떴다.

"야! 산사태 났대."

"여기는 아니지?"

"제주도는 아니라는데."

뒤이어 들려온 말에 곧바로 비난 어린 야유가 빗발쳤다.

그 속에서 나는 안도의 한숨을 내쉬었다. 휴, 진짜 놀랐잖아.

지금까지 산사태가 나온 인터넷 소설을 읽은 적은 없지만, 또 생각해 보면 인터넷 소설이라고 해서 산사태가 나오지 말란 법도 없지……. 자연의 힘을 무시할 수도 없는 노릇이니까…….

그렇게 생각하며 초조하게 전화를 걸어 보았지만 죄다 먹통이었다. 어째 메시지도 잘 가는 것 같지 않았다.

전송량이 너무 많아서 그런가? 모두가 이 갑작스런 사태에 놀라서 제주도에 있는 사람들이 한꺼번에 메시지를 보내는 바람에?

초조한 가운데 시간은 째깍거리며 흘렀다. 태어나서 이렇게 시간이 느리게 흐른 적은 처음인 것 같았다.

유리창 너머로 온통 번쩍거리는 기묘한 빛의 하늘, 좁고 더러운 건물 안을 가득 채운 십수 명의 학생들, 침울해진 얼굴로 숨죽여 웅성거리는 목소리, 정말이지 수학여행이랑은 어울리지 않는 풍경이었다.

이게 뭐냐고. 투덜거리던 나는 문득 산 아래쪽이 아닌 산 위쪽으로 뚫린 유리창을 보았다가 눈을 휘둥그레 떴다. 거센 빗발 사이로 파란색 인영이 흐릿하게 얼비치고 있었다.

이곳저곳을 요령 좋게 디디며 무시무시한 속도로 이쪽으로 다가오고 있는 인영은 아무리 봐도 사람 같진 않았다. 그렇다기엔 너무 빠르고 거침없는 태도였다. 저게 자기 목숨 내놓은 사람이 아니고서야 할 짓인가?

도깨비불이 파란색이던가? 내가 고민에 빠진 사이, 그쪽을 본 학생들 사이에서도 술렁임이 일기 시작했다.

"뭐야, 이 날씨에 누가 바깥을 돌아다녀?"

"귀신 아니야?"

급기야 귀신 얘기가 나오면서 여론은 '등산하다 죽은 귀신' 쪽으로 흘러가기 시작했다.

아니, 얘들아. 지금 그런 게 중요한 게 아닌 것 같은데. 중요한 건 저게 이쪽으로 다가오고 있는 것 같다는 사실이지.

나는 굳어진 얼굴로 침착하게 생각했고, 아니나 다를까 그랬다. 눈 깜짝할 사이에 건물 코앞까지 다가온 파란 인영을 보고 학생들이 또 한 번 술렁였다.

"어떡해, 진짜 귀신이면!"

"아니지, 귀신이면 차라리 다행이지."

누군가 내뱉은 말에 모두가 멍하니 그를 보았다. 그의 다음 말에 이윽고 온 건물 안은 절규로 가득 찼다.

"사람인 게 더 무서운 거지. 이 비를 뚫고 굳이 이곳까지 온 사람이 나쁜 사람이기라도 하면?"

"아아악, 너 왜 그래!"

"무서워! 여기 숨을 데 없어?!"

기어이 몇몇 학생들이 울상을 지으며 책상 밑으로 기어 들어 갈 무렵이었다. 문이 벌컥 열리며 마침내 빗속에선 보이지 않던 인영이 모습을 드러냈다.

뚝뚝. 건물에 있던 모두가 말하던 것을 멈추자 한동안 빗방울 떨어지는 소리만이 들렸다. 숨 쉬는 소리조차 완전히 멎은 것만 같았다.

그런 가운데, 손을 들어 젖은 머리카락을 휙 쓸어 넘긴 그가 물었다.

"여기 함단이랑 반여령, 있냐?"

그가 내뱉은 말에 곧장 짜증 섞인 비명이 터졌다. 어쩌면 짜증보다는 허탈함이 더 많이 섞인 것도 같았다.

'아아아!' 하며 단체로 내지르는 괴성에 은지호는 흠칫 놀라며 한 발자국 물러섰다. 태어나서 지금까지 찬탄의 대상이 되면 되었지, 짜증의 대상이 된 적은 (공개적으로는) 한 번도 없는 그는 이런 사태에 상당히 놀란 것도 같았다.

당황해서 덩그러니 서 있는 그에게 우리가 손짓했다.

"야! 은지호! 여기야, 여기."

"아, 뭐야. 있으면서 왜 말을 안 해?"

금세 평소의 여유를 되찾은 은지호가 투덜대며 성큼성큼 다가왔다. 나는 그런 그를 보며 조금 어이없다는 표정을 지었다.

제 목숨 아깝지 않은 것처럼 성큼성큼 뛰어내리던 사람이 그 누구보다도 자기 자신을 사랑하는 너였다는 데 당황하고 있었다고. 놀랄 시간을 좀 줄래?

아무튼, 도무지 평소의 은지호답지 않은 짓이었다. 나는 황당함을 굳이 숨기지 않고 물었다.

　"너 왜 여기로 왔어?"

　각자 등산 속도에 따라 각 건물로 흩어진 것 같으니 8반은 이곳에서 얼마 떨어지지 않은 곳에 있겠고, 선두였던 7반은 이 건물로부터 가장 떨어진 곳에 모여 있을 터였다.

　그런데 굳이 이 빗길을 주파해 이리로 왔다고? 귀신으로 오해까지 받아 가면서?

　그럴 이유가 뭔가? 건물이 여기 하나만 있는 것도 아니고.

　그렇게 생각하는 내게 은지호가 젖은 머리를 쓸어 넘기며 아무렇지 않게 대답했다.

　"전화를 안 받잖아."

　"무슨 전화? 아."

　되물으려던 나는 곧장 눈앞에 들이밀어진 통화 내역을 보고 할 말을 잃었다. 반여령의 번호와 내 번호가 뒤섞여 찍힌 화면을 복잡한 눈으로 보던 나는 뒤늦게 대꾸했다.

　"안 터지던데? 네 폰은 왜 터지는데?"

　그러자 은지호가 아무렇지도 않은 목소리로 대답했다.

　"아, 그러냐? 그럼 내 폰이 최신 폰이라 그런가 보다."

　"뭐야, 내 폰도 최신인데."

　"너 바꾼 지 2주 안 지났냐?"

　그의 말을 들으며 나는 이상한 표정을 지었다. 그럼 너는 핸드폰을 무슨 일주일에 한 번씩 바꾼단 말이냐?

그의 핸드폰 기종에 관심을 둔 적이 없어서 이제야 안 사실이었다. 그런데 이게 기종만의 문제인가? 아니, 그보다도.

나는 인상을 쓰며 외쳤다.

"아니, 전화를 안 받는다고 이 비를 뚫고 직접 찾으러 오는 게 말이나 되냐!"

"안 위험할 것 같으니까 왔지. 그리고 나만 온 것도 아니야."

그 말에 한 걸음 물러나서 우리 얘기를 잠자코 듣고만 있던 반여령이 고개를 들었다. 그런 그녀를 돌아본 은지호가 말했다.

"권은형도 너희 안 보인다고 출발했어. 각자 등산로에 있는 건물들 두세 개씩 맡아서 확인해 보기로 했고, 지금쯤 그쪽에 없는 거 확인했을 테니 이리로 오겠지."

그래도 전화는 해 둬야지. 그렇게 말하며 핸드폰을 꾹꾹 두들기는 은지호를 보고 반여령이 묘한 얼굴을 했다.

혹시나 그녀가 쌀쌀맞게 '안 와도 돼.' 하는 식으로 감정의 골을 드러낼까 봐 나는 조마조마했지만, 다행히 그런 일은 없었다.

대신 반여령은 갑자기 몸을 돌려 쌩하니 우리의 시야에서 사라졌다. 아니, 이 안엔 아는 사람도 몇 없으면서 왜 굳이?

그쪽을 당황해서 보던 나는, 어느새 은지호가 연락을 마치고 나를 향해 하는 말에 고개를 돌렸다.

"나 걱정했냐?"

"뭐?"

은지호가 삐뚜름한 미소를 입에 걸며 되물었다.

"내가 비 뚫고 왔다고 하니까 걱정했냐고."

"야, 그럼 당연하지!"

내가 당장 외치자, 은지호는 묘한 얼굴을 했다.

나는 그런 그를 불만 어린 눈으로 바라보았다. 뭐가 문제인데? 이런 반응을 바라고 물은 게 아니었나? 물론, 실제로 걱정하기도 했고.

그래도 좀 낯간지러운 소리를 했다 싶어진 내가 뒤늦게 덧붙였다.

"물론 너보다 내 안위를 더 걱정했지만."

그제야 눈썹을 일그러뜨린 은지호가 낮게 대꾸했다.

"야."

"너 밖에서 움직이는 거 보고 사람 아닌 줄 알았잖아. 섀도우 어새신인 줄……."

"섀도우 어새신 뭔데."

"하필 옷도 회색이어 가지구."

그의 진파란 선이 포인트로 들어간 회색 트레이닝복을 툭 치며 내가 대답했다. 파란색만 언뜻언뜻 보일 뿐 사람 형체가 잘 보이지 않던 이유가 여기에 있었다. 더군다나 은지호는 머리카락도 흐린 날에는 그 빛을 잃기 쉬운 은색이니까.

아니, 비유 어이가 없네 진짜. 그렇게 말하며 키득키득 웃던 은지호가 표정을 바꾸었다.

"그래도 너무 화내지 마라. 네가 나 걱정한 것처럼, 나도 너 걱정되잖아."

"아니, 갑자기 뭐……."

"얼굴을 봐야 마음이 놓이겠더라고."

그가 갑자기 낮아진 목소리로 던지는 말에 나는 갈피를 잡을 수 없어졌다.

젖어서 이마에 달라붙은 은색 머리카락 아래로 검은 눈 한 쌍이 내게 무거운 시선을 보내고 있었다. 그와 말없이 눈을 마주치다가, 나는 머쓱해져서 뒷머리만 긁적였다.

전에도 몇 번 그가 이런 눈빛을 내보일 때마다 내가 머쓱하게 피한 순간이 있는 것 같았다. 은지호는 그 스스로 가볍게 보이고자 할 때와 그렇지 않을 때의 분위기가 완전히 달랐다. 친구로서도 버티기 힘든 중압감이었다.

그때, 나를 빤히 보고 있던 은지호가 씩 웃으며 말했다.

"감동했냐?"

"어? 어."

평소처럼 돌아온 태도에 적잖이 안심하면서 나는 아무렇게나 대답했다. 그러자 그는 얄밉게 웃으며 대꾸했다.

"감동의 뜻으로 포옹해 줘도 괜찮아."

"아니, 무슨……."

"아, 네 남친 때문에 안 되지. 참."

뒤이어 흘러나온 대답에 나는 또다시 의아해졌다.

놀리는 건가? 그렇다고 하기에는 그를 둘러싼 기운이 또 순식간에 가라앉아 있었다.

도대체 어느 장단에 맞춰야 하냐? 내가 어이가 없어서 가만히 있는 사이, 은지호는 무거운 얼굴로 한참 생각을 곱씹는 듯하더니 휙 몸을 돌렸다. 내가 당황해서 그를 붙잡았다.

"야, 어디 가? 반여령에 이어 너까지."

"아니, 그냥 좀."

그렇게 말하며 내 손을 떼어 내던 그가 이어진 내 행동에 발을 멈추었다.

나는 망설임 끝에 그의 등을 가볍게 껴안았다가 놓았다. 이 정도면 주변에서도 이상하게 생각하지 않을 정도의 포옹인 것 같았다.

정말 눈 깜짝할 새의 일이었다. 돌아선 채로 한참을 굳어 있던 은지호가 마침내 나를 돌아보았다.

그가 믿을 수 없다는 얼굴로 물었다.

"너, 방금 뭐 했냐?"

"감동의 포옹 못 할 거 없다고."

그렇게 말하며 나는 속으로 쓰게 웃었다. 이렇게 어이없게 밝힐 생각은 없었는데.

"여단 오빠랑 헤어졌으니까."

담담한 내 말이 공기를 울렸다.

별로 크지 않은 소리였다. 그런데도 은지호는 벼락이라도 맞은 것처럼 그 자리에서 한참을 굳어 있었다.

그러다가 그가 귀를 매만지며 되물었다.

"뭐라고? 천둥 때문에 귀가 잘못됐나."

"여단 오빠랑 헤어졌다니까."

그가 여전히 믿을 수 없다는 얼굴로 물었다.

"언제?"

"그제. 수학여행 오기 전날 밤에. 아파트 앞에서 잠깐 만나서 얘기했어."

구체적인 장소와 시간까지 설명했음에도 불구하고 은지호는 멍한 표정을 지우지 않았다. 그러다가 그가 갑자기 제 뺨을 때리는 바람에 나는 화들짝 놀랐다.

젖었기 때문인지 철썩하는 마찰음이 유난히 크게 울렸다. 주변 사람들이 이쪽을 한 번씩 돌아볼 정도였다.

그 가운데 내가 기겁하며 외쳤다.

"뭐 하는 거야?"

"꿈 아니네."

"너 아까는 꿈인 줄 알고 그렇게 내려온 거야?"

나는 미심쩍어하며 물었다. 아무리 우리가 걱정됐다고 해도 그렇지 굳이 저 바깥을 주파해 올 일인가 생각했는데, 꿈인 줄 알고 있었다면 의심할 것은 없었다.

그런데 은지호는 내 말이 들리지도 않는 것처럼 한참을 멍하니 있다가, 갑자기 옆에 있는 의자에 무너지듯 걸터앉으며 두 손으로 얼굴을 감쌌다.

태어나서 처음 본 그의 모습에 나는 기겁하며 물었다.

"너 왜 그래?"

"아, 어떡하냐."

"또 왜."

중얼거림에 가까운 그의 말을 들으려고 고개를 숙였던 나는, 갑자기 그가 고개를 들자 당황했다.

무척 가까이에서 마주친 눈동자는 그새 생기로 반짝이고 있었다. 도무지 방금 바깥에서 비를 잔뜩 맞고 온 사람이 보일 만한 것은 아니었다.

그 가운데 은지호가 말했다.

"나, 이 일 때문에 감기 1년쯤 앓아도 안 억울할 것 같아."

"야, 그럼 나랑 여령이는 미안해서 어떡하라고?"

뒤늦게 정신을 차린 내가 기겁해서 그렇게 대꾸하거나 말거나, 은지호는 두 손으로 입가를 가리고 한참이나 그대로 있었다. 꼭 태어나서 처음 눈을 본 아이처럼 잔뜩 상기되어 반짝거리는 얼굴이었다.

그의 그런 눈빛을 보자마자 내 머릿속에 떠오르는 생각이 있었다. 나는 그것을 황급히 지웠다.

아니겠지, 내 착각일 것이다.

왜 은지호의 나를 보는 눈이 나를 보던 여단 오빠의 눈이 그러했듯, 손에 만져질 듯한 어떤 감정이 담겨 있다고 느껴지는 건지.

나는 지금으로부터 약 1년 전의 여름을 떠올렸다.

그날은 내 생애에서 가장 화려한 건물과 사람들을 봤던 날이었다. 한울 그룹 창립 15주년 파티 날. 나는 앞으로도 내 인생에 그보다 화려한 날이 다시 있을 거라고는 생각지 않는다.

그날, 호텔 복도 모퉁이를 돌다가 나는 은지호와 유천영네 첫째 형, 유건이 나누는 대화를 엿듣고 말았다.

은지호는 처음으로 미래를 생각하고 행동하는 것을 집어치우고 싶다고 말했다. 미래를 희생해서라도 단 하나 갖고 싶은 게 있다고.

그러나 그때의 나는 그가 포기할 수 없는 것의 정체에 대해 길게 신경 쓰지 않았다. 애초에 태어났을 때부터 생의 많은 것이 자신의 의사와 상관없이 결정된 그니까, 틀림없이 장래 희망이나 취미, 뭐 그런 영역일 거라 생각했다.

그보다도 나는 그가 '미래에 아무런 도움도 되지 않을 것'에 대해, 유건의 말만 듣고 그토록 쉽게 포기해 버린다는 데 신경을 썼다.

왜냐하면 미래에 아무것도 남기지 않을 것, 그것이야말로 나와 이들의 관계였으니까. 내가 사라지면 그들의 머릿속에서 잊히고 그렇게 끝나고야 말 테니까.

은지호의 머릿속에서 나 역시 그렇게 쉽게 치울 수 있는 존재라는 뜻이라고 생각했다. 그래서 나는 분노하고, 또 상처를 받았다. 그런 탓에 괜히 늦은 새벽 집에 돌아가겠다고 나섰다가 납치 사건 따위에 휩쓸리고 만 거였고.

그러나 그로부터 1년이 지난 지금, 온갖 충동과 열망이 기이하게 뒤섞이고 있는 은지호의 눈 안에서 나는 그때와는 다른 가능성을 보았다.

나는 주춤 손끝을 떨고는 한 걸음 물러났다.

내가 고작 1년 새 다사다난한 일들을 거치면서 어떤 대단한 통찰력을 갖게 되기라도 한 걸까?

아니, 그보다는 내 눈을 가리고 있던 안개가 깨끗이 걷혔기 때문일 것이다.

은지호가 소설 속 인물이지만, 또한 반드시 소설대로 행동하란 법이 없는 자유 의지를 가진 사람이란 것을 알았기 때문에.

또한 여단 오빠와 사귀던 시간 동안, 이런 결함투성이인 나를 누군가는 사랑하는 일이 가능하다는 것을 배웠기 때문에.

그러나 나는 또다시 고개를 내젓고는 한 걸음 물러나고 말았다.

소설에 대한 고정 관념에서 벗어났다고 해도, 이번에는 그와 5년 가까이 친구로 지낸 경험이 내 직감을 부정했다.

"아니겠지."

은지호가 뭐가 아쉬워서?

그때, 마침내 은지호가 입가를 감추고 있던 손을 내렸다. 그의 뺨 전체가 미세하게 상기된 것을 보고 나는 몹시 복잡한 기분이 들었다.

비에 젖어 마구 뒤엉킨 은색 머리칼과 마찬가지로 물방울이 매달린 속눈썹, 창백한 안색과 대조되는 달아오른 뺨. 흡사 열병 앓는 환자 같은 모습을 하고 있음에도 그는 아름다웠다.

평소에 조금도 틈을 보여 주지 않는 사람이 갑자기 흐트러진 모습을 보일 때 마음이 동요하는 것과 마찬가지였다.

그의 검은 눈이 나를 올려다보았다.

내가 여단 오빠와 사귀고 나서는 길게 나를 향하는 일이 없던 시선이었다. 그러던 그가 지금, 조금도 꺼리는 기색 없이 나를 똑바로 응시하고 있었다.

은지호가 갑작스레 물었다.

"그새 왜 그렇게 뒤로 물러났어?"

"응? 어, 어."

아무렇게나 대답하면서도 나는 도통 정신이 없었다. 내가 지금 무슨 말을 하는 건지. 그런 내게 은지호는 갑자기 장화 신은 고양이처럼 애처로운 표정을 지었다.

"너 때문에 이렇게 젖은 건데 안쓰럽지도 않냐?"

나는 어처구니가 없었다. 방금까지만 해도 '나만 온 것도 아니'라든가, '안 위험할 것 같으니 왔다'든가, '화내지 말라'든가, 저자세로 굴던 은지호였다. 그런 그가 지금은 오히려 내 구조 요청을 받고 온 것처럼 뻔뻔하게 굴고 있었다.

"뭐 하자는 거야?"

내가 어이없어하며 묻자, 은지호는 제 팔을 감싸며 엄살을 떨었다. 내가 태어나서 본 것 중에 가장 안 어울리는 행동이었다.

"아, 춥다."

"그래서 뭐."

"조금만 가까이 와서 앉지?"

"내가 무슨 난로냐."

부러 쌀쌀맞게 말하면서도 내심 곤란했다.

나는 고개를 휙 돌려 은지호가 방금 뚫고 온 바깥을 보았다. 이제 구름은 시커먼 납빛으로 바뀐 데다가, 비바람은 한층 거세져 섬 한가운데 유배당한 것 같은 느낌을 주었다.

아무튼 우리가 걱정되어 저런 곳을 뚫고 왔다는데 미안함을 가지지 않을 수는 없었다.

결국 내가 한숨을 내쉬고 그의 옆에 걸터앉자, 그가 아픈 시늉을 하고 있는 와중에도 씩 웃었다. 나는 그런 그를 복잡한 얼굴로 바라보았다.

원래부터 우리에게 아쉬운 소리는 종종 하던 그였다. 그거야 말하자면 그가 우리 그룹의 '까임돌'이니까 어쩔 수 없지. 심지어 만인의 보호자 같은 포지션인 은형이도 은지호에게만은 '더 피곤해질 것 같으니까 우리 절교할까?'라는 둥, 막말하는 경우가 종종 있었다. 그럴 때마다 은지호는 자기를 좀 더 소중히 대하라며 으름장 놓곤 했다.

하지만, 나는 나와 나란히 앉은 것만으로도 즐거운 기색인 은지호를 다시 힐끗거렸다.

자신의 옆에 와서 좀 앉아 달란 그의 이런 행동 역시 자신에게 상냥하게 대하라는 평소의 장난으로 볼 수 있을까? 그렇다면 왜 반여령에겐 하지 않는 건데? 은형이 얘기가 나오자마자 저 혼자 멀리 가 버린 반여령에게는.

"아."

그제야 나는 내뱉었다. 내가 헤어졌다는 소식에 은지호가 보인 반응 때문에, 정작 혼자서 모르는 학생들 사이에 섞여 들어가 버린 반여령에 대해선 잊고 있었다.

나는 자리에서 일어났다. 은지호가 의아한 얼굴로 물었다.

"왜 그래?"

"반여령 좀 찾으러 가게."

"그래? 하긴, 걔 어제부터 혼자 있고 싶어 하더니 심상 치 않은 기색이긴 했지."

도대체 무슨 고민이 있는 거람. 그렇게 중얼거린 은지호 가 고개를 끄덕이며 저도 자리에서 일어나는 그때였다.

갑자기 문이 벌컥 열리며 천둥이 우르릉 쳤다. 나와 은지 호는 뻣뻣하게 굳어진 채 고개를 돌렸다.

책이나 영화에서 흔히 나오는 광경이었다. 쏟아지는 비 를 뚫고 천둥 치는 순간 문을 벌컥 열어젖힌, 불길한 소식 을 전하는 전령.

그러나 이번에 흠뻑 젖은 얼굴로 거친 숨을 몰아쉬고 있 는 사람은 다름 아닌 은형이었다.

잠시 굳어졌던 나는 곧장 그에게로 다가갔다. 내가 외쳤다.

"은형아!"

"단아, 무사했구나. 다행이다. 여령이는?"

평소의 단정한 모습은 상상도 할 수 없을 정도로 몰골이 엉망진창이 된 그가 거친 숨을 토해 내며 물었다.

나는 내 뒤를 가리켰다. 마침 은형이의 등장으로 굳어진 학생들 사이에서 여령이가 걸어 나오고 있었다.

"……."

여령이는 정작 앞으로 나오고서도 아무 말도 하지 않았 다. 다만 굳어진 검은 눈으로 은형이의 회녹색 눈을 날카 롭게 노려볼 뿐이었다.

은형이는 아무런 말 없이 여령이의 그런 시선을 받아들였다. 마치 그것이 자기가 감내해야 할 형벌이라도 된다는 것처럼.

　그때, 은지호가 그들 사이에 끼어들었다. 그는 다행히도 둘 사이에 흐르는 수상한 기류를 전혀 깨닫지 못한 모양이었다.

　"야, 권은형. 너 나보다 심각하다, 진짜. 어디서 굴렀냐?"

　그가 던진 말에 나도 눈을 휘둥그레 뜨며 은형이의 몰골을 샅샅이 훑어 내렸다.

　이제야 그의 바지 무릎이 너덜너덜해진 데다 흙까지 묻어 있는 게 눈에 들어왔다. 흰 양말 또한 진흙에 흠뻑 빠진 듯 진한 갈색이었다.

　내 옆에서 여령이가 그런 은형이를 바라보는 시선 또한 한층 더 집요해졌다. 그러자 은형이는 평소의 부드러운 미소와 함께 너덜너덜해진 한쪽 다리를 뒤로 슬쩍 숨겼다.

　"아, 비 때문에 앞이 잘 안 보여서. 심하게 다친 건 아니야."

　그러자마자 은지호가 의심스러운 듯 되물었다.

　"너 지금 왼손에 그거, 피 나는 거 아니냐?"

　과연, 은형이의 손바닥 또한 맨손으로 가시덤불을 헤친 것처럼 온통 긁힌 데다 피까지 뚝뚝 떨어지고 있었다.

　은형이가 낭패라는 듯 조용히 미간을 좁히는 가운데, 내가 외쳤다.

"은형아! 심하게 다친 게 아니긴 뭐가 아니야, 당장 이리 와서 치료받아."

누군가 구급 키트 하나쯤은 가지고 있지 않을까? 수학여행 통지서엔 반창고와 연고쯤은 가져오라고 쓰여 있었으니까, 이 중에 한 사람은 챙겼을지도. 그렇게 생각하며 나는 희망 어린 시선으로 주변 학생들을 훑었다.

그때, 은형이가 다친 손마저 뒤로 숨기며 말했다.

"아니야, 단아. 난 진짜 괜찮아. 나는."

답답해진 내가 외쳤다.

"은형아!"

"내가 알아서……."

"너, 전에도 그 소리 했다가 여령이한테 '멍청이' 소리 얻어들었잖아!"

내가 외친 말에 은형이의 시선이 정처 없이 흔들리다가 여령이에게로 향했다. 순간 그의 평정심이 깨지면서 그 사이로 얼핏 혼란스러워하는 표정이 드러났다.

그런 은형이를 바라보는 여령이의 표정은 분노와 걱정, 그 중간쯤이었다.

그것을 보고 나는 속으로 슬쩍 안도의 한숨을 내쉬었다. 어쨌든 여령이가 얼굴에 '걱정'이란 감정을 내보인 이상, 은형이가 그것을 절대로 지나치지 못할 것을 믿기 때문이었다.

그가 말했었지. 절대로 잘못되지 말아야겠다고 매번 다짐한다고. 우리를 위해서, 그리고 여령이를 위해서.

우리에게 불행이 되고 싶지 않기 때문에.

이유는 다소 슬프지만, 그렇게라도 그가 자신을 아낄 수 있다면 다행이었다.

그러나 내 생각은 틀렸다. 내가 그가 했던 말을 떠올리며 길게 안도의 한숨을 내쉬는 그때, 그는 오히려 피가 뚝뚝 흘러내리는 손을 움켜쥐더니 휙 돌아섰다.

가장 먼저 그의 움직임을 알아챈 것은 은지호였다. 그가 앞으로 나서며 물었다.

"야, 권은형. 너 미쳤어? 이 날씨에 어딜 다시 가는데?!"

"아무튼, 다들 무사한 걸 봤으니 됐어. 난 가 볼게. 우리 반 애들도 보살펴야 하고."

평소와 다르지 않은 목소리로 말하는 은형이에게 은지호가 버럭 화를 냈다.

"정신 차려, 권은형! 우리 반 애들 세 살배기 아니야. 걔들 때문에 그 몰골로 다시 비를 뚫고 돌아왔다고 하면 걔들도 어이없어할 거다. 미친 짓은 한 번이면 됐어."

그 말을 듣고 나 또한 어이없어하며 고개를 돌렸다. 나는 분노로 가득한 은지호의 얼굴을 힐끗거렸다.

은지호, 아까는 '위험하지 않을 것 같아서' 왔다고 말한 주제에. 역시 미친 짓이란 거 자기도 충분히 자각하고 있었다는 얘기잖아.

　그때, 은형이의 대답이 돌아왔다.

　"역시 난 가 볼게."

　"은형아!"

　이번엔 나조차 이성을 잃고 덜컥 소리를 질렀다.

　우리 중의 누구보다도 합리적이던 그가 지금 대체 무슨 소릴 하고 있는 건지. 전혀 낯선 땅인 데다 길도 잘 모르는 이런 곳에서 다친 몸으로 헤매기라도 했다간 어떻게 될지 생각하지 못하는 것도 아닐 텐데.

　그러나 그는 단호하게 문고리를 당겼다.

　"그래도 내가 나갈게."

　"대체……."

　어이없어하며 내뱉던 내 말을 이어 흘러나온 은형이의 말이 끊었다.

　"여령아."

　나는 초점 없는 눈으로 그를 보다가 여령이를 돌아보았다.

　그녀 역시 초점 없는 눈으로 은형이를 보고 있었다. 그녀의 얼굴에 떠오른 감정은 너무나 혼란스러워서 나로선 읽을 엄두도 낼 수 없었다.

　은형이의 담담한 목소리가 이어졌다.

　"너는 여기 있어."

　"……."

"……너 불편하게 하기는 싫어. 무사한 거 봤으니 됐어. 애초에 여기 온 것도 내 고집이었고…… 욕심부려서 미안해."

그럼 나는, 이만 갈게. 그렇게 덧붙인 은형이가 돌아섰다.

이제야 비로소 은지호는 은형이가 평소답지 않게 저렇게 고집부리는 이유가 어디에 있는지 알아차린 모양이었다.

그때까지도 말을 잃고 있던 반여령을 힐끗 훑은 그는 다시 몸을 돌려 문 쪽으로 다가갔다. 그때 이미 은형이는 바깥으로 나가고 모습이 보이지 않았다.

비바람에 떠밀려 채 한 걸음도 내딛지 못한 은지호가 문에다 대고 버럭 소리를 질렀다.

"야, 권은형! 너 진짜 미쳤어? 이 날씨에 어딜, 안 돌아와?!"

돌아오는 대답은 없었다. 미친 듯이 흔들리고 있는 풀숲 사이로 우르릉, 천둥소리만 돌아왔다.

거친 숨을 몰아쉬던 은지호가 다시 외쳤다.

"너 이렇게 가면 반여령 마음이야 편하겠냐고! 모르는 것도 아니고 왜 이래! 평소엔 똑똑하던 새끼가!"

은지호가 드물게 입에 상소리를 올렸음에도 불구하고 여전히 바깥에선 아무런 응답도 돌아오지 않았다. 아니, 아마도 빗소리와 천둥소리에 묻혀 전달되지도 않은 거겠지.

열린 문을 붙잡고 쏟아지는 빗줄기를 맞으며 한참이나 그대로 있던 은지호가 마침내 문을 닫았다. 그런 다음, 그는 젖은 머리칼을 쓸어 올리며 우리 쪽으로 다가왔다.

그가 비로소 상황을 묻는 그때였다.

"도대체 무슨 일이냐? 너랑, 권은형. 다른 녀석들이라면 모를까, 평생 싸우지도 않던 애들이 이러니까……."

그의 말을 끊은 것은 반여령의 돌발 행동이었다.

그녀는 갑자기 휙 돌아서더니 방금 은형이가 나간 문으로 따라 나가려고 했다. 다행히 내가 여전히 문 근처에 서 있던 덕에 타이밍 좋게 반여령을 잡아챌 수 있었다.

내게 붙들린 그녀가 외쳤다.

"놔줘! 은형이 찾으러 가야 해."

"이 날씨에 나갔다간 너까지 조난당해. 은형이랑 만나서 둘이 조난당하면 차라리 다행이지, 따로따로 조난당한다고!"

내가 외친 말에도 여령이는 내게 붙들린 팔의 힘을 풀지 않았다. 기어이 내 팔을 뿌리친 그녀는 성큼성큼 걸어 문을 박차고 나가려고 했다.

그녀의 발을 붙드는 데 성공한 것은 은지호의 말이었다.

"너 지금 나가면 권은형 배려, 다 쓸모없는 거 된다."

"……."

주먹을 움켜쥐고 한참을 바닥만 노려보던 반여령이 마침내 고개를 들었다.

눈에는 눈물이 그렁그렁하게 괸 채였다. 그녀가 울음 섞인 목소리로 내뱉었다.

"누가 그런 배려 필요하대?"

"……."

"누가 그런 배려 필요하댔냐고! 멍청이가, 순 제멋대로……."

기어이 고개를 푹 떨어뜨리고 울음을 터뜨리는 그녀의 모습에 한숨을 내쉰 나는 그리로 다가갔다.

벌벌 떨리는 여령이의 어깨를 끌어안으며 나는 중얼거렸다. 은형아, 여령이 입에서 '멍청이'란 말을 들은 것도 벌써 두 번째야, 너.

평소에는 누구보다도 여령이가 원하는 걸 잘 알아맞히던 그가, 유독 자신의 안위에 대해서만은 그렇지 못했다. 자기가 여령이 눈앞에서 사라져 주는 게 비를 피하는 것보다도 우선이라고 생각하다니, 그럴 리 없잖아.

여령이의 머리를 힘주어 끌어안은 나는 눈을 감고 되뇌었다. 알아차렸으면 이만 돌아와, 은형아.

풍랑을 맞은 배에 남은 일가족처럼 서로를 굳건히 붙들고 한숨만 내쉬는 우리를, 모르는 학생들의 낯선 시선이 훑었다.

우리는 그렇게 한참을 있었다.

은형이가 나가고 캠프파이어를 쬐는 사람처럼 둘러앉은 우리, 그러니까 나와 은지호, 반여령은 은지호의 최신 기종 핸드폰을 붙들고 제발 좀 터지라며 염불을 외웠다.

우리는 은형이에게 몇 번이고 신호를 걸었고, 신호가 갈

때면 기뻐하다가 신호가 기어이 끊어지면 절망했다.

비에 흠뻑 젖어 체온이 떨어진 탓에 자꾸만 잠이 쏟아졌다. 처음엔 서로 뺨을 때리며 버티기로 하다가, 이내 북극도 아닌데 잠 좀 들었다고 죽기까지야 하겠어, 하는 데 생각이 미친 우리는 결국 눈을 붙이기로 결심했다.

무엇보다도 이대로 가다가는 날이 개어 은형이를 찾으러 가게 됐을 때 체력이 다 돼서 움직이지도 못할 것 같았다.

우리가 갇힌 건물에는 회의실에나 있을 법한 6인용 사무 책상 따위가 이곳저곳에 불규칙하게 널려 있었다. 다른 학생들도 저마다 꾸물꾸물 책상 위로 기어 올라가 두 명씩 잠이 들었다. 흡사 어렸을 때 유치원에서 겪었던 낮잠 시간을 떠올리게 하는 풍경이었다.

온통 웅성거리는 소리로 가득하던 건물 안이 금세 씻은 듯 고요해졌다. 여령이와 나란히 한 책상에 누워 잠을 청했던 나는, 얼마 지나지 않아 반짝 눈을 떴다.

우리 중 누구보다도 흠뻑 젖은 은지호는 아직 물이 마르지 않은 팔에 뺨을 대고 엎드려 자고 있었다. 빈 책상 하나를 찾아 눕는 대신, 굳이 나와 반여령이 누운 책상 위에 두 팔을 겹쳐 올리고서.

그의 고이 감긴 눈을 뚫어져라 바라보던 내가 입을 열었다.

"은지호, 너 다른 데로 안 가고 뭐 하냐. 책상도 많은데."

그러자 깨어 있던 것을 숨길 마음도 없는 것처럼 눈을 뜬 그가 씩 웃으며 대꾸했다.

"위험할까 봐 지켜 주려고 그러지. 지켜 주려고."

"네 시선 때문에 잠을 못 자겠어……."

내가 한숨 섞어 내뱉은 말에 그가 곧장 웃으며 받아쳤다.

"느껴졌냐? 미안."

"도대체 뭐 하러 자는 사람을 관찰하는 건데?"

그렇게 물으면서도 나는 한편으로 입술을 살짝 깨물었다.

지금의 은지호와는 얘기하면 얘기할수록 어떤 길목으로 끌려들어 가는 것만 같은 기분이 들었다. 내가 마주하고 싶지 않은 진실 같은 것.

과연, 은지호는 숨길 마음 따위 전혀 없다는 것처럼 초연한 태도로 대꾸했다.

"그동안 못 봤던 얼굴, 이제라도 실컷 봐 두려고."

"무슨 버스 카드 충전하는 것도 아니고."

작게 투덜거렸던 나는 이윽고 멈칫했다. 언젠가 누구와 이런 얘기를 주고받은 적이 있는 것 같아서였다.

그때, 다시 날아온 은지호의 목소리가 내 의식을 다시 끌어 올렸다. 나는 시선을 들었다.

"내가 불편할까 봐서라면, 나는 여기가 제일 편하니까 신경 쓰지 말고."

그렇게 말하는 은지호의 얼굴은 누워 있는 내 얼굴로부터 고작 30센티미터쯤 떨어진 거리에 있었다.

그가 입술을 열어 나직이 말할 때마다 공기의 떨림이 내 속눈썹에 전해져 간지러울 정도였다.

30센티미터. 그렇게 중얼거린 나는 속으로만 너털웃음을 지었다.

모니터와 사람의 적정 거리도 30센티미터보다는 멀다.

그때, 다가온 손이 내 눈을 덮었다. 나는 나도 모르게 반사적으로 눈을 감았다. 순식간에 시야가 어두워졌다.

"잠이나 자."

"……."

"지켜 주겠다는 건 농담 아니야."

번개 불빛조차 스며들지 않는 완전한 어둠 속에서, 나는 무슨 말을 할까 싶어 입을 뻐끔거리다가 결국 한숨과 함께 입을 다물었다.

잠들면 안 돼. 나는 중얼거렸다.

분명히 자려고 누웠는데도 잠들면 안 된다는 생각이 들었다. 옛날 기억들이 죄다 떠올라 혼란스러운 꿈을 꿀 것만 같았다.

이미 기억들은 잠들지 않은 내 머릿속에서도 뒤섞이고 있었다. 내가 마침내 붙들고 있던 정신의 줄을 놓을 무렵, 마지막으로 떠올린 것은 언젠가 우리를 집 앞까지 데려다 주었던 은지호가 중얼거리던 말이었다.

'너.'

내 머리칼을 조심스레 귀 뒤로 넘겨 주고 떨어지던 손길.

'내 환상.'

＊　　＊　　＊

재난의 시작이 갑작스러웠듯, 끝 또한 몹시 갑작스러웠다.

눈꺼풀을 찌르는 주홍빛에 눈을 뜬 나는, 전면 유리창을 한가득 덮고 있는 맑은 하늘을 보고 놀라서 몸을 번쩍 일으켰다.

"뭐……."

정말이지 구름이라곤 보라색으로 물든 양털 구름 정도가 전부인 하늘 아래로 풍력 발전기와 나무, 풀숲 그림자가 넘실대고 있었다. 공항에서 파는 기념품 엽서에나 나올 법한 풍경인데도 감탄이 나오기보다는 그저 어이가 없었다.

주위를 둘러보자, 잠들기 직전까지 붙잡고 염불을 외웠던 은지호의 핸드폰이 바로 옆에 있었다.

고작해야 네 시간 정도가 지나 있는 핸드폰 시계를 보며 나는 어처구니가 없어서 중얼거렸다.

"나 참, 이렇게 쉽게 바뀔 거면서 왜 그렇게 무섭게 날뛴 거래.”

그리고 핸드폰을 탁, 소리 나게 내려놓은 나는 문득 옆을 보았다.

은지호는 내가 잠들기 전에 마지막으로 보았던 것처럼, 책상에 엎드린 몹시 불편해 보이는 자세 그대로 잠들어 있었다.

나는 조금 망설이다 그의 저지 소매 끝을 슬쩍 당겨 보았다. 하루가 지난 것도 아니지만 역시, 소매 끝에 아직도 물기가 남아 있는 것을 확인한 나는 한숨을 내쉬었다.

자면 안 그래도 체온 떨어지는데, 감기 걸린 거 아니야? 물론, 갈아입을 옷도 없었으니 어쩔 수 없었지만.

그때, 내 기척을 느낀 듯 은지호가 부스스 눈을 떴다. 검은 눈에 내 모습이 담기는 것을 보며 나는 화들짝 놀라 물러났다.

그런 나를 보는 은지호의 검은 눈 안에는 아까의 정체를 알 수 없는 감정 따위는 깃들어 있지 않아서, 나는 역시 좀 전의 일은 다 꿈이 아니었나 싶어졌다. 좀 전에 내가 만났던 건 은지호가 아니라 다른 누군가의 유령 정도가 아니었을까?

부질없는 현실 도피에 빠진 내게, 목을 몇 번 가다듬어 보던 은지호가 말했다.

“아, 아. 목이 왜 이래, 진짜 감기 걸렸나. 함단이, 일어났으면 반여령 좀 깨워 봐."

"어?"

"권은형 찾으러 가야지."

그렇게 말하는 그를 보며 나는 역시 잠들기 전에 있었던 일련의 일들이 꿈이 아니었음을 깨달았다.

반여령을 황급히 흔드는 한편, 나는 괜히 민망해서 귀를 매만졌다.

'그동안 못 봤던 얼굴, 이제라도 실컷 봐 두려고.'

'지켜 주겠다던 건 농담 아니야.'

은지호가 그렇게 말했던 것 역시 꿈이 아니라 현실이었다니. 자꾸만 이상한 기분이 들어서 힘껏 고개를 내젓는 그때 반여령이 번쩍 눈을 떴다.

그녀는 눈을 뜨자마자 곧장 용수철처럼 튕겨져 나와서는 책상 밑으로 뛰어내렸다. 그러면서 그녀가 하는 말에 나는 눈을 깜빡였다.

"망했어! 빗발이 조금만 약해지면 은형이 찾으러 가려고 했는데, 이렇게 곤히 자 버리다니……."

"지, 진정해. 여령아. 그래도 네 시간밖에 안 지났어."

내가 핸드폰 화면을 내밀며 말하자, 몹시 복잡한 표정이 된 반여령은 고개를 끄덕이고 대뜸 발을 내디뎠다.

그런 그녀를 향해 내가 외쳤다.

"어디 가!"

"은형이 찾으러!"

나와 은지호는 잠시 시선을 교환했다.

막상 은형이를 찾으러 가자며 반여령을 깨우기는 했지만, 의욕 충만한 저 모습을 보아하니 이번엔 은형이를 찾다가 우리가 조난당해도 이상하지 않을 것 같았다.

결국 우리는 건물 밖으로 나가야겠다는 여령이를 도로 끌고 들어오며 설득을 시도했다.

"권은형이 누구냐, 다른 건물까지 잘 도착했겠지. 전화를 안 받는 거야 배터리가 방전됐을 수도 있는 노릇이고, 일단 전교생이 모이면 그때 있는지 없는지 확인하고 찾기 시작해도 늦지 않을걸."

"맞아, 네가 찾으러 가 버렸다가, 네가 거기 없으니까 널 찾으러 가겠다고 또 나서서 둘이 엇갈리면 어떡해?"

은지호에 이어 내가 하는 말에 반여령은 마침내 그런가, 하는 표정을 지었다. 은형이를 찾으러 가는 것을 체념하고 나서도 여령이는 종종 바깥에 시선을 던지는 것을 멈추지 못했다.

그때, 문이 벌컥 열리며 익숙한 얼굴들이 보였다. 그쪽을 돌아보았던 나는 당장 미소 지었다.

"여기 소현 고등학교 학생들 있니? 있으면 전부 여기서 조금만 위로 가면 보이는 건물로 달려가렴! 거기서 인원 점검하고 있단다. 그리고 혹시 8반 학생들이……."

"선생님! 저 여기요!"

내가 손을 번쩍 들며 대꾸하자 노민찬 선생님의 얼굴이 금세 환해졌다. 우르르 빠져나가는 학생들을 거슬러 오며 선생님이 외쳤다.

"단아! 너만 안 보여서 걱정했다. 왜 이렇게 뒤에 있니?"

"저희 반 애들은 전부 무사한 거예요?"

내가 눈을 깜빡이며 되물은 말에 노민찬 선생님은 주저 없이 고개를 끄덕였다.

힐끗 뒤를 돌아본 선생님이 말했다.

"너랑 친한 혜힐이랑 민아는 다 있는데, 너만 안 보여서 엄청 걱정하던 차였다."

"아, 죄송해요. 탈이 좀 나서 일부러 뒤로 빠졌거든요."

그러냐며 고개를 끄덕인 노민찬 선생님은 그럼 어서 가자며 우리를 이끌었다.

문을 열어젖히자 풀 냄새를 머금은 신선한 공기가 폐부 한가득 밀려들어 왔다. 물기 어린 생생한 자연을 보며 감탄하는 내게 노민찬 선생님이 말했다.

"우리 반 유일한 실종자가 네가 되는 게 아닌가 걱정했어. 저기 7반도 세 사람이나 안 보인다고 하고."

"아, 저희 7반이에요."

뒤따르던 반여령과 은지호가 뒤에서 불쑥 손을 들며 하는 말에 노민찬 선생님은 그러니, 하고 고개를 끄덕였다. 그러더니 그가 문득 중얼거린 말에 내 걸음이 멈추었다.

"그럼 한 사람만 안 보이는 거네. 그런데 그게 하필 반장이라니."

"네?"

내 얼굴이 굳어졌다. 내가 아는 7반 반장이 둘은 아닐 테고. 나는 옆을 돌아보았다. 반여령과 은지호의 얼굴 역시 딱딱하게 굳어진 것이 보였다.

도대체 이게 무슨 일이야? 그렇게 생각하며 노민찬 선생님을 몰아붙여 빠르게 산을 올라가자, 마침내 도착한 건물 앞에 학생들이 집합해 있는 것이 보였다.

비가 내리기 시작할 때 마침 운 좋게 건물에 있었던 듯 전혀 젖지 않은 학생들도 있었고, 잔뜩 젖어서 아직까지도 물이 뚝뚝 흘러내리는 소매를 걷어 올리며 쾌활하게 웃는 이들도 있었다.

대부분 이 돌발 상황에 대해 두려움보다는 재미를 더 크게 느꼈던 모양이었다. 하긴, 나도 은형이가 우리가 말리던 것을 뿌리치고 바깥으로 뛰쳐나가지만 않았어도 한층 색다른 기분을 느낄 수 있었을 테지.

그리고 나는 초조하게 그들 사이에서 와인색을 찾는 데

집중했다. 물론, 코빼기도 보이지 않았다.

그럼 설마, 진짜로? 숨이 턱 막힌 내가 정신이 혼미해진 찰나, 그들 사이로 쾌활한 부름이 날아왔다.

"야, 함단이!"

대뜸 군중들 사이를 뚫고 오며 외친 윤정인에게 나와 은지호, 반여령의 시선이 전부 쏠렸다. 아랑곳 않고 윤정인은 여전히 쾌활한 얼굴로 말했다.

"무사해서 진짜 다행이다. 네가 무사한 상황에 한해서 말하고 싶었거든."

그리고 잠시 주변을 힐끗거린 윤정인이 짧게 덧붙였다.

"이민아 먼저 보내 줘서 고맙다고."

그가 속삭이듯 덧붙인 말을 듣고야 나는 대충 상황이 어떻게 흘러갔는지 알 수 있었다. 나는 윤정인의 등 뒤를 다급히 훑었다.

아침과는 비교도 안 되게 쾌활한 얼굴을 하고 있는 이민아를 보니, 둘은 이 난리 통에 무사히 화해하는 데 성공한 모양이었다. 그리고 나는 한숨을 푹 내쉬었다. 은형이와 여령이는 실패했는데 말이지.

그때, 마침 윤정인이 하는 말에 나는 고개를 퍼뜩 들었다.

"아, 맞아. 그리고 권은형한테도. 걔가 나 안 잡아 줬으면 나 여기 없었다."

와, 진짜 죽는 줄. 태연한 얼굴로 그런 소리나 하는 그를 보며 나는 당장 얼굴을 굳혔다.

손을 내밀어 윤정인의 소매를 꽉 붙든 내가 물었다.

"너 은형이 만났어?"

"응? 어, 만났지."

"언제? 어디서?"

은지호와 반여령까지 굳어진 얼굴로 그를 보는 가운데, 윤정인은 깨끗하게 갠 하늘을 올려다보며 기억을 더듬어 나갔다.

"어디 보자……."

비를 뚫고 보이지 않는 이들을 찾아다니는 미친 짓을 감행한 것은 은지호와 은형이만이 아니었다. 우리 반 쪽에서도 스스로의 운동 신경에 어느 정도 자신이 있는 애들, 이루다, 윤정인 정도가 자원하고 나섰다.

"반휘혈은?"

"반휘혈은 뭐 그냥 거기 남아 있으라고 했지, 뭐. 어차피 정세연이랑 알콩달콩하게 손잡고 등산하고 있어서 떨어지고 싶어 하는 눈치도 아니었거니와, 무슨 일이 생기면 해결해 줄 사람 하나 정돈 필요하지 않겠냐."

윤정인의 설명을 들은 나는 납득했다.

하긴, 반휘혈이 같이 있음에야 두려워할 일 따위는 거의 없겠지. 무엇보다 남은 학생들도 눈에 띄게 안정되었을 테고.

"처음에는 이루다랑 나, 둘이 같이 다녔는데, 이루다가 내가 혼자서 썩 무사히 다닐 것 같지 않다면서. 그러다가 황시우한테 발목이 붙잡혔어."

말을 마친 윤정인이 엄지를 들어 뒤쪽을 가리켰다.

그곳을 본 나는 이루다의 앞에서 두 무릎을 꿇고 석고대죄 하고 있는 황시우를 보며 미간을 좁혔다. 아니, 대체 뭐하고 있는 거야…….

윤정인의 말이 이어졌다.

"황시우가 천둥 번개가 무섭다면서 이루다를 붙잡고 절대 놔주질 않았거든. 이루다가 처음에는 기절시킬까 하는 눈치다가, 아무래도 불쌍했는지 나더러 혼자라도 가 보라더라. 특히 함단이 너 찾으면 꼭 알려 주라고."

나를 콕 집어 하는 말을 듣고 괜히 민망해진 나는 뒷머리를 긁었다. 생각보다 많은 사람이 나를 걱정했음을 알게 되는 일은 퍽 민망한 일이다. 아니, 그보다도.

"은형이는 어쩌다 만났는데?"

"그게 지금부터 내가 하려던 말인데."

윤정인이 이루다를 황시우에게 버려두고, 아니, 던져두고, 아무튼 그로부터 얼마 뒤 윤정인은 더욱 거센 바람과 조우했다.

"가끔 운동장에 모래바람 소용돌이치는 거 있지, 꼭 거기 휘말리면 이럴까 하더라. 내 발이 땅에 붙어 있으려고 하질 않는 거야. 그런데 하필 옆에 붙잡을 것도 없어서."

윤정인이 거센 바람에 몇 걸음 뒤로 날아간 순간, 마침 다가온 형체가 윤정인을 끌어안고 굴렀다. 다시 눈을 떴을 땐 진흙과 빗물로 시야가 엉망이 된 탓에 얼굴은 한참 뒤에야 알아볼 수 있었다.

늘 그렇듯 차분한 목소리가 날아왔다.

'괜찮아?'

거기까지 말한 윤정인이 문득 어깨를 으쓱하곤 말했다.

"괜찮냐는 말을 들었을 땐 어이가 없더라. 정작 걔는 날 끌어안고 구르는 바람에 엉망진창이었거든. 바지가 쓸렸는지 무릎도 찢어지고, 팔뚝에서도 피가 흐르고, 하여간 엉망이던데."

"아……."

그럼 그게 그때 다친 거였군. 표정이 어두워지는 내게 윤정인이 말을 이었다.

"덕분에 괜찮다니까 이번엔 얼굴을 잔뜩 굳히고서 이 날씨에 위험하게 뭐 하러 돌아다니는 거냐고 화를 내는데, 아니, 그게 자기가 할 말이야? 아무튼 안 보이는 반 애들 찾으러 왔다고 했더니."

윤정인은 다시 뒤를 돌아 이민아가 있는 쪽을 힐끗 바라보았다.

"함단이 너라면 자기 쪽이 마저 찾아볼 테니 안심하고 돌아가라고 하고, 혹시 내 여자 친구 쪽을 찾고 있는 거라면 방금 들렀던 건물에서 봤다고 위치를 말해 줘서, 그러고 헤어졌어."

그리고 어깨를 으쓱한 윤정인이 얘기를 마쳤다.

그래서 권은형이 말해 준 건물로 갔더니 정말로 이민아가 있었고, 구른 자국 때문에 자기는 목숨도 불사하고 이민아를 찾으러 온 순정남이 되었고, 아무튼 그렇게 해서 그들 사이는 평화롭게 회복이 되었다는 얘기였다.

거기까지 설명을 마친 윤정인은 새삼 뜨악한 얼굴로 되물었다.

"그러고 보니 권은형 걔, 너희랑 있는 거 아니었냐? 설마 아직까지 안 돌아온 건 아니지?!"

바로 그 설마가 설마였기에 우리의 얼굴은 대번에 어두워졌다.

그때 마침 최종 인원을 점검하고 있던 선생님들의 목소리가 들려왔다.

"우리 반은 다 돌아왔어요!"

"우리 반도!"

"네 명 이제 출발하고 있다고 전화 왔어요. 그 네 명만 오면 우리 반도 다 와요."

"8반도 전부 돌아왔습니다!"

"7반은?"

그때 초조한 목소리가 들려왔다.

"7반은…… 한 사람 부족해요. 연락도 없습니다."

그 말에 우리의 얼굴이 딱딱하게 굳어졌다. 다른 선생님이 되묻는 소리가 들렸다.

"누가 안 보이는데요?"

"은형이. 저희 반 반장입니다."

나는 어깨를 흠칫 떨었다.

내가 악몽에서 들었던 그 어떤 말도 저 말보다 끔찍하진 않았다. 갑자기 이 상황이 송두리째 꿈속에서 일어난 일처럼 현실감 없게 느껴졌다.

나는 고개를 들었다. 따뜻한 주홍색 석양빛을 받은 여령이의 얼굴은, 그 무엇보다도 창백했다.

* * *

그 뒤로는 지지부진한 기다림의 시간이었다.

비가 그치고 학생들이 집합한 것은 여섯 시가량. 그로부터 한 시간 정도가 더 지나고서도 은형이에게선 아무런 연락도 오지 않았다.

학생들 대부분은 산을 오른 데다가 젖은 옷을 몇 시간 동안 걸치고 있던 탓에 체력이 떨어져 움직이지 못했다.

아무리 여름이라고 해도 이런 학생들을 더 이상 바깥에 방치하는 것은 안 될 일이란 얘기가 나왔다. 그나마 은지호가 각별히 요청하지 않았더라면 우리조차 수색 현장에 남아 있지도 못했을 것이다.

"CCTV도 건물 안에 있는 게 아니면 대부분 기능을 잃어서 수색에 오랜 시간이 걸릴 텐데."

"은형이는 저희 중학교 때부터 친구예요."

"그러니? 아무리 그래도……."

난감한 표정으로 무슨 말씀을 하시는 선생님께 은지호가 다가가서 뭐라고 귓속말을 건넸다. 무슨 말을 주고받는지는 듣지 못했지만, 아무튼 선생님은 그럭저럭 납득한 얼굴로 고개를 끄덕였다.

나와 주인이, 은지호, 반여령 이렇게 네 사람은 관리실이나 제어탑 비슷해 보이는 건물에서 경찰이며 직원들, 선생님들이 초조하게 상황을 지켜보는 동안 무릎에 손을 딱 붙이고 불편하게 앉아 있었다.

문득 주인이의 시선이 계속 벽에 붙은 지도에 머물러 있다는 것을 깨달은 내가 작게 속삭였다.

"주인아."

그가 나를 돌아보았다.

"무슨 단서라도 찾은 거야?"

부담감을 안 주려고 해도 워낙 똑똑한 주인이니까, 사소한 가능성이나마 기대하지 않을 수 없었다.

그러나 주인이는 눈살을 찌푸리며 고개를 내저었다.

"아니, 사실 내가 생각한 가능성 안에는 '은형이가 제대로 돌아오지 않는다' 같은 경우 자체가 없었어서."

"아."

"내가 은형이를 너무 믿었나 봐. 이럴 줄 알았으면 보내지 않았을 텐데."

그때, 옆에서 작게 중얼거리는 소리가 들렸다. 나는 화들짝 놀라 옆을 돌아보았다.

반여령의 입술 사이에서 작은 목소리가 새어 나오고 있었다.

"나…… 야말로, 이럴 줄 알았다면…….."

"여령아?"

내가 놀라서 부르는 사이, 갑자기 결심한 것처럼 몸을 벌떡 일으킨 여령이가 성큼성큼 걸어서 건물 바깥으로 향했다. 은지호와 짧게 시선을 교환한 나는, 그의 눈 안에서 이쪽은 맡겨 두란 뜻을 읽고는 당장 여령이를 쫓아 나갔다.

우리가 있던 제어탑은 2층 높이의 건물이었다. 그렇다고 해도 고작 2층 높이일 뿐인데 철제 난간 너머로 보이는 풍경이 너무 드높아서 나는 잠시 압도당했다.

밤이 오자, 산에는 어둠이 빠르게 내리고 몸에 닿는 바람은 한층 싸늘해졌다. 잠시 숨을 내쉬던 나는 여령이를 따라 철제 계단을 두 칸씩 텅텅 뛰어내렸다.

계단이 비에 젖어 있는 탓에 나는 금방 미끄러지고 말았다. 비틀거리며 바닥으로 추락하는 나를 어느새 돌아온 여령이가 빠르게 잡아챘다.

"뭐 하는 거야!"

드물게 소리치는 그녀를 보고도 나는 이마를 매만지며 애매하게 웃기만 했다.

"미안."

"은형이도 안 오는데 단이 너마저 다치면, 나는……."

나는……. 또 울먹이다 말고 여령이는 두 손바닥에 얼굴을 파묻고 아이처럼 엉엉 울음을 터트렸다. 이럴 줄 알았지. 나는 중얼거렸다. 이럴 줄 알았기에 따라 나온 거지, 내가.

나는 그녀의 머리를 끌어안고 한숨을 푹 터트렸다. 목덜미에 닿은 여령이의 이마가 무척이나 뜨끈했다. 울음소리가 조금 잦아들고 나서야 내가 그녀의 이마를 조심스레 짚어 보며, '열 있는 거 아니야?' 하고 다정하게 묻던 찰나였다.

갑자기 어디선가 날아오는 타타타타— 하는 소리를 듣고 나는 얼굴을 굳혔다. 어라, 이거 어디서 많이 들어 본 소리인데.

이윽고 시야가 분간되지 않을 정도로 불어닥치는 거센 바람에 이마를 찡그린 나는 재빨리 여령이를 이끌고 자리에서 벗어났다.

여령이가 나를 따라오면서도 당황한 듯 물었다.

"왜 그래?!"

"아니, 아무래도 오늘 중에 제일 황당한 일이 곧 일어날 것 같아서."

그렇게 말한 나는 철제 계단을 거의 다 오르고서야 뒤를 돌아보았다. 마침 요란한 소음에 건물 안에 있던 은지호와 우주인도 벌컥 문을 열어젖히며 이쪽으로 오라고 손짓했다.

은지호가 하늘을 올려다보았다. 이윽고 쏟아진 눈 부신 불빛이 그의 머리카락을 별빛처럼 새하얗게 물들였다.

"허, 이게 누구야."

이윽고 그가 황당한 듯 내뱉었다. 놀랍게도 그의 목소리에는 약간의 빈정거림이 섞여 있었다.

"타이밍 하나는 가장 극적인 놈 아니야."

그런 은지호를 의아하게 바라보던 나는 고개를 기웃거리다가 고개를 돌렸다. 그에게서 그런 말을 들을 사람이라니, 대체 누가 있어서?

건물 안에 들어가 있던 선생님들마저 다 바깥으로 나올 때까지도 한참이나 요란한 소리를 내며 허공에 떠 있던 기체가 마침내 서서히 가라앉았다.

썰매 다리처럼 기다란 헬기의 스키드가 바닥에 닿고, 그러고도 한참을 돌아가던 프로펠러가 마침내 완전히 멈추었다. 문이 열리고 가장 먼저 헬기에서 뛰어내리는 사람을 보며 나는 입을 벌렸다.

아직 잦아들지 않은 바람에 흩날리는 검푸른 머리카락, 못 본 새 몰라볼 정도로 어른스러워진 눈이 이쪽을 향했다.

그쪽으로 달려가며 내가 외쳤다.

"유천영!"

말도 안 돼.

꿈인가 싶을 정도였다. 그는 분명히 촬영이 있어서 못 온다고 했는데.

나 못지않게 다들 유천영의 등장에 반가움을 느끼고 있는 것 같았다. 특히 반여령은 유천영을 눈물 그렁그렁한 눈으로 쏘아보다가 그의 목을 꼭 끌어안기까지 해서 유천영의 의아한 시선을 받았다.

하긴, 확실히 이럴 때 그의 존재가 유난히 크게 느껴지긴 해.

나는 한숨을 토해 냈다. 유천영의 빈자리가 평소엔 그리 크지 않은 것처럼 느껴져도, 이렇게 큰일이 닥쳤을 때는 어김없이 허전하게 느껴진다.

그런데 딱 이 순간을 맞춰서 나타나다니, 도대체 어떻게 된 일이야? 어이없어하며 그를 보던 내가 물었다.

"못 온다며?"

그러자 한창 주인이나 은지호와 얘기를 주고받던 유천영의 시선이 나를 향했다. 그의 검푸른 눈 안에 전조등 불빛이 비쳐 새파란 빛을 띠자, 왠지 가슴 한구석이 선득해졌다.

그가 말했다.

"원래는 못 오지."

"그런데?"

"아쉽다며, 네가."

그리고 성처럼 견고하던 그의 눈매가 내 앞에서 거짓말처럼 허물어졌다.

그 모습을 멍하니 바라보던 나는 이윽고 움찔거리는 손을 뒤로 숨겼다. 아, 어떡하지. 너무 반가워서 하마터면 나조차 손 내밀어 끌어안을 뻔했다.

그때, 유천영의 담담한 목소리가 돌아왔다.

"그리고 권은형 일도 있고."

때마침 다시 들려오는 타타타타— 하는 소리에 나는 퍼뜩 고개를 들었다.

헬기가 다시 운행을 시작한 건가? 하지만 그렇다기엔 유천영 뒤에 서 있는 기체는 미동도 않고 있었다. 불조차 들어오지 않았다.

그럼 어디서 들려오는 거지? 의아하게 두리번거리던 나는 하늘 너머에서 쏟아져 내리는 네다섯 개의 흰 광선들을 발견하고 얼굴을 굳혔다.

빛의 정체는 모조리 헬기들이었다. 내가 태어나서 본 것 중에 제일 많은 수의 헬기들이 하늘을 뒤덮고 있었다.

"아······."

나는 어이없이 중얼거리지 않을 수 없었다.

인터넷 소설은 수색조차 블록버스터급이냐······.

* * *

유천영이 헬기 군단(정말로 군단이라고밖에 표현할 수가 없다)을 끌고 등장한 이래로 수색은 순조롭게 풀렸다.

그 많은 헬기에 물론 유천영 혼자만 타고 오진 않았고, 발해 그룹에서 고용한 민간 경호 업체 요원들을 가능한 만큼 태우고 온 것이었다.

심지어 그가 데리고 온 경호원의 수는 이곳에 모여 있던 경찰들의 수보다 더 많았다.

경찰들은 조금 질린 얼굴로 수군거렸다.

"도대체 정체가 뭐야?"

"왜, 요즘 드라마에 나오잖아. 발해 그룹의······."

"아!"

하여튼, 검은 옷을 입은 경호 업체 사람들이 헬기에서 끝도 없이 쏟아져 나오는 광경은 일종의 공포를 불러일으켰다. 흡사 이곳이 제주도가 아니라 유전자 조작 실험으로 되살아난 공룡들의 섬이라도 된 것 같은 느낌이었다.

어쨌거나 인원이 배로 불어난 덕에 그들은 손쉽게 성산

일대를 장악하고 수색에 들어갈 수 있었다. 덕분에 할 일이 없어진 우리는 두 손을 모아 잡고 창백한 얼굴로 일의 경과를 기다렸다.

그러는 동안 우리는 유천영에게 지난 수학여행 동안 있었던 일을 설명했다. 고작 하루밤에 지나지 않았는데도 왠지 엄청나게 많은 일이 일어난 것 같은 기분이 들었다.

그러나 개중에 실제로 말할 수 있는 것은 거의 없었다. 나는 눈살을 찌푸렸다. 이서진에 얽힌 얘기 따위를 할 수 없는 것은 물론이고, 윤정인의 미친 것 같은 버블 팝 댄스는…… 아, 이 분위기에 그런 얘기를 꺼내서 분위기가 풀린다면 다행이겠지만, 그 전에 여령이에게서 무시무시한 원망 어린 눈빛을 받아야 할 것 같은데.

결국 식사와 숙소에 대한 것만으로 이루어진 지극히 재미없는 얘기가 끝날 무렵, 은지호가 문득 떠오른 듯 말했다.

"그런데 반여령이랑 권은형, 무슨 일 있는 것 같던데."

"아."

나는 탄성을 토해 내고, 반여령은 입술을 꾹 깨물며 고개를 숙였다. 그 가운데 이렇게까지 심각한 반응이 돌아올 줄은 몰랐던지, 조금 당황한 목소리로 은지호가 말했다.

"아니, 찔리라고 한 얘기가 아니고. 야, 이 판국에 뛰쳐나간 권은형이 미친놈이지 네게 잘못이 있겠냐."

그렇게 말한 그는 즉시 정강이에 여령이의 사나운 무릎

킥을 얻어맞고는 아윽, 하며 고개를 수그렸다. 그 위로 여령이의 카랑카랑한 목소리가 내리꽂혔다.

"은형이한테 미친놈이라고 하지 마!"

그러더니 여령이는 몸을 휙 돌려 바깥으로 나가 버렸다. 계단을 두어 개씩 뛰어내리는지 탕, 타탕, 하는 소리가 주기적으로 들려왔다.

그 소리에 한참을 귀를 기울이고 있던 나는 은지호가 중얼거리는 소리에 고개를 돌렸다.

"저 모습을 봐선 아예 틀어지진 않은 모양인데."

"너 설마 일부러 은형이에 대해 말할 때 욕 쓴 거야? 여령이 반응 보려고?"

내가 눈을 가늘게 뜨며 되묻자, 은지호는 여유로운 미소로 대답을 대신했다.

그 모습을 보며 나는 눈살을 찌푸렸다. 하여간, 여우 같기는. 방금 걷어차고 나간 여령이가 알았더라면 몹시 억울해할 일이군.

하지만 여령이가 은형이를 아예 싫어하고 있지는 않음을 알게 됐으니 그것만은 다행이다. 나는 다시 안도의 한숨을 내쉬었다.

유천영의 경우엔 우리와 함께하는 시간이 함께하지 않는 시간보다 적어졌다고는 하지만, 그렇다고 해도 우리 그룹과 완전히 틀어지는 것과 그렇지 않은 것 간에는 차이가 크다.

은형이와 여령이, 두 사람이 결코 공존할 수 없는 그룹이라니. 그런 그룹이 지금까지와 같다고 할 수 있을까? 아니. 나는 입술을 깨물었다. 차라리 그것은 그 전까지와는 전혀 다른 그룹이라 칭함이 옳을 것이다.

여령이와 만날 때는 은형이를 불러내지 않고, 은형이를 만날 때는 여령이를 불러내지 않고, 한 사람이 그룹에 끼어 있을 때는 다른 사람을 우연히 마주치더라도 인사조차 건네지 못하고 철저히 모르는 척해야 하는 관계.

만약 앞으로 이 일 때문에 우리 사이가 그렇게 된다면 나는 정말이지 불편해서 견딜 수 없을 것 같았다.

하지만, 다행히 아직까지 얘기 정도는 들어 줄 여지가 있는 걸까? 나는 한숨을 내쉬며 반여령이 나간 문 쪽을 바라보았다.

바로 그때, 문이 벌컥 열리며 검은 옷을 입은 남자가 들어왔다. 유천영 측 경호원이었다.

"찾았습니다!"

그가 외친 말에 우리 모두 자리에서 벌떡 일어났다. 밖에 나가 있던 반여령도 화색이 되어 도로 들어왔다.

그 가운데 경호원이 말을 이었다.

"높이 3미터 정도 되는 언덕 아래에서요. 떨어져 구른 것 같습니다. 발목이 부러졌는데, 떨어지면서 부러진 게 아니라 원래부터 부러져 있던 것 같아요."

발목이 부러졌다는 소리에 숨을 삼킨 우리는 이어진 말에 안도의 한숨을 내뱉었다.

"그나마 아래에 덤불이 있어서 그 외엔 멀쩡합니다. 병원으로 옮기면 조만간 의식을 되찾을 것 같습니다."

"지금 당장 병원으로 이동하지요."

그렇게 말하며 자리에서 일어난 유천영이 우리에게 따라오라는 눈짓을 했다. 우리는 황급히 그를 따라 자리를 이동했다.

웅성거리는 사람들 가운데, 들것에 실려 있는 은형이를 보자 눈시울이 붉어지면서 숨이 막혀 왔다.

이럴 줄 알았으면 비바람을 뚫고 찾으러 가기라도 해 볼걸, 아니, 그래서는 분명히 조난자가 두 명이 되는 결과밖에 낳지 못했겠지.

사람들을 헤치고 그리로 다가간 나는 먹먹한 얼굴로 은형이의 한쪽 손을 붙잡았다.

원래부터 집안일과 공부 때문에 그리 부드럽다고는 할수 없던 은형이의 손은 생채기로 인해 부르터 있기까지 했다. 그의 손을 힘주어 잡았다가, 그의 눈썹이 꿈틀거리자 혹시나 아팠을까 싶어 나는 재빨리 그의 손을 놓았다.

그리고 고개를 들자, 맞은편에서 착잡한 얼굴의 주인이와 은지호, 유천영, 그리고 잔뜩 일그러진 얼굴로 눈물을 뚝뚝 떨어뜨리며 은형이의 다른 한쪽 손을 잡고 있는 여령이가 보였다. 그녀의 눈물이 은형이의 손등 위로 계속 떨어지고 있었다.

그녀가 눈물에 젖은 입술을 달싹여 중얼거렸다.

"멍청이."

그녀의 '멍청이'란 말이 이토록 와닿은 적이 없었다.

사람들이 은형이를 헬기 안으로 옮기고, 우리는 다른 헬기에 올라탔다.

헬기가 출발할 때까지도 우리는 은형이가 있는 헬기에서 시선을 떼지 않았다.

＊　＊　＊

제주 공항 근처의 가장 큰 병원으로 옮겨 간 은형이가 눈을 뜬 것은 그로부터 약 세 시간 정도가 지났을 무렵이었다.

수색이 끝났을 때의 시간이 저녁 아홉 시, 체력이 남아도는 사대천왕과 여령이조차 몰려오는 졸음을 버티지 못했다. 급기야 여령이가 병원에 비치된 볼펜 끝으로 자기 손등을 찔러 가면서까지 깨어 있으려는 것을 본 내가 그녀를 말렸다.

"여령아, 돌아가면서 자자. 은형이가 깨어나면 알려 줄게."

그제야 여령이는 밭은 숨을 내뱉으며 천천히 잠들었다.

그조차 팔짱을 끼고 벽에 머리를 기댄 몹시 불편해 보이는 자세였다.

그 모습을 우두커니 지켜보던 나는 슬리퍼 끄는 소리조차 나지 않도록 조심하며 조용히 돌아섰다.

어차피 간호사가 알려 주긴 할 테지만, 여령이와 약속한 이상 나라도 은형이가 깨는지 지켜보고 한시라도 빨리 전해 줄 생각이었다. 다들 병든 닭처럼 조는 꼴을 보면 조난 당했던 당시에 제대로 잤던 사람이 나뿐인 것 같아 조금 민망했다.

은지호가 손으로 내 눈을 덮으며 '잠이나 자.'라고 했던 게 어떤 최면이라도 됐던 것처럼, 손쓸 도리 없이 깊이 잠들고 말았다.

다시 눈을 떴을 때는 눈 한가득 쏟아져 들어오는 석양을 보고 감탄 이전에 섬뜩할 정도였다.

태풍이 우리를 잠든 새 어딘가 먼 곳으로 날려 보내기라도 한 것 같아서. 마치 오즈의 마법사에 나오는 도로시처럼.

그때, 생각에 잠겨 있던 내 팔을 누군가 붙잡았다. 뼈마디가 두드러진 하얀 손이 내 팔꿈치 부근을 잡아당기고 있었다.

고개를 돌리자, 방금까지 생각하고 있던 사람의 검은 눈과 거짓말처럼 시선이 마주쳤다.

잠시 침묵이 흘렀다. 내가 조금 민망해하며 물었다.

"왜 안 자?"

은지호가 자세를 고쳐 앉으며 조금 잠긴 목소리로 대답했다. 목소리만 들어도 몹시 피로해 보였다.

"그러는 너는."

"나는 아까 그 건물에서 너무 잘 잤나 봐. 잠이 진짜 하나도 안 와."

주저 없이 대답하자 그가 픽 소리 내며 작게 웃었다. 여전히 잠긴 목을 매만지며 그가 대답했다.

"지켜 주겠다고 말한 보람이 있네."

"음, 그래서 잘 잔 건 아닌 것 같은데."

"야."

말이라도 좀. 투덜대는 그에게 나는 웃으며 물었다.

"그러는 너는 왜 안 자? 너, 아까는 서서 졸다가 벽에 머리를 박는 바람에 지나가는 간호사 선생님을 기겁하게 만들었잖아."

이제는 어두워진 복도를 가리키며 킥킥 웃는 참인데, 그런 나와는 비교도 안 되게 진지한 목소리가 돌아왔다.

"내가 잠든 사이에 네가 갈 것 같아서."

농담으로 받아칠까 싶어 입을 열었다가, 나는 금세 도로 다물고 말았다.

그리고 나는 복잡한 눈으로 은지호를 응시했다. 그의 말을 들으면 꼭 사라졌던 게 은형이가 아니라 나라도 되는 듯했다.

　내가 되물었다.

　"어디로?"

　"어디로든······."

　돌아오는 대답조차 모호했다. 내가 눈살을 찌푸리던 그
때, 다시 대답이 돌아왔다.

　"누구에게로든."

　그리고 은지호의 눈이 감겼다. 댐을 지탱하고 있던 마지
막 돌이 무너지듯, 어딘지 장엄하기까지 한 모습이었다.

　잠시 망설이다가, 그에게로 가까이 다가간 내가 그의 눈앞
에 대고 손바닥을 흔들어 보았지만 여전히 반응은 없었다.

　얼마 안 가 규칙적인 숨소리가 들려오는 것을 깨달은 나
는 작게 중얼거렸다.

　"이렇게 피곤했으면서."

　그리고 나는 내 팔꿈치에 들러붙어 있는 손을 바라보았
다. 눈꺼풀도 놓은 주제에 도대체 이게 왜 안 떨어지고 있
는지 모를 일이었다.

　결국 나는 망설이다가 은지호의 옆에 걸터앉았다. 얼마
안 가 팔꿈치에서 그의 손이 낙엽처럼 힘을 잃고 스르르
떨어지자, 그제야 나는 자유로워진 팔을 한번 휘휘 돌려
보았다.

　그리고 다시 고개를 돌려 잠든 은지호를 본 나는 조용히

읊조렸다.

"잘 자."

쌔근거리는 숨소리만 돌아올 뿐이었다. 잠시 귀를 기울이다가, 조용히 몸을 일으킨 나는 은형이의 침대로 향했다.

침대 바로 앞은 유천영이 지키고 있었다.

그가 깨어 있어서 나는 조금 놀랐다. 물론, 유천영이 자기가 은형이 옆을 지키겠다고 말하긴 했지만 우리 모두 그것을 별로 기대하지 않았다.

우리 중에 제일 잠이 많은 그이기도 하고, 그가 다음 주 촬영분을 몰아치듯 끝내자마자 날아온 참이란 것을 들었기 때문이었다.

여령이가 필사적으로 깨어 있으려고 한 것도 그 때문이었다. 은형이가 깨어났다는 소식을 틀림없이 유천영이 아니라 간호사에게서 전해 들을 것이란 확신 때문에.

그리고 나는 유천영에게 조금의 미안함을 느꼈다. 음, 사실 내가 이곳에 온 것도 나 역시 유천영을 믿지 못하고 있었다는 뜻이긴 하지.

인기척을 느꼈는지 이쪽을 돌아본 그가 나를 발견하고는 웃었다.

너무나도 쉽게 휘어지는 눈매가 내가 알던 그가 아닌 것 같아서 낯설었다.

"왜 안 자. 피곤하다면서."

은지호와 똑같은 것을 물어 오는 그에게 나는 똑같은 대답을 들려주었다.

"아까 너무 잘 자서."

옅게 웃은 유천영이 옆자리를 가리켰다. 맞은편에도 의자가 있는데 왜 굳이, 하고 생각했으나 나는 일단 그쪽으로 다가가 앉았다.

회전의자 바퀴가 삐그덕거리는 소리 외엔 침묵이 흘렀다.

이윽고 유천영이 물었다.

"반여령이랑 권은형 싸웠다는 얘기는 뭐야."

"아, 그거."

나는 천사처럼 잠든 은형이의 얼굴을 힐끗 바라보았다가 고개를 내저었다.

"말하면 안 돼. 은형이한테 절교당할 것 같아."

"그 정도의 일이야?"

"응, 그러고도 남을 일이야."

내 단호한 대답에 유천영은 상상 안 간다는 듯 미간을 좁혔으나, 어쨌든 납득했다는 듯 고개를 끄덕였다.

그리고 조금의 간격도 없이 훅 치고 들어온 질문에 나는 작게 기침을 터트렸다.

"왜 그동안, 나 피했어?"

"쿨럭, 쿨럭."

"전화는 다 피하고. 메시지 주고받다가도 얼마 안 가서 끊고."

"크흡, 아, 그게."

"이상하게 내가 전화하려는 타이밍을 노린 것 같았어."

대나무 창처럼 거침없이 꿰뚫고 들어오는 말들을 들으며 나는 기침을 멈추지 못했다.

유천영의 촌철살인은 그가 내 편일 때는 매우 든든하나, 그렇지 않을 경우에는 이런 단점이 있었다. 위로해 줄 때도 핵심을 꿰뚫지만, 비난할 때에도 핵심을 꿰뚫었다.

분위기를 풀어 볼 요량으로 조금 과장스레 기침을 한 나는, 그와 눈이 마주치자 잽싸게 입을 가리고 있던 손을 내렸다.

아, 화났다.

새파란 눈동자가 조금의 흔들림도 없이 나를 직시하고 있었다. 그가 나를 보았을 때 내보였던 반가움만큼이나 이 분노 역시 진짜일 것이다.

그때, 유천영이 짐작 못 한 말을 불쑥 내뱉었다.

"또 내가 낯설어서?"

나는 눈을 휘둥그레 뜨고 그를 바라보았다. 낯설다니?

그러다 고등학교 입학 직전의 일을 떠올린 나는 황급히 고개를 내저었다. 그때도 유천영은 자신이 실시간 검색어에 뜬 것을 내가 볼까 봐 몹시 조바심 내면서 오전 일찍 전화를 걸었었다.

"아니, 아니! 야, 나 이제 중학생 아니야. 네가 드라마 촬영한다고 했을 때도 다 같이 축하해 줬잖아! 낯설기는 무슨, 그런 걸로 네 전화를 안 받을 리가."

"하지만 1화 방영되고 나서는 전화 안 받았잖아."

그러자마자 칼같이 돌아온 대답에 나는 입을 다물 수밖에 없었다. 입을 다문 채 눈을 이리저리 굴리다가, 나는 결국 한숨을 푹 내쉬었다.

아, 하필 타이밍이 공교로웠지. 나는 머리칼을 쓸어 올렸다. 하필이면 유천영이 나오는 〈검은 비〉 1화가 방영된 그날, 여단 오빠가 내게 불안감을 내비쳤으니까.

아니, 물론 그전부터 여단 오빠는 내게 지나가는 말로라도 〈검은 비〉 안 보면 안 되냐는 둥, 싫은 티를 냈었다. 나는 일종의 농담으로 받아들였지만. 그가 〈검은 비〉를 보고 돌아가던 날 복도에서 진지하게 얘기를 꺼내고서야 나는 그가 그 일을 심각하게 받아들이고 있었음을 눈치챘다.

그렇게 생각하자 다시 한숨이 나왔다. 내가 먼저 알아차렸어야 했는데 이미 늦었지. 우리는 어쨌든 헤어졌고, 나는 지금 여단 오빠와 멀리 떨어져 이곳에 있으니.

그리고 지금은 눈앞에 닥친 일을 해결하는 것이 먼저였다. 한숨을 내쉰 나는 머뭇머뭇 입을 열었다.

"여…… 단 오빠가 네가 신경 쓰인다고 해서."

이해하지 못했다는 듯 눈썹 끝을 살짝 들어 올리는 유천영에게 내가 말을 이었다.

"네가 나와 아는 사람인 게 싫대. 너는 여단 오빠가 봐도 기꺼이 좋아할 만한 사람이라서."

잠시 생각에 잠긴 표정이던 유천영이 천천히 되물었다.

"너를 못 믿어서?"

그 말에 나는 얼굴을 찌푸렸다. 나를 못 믿어서? 글쎄, 이게 그런 문제이던가? 공연히 이 자리에 없는 여단 오빠를 끌어내리게 된 것 같아 뒷머리를 긁적인 내가 말했다.

"믿고 아니고는 중요하지 않잖아. 아무튼 나는 오빠가 나 때문에 불안해지는 건 싫었어. 그리고……."

거기까지 말한 내가 한숨을 내쉬었다. 지금부터는 어떻게 말해야 이상하게 들리지 않을지 감을 잡기가 어려웠다.

나는 한숨을 푹푹 내쉬면서도 미적미적 말을 맺었다.

"……주변에 물어봐도 너랑 나 사이가 조금 각별해 보인다고 해서. 그러니까, 여단 오빠가 걱정할 만하다고."

그리고 나는 슬쩍 한쪽 눈을 들었다.

유천영이 이 말을 어떻게 받아들일지가 궁금했다. 그가 이 말에 납득하는 건 당연히 말도 안 되는 일이지만, 가당치 않다는 듯 피식 웃으면 그것도 그것대로 상처일 것 같은데.

그런데, 고개를 끄덕인 유천영은 아무렇지 않게 말했다.

"그럼, 그건 네가 아니라 나를 의심한 거네."

"응?"

"그렇다면 그건 어쩔 수 없지."

태연하게 말하고 다시 고개 돌려 은형이를 바라보는 유천영을 보며 나는 잠시 멍해졌다.

방금 폭탄 발언을 내뱉은 주제에 여느 때처럼 태연한 그를 향해 나는 당장 쏘아붙이고 싶어졌다. 아니, 너 대체 그게 무슨 소리야?

그러나 그러기도 전에 유천영이 갑자기 자리에서 일어났다. 그가 앉아 있던 의자의 바퀴가 1미터쯤 뒤로 밀려나 멈추었다.

고개를 앞으로 숙이며 그가 내뱉었다.

"권은형."

그의 말을 듣고 따라서 벌떡 일어난 나는 두 손으로 입을 가리며 속으로 비명을 질렀다.

"은형아!"

그렇게 외친 나는 은형이를 한 대 때려 주려다가 참았다.

도대체 왜 우리가 다 말렸는데도 그렇게 막무가내로 뛰쳐나가 버린 거냐고, 대가를 치르게 해 주겠다고 결심했는데, 막상 본 은형이의 몰골이 너무 수척해서 그럴 마음도 안 들었다.

유천영에 이어 나까지 바라본 그가 생채기투성이인 얼굴을 움직여 미소 비슷한 것을 만들어 냈다.

몸은 움직이지 않은 채로, 회녹색 눈동자만 데굴데굴 굴려 주변을 확인한 그가 물었다.

"여기…… 는?"

안쓰러울 정도로 다 갈라진 목소리였다. 내가 황급히 옆에 있던 보온병에서 차를 따르는 그때, 유천영이 대답했다.

"병원."

유천영 특유의 불친절한 설명에도 은형이는 뭐라고 하는 대신 미소만 지었다.

"그럴 줄…… 알았어."

자세한 설명을 들려줄 생각이 없어 보이는 유천영 대신 내가 차를 내밀며 경위를 설명하려고 했는데, 그러기도 전에 은형이가 말했다.

"바람에 휩쓸려서 벼랑 끝까지 떠밀려 간 것까진 기억이 나는데, 그다음에는 기억이 없어. 아마 그 뒤로 기절했나 봐."

"너, 밑에 덤불 없었으면 큰일 났어!"

내 외침에도 은형이는 평소처럼 온화한 미소만 지었다.

제게 닥쳤던 위기를 실감하지 못한 건지, 아니면 설령 큰일이 났더라도 상관없다는 뜻인지.

어느 쪽이든 별로 기분 좋은 뜻은 아니군. 내가 속으로 구시렁대는 가운데, 은형이가 다시 웃으며 물었다.

"민폐 많이 끼쳤겠네. 날 어떻게 찾았어?"

"유천영이 헬기 수십 대랑 경호원들을 데리고 날아왔어."

내 말을 들은 즉시 은형이의 얼굴에서 담담함이 싹 가셨다. 그가 몰라보게 창백해진 얼굴로 물었다.

"농담이지?"

"아니! 너 얼른 천영이한테 고맙다고 해. 천영이 아니었으면 한참 늦게 발견돼서 저체온증으로 어떻게 되었을지도 몰라."

크게 외친 나는 그 즉시 돌아온 대답에 깜짝 놀랐다.

"싫어."

'싫어'라니? 은형이가 이렇게 단호하게 거절한 적이 있던가?

더군다나 타이밍도 타이밍이었다. 내가 아는 은형이라면 우리를 걱정시켰다는 미안함으로 지금쯤 고개도 못 들어야 정상인데. 물론, 이쪽이 좀 더 인간미 있기는 하지만. 대체 무슨 이유인 거지?

그때, 은형이에게서 앓는 소리가 새어 나왔다.

"회장님, 건이 형…… 도대체 왜 그러셨어요."

그제야 나는 이유를 대강이나마 깨달을 수 있었다.

하긴, 그 많은 수의 헬기와 경호원을 끌고 오는 것이 아무리 발해 그룹 막내라지만 유천영만의 독단으로 가능했을리는 없고, 틀림없이 유천영네 아버지 혹은 형들의 개입이 있었을 것이다. 신세 지기 싫어하는 은형이로서는 싫을 수도 있겠다. 하지만 정말 그뿐일까?

그때, 은형이를 잠자코 보던 유천영이 퉁한 얼굴로 물었다.

"왜 그러는데?"

"다음에 본가에 어떤 얼굴로 돌아가야 할지 엄두가 안 나."

"왜?"

"천영아, 생각해 봐."

그제야 얼굴을 가렸던 손을 치운 은형이가 흩어질 것 같은 미소를 지으며 말을 이었다.

"야밤중에 사람 하나 찾으러 제주도에 호출됐던 발해 그룹 경호원들이, 날 보면 뭐라고 생각하겠어?"

유천영은 조금의 주저도 없이 대답했다.

"보너스 타임."

"천영아!"

반사적으로 목소리를 높였던 은형이가 이윽고 고개를 숙이며 콜록콜록 기침을 해 댔다.

어이구, 그러니까 평소에 안 지르던 소리를 갑자기 왜 질러서. 나는 재빨리 손을 내밀어 은형이의 등을 두드리는 한편, 아까 따라 뒀던 차를 내밀었다.

그러면서 나는 생각했다. 일곱 살 때부터 유천영과 알고 지냈다는 은형이조차 유천영을 완전히 감당하지 못하는군…….

그런 다음, 나는 은형이에게서 고개를 돌리고 작게 웃음을 터트렸다. 보너스 타임이라니, 정말이지 유천영이 아니고서야 내놓을 수 없는 답이 아니고 뭔가?

답지 않게 차를 벌컥벌컥 들이켠 은형이가 한숨 돌린 듯 나를 돌아보았다.

그가 짙은 한숨이 밴 목소리로 말했다.

"단아, 그냥 대놓고 웃어도 돼."

"아니, 나는 그…… 미안, 푸하하."

결국 내가 은형이의 어깨를 두드리며 허물없이 웃음을 쏟아 내던 그때였다.

갑자기 병실 문 쪽에서 날아온 목소리에 우리 모두의 고개가 그쪽으로 돌아갔다.

"권은형, 깼어?"

누구도 따라 할 수 없을 만큼 낭랑한 목소리에도 불구하고 일순 반여령이 아닌 줄 알았다.

왜냐하면, 내가 아는 한 반여령이 은형이를 성을 붙이고 부른 것은 손에 꼽을 만큼 적은 일이니까.

생각해 보면 남학생과 여학생 사이에 성을 떼고 부르는 일이 흔치 않음에도 둘은 어째선지 늘 서로를 '은형아', '여령아' 하고 다정하게 불렀다.

문가를 돌아보았던 나는 다시 은형이에게로 고개를 돌렸다. 여령이의 부름에서 심상찮은 기미를 느낀 듯, 아까까지만 해도 편안하던 은형이의 표정이 다시 딱딱하게 굳어 있었다.

그런 가운데, 여령이가 나와 유천영을 원망 어린 눈으로 쳐다봤다.

"일어나면 얘기해 준다며?"

"아, 아냐. 진짜 방금 일어났어. 방금."

내가 다급히 변명하는 말에도 치켜뜬 눈으로 째려보길 멈추지 않는 것을 보아하니 얼마나 화가 났는지는 잘 알겠다.

아니, 하지만 진짜로 은형이가 일어난 지는 얼마 안 됐는데.

내가 내심 억울해하던 그때, 크게 심호흡을 한 반여령이 성큼성큼 걸음을 옮겨 이쪽으로 다가왔다.

마침내 침대 앞에서 멈춰 선 여령이가 말했다.

"은형아, 나 할 말 있어."

그녀의 표정이 진지한 것을 본 나는 유천영의 팔을 잡고 이끌었다. 나를 의아한 눈으로 바라보는 유천영에게 나는 병실 밖으로 나가자고 손짓했다.

그러기도 전에 차분한 눈으로 이쪽을 힐끗 바라본 은형이가 말했다.

"나는 천영이라면 들어도 괜찮아."

그러자 마찬가지로 나를 힐끗 바라본 여령이가 작게 덧붙였다.

"……나도 단이라면 들어도 상관없어."

그리고 다시 침묵이 찾아왔다. 나는 둘의 눈치만 번갈아 보다가 머뭇머뭇 유천영을 잡고 있던 손을 놓았다.

아니, 아무래도 예감이 좋지 않은데. 나는 중얼거렸다. 애초에 은형이나 여령이 둘 다 엄청난 얘기를 아무렇지도 않게 하는 데 소질 있는 사람들이기 때문에, 필시 이곳에 남은 것을 후회할 말이 나올 것 같았다.

과연, 침묵을 깨고 여령이의 입에서 흘러나온 말은 시작부터 폭탄이었다.

"나는 널 좋아해."

그 말을 듣자마자 나는 눈을 빠르게 굴려 은형이의 표정을 살폈다. 조금의 변화도 없이 평온했다. 그가 여령이의 '좋아한다'는 말의 의미를 제대로 이해했다는 뜻이었다.

유천영 또한 담담한 표정을 지키고 있었다.

여령이가 이 판국에서 고백을 할 리는 없거니와, 담백한 어조로 보건대 그녀가 말하는 '좋아함'은 이성적인 감정이 아닌 순전한 우정이었다.

그때, 다시 한번 숨을 들이마신 여령이가 내뱉었다.

"하지만."

여령이의 표정이 울 것처럼 변했다. 그녀가 매정한 말을 망설임 없이 입에 담았다.

"나를 좋아하는 너는 싫어."

나조차 여령이의 말에 담긴 울림에 몸서리치며 한 걸음 물러날 정도였는데, 정작 그 말이 향한 대상인 은형이는 평온했다.

그가 담담하게 불렀다.

"여령아."

그리고 그는 울 것 같은 여령이의 눈을 마주 보며 평소처럼 부드럽게 미소 지었다.

"괜찮아. 나도 그래."

그의 담담함이 그가 불행에 익숙한 사람이란 것을 증명하는 것만 같아서, 나는 도리어 마음이 아팠다.

여령이는 무슨 생각하는지 모를 검은 눈으로 은형이를 내려다볼 따름이었다.

그 가운데, 눈을 내리감은 그가 담담히 고했다.

"나도 너를 좋아하는 나는 싫어해."

"……."

"내 마음이 너를 힘들게만 할 거란 걸 알고 있어서, 그만둬 보려고 했는데 잘 안 됐어. 그러니까 여령아."

거기까지 말한 은형이가 다시 눈을 떴다. 방금까지 파문이 일던 회녹색 눈은 완전히 잠잠해져 있었다.

"나를 마음 편히 싫어해도 돼."

그때, 갑자기 여령이가 손을 내밀어 은형이의 멱살을 잡아챘다.

나도 유천영도, 이 일촉즉발의 상황에 어찌할 줄을 몰라 바라보기만 하는 가운데 여령이가 외쳤다.

"바보야! 사람 말은 끝까지 들어. 내가 하고 싶었던 말은 그게 아니라."

"그, 그럼?"

"그래도 네가 내 옆에 있는 것보다, 네가 위험한 일에 휘말려서 다치는 게 백배는 싫어!"

여령이의 외침이 어찌나 컸던지 커튼이 흔들린다고 느껴질 정도였다.

외침의 여운이 아직 사라지지 않은 가운데, 은형이는 처음으로 멍한 표정이 되어 여령이를 올려다보았다. 여령이의 '싫다'는 말에조차 담담하던 그는 다른 것은 다 예상했어도 이것만은 예상치 못한 모양이었다.

그런 가운데, 은형이의 멱살을 잡고 제게로 끌고 온 여령이가 은형이의 어깨에 얼굴을 묻었다.

은형이는 잠시 머뭇거리다가 손을 들어 그런 그녀의 머리칼을 쓸어내려 주었다. 평소처럼 다정하고 일상적인 손길이었다.

한참이나 씩씩대는 숨소리만 내던 여령이가 잔뜩 잠긴 목소리로 중얼거렸다.

"잘못되지 마. 우리가 없는 곳에서 위험한 일 당하고 이렇게 다쳐서 오지 말란 말이야. 정말이지……."

이게 백배는 더 싫어. 그렇게 말하고 다시 훌쩍이는 여령이에게 은형이가 조용한 목소리로 말했다.

"미안해, 여령아. 내가 그때 뛰쳐나갔던 건 잘못된 판단이란 걸 이제는 알겠어."

진짜 미안해, 응? 그렇게 말하며 또 다정하기 짝이 없는 얼굴로 여령이의 머리를 도닥거리는 그를 보며 중얼거렸다.

"이게 어디가 우리가 들어도 되는 이야기냐……."

내가 이럴 줄 알았어…….

이거야말로 옆에 서 있기도 곤란하고, 그렇다고 나가기도 곤란한 분위기였다. 심지어 우리 중에 가장 분위기 못 읽는 유천영조차 굳이 내 팔을 당기며 나가자는 시늉을 해 보였을 정도였다. 그에게 나는 고개를 내저어 보였다.

아니, 나도 나가고 싶은 마음이야 굴뚝같다만…… 옆에 있어도 된다고 말해 준 이상, 신뢰에 보답할 필요는 있을 것 같아서.

나갈까? 하는 고민을 열 번쯤 더 할 때에야 여령이가 민망한 표정을 지으며 은형이에게서 떨어져 나왔다. 나는 쑥스러운 듯 두 볼을 훔쳐 내는 여령이를 해괴한 표정으로 바라보았다.

바로 그때, 은형이에게서 전혀 예상치 못한 말이 흘러나왔다. 우리는 눈을 휘둥그레 뜬 채로 고개를 돌렸다.

"여령아, 우리 이렇게 하자."

은형이가 내가 익히 보아 온 친절한 상담원 같은 미소와 함께 말했다.

"내가 네 옆에서 천천히 사라져 줄게."

도무지 미소와 함께 할 만한 말은 아니었다.

여령이가 눈을 휘둥그레 뜨는 가운데, 나와 유천영은 말없이 시선을 교환했다.

"뭐……?"

"여령아, 나는 네 생각처럼 약하지 않아. 위험한 일에 잘 휘말리지도 않고, 설령 휘말리더라도 잘 빠져나올 자신 있어."

그리고 그는 조금 민망한 기색으로 덧붙였다.

"이번엔…… 음, 자연을 상대로 내가 어떻게 이기겠어. 그래도 평소 대부분의 경우에는 그래."

그리고 그가 다시 말했다.

"네 눈이 닿지 않는 곳에 있어도 나는 괜찮아. 잘못되지 않을 거야."

여령이가 여전히 납득되지 않는다는 얼굴로 물었다.

"그게 무슨……."

"여령아, 나는 네가 나한테 동정심이나 책임감을 느끼는 걸 바라지 않아. 애초에 그 때문에 네게 고백하지 않으려 했던 거야."

"……."

"너는 내가 안 보이면 불안하겠지만, 나를 볼 때면 또 죄책감에 휩싸이게 될 거야. 너는 정작 잘못한 거 하나 없는데도. 내 말 틀려?"

은형이가 나긋하게 덧붙인 물음에 여령이는 대답하지 않았다. 다만, 할 말 많은 얼굴로 은형이를 빤히 바라보기만 했다.

그에 대답하는 은형이는 여전히 상담원처럼 친절하고도 담담한 태도였다.

"그러니까, 우리 천천히 멀어지는 걸로 하자, 여령아."

"……."

"네가 더 이상 내가 옆에 없는 게 이상하지 않고, 또 불안하지도 않은 그때가 되면, 나는 네 옆에서 완전히 떠날게."

'완전히'란 말에 내내 초점 없던 여령이의 눈빛이 비로소 흔들렸다.

여령이는 귀신이라도 본 듯한 눈으로 은형이를 바라보았다.

그의 말이 이어졌다.

"너를 불쾌하게 만들기도, 또 불안하게 만들기도 싫어. 이게 내가 너를 위해 할 수 있는 최선이야, 여령아. 이해하지?"

은형이의 물음이 떨어지고서도 여령이는 한참이나 대답하지 않았다. 대신 그녀는 도저히 풀 수 없는 난제라도 마주한 것처럼 복잡한 눈으로 은형이를 보고 있었다.

그녀의 눈 안에 떠오른 의문을 보며 나는 문득 깨달았다.

여령이는 지금까지 자신을 좋아한다면서 자신을 배려해 주는 사람은 지금까지 만나 보질 못했다.

이것은 분명 그녀가 본 적 없고, 또 이해할 수도 없는 애정의 형태였다. 그러니 그녀로서는 은형이의 애정 자체가 이해 안 될 수밖에 없었다. 마치 태어나서 처음 본 언어로 쓰인 책처럼.

한참의 시간이 지나고서야 정신을 차린 듯한 여령이가 머뭇머뭇 입을 뗐다. 이해 안 되는 것과 마주쳤을 때의 지극히 조심스러운 태도로.

"그러면…… 있잖아, 은형아. 내가 네가 싫어할 만한 행동을 하면 어떨까? 왜, 그래서 네가 나를 더 이상 좋아하지 않게 되면, 그때엔 우리는 멀어지지 않고서도……."

그러나, 은형이는 단호하게 고개를 내저었다.

"미안해, 여령아."

은형이의 입가에 쓴웃음이 걸렸다. 그가 눈을 내리깔며 말했다.

"내 애정을 갖고 협박하는 것처럼 느껴져서 썩 유쾌하지 않지만, 너를 좋아하는 걸 그만둘 자신이 없어."

"……."

"계속 묻고 또 물어도 여기까지 멋대로 자라난 마음인데, 그 끝을 어떻게 재단할 수 있겠어. 사라지지 않은 마음을 사라졌다고 말해서 너를 더 기만하기는 싫어."

정적이 찾아온 병실에 은형이의 목소리만 흩어졌다. 여령이는 눈을 내리깔고 무슨 생각을 하는지 모를 얼굴로 은형이의 말을 가만히 듣고 있었다.

마침내 그녀가 고개를 들었을 때, 그녀는 은형이와 원래의 사이로 돌아갈 수 있으리란 희망이라고는 완전히 내다버린 듯한 얼굴이었다. 그녀는 고개를 끄덕이더니 갑자기 몸을 휙 돌려 병실을 나가 버렸다.

내 어깨를 닿을 듯 스쳐 갈 때 그녀의 얼굴은 서늘한 무표정 그 자체였다. 그녀가 사라진 문 쪽을 바라보며 나는 잠깐 쫓아갈까? 하는 생각을 했다.

그러나 나는 금세 고개를 내저었다. 아마도 여령이의 머리가 복잡해진 것은 가치관의 혼란 때문이지 다른 문제는 아닌 것 같았다.

은형이의 태도에 분노했을지언정 상처받은 듯한 얼굴은 아니었고, 그렇다면 혼자 생각을 정리할 시간을 주는 편이 낫겠지.

얼마 안 가 소란을 듣고 깨어난 은지호와 주인이가 합류하자, 병실은 한층 떠들썩해졌다.

조금 전 은형이와 여령이 사이에 있었던 일은 조금도 모르고 밝게 떠드는 그들에 맞추어 은형이도 밝은 얼굴로 웃었다.

다만, 가끔 복잡한 눈으로 여령이가 사라진 쪽을 향해 시선을 던질 때가 있었다. 나는 그것을 그냥 모르는 척해 주었다.

은형이와 단둘이 대화할 기회를 잡게 된 것은 그로부터 두 시간이 지나서였다. 그것도 이들이 피곤에 찌들어 있어 다행이었지, 그나마도 아니었으면 얻을 수 없었을 기회였다.

단둘이 되자마자 나는 단도직입적으로 물었다.

"은형아. 너 왜 여령이한테 사실대로 말하지 않은 거야?"

"응?"

"처음부터 끝까지 말이야. 네가 고백 안 한 거, 단지 여령이가 널 싫어할까 봐서가 아니었잖아."

아이들이 함께 있었을 때의 표정을 지우고 가라앉은 표정이 된 그에게, 나는 내내 생각하고 있던 바를 물었다.

"차라리 내가 말할까? 그 말이 나오게 됐던 계기, 네가 결코 여령이를 기만하려고 한 게 아니라고. 여령이도 처음부터 끝까지 들으면 분명히 이해할⋯⋯."

"아니야, 단아. 생각해 준 건 고맙지만, 난 그러고 싶지 않아."

은형이의 단호한 말이 내 말을 석둑 잘랐다. 나는 눈을 크게 뜨고 그를 바라보았다. 대체 왜?

그가 쓴웃음을 지으며 말했다.

"단아. 여령이는 단지 내가 자기를 좋아한다는 것만으로 저만한 책임감과 죄책감을 가지고 있어. 그런데 내가 그런 얘기를 해 봐."

"뭐?"

"너를 같이 불행하게 하기 싫어서 너를 내 삶에 끌어들일 수 없다는 얘기를. 그래서 마음을 깨닫자마자 곧바로 포기할 수밖에 없었다는 얘기를⋯⋯."

"⋯⋯."

"여령이는 훌륭한 판단력을 가졌어. 동정심이 너무 많아서 그렇지, 가만히 두면 알아서 나쁜 선택 같은 건 충분히 피해 갈 거야."

나는 그렇게 말하는 은형이를 멍하니 바라보았다.

물론, 은형이의 말은 대체로 옳았다. 여령이는 훌륭한 판단력을 가졌으며, 그럼에도 의리나 동정심 같은 데 너무 휩쓸려 나쁜 판단을 한다. 예를 들면 최유리의 경우가 그랬지.

하지만 이번에는 그때와는 경우가 달랐다.

나는 그를 보며 물었다.

"네가 말하는 나쁜 선택이 너야?"

"……."

은형이는 대답하지 않았다.

다만 미소 짓더니, 입가에 검지를 대며 '비밀 지켜 줘.'라고 작게 속삭였다. 나는 결국 한숨과 함께 병실을 빠져나왔다.

어쨌든, 이로써 여령이에게 진상을 알려 줘서 둘을 화해시킨다는 계획은 완전히 수포로 돌아간 셈이었다.

*　　*　　*

은형이의 발목은 전치 6주 판정을 받았다. 아마 인터넷 소설답게 6주는커녕 2주도 안 되어 뼈가 붙을 테지만, 어쨌건 이렇게 더운 여름에 몇 주씩이나 깁스를 하고 다녀야 한다는 것은 끔찍하게 들렸다.

더군다나 은형이는 반장에 체육 부장까지 역임하고 있어 교내를 돌아다녀야 할 일이 많을 텐데. 한 손에는 목발을 들어야 할 테니 짐 나르는 일도 여의치 않을 테고.

옆에서 학교에 잘 붙어 있지 않은 유천영을 제외한 사대 천왕이 자기들이 돕겠다고 호언장담했으나, 나는 어째 믿기지가 않았다. 은지호에게 대놓고 '네가?'라는 시선을 보냈다가 나는 서운한 소리를 한 바가지 얻어들었다.

아무튼, 다음 날 은형이의 진료가 끝나고 퇴원 수속까지 밟자, 이미 시간은 낮 열두 시가 되어 병원의 창 한가득 청명한 햇살이 쏟아지고 있었다.

우리 학교 학생들은 제주도에서의 마지막 점심 식사를 마치고 공항에 모여 있을 시각이었다.

물론 지금이라도 서두른다면 그들과 같은 비행기를 타고 돌아갈 수는 있겠지만, 어차피 다른 일정도 없고 내일은 토요일인데 그럴 필요도 없겠다 싶어 우리는 제주도에서의 마지막 날을 만끽하기로 했다. 환자인 은형이조차 이 계획에 찬성했다.

그리하여 우리는 곧장 차를 타고 이동하여 애월의 바다가 한눈에 내려다보이는 한정식 레스토랑에 자리를 잡았다.

음식을 기다리는 동안 여령이와 이런저런 포즈를 취하며 찍은 셀카를 단톡방에 뿌리자, 단톡방은 당장 난리가 났다.

[서혜리 : 아아아악
김혜힐 : 얼굴 좋아 보여서 다행이네.
김혜우 : 얼굴 폈네 아주
서혜리 : 유천영도 있음? 유천영도?
서혜리 : ㅠㅠㅠㅠ]

내가 그대로 핸드폰을 내밀어 유천영에게 카메라 렌즈를 들이대자, 등받이에 한쪽 손을 걸치고 묘하게 시원해 보이는 얼굴로 풍경을 내려다보고 있던 그는 빼지 않고 브이를 그려 주었다.
키득키득 웃으며 햇살 때문에 반쯤 부옇게 나온 그 사진을 전송하자 단톡방은 다시 한번 뒤집어졌다.

[서혜리 : 아ㅠㅠ미친
서혜리 : 강현우가 실존하다니
정세연 : 와;; 쟤 설마 지금 쌩얼임?]

강현우가 누구더라, 고민하다가 그것이 유천영의 극 중 이름임을 떠올린 나는 킥킥 웃었다. 그러고 보면 나도 유천영을 처음 화면 속에서 봤을 때는 분명 지난주까지 학교에서 함께 붙어 앉아 공부하던 사이임에도 불구하고 실존 인물 같지 않았지.

이윽고 어떻게 지내는지 가장 궁금하던 얼굴들까지 단톡방에 나타났다.

여령이와의 셀카를 올릴 때 같이 올렸던, 검은 바위와 짙푸른 바닷물이 어우러진 풍경 사진을 본 그들은 당장 열변을 토해 냈다.

[이민아 : 헐 개부럽다!!
윤정인 : 와 개쩐다
윤정인 뭐 먹냐?
윤정인 : 풍경만 먹어도 배부르겠다
이민아 : 아 우리는 진심 제주도 와서 뭐함?
이민아 : 숙소는 좋았는데 숙소밖에 기억 안 나]

이어서 올라온 메시지를 보고 나는 그만 소리 내 웃음을 터트렸다. 테이블의 모두가 이쪽을 힐끗 돌아볼 정도였다.

[김혜힐 : 서로의 마음을 확인했지...
김혜힐 : 그것도 못한 사람 많아 힘내^^
이민아 : 닥쳐;

서혜리 : ㅋㅋㅋㅋㅋㅋㅋㅋㅋ

정세연 : ㅋㅋㅋㅋ김혜힐 진심 개웃ㅋㅋㅋㅋ

윤정인 : ㅋㅋㅋㅋㅋㅋㅋㅋㅋㅋㅋㅋㅋㅋㅋㅋㅋㅋㅋㅋㅋㅋ
ㅋㅋㅋㅋㅋ인정!

이민아 : 뭘 인정이야 너도 닥쳐

윤정인 : 어허

윤정인 : 또 왜 그러실까

신서현 : 둘이 갠톡 가라; 여기서 이러지 말고]

핸드폰을 붙잡고 쓰러져 키득대던 나는 여령이가 옆에서
'왜?' 하고 묻는 말에 핸드폰을 넘겨주었다. 이윽고 여령이
도 입을 가리고 키득대기 시작했다.

맞은편에서 은지호와 주인이도 관심을 보이기 시작했다.
그쪽에도 핸드폰을 넘겨준 나는 다시 턱을 괴고 창밖을 보
았다.

테이블 옆에 시원스레 뚫린 테라스로 불어 들어오는 바람
은 신기하게도 소금기 하나 없이 산뜻했다. 고개를 내리면
건물 바로 밑까지 쏴아, 쏴아 하고 옥색 파도가 밀려왔다가
바위에 부딪혀 하얀 포말이 되어 흩어지는 것이 보였다.

그러다가 나는 문득 주인이에게로 시선을 돌렸다.

어제부터, 아니, 어쩌면 그제부터 느꼈던 것이 있었다.
주인이가 묘하게 기운이 없어 보인다는 것이었다.

심지어 은형이가 실종되었을 때조차 무슨 생각에 집중하고 있기에 은형이의 수색을 생각하고 있나 했더니, 정작 '모르겠다'는 말만 내놓았을 뿐이었다. 평소라면 어떻게든 대책을 강구했을 주인이답지 않았다.

정확히 언제부터였지? 나는 턱을 괴고 회상에 잠겼다.

기억을 거슬러 가는 작업은 첫째 날 레크리에이션에 이르러서야 멈췄다.

그때도 수건돌리기에서 걸려서 원 한가운데 다리를 끌어안고 앉아 있는 주인이를 보며, 나는 그가 그것과는 다른 이유로 우울해 보인다고 생각했었다.

하지만 왜? 그러다 문득 그 직전에 있었던 일을 떠올린 나는 고개를 내저었다.

"아닐 거야."

노아리의 번호를 받기 위해 노민찬 선생님을 찾으러 갔던 식당에서 주인이와 부딪쳤던 일. 그 직후 정원에서 이루어졌던 나와 노아리의 통화.

만약 주인이가 유난히 정신없어 보이는 나를 수상하게 여겨 따라왔다면…….

"그럴 리 없어."

다시 고개를 내저은 내가 되뇌었다.

밝은 햇빛을 받아 금색에 가까운 빛을 띠는 주인이의 머리카락을 보며 나는 중얼거렸다.

무엇보다도 만약 정말로 '그 사실'을 알았다면, 아무리 주인이라도 지금 저렇게 태연하게 있을 수는 없어. 아무리 머리가 좋은 그라도 그것만은 불가능해.

세상에 자신이 살고 있는 세계가 '소설 속'임을 알고서도 저토록 태연할 수 있는 사람이, 대체 어디 있단 말이야?

그러나 음식을 실은 트레이가 나오고, 눈앞에 임금님 수라상이 부럽지 않은 12첩 반상이 차려질 때까지도 머릿속에 한 번 떠오른 생각은 먹구름처럼 가시질 않았다.

식사를 마치고 다시 차를 타고 이동해 공항에 도착하여 잠시 각자 할 일을 하느라 바쁠 때, 우연히 나와 단둘이 남게 된 은지호가 불쑥 말했다.

"함단이."

"어?"

"말해야 할지 말아야 할지 고민하다가 말하는 건데."

그가 나직한 소리로 뒤이어 하는 말을 듣고 내 얼굴에서 핏기가 싹 가셨다.

"너 수학여행 첫날에 잠깐 식당에 왔다가 담임 선생님께 무슨 말만 물어보고 사라졌던 그때, 우주인이 널 따라 나갔었어."

"뭐?"

"아무래도 네가 걱정된다며. 안색 안 좋아 보이는데, 더군다나 여기엔 다른 학교 학생들도 있다고."

"돌아와서 무슨 말을 했어?"

내가 안색이 창백해져서 묻는 말에 은지호는 고개를 내저었다. 그의 심드렁한 얼굴을 보니 과연 그가 주인이에게서 무슨 단서라도 얻어들었을 것 같진 않았다.

"아니, 아무 말도 안 했어. 그런데 꼭 너랑 부딪쳤을 때 바톤 터치하기라도 한 것처럼 안색이 창백해져서."

그렇게 말한 다음, '물론 그것 덕분에 수건돌리기에서 내가 걔를 손쉽게 잡긴 했지만.' 하고 덧붙이는 은지호 때문에 나는 잠깐 어이가 없어졌다. 그것참 참우정이다, 야.

그러나 상황이 심각한 것은 변하지 않았다. 이윽고 주인이와 다른 애들이 돌아오자, 나는 의심 어린 눈으로 주인이를 흘낏거렸다.

주인이에게 물어봐야 할까? 하지만 대체 뭐라고 말을 꺼내야 하지?

혹시나 그가 기적적으로 아무것도 눈치채지 못했는데, 내가 착각해서 물었다가 도리어 단서를 제공해 주는 꼴만 된다면?

게다가 무엇보다도 주인이가 정작 내게 아무런 말도 하지 않고 있었다. 그런데 내가 굳이 그를 건드려 더 혼란스럽게 할 필요가 있을까?

게이트를 지나 비행기에 탈 때까지도 이런저런 생각이 교차했다.

사대천왕의 도움 덕에 태어나서 처음 타 보는 비즈니스 클래스였지만, 그런 것을 만끽할 새도 없이 나는 복잡한 상념들 속에 파묻히듯 잠들고 말았다.

*　*　*

　거대한 비행기 몸체가 땅에 부딪히는 느낌에 눈을 몇 번 깜빡인 나는 조심스레 눈을 들었다.
　창밖의 풍경을 봐선 틀림없이 김포 공항일 터였다. 푸석푸석한 얼굴을 거푸 문지른 나는 한숨을 토해 냈다.
　"아, 기분 전환은커녕 더 피곤해졌어⋯⋯."
　"얼른 가서 자라."
　맞은편에 앉아 있던 은지호가 용케 내 중얼거림을 들었는지 그렇게 말했지만, 내 마음은 더욱 무거워졌다.
　얼른 가서 자라 함은 곧 내가 내 집으로 돌아감을 뜻했고, 내 집 바로 옆에는 다름 아닌 여단 오빠가 있을 터였다.
　아니, 그래도 오늘은 금요일이고, 아직 수업 중일 테니 오늘 당장 마주치진 않을 테지. 안도의 한숨을 토해 낸 나는 그제야 위에 올려 뒀던 배낭을 끌어 내리고 비척비척 걸음을 옮겼다.
　집에 가는 방향이 제각각이었기에 우리는 은지호를 제외한 나머지와 인사를 나누었다.

은지호는 우리 집까지 우리를 태워다 주고 저도 집으로 돌아갈 예정이었다. 어차피 바로 앞인 것을 알기에 우리도 거절하지 않았다.

안 그래도 우리 엄마는 은지호 덕에 등하교에 대해선 완전 마음을 놓고 있던데, 대학교쯤 되면 은지호가 없다는 데 적응을 못 해서 MT 다녀온 내게 '지호한테 데려다 달라고 해!' 같은 소리 하는 거 아니야?

그런 생각을 하며 잠시 키득키득 웃던 나는 곧 깨달았다. 그러고 보면 이제 이들과 함께하는 대학교 생활을 머릿속에 그릴 수 있을 정도로 부쩍 달라졌구나, 나도.

그때 날아온 은형이의 목소리에 나는 고개를 들었다.

"그럼 단아, 여령아. 조심해서 들어가고."

"바로 집 앞에서 내릴 텐데 위험한 일이 있을 리가."

그렇게 말하면서도 나는 그가 쓰다듬는 손길을 받았다. 내 머리를 헝클어트리는 손을 내린 그는 여령이를 향해서도 똑같이 그렇게 했다.

여령이는 그 손길을 거부하지 않았다. 이상하게 보이기 싫어서 거부하지 않은 것이 아니라, 단지 은형이의 그런 행동에 너무 익숙해진 나머지 불쾌함 같은 것은 전혀 느끼지 못하는 것 같았다.

비록 은형이가 자신에게 다른 감정을 품고 있음을 알아 버렸다고 해도.

은형이의 손이 닿았다 떨어지는 그때까지도 여령이는 그저 혼란스런 눈으로 은형이를 바라보고 있을 뿐이었다.

아무튼, 겉으로는 아무런 문제가 없어 보이는 덕에 아무도 두 사람 사이의 문제를 눈치채지 못했다. 심지어 주인이조차 그랬다. 사실을 유일하게 아는 나와 유천영은 헤어지기 전, 어깨를 으쓱하고는 각자 여령이와 은형이의 어깨를 감쌌다.

아무튼, 은형이가 제시한 방법은 두 사람이 멀어지는 것을 봐야 하는 우리의 심적 고통만 제외하면 썩 합리적이었고, 나무랄 데 없었다.

무엇보다도 여령이를 불쾌하게도 불안하게도 하고 싶지 않다는 은형이의 의도가 절절히 와닿았다.

물론, 최선은 여령이가 했던 말처럼 은형이가 여령이에 대한 마음을 지우는 것일 테지만.

나는 문득 눈빛을 가라앉혔다.

하지만 은형이 정도의 사람이 분명 함께 불행해질 거란 두려움조차 이겨 내고 누군가를 좋아한다면, 그 감정의 무게가 남다른 건 당연하겠지. 그리고 나는 한숨을 토해 냈다.

은형이도, 여령이도 쉬운 사랑에는 끔찍할 정도로 소질이 없구나.

자기를 좋아하는 사람이 싫다는 여령이와, 그런 여령이를 좋아하는 은형이. 나는 두 사람이 운명의 짝일지도 모른다고 생각했는데, 어쩌면 내 생각이 글렀는지도 몰라.

그리고 나는 문득 턱을 쓰다듬었다. 아니, 아무튼 은형이와의 일로 여령이가 이서진에 대한 것은 새카맣게 잊어버린 것 같으니, 이것만은 잘된 일인가? 실제로 이서진에 대해 물은 말에 '그런 건 상관없어!'라고 대답했었고.

아니, 하지만 이서진의 출연이 이번으로 끝난다는 보장이 없는데…… 생각에 잠겨 있던 나는 내 어깨를 당기는 손길에 문득 고개를 들었다.

은지호가 놀랄 만치 가까운 거리에서 나를 보고 있었다. 그의 그림자가 내 위에 드리울 정도였다.

그가 등 뒤를 가리키며 말했다.

"뭐 해, 안 타고."

"아."

정신을 차리고 보니 어느새 우리 집 차만큼이나 익숙해진 그의 차가 바로 앞에 도착해 있었다. 경황없이 고개를 끄덕인 나는 황급히 차에 올라탔다.

차 안에서도 우리는 각각 따로 놀았다. 나는 나대로 생각이 많았고, 여령이도 복잡한 얼굴로 침묵만 지키고 있었지만, 은지호는 우리 둘 다에 대해 조금도 이상하게 여기지 않는 듯했다. 아니, 오히려 그는 혼자 신난 것처럼 턱을 괴고 창밖을 보면서 콧노래를 흥얼거리기까지 했다.

도대체 이 조용한 차 안에서 뭐가 그렇게 즐거운 건지, 심지어 운전기사가 그를 향해 의아한 시선을 보낼 정도였다.

그런 그를 볼 때마다 나는 한숨이 나왔다. 그러지 좀 마, 내가 내 착각이 진짜라고 믿어 버릴 것 같단 말이야.

하지만, 정말로 착각이 아니라면…….

어쨌거나 은지호는 우리 둘을 아파트 앞에 내려다 주었다.

떠나기 직전, 그가 묘하게 반짝이는 눈으로 나를 올려다보며 물었다.

"그럼 이제 아침마다 나랑 등교할래?"

훅 치고 들어오는 그의 질문에 나는 당황해서 되물었다.

"뭐?"

"아, 하긴. 좀 요란하긴 하지. 아니, 뭐, 그럼 나도 여기까지 와서 걷지 뭐."

"너는 네가 눈에 띄는 게 차의 문제라고 생각해?"

내가 어이없다는 듯 묻자, 은지호는 어깨를 으쓱하고 웃더니 그대로 차 문을 닫았다. 그래서 나는 그가 말한 게 농담이었는지 아니었는지 영영 알 수 없게 되었다.

잠시 멍하니 있던 나는 머리칼을 한 번 털어 내고, 떠날 때와는 달리 천근처럼 무겁게 느껴지는 가방을 짊어지고 여령이와 나란히 걸음을 옮겼다.

그때까지도 여령이는 아무런 말이 없이 석상처럼 앞만 보았다. 내가 보기에는 꼭 최소한의 연료로 정해진 길만 움직이도록 설계된 로봇 같았다.

어서 기운을 되찾았으면 좋겠는데. 나는 한숨을 내쉬었다. 이번만큼은 정말 내가 어떻게 조금이라도 도울 수 있는 문제가 아니었다.

엘리베이터에 오르고 우리가 사는 층에 올라가는 그때까지도 여령이는 숨 쉬는 것 외에 아무런 행동도 하지 않았다. 마침내 집 앞에 이르렀을 때, 나는 기묘한 해방감마저 느꼈다.

"잘 들어가."

그제야 내 존재를 알아차린 것처럼, 느릿느릿 고개를 돌려 날 바라본 여령이가 희미하게 웃었다.

"응, 단아. 너도."

그리고 그녀는 손을 내밀어 비밀번호를 눌렀다.

나도 막 우리 집 비밀번호를 누르려던 그때, 갑자기 여령이네 집 문이 벌컥 열리며 전혀 상상도 못 한 얼굴이 모습을 드러냈다.

번호를 누르던 동작 그대로 굳어져 눈만 깜빡이는 여령이 옆에서, 나 또한 돌처럼 굳어졌다.

여령이네 집 문을 안에서 열어 준 이는 분명히, 평일이라 집에 없어야 할 여단 오빠였다.

어째서 지금쯤 학교에서 수업을 듣고 있어야 할 그가 집에서 나오는지 알 수가 없었다. 전혀 예상치 못한 대면에 내 몸이 뻣뻣하게 굳었다.

나는 한동안 얼어붙은 채로 숨만 들이켰다.

당분간은 꿈속이 아니면 볼 수 없으리라 생각했던 얼굴이었는데.

변함없이 수려한 얼굴이었다. 그러나 한편으로는 안 본 새 3일이 아니라 1년이 흐른 것처럼, 시간이 다르게 흐르는 행성에서 온 듯 전혀 낯선 사람처럼 보였다.

어쩌면 더 이상 그의 얼굴에 내 마음대로 손을 가져다 댈 수 없다는 것 때문에 그렇게 느껴지는지도 몰랐다. 이제는 그의 몸 어떤 곳에도 내가 손댈 수 있는 영역이 없다는 것 때문에.

새카만 머리카락, 새카만 눈동자, 여령이와 쏙 빼닮은 이목구비. 그의 얼굴은 어째 하얗다기보다 수척했다.

위에는 아무런 장식 없는 흰 반팔 티에 아래는 검은 트레이닝 바지를 걸치고 있었는데, 티셔츠와 목의 경계가 구분이 안 갈 정도였다.

여령이도 그것을 느낀 듯, 여단 오빠를 올려다보며 걱정스럽게 물었다.

"오빠, 어디 아파?"

그제야 나는 여령이에게 내가 여단 오빠와 헤어졌음을 말하지 않았다는 것을 깨달았다. 솔직히 말해 지금까지 다른 일들 때문에 생각도 못 하고 있었다.

아, 이런 멍청이. 조용히 한 손으로 얼굴을 가리는 나를 힐끗 본 여단 오빠의 시선이 다시 여령이에게로 향했다.

"몸살감기."

그렇게 말하는 여단 오빠의 목소리는 과연 가뭄 난 논두렁처럼 쩍쩍 갈라져 있었다. 나는 눈을 크게 뜨며 다시 얼어붙었다.

그가 나랑 사귀게 되던 때가 겨울이었는데, 그때 그는 괜찮다는 말에도 불구하고 자꾸만 자기 목도리를 내게 둘러 주곤 했다. 그러고도 감기 한 번을 걸리지 않아서, 나는 종종 그를 보며 '사실은 나한테 둘러 주려고 일부러 목도리 갖고 오는 거 아니야?' 따위의 낯부끄러운 생각을 하곤 했다.

그런데 그렇게 튼튼하던 그가 여름 감기에 걸리다니.

내 얼굴빛이 흐려졌다. 몸은 마음 따라간다던데, 그가 아픈 게 죄 나 때문인 것 같았다.

이어지는 그들 남매의 말을 듣고 내 안색은 더욱 흐려졌다.

"진짜? 별일이네. 언제부터 아팠는데?"

"3일 전. 학교도 3일째 안 갔어."

"왜 그렇게 심하게 아팠어? 게다가 여름이잖아. 사실은 감기가 아니라 다른 거 아니야?"

"아니야, 검사 다녀왔어. 감기래."

대화를 듣고 있던 내 고개가 점차 수그러들었다. 내가 여단 오빠를 보고도 아무 말도 하지 않는 것에 의아함을 느낀 여령이가 이쪽을 돌아본 게 그즈음이었다.

그때, 당연한 것처럼 내게 날아와 꽂히는 목소리가 있었다.

"잘 다녀왔어?"

나는 멍하니 고개를 들었다. 여단 오빠가 평소와 다름없이 다정한 눈으로 나를 보고 있었다.

순간 눈시울이 붉어지면서 눈에 눈물이 핑 돌았다가, 여기에서 울면 정말이지 죽도 밥도 안 된다는 생각 때문에 간신히 참아 냈다.

입술을 깨물며 내가 고개를 끄덕였다.

"응…….".

"아무 일도 없었고."

나는 이번에도 울음을 참으며 다시 고개를 끄덕였다.

나는 물 먹은 듯 뿌예진 시야로 여단 오빠를 올려다보았다. 그가 여령이보다 내 안부를 먼저 묻는 것이 당연하던 시절이 있었지만, 지금은 아니었다.

그가 내게 이렇게 묻는 것은 단지 여령이의 앞이라서 그럴 뿐임을, 여령이 없이 단둘이 마주쳤을 때 그는 내게 어떠한 말도 건네지 않을 것임을 나는 명심해야 했다. 그것이 내가 저지른 일이고, 내게 닥칠 일이었다.

그러나 막상 그렇게 되자 마음이 송곳으로 후벼지는 것 같다고 하면 내가 너무 나약한 거겠지.

마침내 눈물을 삼켜 낸 나는 아슬아슬하게 짜낸 평온한 목소리로 말했다.

"응, 오빠. 잘 다녀왔고 아무 일도 없었어. 나 이만 들어가서 자려고. 너무 피곤하다."

"그래, 잘 들어가."

주저 없이 돌아온 말에 이번에야말로 나는 몸을 돌려 우리 집 비밀번호를 눌렀다.

키패드 위로 덜덜 떨리는 손가락이 자꾸만 미끄러지는 탓에, 두 번이나 틀리고서야 간신히 집 안으로 기어들어 갈 수 있었다.

금요일 대낮, 당연히 집 안에는 아무도 없었다. 에어컨도 틀지 않고 환기도 되지 않은 집의 무덥고 퀴퀴한 공기가 습격하듯 날 덮쳤다.

가방을 던지듯 내려놓은 다음 소파 이곳저곳을 뒤지며 에어컨 리모컨을 찾는데, 갑자기 눈물이 쏟아졌다.

쏟아진 눈물은 소파 가죽 위로 후드득 떨어졌다. 아, 여기 물 묻으면 안 되는데. 재빨리 그 눈물을 맨손으로 훔쳐 내는데, 닦이기는커녕 더 많은 눈물이 그 위로 쏟아졌다.

그제야 이것을 멈출 수 없음을 깨달은 나는, 결국 무너지듯 쓰러지며 소파 위에 두 팔을 겹쳐 올렸다.

그 위에 얼굴을 파묻고 나는 한참을 어깨만 들썩였다. 앓듯이 흐느끼는 소리가 적막한 거실에 쌓여 갔다.

*　*　*

　울음을 그치고 나자 얼굴은 물론이고 땀 때문에 티셔츠가 등에 착 달라붙어 있었다.

　기온이 30도 가까이 올라갔는데 리모컨도 안 찾고 이러고 있던 내 탓이겠거니 하고, 나는 이번에야말로 소파 사이에 있던 리모컨을 찾아내 에어컨부터 틀었다. 그러고 나서야 나는 핸드폰을 꺼냈다.

　지금이라도 미안하다고 해. 잠시 흔들렸다고, 다시 시작하자고. 여단 오빠의 이름을 볼 때마다 머릿속에 되울리는 그 소리를 애써 무시한 나는 여령이에게 곧장 전화를 걸었다.

　[여보세요.]

　기운 없는 목소리가 귓가를 울렸다. 평소라면 내가 전화한 것만으로 잔뜩 들떠서 '단아, 왜?!' 하고 산책 가는 강아지처럼 외쳤을 그녀였다.

　한숨을 뱉어 낸 나는 말했다.

　"너 지금 복잡할 거 아는데, 꼭 말해야 하는 게 있어서."

　이걸 네가 다른 사람 입으로 듣게 하면 안 될 것 같았어. 한숨을 푹푹 내쉬며 건넨 내 말에 '뭔데?' 하는 물음이 돌아왔다.

　"나, 여단 오빠랑 헤어졌어."

[…….]

수화기 너머가 조용해졌다. 나는 잠시 무릎을 끌어안은 채로 그녀가 보일 반응을 기다렸다.

아무튼 이것이 우리 사이에 큰 변화를 줄 거라고는 믿지 않았지만, 그녀의 침묵이 의외로 긴 탓에 시간이 지날수록 불안해졌다.

여령이가 드라마에 나오는 시동생 같은 반응은 절대로 안 보일 거라고 철석같이 믿고 있었는데, 애초에 내가 여단 오빠와 사귈 때도 '단이 네가 뭐가 아쉬워서!'라고 외쳤던 그녀였고.

내 생각이 틀렸던 걸까? 그런 생각을 할 때쯤 마침내 대답이 돌아왔다. 전혀 예상치 못한 말이었다.

[단아.]

"응."

[은형이는 왜 나를 좋아할까?]

"…….."

[단이 너와 오빠, 둘 다 내가 아는 중에 손에 꼽힐 만큼 좋은 사람들이야. 그런데도 헤어졌잖아. 누가 나빠서도 아니고 누구의 잘못도 아닌 이유로.]

나는 핸드폰을 꾹 쥔 채 묵묵히 그녀의 말을 들었다.

[헤어지면 남이잖아. 함께했던 시간이 얼마나 되건, 얼마나 친밀했건 간에 헤어지면 전부 수포로 돌아가잖아. 친구

로 있으면 평생 함께할 수 있는데, 왜? 왜 은형이는⋯⋯.]

그녀 말의 일부가 꼭 내게 하는 말처럼 들려서 나는 조용히 눈을 내리깔았다.

그러게, 왜 나는 지금까지 여단 오빠와 쌓아 온 모든 좋은 추억들과 좋은 감정들이 수포로 돌아가 버릴 수 있음을 알면서도 그가 내민 손을 잡았을까?

심호흡을 한 내가 대답했다.

"마음만은 마음먹은 대로 어떻게 할 수 있는 게 아니니까."

그렇듯 내 마음도 어떻게 되지 않았다.

중학교 1학년 때 나는 여단 오빠를 좋아했고, 여단 오빠가 나를 좋아했을 때는 그렇지 못했다. 결국 그런 문제였을 뿐이다.

젖은 눈을 문지르며 나는 읊조렸다.

아, 정말이지. 사람 마음이 마음대로 된다면 얼마나 좋을까. 나를 좋아하는 사람을 골라 좋아할 수만 있다면 힘든 일 같은 건 아무것도 없을 텐데.

시무룩하게 여령이의 대답이 돌아왔다.

[나는 잘 모르겠어.]

"너도 곧 알게 될 거야. 누군가를 좋아하게 되면."

여령이는 당황이 묻어나는 목소리로 말을 이었다.

[물론⋯⋯ 내가 널 갑자기 싫어하게 되는 건 불가능해. 그건 어떠한 순간에라도 불가능했어. 하지만⋯⋯.]

말끝이 흐려지는가 싶더니 이윽고 전화가 끊겼다. 잠시 가만히 앉아 있던 나는 고개를 들고 쏟아지는 에어컨 바람을 맞았다.

불을 켜지 않아 어두운 거실 천장에 햇빛이 그린 사각형이 길게 비치고 있었다. 찌르는 듯한 매미 소리가 귓가에 번졌다.

그리고, 마침내 한숨을 내쉰 나는 자리에서 일어나 방으로 들어갔다.

제49조. 남으려는 자와 돌아가려는 자

남으려는 자와 돌아가려는 자

수학여행에서 돌아온 다음 날은 원래대로라면 자습이 있는 토요일이었으나, 예기치 못한 사태로 학생들을 불안에 빠뜨린 것에 대해 학교 측에서 사과한다며 몸 추스르란 뜻에서 자습을 하루 빼 주었다.

'고작' 그거냐고 할 수도 있겠으나, 휴식에 목마른 고등학교 2학년 학생들에게는 '고작'이 아니었다. 덕분에 불만의 말은 쏙 들어갔다.

어젯밤 늦게 발송된 휴교 문자를 보고, 나는 안도한 나머지 그대로 실 끊어진 인형처럼 픽 기절했다. 다시 눈을 떴을 때는 아침 아홉 시였다.

눈을 뜨고도 나는 한참을 방 천장만 보았다. 고작 이틀 밤낮을 제주도에서 보냈을 뿐인데 창문으로 들려오는 차의 경적음, 아파트 공터에서 뛰노는 애들의 외침, 매미 울음 소리 따위가 몹시 낯설게 들렸다. 당장 거실로 나가면 아파트 너머로 옥색 바다가 눈 한가득 펼쳐져 있을 것만 같았다.

"으으."

물론 이건 현실 도피일 뿐이고, 내겐 오늘 반드시 해야 할 중요한 일이 있었다.

자리에서 힘겹게 일어난 나는 세수를 하고 양치질을 하며 밀린 연락들을 확인했다.

몸살 같은 단어는 사전에 없는 건지, 수학여행 다녀온 바로 다음 날 아침부터 단톡방에서 날뛰고 있는 윤정인과 이민아를 보고 나는 혀를 내둘렀다.

"얘네는 잠도 없나."

[윤정인 : 강남 갈 사람

윤정인 : 아니다 홍대 갈 사람

윤정인 : 아니다 동대문 갈 사람

신서현 : 하나만 해라;

신서현 : 난 오늘 연습

윤정인 : 넌 안 끼워 줄 건뎅?

신서현 : 아

신서현 : 짜증— —

윤정인 : ㅋㅋㅋㅋㅋㅋㅋㅋㅋ

신서현 : 기껏 대답해 줬더니

신서현 : 처놀든지 말든지

서혜리 : 아 윤정인

서혜리 : 아침부터 왜 그러냐~

서혜리 : 누구누구 가는데?

윤정인 : 나랑 이민아랑 한재우랑 김 쌍둥이 좀 더 꼬시면 갈 것 같던데

윤정인 : 아 신서현 전화 안 받는다

윤정인 : 나 이제 뒈졌다

윤정인 : ㅋㅋ; 잠만]

별로 안 친한 남자애가 껴 있을뿐더러, 어차피 내게는 오늘 다른 할 일이 있었다. 재밌게 놀란 말만 남겨 둔 나는 곧장 다른 단톡방으로 들어갔다.

사대천왕과 반여령이 있는 단톡방은 썰렁하기 그지없었다. 자고 일어나면 300+ 표시가 당연한 듯 떠 있었는데, 이렇게 조용해진 모습을 보니 무척 낯설었다.

나는 한숨을 내쉬었다.

하긴, 어쩔 수 없나. 나는 어제 일찍 잠들었고, 유천영은 원래 말이 없고, 말이 제일 많은 건 은형이와 여령이, 주인이인데 은형이와 여령이는 그런 사건이 있었던 뒤다. 주인

이는 주인이 대로 복잡한 기분에서 아직까지도 벗어나지 못한 것 같고.

은지호야 만나면 제일 말은 많지만 막상 핸드폰을 잘 보는 성격도 아니거니와, 아버지가 스마트폰을 못마땅해하신다며 2G폰으로 바꾸기 전에 성과를 내야겠다고 말하는 것을 들은 적이 있다.

아니, 뭐, 성과를 내는 거야 좋지만 솔직히 은지호 네가 나한테 '너 어떻게 그러고 사냐?'고 말할 입장은 안 되지 않냐. 나는 미간을 좁혔다.

아무튼 모처럼 아침 일찍 일어나니 마음이 다 고요했다. 거실에서 부모님과 인사를 나누고, 느긋하게 식사를 마치고, 예능 프로그램 재방을 보다가 열두 시 넘어서야 느지막이 씻고 옷을 갈아입은 나는 집을 나섰다.

현관문을 열자마자 받는 것만으로 어질해지는 여름 햇살이 나를 덮쳤다. 반사적으로 눈을 가늘게 뜬 나는 문득 옆에서 검고 키 큰 그림자를 본 것 같아 고개를 휙 돌렸다.

아무것도 없는 빈자리를 보고 나는 중얼거렸다. 아, 그럼 그렇지.

상실에 익숙해지는 건 어려운 일이다. 아마도 어른이 되고 나서도 이 일만큼은 썩 익숙해질 것 같지 않다.

잔뜩 부은 눈가를 손톱으로 긁적거린 나는 힘차게 걸음을 옮겼다. 샌들 굽이 발아래에서 경쾌한 소리를 냈다.

＊　＊　＊

주소를 보고 찾아간 곳은 상당히 새것으로 보이는 오피스텔이었다. 세대 호출 방법을 몰라 서성거리다가 경비원에게 수상한 시선을 받고, 아는 사람을 찾아왔다고 설명하고서야 나는 간신히 건물 안으로 들어갈 수 있었다.

번쩍번쩍한 로비와 거울에 지문 하나 묻지 않은 엘리베이터를 지나 마침내 회색 문 앞에 선 나는 심호흡을 했다.

어쩌면 이것이 과거와 미래의 분기점이 될 수도 있을 터였다. 심호흡을 마친 뒤, 나는 떨리는 손가락을 들어 벨을 꾹 눌렀다. 곧장 안에서 카랑카랑한 목소리가 날아와 꽂혔다.

[누구세요!]

또 한 번 숨을 깊게 들이쉰 내가 말했다.

"나다, 네 피조……."

[아아아악!]

익룡 같은 울음소리가 들린 뒤, 두두두— 하는 발소리와 함께 벌컥 문이 열렸다. 어찌나 급하게 달려온 건지 맨발의 노아리가 문고리를 움켜쥔 채 숨을 몰아쉬고 있었다.

"헉, 헉…… 정말, 조금만 덜 무섭게 말할 순 없어요? 무슨 괴담에 나오는 귀신도 아니고."

그렇게 말하며 울상을 짓는 노아리에게 나는 부러 씩 웃어 보였다.

"내 인생 장르를 인터넷 소설로 만든 사람한테 그럴 필요를 못 느끼겠는데?"

그러자 노아리는 경기 일으키듯 머리를 쥐어뜯었다.

"아악! 그거 정말 제가 아는 누구 떠올리게 해서 괴로운 거 알아요? 아니, 그보다 대체 어떻게 안 거람? ……아, 뭐, 좋아요. 들어오세요."

결국 체념한 듯한 노아리가 나를 거실로 들여보내고는 옷을 갈아입고 오겠다며 자기 방으로 들어간 사이, 나는 집을 한 바퀴 둘러보았다.

통유리로 된 베란다는 무척 넓었고, 크고 작은 화분들이 옹기종기 모여 있었다. 베란다 바닥과 유리창 모두 깨끗했고, 벽에는 빨간 바가지와 청소 도구가 가지런히 걸려 있었다.

엄마가 말하길 청소에 얼마나 익숙한 사람인가는 청소 도구 취급을 보면 알 수 있댔는데. 그런 의미에서 노아리와 같이 살며 사실상 살림을 전부 담당한다는 노민찬 선생님은 꽤 깔끔한 사람인 같았다. 하긴, 매일 양복 차림으로 나오면서 옷깃 한 번 흐트러지는 일이 없었지.

노민찬 선생님은 가볍게 '자취'라고 말씀하셨지만, 텔레비전은 우리 집에 있는 것보다도 컸고 소파와 탁자 모두 고급이었다. 말이 자취지 거의 분가나 다름없는 수준이었다. 무엇 하나 허투루 해 놓고 사는 것 같지 않았다.

거실에 놓인 음향 장비와 빔 프로젝터, DVD 진열장을 구경하며 쉴새 없이 감탄하던 그때, 마침내 노아리가 과일 쟁반을 들고 나왔다.

그녀가 잔뜩 긴장한 듯한 얼굴로 물었다.

"마실 건 뭘로 드시겠어요?"

"어, 난 괜찮아. 그보다는 얼른 얘기를 했으면 하는데……."

그 즉시 푸르죽죽해진 노아리의 얼굴을 보고 나는 깨달았다. 아, 얘기하는 것을 최대한 미루고 싶었던 모양이군.

결국 내가 오렌지 주스를 부탁하자, 그녀는 화색이 된 얼굴로 다시 부엌으로 들어갔다.

우리가 거실 탁자에 마주 앉게 된 것은 그로부터 한참의 시간이 지나서였다.

"……."

내가 공연히 이쑤시개로 과일을 푹푹 찌르는 동안, 노아리는 맞은편에서 찔리는 게 자기라도 되는 것처럼 창백한 얼굴로 제 몫의 주스만 홀짝였다. 조금 내버려 두면 안색이 나아질까 싶어 기다렸지만 별로 그럴 것 같진 않았다.

결국 시계가 오후 두 시를 가리킬 무렵, 한숨을 내쉰 나는 입을 열었다.

"얘기를 해 보자. 뭐가 어떻게 된 거야?"

"네? 뭐, 뭐가."

컵에서 손을 떼고 당황해서 되묻는 노아리에게 내가 물었다.

"내가 이 세계에 넘어온 것에 대해 아는 게 있어?"

"네? '넘어'오다니요?"

노아리의 얼굴이 대번에 의아해졌다. 그녀가 어리둥절한 표정으로 물었다.

"그쪽은 '원래' 이 세계의 인물이잖아요, 함단이."

그렇게 말할 줄 알았지. 한숨을 내쉰 내가 대답했다.

"나는 중학교 입학하던 날, 3월 2일에 차원 이동 당했어. 인터넷 소설이 있던 세계에서 인터넷 소설이 없고 현실로 존재하는 이곳으로."

비로소 노아리의 얼굴에서 핏기가 싹 가셨다. 믿을 수 없다는 듯 나를 응시하던 그녀가 이윽고 다급히 외쳤다.

"하, 하지만……! 아까는 분명 제 피조물이라고."

"내가 궁금한 것도 그거야. 너는 현실에 살고 있던 나를 어떻게 알고 소설에 집어넣은 거야?"

내 대답에 노아리의 얼굴이 더욱 창백해졌다. 그 틈을 놓치지 않고 내가 물었다.

"아니면 우연이야? 너는 그냥 소설을 썼을 뿐인데, 마침 모든 조건이 같고 이름까지 같은 내가 우연히 존재했다. 그뿐이야?"

잠시 숨 막힐 듯한 정적이 흘렀다. 그 속에서 나는 잠자코 손을 모아 쥔 채 노아리의 눈을 쏘아보았다.

한참이나 탁자만 응시하던 노아리가 머뭇머뭇 입을 뗐다.

"믿기 어렵겠지만…… 믿어 주세요. 저는 정말로 당신이 제 소설 속의 인물이 아닌 현실의 사람일 수 있다고는 생각 안 해 봤어요."

"그럼 나를 처음 봤을 때부터 나한테 이상하다고, 이럴 리 없다고 말했던 건 뭐야?"

노아리가 내 눈치를 살피며 말을 이었다.

"그야 소설의 내용이 완전히 틀어져 있었고, 주연 인물 중에 가장 큰 변화가 다름 아닌 당신이었으니까요……. 중학교 때 진작 반여령과 절교해야 했을 당신이 반여령과 여전히 친구로 지내는 걸로도 모자라 사대천왕과도 익숙하게 툭탁거리는 걸 봤으니까."

잔뜩 주눅 든 듯한 그녀의 말에 나는 고개를 끄덕였다. 그녀의 추리에 이해 못 할 비약은 없었다. 그렇다면 노아리가 현실의 나를 소설에 집어넣었다는 둥의 가정은 역시 말이 안 되는 걸까?

그때, 노아리의 물음이 불쑥 돌아왔다. 나는 고개를 들었다.

"그런데 저, 궁금한 게 있어요. 제가 이 소설의 작가란 걸 어떻게 안 거죠?"

노아리의 겁 많은 눈동자가 나를 향했다. 그녀가 말을 계속했다.

"원래 세계에서부터 제 소설을 읽어서 제 이름을 알고 있었나요? 아니, 하지만 동명이인일 수도 있고, 그것만으로 제 정체를 파악하기란 불가능해요. 불가능하잖아요."

그에 한숨을 내쉰 내가 대답했다.

"나도 너랑 비슷한 경로였어."

노아리가 동그래진 눈으로 나를 올려다보았다.

내가 말을 이었다.

"네 소설을 읽진 않았지만, 원래 세계에서 인터넷 소설은 충분할 정도로 읽어서 대충 이 세계가 어떻게 돌아갈지는 짐작이 가능했고. 그러던 와중에 아무래도 심상치 않은 행동을 하는 사람이 나타났는데, 미래를 알고 움직이는 것 같잖아. 그리고, 이 쪽지."

나는 지금까지 고이 보관해 온 쪽지를 주머니에서 꺼내 그녀 앞에 던졌다.

구깃구깃해진 쪽지를 펴 본 그녀의 얼굴이 창백해졌다.

"활자로 이루어진 이 세계에서 활자로 사람을 일으켜 세우거나 기억을 되돌려 줄 수 있는 사람이, 작가 말고 더 있겠어?"

내 말이 흔적도 없이 사라질 때까지도 노아리는 침통한 얼굴로 침묵을 지켰다.

그녀는 우울한 눈으로 쪽지를 오랫동안 내려다보았다.

한참 만에 그녀가 중얼거렸다.

"그렇구나, 이것 때문에……."

그리고 그녀는 다시 고개를 들었다.

둥글고 겁 많기만 하던 눈이 그새 차갑게 가라앉아 있었다. 흘러나오는 목소리 또한 몰라보게 차분했다.

"하지만, 이해 안 되는 일이 있어요."

"뭔데?"

"제 이름을 듣고 '네가 노아리야?' 하고 물었잖아요. 그건 제 이름을 원래부터 알고 있지 않은 한 불가능해요. 제가 당신을 처음 만났을 때, 당신을 보고 '네가 함단이야?' 하고 물었던 것처럼."

기억 속 깊이 파묻혀 있던 그녀와의 첫 만남을 떠올린 나는 고개를 주억거렸다.

그러고 보니 그녀가 처음 만났을 때 그런 말을 했던 듯도 했다. 그래서 더 수상하게 여겼었고.

그리고 나는 턱을 괴며 고민에 빠졌다. 고민은 짧고 대답은 빨랐다.

"난 3월 2일마다 저 세계와 이 세계를 오가고 있어."

"설마!"

"내가 너한테 거짓말을 할 이유가 어디 있겠어? 피차 같은 일을 겪은 마당에."

어깨를 으쓱한 나는 턱을 괴며 말을 이었다.

"네가 이 소설 작가임을 알아본 건 그 때문이야. 마지막으로 돌아갔을 때, 이 세계를 이루고 있는 소설이 있다면 등장인물 이름으로 검색하면 나올지도 모른다고 생각해서 검색해 봤거든. 그랬더니 노아리라는 작가의 〈해가림〉이 뜨지 뭐야."

"……."

여전히 불신 가득한 시선으로 나를 보는 노아리에게 내가 물었다.

"내가 너한테 묻고 싶은 건 이거야. 내가 3월 2일마다 세계를 오가는 현상에 네가 무슨 관련이 있는지, 관련이 있다면 어떻게 해야 이 일을 멈출 수 있는지."

내 말이 끝나자 거실 안은 고요해졌다.

한참 만에 노아리의 입이 다시 열렸다.

"현실 세계로 돌아가고 싶은 건가요?"

"아니."

그녀의 창백해진 뺨을 바라보며, 나는 주저 없이 대답했다.

"이 세계에 계속 남고 싶은 거야."

침묵은 전보다도 길어졌다.

매미 소리 대신, 위잉 하고 냉장고가 우는 기계적인 소리가 유난히 크게 울렸다.

나는 모아 쥔 손에 힘을 준 채 무슨 생각을 하는지 모를 노아리를 지그시 바라보았다.

한참 만에 그녀가 마침내 입을 뗐다.

"왜요?"

그녀의 눈에는 혼란이 가득했다. 내 말을 전혀 예상하지도, 납득하지도 못했다는 눈빛이었다.

그녀가 말을 이었다.

"어째서예요? 당신도 저처럼 이 세계 사람이 아니라면서요. 저와 같은 세계에서 왔다고. 그럼 이런 비상식적인 세계 따위, 마음에 들 리 없는데……."

나는 순순히 인정했다.

"처음에는 분명 그랬지."

아니, 솔직히 말해서 이 세계에 오고 3년 정도가 지날 때까지도 나는 온전히 정을 붙이지 못했다.

돌아가기를 두려워하면서도, 또 막상 돌아가면 이제부터는 내 삶이 정상적인 궤도에 오르리란 이상한 안도감이 찾아왔다. 무엇보다도, 누군가 내 행동을 모두 조종하고 있는지도 모른다는 생각에서 벗어났다는 해방감이 가장 컸다.

하지만 저번 3월 2일을 기점으로, 나는 더 이상 그에 대해 걱정할 필요가 없게 되었다.

내가 내 자유 의지에 의해 정해진 이야기를 이미 바꾸었음을 확인했고, 더군다나 그 이야기를 쓴 작가는 지금 여기 내 앞에 있었다. 나를 마음대로 하기는커녕, 피조물인 주인이조차 제대로 상대하지 못해 쩔쩔매는 상태로.

그러니 나는 더 이상 그런 것에 대해 두려워할 필요가 없다. 거기까지 생각한 나는 크게 숨을 한번 들이쉬었다.

그러므로 나는 이 세계를, 비로소 온전히 사랑할 수 있다. 이곳에 남겠다고 당당하게 말할 수 있다.

노아리가 여전히 주저하며 말을 꺼냈다.

"저는 당신이…… 제게 화를 낼 줄 알았어요. 아니면 저를 증오하거나. 또 이 세계 역시 증오할 거라고."

"화낼 생각이 없었던 건 아니야. 아무튼 내가 갑자기 어떤 예고도 없이 이 황당한 세계에 떨어져서 고생을 많이 한 건 사실이니까. 삶이 지나치게 스펙터클해져 버렸잖아."

그렇게 생각한 나는 지끈거리는 관자놀이를 꾹꾹 눌렀다. 불과 그제만 해도 수학여행 중에 조난까지 당한 사람으로서, 억울한 마음이 드는 건 사실이다.

그리고 나는 말을 이었다.

"하지만, 그 스펙터클함을 견딜 만큼 가치 있는 것들을 찾았으니까."

홀린 듯 나를 바라보던 노아리가 물었다.

"그게 뭐죠?"

"뭐긴, 당연히 사람이지."

"……."

짧은 정적이 찾아왔다.

노아리는 손을 무릎 위에 내려놓으며 입술을 지그시 깨

물었다. 그런 그녀를 보며 내가 말을 계속했다.

"알고 있겠지만, 사람은 누구나 자기가 바라보는 자신과 남들이 바라보는 자신, 두 가지로 구성되잖아. 그중 하나가 없으면 온전히 자신이라고 하기는 힘들고."

노아리는 고개만 끄덕였다.

"그러니까 어쩌면 다른 사람들이 내 일부를 이루고 있다고 볼 수도 있겠지."

노아리는 또다시 고개를 끄덕였다.

"그 애들이랑 있을 때 나는 내가 원하는 내 모습으로 있을 수 있어. 다르게 말하자면, 그 애들이 없으면 나는 내가 아닌 거야."

비로소 노아리가 퍼뜩 고개를 들었다. 그녀가 설명을 요구하는 듯한 눈으로 나를 보았다.

나는 그에 화답하듯 말을 이었다.

"이 세계의 바탕이 된 작품 제목이 〈해가림〉이란 것을 알게 되고, 또 네 이름이 노아리란 걸 알게 됐던 3월 2일에, 나는 일주일 동안 현실 세계를 다녀왔어."

그리고 나는 쓰게 웃으며 덧붙였다. 정말이지 그렇게 오래 다녀와 본 건 중학교 때 이래로 처음이었지.

"……."

"그때 깨달았어. 다른 건 달라진 게 없고 단지 그 애들이 사라졌을 뿐인데도, 그 애들이 사라진 세계를 더는 견딜 수가 없다는 걸."

예전이면 분명히 내 삶이 평화로워졌으니 족하다고 생각하고 넘어갔을 텐데. 하루하루 지날수록 만족했을 텐데.

그렇지 못했다. 그러기는커녕 갈수록 괴로움만 쌓여 가서.

그러다 어느 순간 깨달았다.

"그 애들이 없는 세상은 이제는 내게도 더 이상 의미가 없구나."

"……."

"그러니 너를 완전히 미워할 수만은 없어. 아니, 오히려 처음에는 원망했더라도 지금은 어느 정도 고맙게 생각해. 어떤 행운은 불행의 탈을 쓰고 오기도 한다는 걸 그때 알았어. 어떤 불행은 행운의 탈을 쓰고 오는 것과 마찬가지로."

어느새 젖어 든 눈으로 나를 올려다보는 노아리에게 나는 말을 맺었다.

"그 애들을 만들어 줘서 고마워. 이건 진심이야."

"저는……."

잠긴 목소리로 노아리가 하려는 말을 자른 내가 다시 말했다.

"하지만, 다른 애들도 그 사실에 감사할지는 모르겠다."

"……."

"너는 좀 더 행복한 얘기를 써야 했어."

어두워진 눈으로 탁자만 내려다보던 노아리가 묵묵히 고

개를 끄덕였다.

나는 조금 안타까운 눈으로 그녀를 바라보았다. 내가 너무 할 말 못 할 말을 못 가리고 해 버렸나?

사실, 따지고 보면 노아리가 잘못한 것은 하나뿐이다. 자신이 글로 쓴 세계가 실존하게 될 줄은 몰랐다는 것, 단하나. 나는 턱을 괴며 중얼거렸다. 그럼 등장인물이 전부 죽는 걸로 유명한 모 소설 작가는 최고의 악인이게?

급기야 노아리의 눈에 찰랑찰랑하게 물이 고이기 시작하는 것을 본 나는 점차 불안해졌다.

그러고 보면 나는 아직 노아리가 무엇을 할 수 있고, 또 무엇을 할 수 없는지 몰라. 주인이에게 쩔쩔매는 것을 보고 너무 쉽게 생각했는지도 모른다. 마치 손아랫사람 대하듯 하듯이.

사과해야 할까? 미안한 마음에, 또 반쯤 비굴한 마음에 내가 말을 꺼내는 그때였다.

"저기……."

그 순간 기어이 노아리의 눈에서 부풀어 오른 눈물이 툭, 하고 탁자를 적셨다. 아악, 나는 머리를 헝클어뜨렸다.

기어이 이렇게 되네! 잘한다, 함단이. 주말에 남의 집에 찾아와 기껏 하는 게 집주인 울리는 거냐? 더군다나 이제 갓 중학교 졸업한 애를!

허둥지둥하던 내가 티슈 갑이라도 찾으러 자리에서 일어

나려는 그때였다.

불쑥 목소리가 날아왔다.

"당신이 부러워요."

나는 고개를 퍼뜩 들었다.

"뭐?"

울다가 갑자기 내놓는 말이 저거라니.

갑자기 고개를 휙 쳐든 노아리가 나를 향해 또박또박 말을 이었다.

"제가 당신에게 이런 말 할 자격이 없다는 것쯤은 알아요. 당신이 저를 미워하지 않는 데만도 감사해야 한다는 것도."

"……."

"그래도 말할게요. 저는 당신이 부러워요."

말하다 말고 노아리는 크흠, 하고 숨을 들이쉬며 눈물을 닦았다. 나는 그런 그녀를 심상치 않게 굳어진 얼굴로 응시했다.

노아리가 무겁게 말을 이었다.

"왜냐하면 저는…… 이 세계에 있을 이유를 도무지 찾지 못하겠으니까. 그리고 돌아갈 방법조차도."

"뭐? 그게 무슨……."

"꼭 깰 수 없는 악몽에 갇힌 기분이에요."

나는 휘둥그레진 눈으로 그녀를 응시했다.

'돌아갈 방법'이라니? 내가 물은 것은 '돌아가지 않을 방법'이었는데? 더군다나 그녀가 그에 대해 모른다고 한들, 저렇게까지 절망할 이유가 있을까? 나는 그게 잘 이해가 가지 않았다.

물론, 나도 이 세계에 처음 왔을 적만 해도 제발 나를 이 미친 세상에서 꺼내 달라며 하루하루 기도 올린 전적이 있지만, 그건 엄밀히 말하자면 이 소설에서 여주인공 친구로 낙점당한 내 특수한 포지션 때문이었고.

즉, 내가 여주인공 친구만 아니었어도 나는 이 세계에 거주하는 것을 기꺼이 저항 없이 받아들였을 것이다. 아니, 반 친구1 정도만 되었어도 오히려 감사히 여기며 즐겁게 구경했을 것이다. 쟤들 덕에 학교에서도 볼 게 넘쳐 심심하지는 않다며.

나는 여전히 눈물만 뚝뚝 흘리는 노아리를 복잡한 눈으로 바라보았다.

그렇기에, 지금도 나는 그녀가 이곳에 남을 방법을 모른다는 데 실망하기는 했지만, 아예 무릎을 꿇고 좌절하거나 주먹으로 땅을 내리치거나 할 정도의 충격은 아니었다.

애초에 노아리가 그 방법을 알았더라면 그녀가 나를 마주쳤을 때 그토록 격한 반응을 보일 필요도, 또 내가 정해진 이야기를 바꾸었음에 당황할 필요도 없다는 걸 알고 있었으니까.

그보다도 나는 역시 저 강렬한 슬픔의 표현 쪽이 더 이해가 안 되는데? 나는 다시 눈살을 찌푸렸다. 반여령과 사대천왕, 몇몇 인물들을 제외하고는 가족도 친구도 전부 같은 마당에, 저렇게까지 슬퍼해야 할 이유가 있나?

그때 문득 노아리의 입술이 열리고, 흘러나온 말에 나는 뒤통수를 얻어맞은 듯한 충격을 느꼈다.

"여긴 더는 싫어. 제 원래 가족에게로 돌아가고 싶어요."

"그럼 너, 설마……."

노아리가 물기 고인 눈을 들어 나를 보았다.

"'노민찬'은 원래 세계에서 제 가족이 아니에요."

"……."

"그는 제 소설 속 등장인물 중 하나예요. 저는 그가 대체 어떻게 이 세계에서 제 오빠가 되어 있는지 이해가 안 가요."

내가 동상이라도 된 듯 멍하니 굳어 있는 가운데, 손을 들어 눈물을 훔친 노아리가 말을 이었다.

"그뿐만이 아니에요……. 저희 집에는 제가 까마득하게 어렸을 적 이혼해서 없는 아버지까지 계세요."

"맙소사……."

"어머니는 그대로라지만, 저는 그들을 도무지 제 가족으로 받아들일 수가 없어요."

내가 충격으로 입을 다물지 못하고 그녀를 바라보기만 하는 가운데, 문득 눈을 들어 나를 바라본 노아리가 물었다.

"꿈에서 친구였던 사람이, 깨고 나서 생각해 보니 전혀 모르는 사람이었던 적이 있나요?"

나는 고개를 끄덕였다. 그거야말로 꿈까지 갈 필요도 없이 내가 매일같이 겪었던 일이었다.

그러자 노아리가 다시 물었다.

"그럼 꿈에서 모르는 사람이 가족으로 나왔던 적은? 어느 순간 그 사람이 가족이 아니라 전혀 모르는 사람이란 걸 깨달았는데, 아무리 기다려도 꿈이 깨지 않는다면."

"……."

"어떤 기분이겠어요?"

내 얼굴이 점차 창백해졌다. 나는 그제야 노아리의 심정을 대강이나마 이해했다.

내게 모르는 오빠가 생겨 있다면? 모르는 여동생이 생겨 있다면? 그들이 나를 매일같이 봐 온 것처럼 자연스럽게 대한다면?

그리고, 부모님이 전혀 모르는 사람으로 바뀌어 있다면? 거실에 나가자 그들이 태연하게 '단이 일어났니?' 하고 나를 부른다면…….

그런 상상으로 하얗게 질려 가는 내 앞에서, 나 못지않게 희게 질린 노아리가 말을 이었다.

"저는, 그들을 도저히 가족으로 받아들일 수가 없어요. 몇 년이 지난 지금까지도."

한동안 아무도 입을 열지 않아 거실에는 무거운 침묵이 흘렀다. 현관에서 비밀번호 누르는 소리가 들려온 것은 그때였다.

나와 노아리는 둘 다 못 올 사람이라도 온 것처럼 소스라치게 놀라 현관 쪽을 돌아보았다. 그도 그럴 게, 지금 이 시간에 이 집에 올 사람이라면 단 한 명뿐이었다.

채 마음의 대비를 할 새도 없이 문이 열리며 양팔에 봉투를 가득 안은 노민찬 선생님이 모습을 드러냈다.

학교와는 달리 반팔 티에 슬랙스란 편안한 차림을 하고 있는 그는 양복을 입었을 때보다 서너 살은 어려 보였다. 대학 졸업하자마자 우리 학교로 왔다는 얘기가 새삼 실감이 났다.

나를 본 그의 얼굴에 미소가 번졌다. 전혀 거리낌이 없는 그의 얼굴을 보고 내 마음에는 죄책감이 짙어졌다. 당연하지, 방금까지 노아리에게서 '그를 도저히 가족으로 받아들일 수 없다'는 말을 듣고 난 다음이었다.

그가 교실에서보다 훨씬 쾌활한 목소리로 말했다.

"단이구나. 아리 보러 왔니?"

"네? 네!"

"그래? 편하게 있다 가거라. 난 주말이니까 냉장고 정리하고 청소 좀 할 건데, 거실에는 올 일 없으니 신경 쓰지 말고."

"네…… 감사합니다."

그렇게 대답하며 나는 힐끗힐끗 노아리의 얼굴을 살폈다.

노민찬 선생님을 등지고 앉은 노아리의 얼굴은 여전히 눈물로 엉망이었다. 노아리가 한 번도 아는 체를 안 하는데도, 노민찬 선생님은 그것에 대해 서운한 티를 전혀 내지 않았다. 평소에 이들 관계가 어떠한지를 알 수 있는 대목이었다.

그러고 보면, 나는 전에 독서실에서 보았던 광경을 떠올렸다. 그때도 제 팔을 잡고 얼른 가자며 보채는 노아리에게 노민찬 선생님은 웬일로 친근하게 군다며 감격했었지.

갈수록 희끄무레해지는 노아리의 몰골을 보고 아무래도 안 되겠다 싶어진 나는 자리에서 일어났다.

그러면서 내가 말했다.

"저희 그냥 카페 갈게요. 주말이라 집에서 할 거 많으실 텐데, 저 때문에 불편하실 것 같아서."

"응? 아니야. 아니야, 진짜. 더운데 뭐 하러 나가니?"

눈을 동그랗게 뜨며 노민찬 선생님이 말하는데, 노아리가 별안간 자리를 박차고 일어났다. 그녀는 노민찬 선생님에게 얼굴을 보이지 않은 채 거실을 쌩 가로질러 현관으로 향했다.

그 무엇보다도 명확한 의사 표현이었다. 그것을 보고 노민찬 선생님도 더는 말리지 않았다.

괜찮은 걸까? 나는 왠지 내가 다 조마조마한 심정이 되어 그의 얼굴을 살폈다. 하지만 그는 전혀 상처받지 않은, 평소와 다름없는 얼굴로 부드럽게 말했다.

"그래. 아리 걷는 것 좀 잘 봐 주렴."

"네?"

"어디서 그러는지는 몰라도 계속 넘어지고 부딪히고 다녀서."

그의 말을 들으며 나는 회상에 잠겼다.

내가 노아리를 만날 때마다 그녀는 주로 관계자 외 출입이 금지된 병실이나, 서열전이 이루어지는 체육관 등 별로 안전하지 못한 곳에 있었다. 그렇게 종일 추격전을 벌였다면 그녀의 몸이 성치 못한 것은 당연한 일이었다. 그리고 어쩌면 나와 그녀가 벌였던 술래잡기 역시 그에 한몫했을지도 모르고.

멋쩍게 입맛을 다신 나는 그럴게요, 하고는 꾸벅 고개를 숙이고 집을 나왔다.

* * *

엘리베이터를 타고 내려와 로비로 나올 때까지도 노아리는 아무 말이 없었다.

엘리베이터 거울로 그런 그녀를 곁눈질하며 나는 속으로

만 한숨을 푹푹 쉬었다.

나, 요즘 말 없는 사람한테 상당히 익숙해진 것 같아. 노아리가 아무런 말도 없으니 자연스레 내가 방향을 잡게 되었지만, 이곳에 살지도 않는 내가 아는 곳이 있을 리 만무했다.

결국 내가 향한 곳은 인근의 지하철역이었다. 물론 내가 우리 집에서부터 이곳까지 올 때 이용했던 역이었다.

역에서부터 오피스텔까지는 꽤 걸어야 했고, 더군다나 오르막이라 이런 무더운 여름날엔 고역이었지만 고등학생이 택시 탈 돈이 있을 리가.

에어컨 때문에 역시 카페라도 들어가야 하는 게 아닌가 고민했는데, 지하철역 안에 들어오자 꽤 시원해서 몇 시간 앉아 있을 정도는 됐다.

개찰구 앞 벤치에 앉은 내가 마침내 말을 꺼냈다.

"저기, 나 궁금한 게 있는데."

표정 없는 얼굴로 바닥만 보던 노아리의 시선이 그제야 나를 향했다. 생기 없는 인형 같은 반응에도 나는 가까스로 미소를 보냈다. 내가 물었다.

"있잖아, 왜 고등학교 이름에 와서 갑자기 정신을 차린 거야?"

그에 노아리의 표정이 기묘하게 변했다. 형언할 수 없는 눈빛으로 나를 보던 그녀가 한 박자 늦게 대답했다.

"네?"

"왜 고등학교 이름은 갑자기 멀쩡해진 거냐고. 중학교 이름은 지존 중학교였잖아."

그리고 나는 속으로만 중얼거렸다. 아무리 내가 이 세계를 사랑하게 되었다고 해도, 중학교 이름까지 그럴 수 있을지는 의문이다. 취업이라도 하려고 해 봐, 내 이력서에는 '지존 중학교'라는 이름이 선명하게 적혀 있을 거라고. 그렇게 생각하자 갑자기 눈에 땀이 맺히는 것 같았다.

그래, 이건 땀이다. 땀이라고 생각하자.

"아…….."

그러는 동안 노아리의 표정은 점차 기묘해졌다.

한동안 어쩔 줄을 모르는 듯 허공에 시선을 던지던 그녀가 마침내 대답했다.

"그건…….."

내가 되물었다.

"그건?"

"그건…… 그 부분을 쓸 때쯤 소현이란 애가 싫었거든요."

"…….."

나는 말없이 그녀를 바라보았다.

말을 잇는 노아리는 그새 생기 없는 얼굴을 내다 버리고 쑥스러운 듯 앞머리를 매만졌다.

"저도 중학교 이름을 쓰고 나서야 제가 무슨 짓을 저질

렀는지 깨달았지만, 그쯤 되니 이미 돌이킬 수 없어서······
이참에 복수나 할까 하고."

"아니, 자기 작품을 그렇게 사적인 용도로 쓰면 안 되지."

내가 나도 모르게 정색하자, 빤한 눈으로 나를 올려다본
노아리가 물었다.

"그럼 원래 계획이었던 '존엄 고등학교'로 갈 걸 그랬나요?"

"내가 잘못했어."

나는 그 즉시 패배를 인정했다. 그러자 노아리의 얼굴에
즐거운 듯한 미소가 떠올랐다.

고개를 돌린 그녀는 방금의 대화가 다시 생각해도 웃겼
는지, 한 손으로 입을 가리고 킥킥 웃기 시작했다.

분위기가 한결 편안해졌다. 그 틈을 타 나는 다시 말을
꺼냈다.

"궁금한 게 하나 더 있는데."

"네, 말씀하세요."

과연 대답은 아까보다 선선히 흘러나왔다. 잠시 뜸 들인
내가 말했다.

"은형이 여동생 말이야."

그러자마자 노아리의 표정이 다시금 어두워졌다. 애초에
저런 반응일 줄을 알았기에 가벼운 대화로 미리 긴장을 푼
것이었다.

혀로 바짝 마른 입술을 훑은 내가 신중하게 말을 이었다.

"네가 여령이한테 쓰려고 한 힘을 이용해서 유천영이랑 은형이네 아버지께, 또 반휘혈의 동생에게 어떤 일을 했는지 알아. 그거, 전부 네가 한 일 맞지?"

 노아리는 울적해진 얼굴로 고개를 끄덕였다. 그녀가 힘없는 목소리로 대답했다.

 "제가 벌인 일들의 뒷수습을 해야 했으니까요."

 "그럼 왜 은형이네 동생에게는 그러지 않은 거야?"

 그러자, 잠시 지나가는 사람들에게 시선을 던진 노아리가 말을 이었다.

 "제 능력을 쓸 때는 두 가지 조건이 필요해요."

 노아리가 손가락 두 개를 펴 보였다.

 "하나는 대상이 제 소설 속에 한 번이라도 이름이 언급된 일이 있을 것, 다른 하나는 행하고자 하는 일이 '소설적인 맥락에서 이상하지 않은 일'일 것."

 "'소설적인 맥락에서 이상하지 않은 일'이라니?"

 나는 어리둥절해져서 되물었다. 노아리는 서슴없이 대답했다.

 "혼수상태이던 사람이 갑자기 정신을 차리는 게 소설에서 이상한 일인가요? 설령 그가 몇 년간을 잠들어 있었다고 해도요."

 곰곰이 생각해 보던 나는 곧 고개를 끄덕였다. 그제야 노아리의 말이 어느 정도 이해가 되는 느낌이었다.

노아리가 다시 말했다.

"하지만 불치병이 하루아침에 낫는 것은요?"

"아, 알겠어. 그러니까 은미의 경우엔 첫 번째 조건은 충족하지만 두 번째 조건은 충족하지 못하고, 그래서 네 능력을 쓸 수 없다는 얘기구나."

노아리가 고개를 끄덕였다. 턱을 짚으며 고민하던 내가 다시 입을 열었다.

"하지만 시차를 두고 서서히 낫게 한다면 어떨까?"

노아리의 눈이 커졌다.

"네?"

"왜, 병의 진행도가 80퍼센트에서 0퍼센트로 단숨에 떨어지는 건 힘들겠지만, 일주일마다 차차 반감된다면? 그러다 보면 결국에는 0에 가까워지는 날이 오지 않을까?"

그런 건 생각해 본 적 없는 듯, 노아리의 눈빛이 단단해졌다. 그에 대고 내가 물었다.

"안 될까?"

"시도해 볼 가치는 있을 것 같아요."

그런 다음 그녀는 나를 빤히 올려다보며 덧붙였다.

"……지속적으로 접촉할 수 있을 경우의 얘기지만."

"부탁해도 될까?"

"오히려 제 쪽에서 부탁드리고 싶어요."

노아리가 이번에도 망설임 없이 그렇게 말하는 걸 보고

나는 안도했다.

나는 입속으로 중얼거렸다.

물론, 최선은 노아리가 불행한 얘기를 쓰지 않는 것이었 겠지만. 아무튼 그녀가 썩 무책임한 작가는 아니라서 다행이다. 어쨌건 지금이나마 그녀는 할 수 있는 한에서나마 뒷수습을 위해 노력하고 있으니까.

그 뒤로는 시시껄렁한 것들을 묻다 보니 어느새 다섯 시가 가까워져 있었다. 역의 창으로 쏟아져 들어오는 햇살이 황금빛 가까운 색이 되었다.

나는 힐끗 핸드폰을 보고는 자리에서 일어났다. 이제 슬슬 출발하지 않으면 집에서 저녁을 먹을 수 없었다.

떠나기 전, 나는 마지막 순간이 올 때까지 한사코 미루어 두었던 것을 입에 담았다.

"마지막으로 하나만 더."

내 입에서 심상치 않은 말이 나올 것을 예감한 듯, 노아리의 눈이 가라앉았다.

"주인이와의 관계."

"……"

"주인이와 너는 무슨 관계야? 주인이가 너에 대해, 그리고 이 세계에 대해 얼마나 알고 있어?"

노아리는 꽤 긴 시간을 입술을 깨문 채로 있었다.

그리고, 마침내 그녀가 얼굴을 가리며 중얼거린 말은 이랬다.

"아, 안 돼요…… 저는 이제 우주인한테 죽을 거야."

"뭐? 죽을 정도야?"

"도대체 어떻게 아신 거예요?"

기겁해서 묻는 내게 노아리는 도리어 억울하다는 듯 물었다.

아니, 그렇게 말해 봐야…….

나는 묘한 표정을 지었다. 애초에 내가 노아리의 정체를 가장 확신하게 되었던 때가 노아리와 주인이의 대화를 듣고서였는데, 내가 도서실 구석에서 튀어나온 것을 보고도 그들의 대화를 엿들었을 거라고 생각하지 못한 건가?

그 외에도 연결 고리는 많았다. 학교 복도, 체육관, 노아리가 연기처럼 갑자기 사라졌던 장소, 그 자리에는 언제나 주인이가 함께 있었다. 그러니 내가 못 할 질문을 한 건 아니라고 생각하는데.

그렇게 생각하는 사이, 노아리는 또다시 얼굴을 가리고 끙끙 신음하기 시작했다. 나는 팔을 뻗어 그녀의 어깨를 살짝 건드렸다.

"저기, 아무리 그래도 그렇지 주인이가 사람을 죽이고 그럴 애는 아니잖아?"

그제야 얼굴을 가린 손을 치운 그녀가 창백한 얼굴로 대답했다.

"네? 네, 그렇죠. 죽이지는 않겠죠."

그녀의 말을 들으며 나는 고개를 끄덕였다.

여, 역시 그렇지? 사람 놀래키지 말란 말이야. 아무래도 이 세계에서 누구보다 주인이를 잘 알고 있을 네가 그런 말을 하면, 나도 아무래도 믿어 버릴 수밖에…….

그때 다시 날아온 노아리의 말에 나는 얼굴을 굳혔다.

"……죽음보다 못한 삶이 있다는 것을 가르쳐 주겠죠."

"아니, 그 정도야?"

"애초에 그런 인물이니만큼 협력 관계를 구축하는 것부터 만만치 않았어요."

아무튼, 내 질문에 답을 해 주기는 할 모양이었다.

노아리가 힘없는 목소리로 말을 이었다.

"우주인에게 먼저 도움을 요청한 건 저였어요. 그의 얼굴 정도는 외워 두고 있었고, 당신한테 쫓기다가 그와 마주쳤어요. 머리가 비상한 그라면 어떤 수가 있을지도 모른다고 생각해서 도움을 요청했지요."

"그래서?"

"선 밖의 사람에겐 비정한 그답게 칼같이 거절하더라고요. '내가 왜? 더군다나 쫓는 사람이 다른 누구도 아니고 엄마잖아. 잘못을 했으면 얌전히 잡혀.'라며."

나는 노아리에게 일말의 주저도 없이 그렇게 말하는 주인이의 모습을 상상해 보았다.

루다를 구출하기 위해 여장했던 날, 루카스에게 쏘아붙이던 그의 태도를 상상하니 잘만 상상되었다. 유감스럽게도.

노아리가 초조하게 말을 이었다.

"저는 정체도 알 수 없는 당신에게 절대 잡히면 안 된다는 생각에 다급해져 있었고, 결국 제가 꺼낼 수 있는 가장 큰 카드를 처음부터 꺼내 버렸어요."

거기까지 말하고 입술을 또 한 번 꾹 깨문 그녀는 한숨을 토해 냈다.

"미래를 볼 수 있다고."

"……."

"물론 과거도 볼 수 있다고 말했어요. 당연하게도 그가…… 믿지 않는 기색이기에, 어렸을 때 그와 은지호 사이에 있었던 일들 몇 개를 얘기해 줬어요. 그러자마자 그는 제 팔을 붙잡고 저를 숨겨 주더군요."

"그래……."

그 대목에 이르러 나는 볼 안쪽을 슬며시 깨물었다.

어쨌거나, 주인이는 내가 노아리를 찾아다니고 있다는 사실을 그 당시에 이미 알고 있었다. 그런데도 그가 노아리의 말 몇 마디에 태도를 바꾸었다고 하는 것을 들으니 마음이 썩 편치 않았다.

그때 갑자기 노아리의 말투가 바뀌었다. 나는 의아하게 고개를 들었다.

"그가 결코 당신을 속일 생각은 아니었던 것 같아요. 아니…… 분명 아니었을 거예요."

갑자기 그녀가 확신을 담아 그렇게 말하는 이유를 나는 이해할 수가 없었다.

한편으로는 루다에 이어 노아리까지 이러다니, 세상에서 주인이를 가장 못 믿는 사람이 나인 것 같다는 생각에 마음이 무거워지기까지 했다.

그 가운데 노아리가 다시 말했다.

"그는 초조해 보였어요."

나는 눈썹을 찡그리며 되물었다.

"초조해 보였다고?"

"네. 그는 자기 예상 밖의 일이 너무 많이 일어나는 것에 대해 당황하고, 놀라는 것처럼 보였어요……. 당신을 포함한 자기 사람들이 자기가 모르는 곳에서 다치는 걸 보고 싶지 않은 것 같았어요."

나는 말없이 되뇌었다. '자기 사람'…….

노아리가 확신을 실어 말을 맺었다.

"그래서 그는 저와의 거래를 받아들인 거예요."

"…….""

"어쩌면 그를 그토록 몰아붙인 건 저, 그리고 당신이었을지도 몰라요. 우리가 미래를 계속 그가 예측 불가능한 방향으로 끌고 갔기 때문에."

그 말에 나는 결국 고개를 끄덕일 수밖에 없었다.

아, 그렇지. 최소한 내가 보아 온 일들 가운데 주인이의 예상이 맞아떨어지지 않는 경우는 거의 없었다.

그런 그가 내가 피구 시합에서 험한 일을 당했다고 들었을 때 보여 주던 눈빛, 행동, 드물게 반 친구들 앞에서까지 온순한 모습을 집어던지고 보여 주었던 날카로운 언사.

나는 이제야 인정하기로 했다. 과정이 어떠했건 간에, 그의 모든 행동의 화살표는 언제나 우리에게로 향해 있었다는 걸.

그는 단 한 번도 달라진 적이 없다.

그것을 인정하고 나자 새삼스레 목이 메는 기분이었다.

몇 번이나 목을 가다듬기 위해 헛기침한 내가 물었다.

"아무튼 그럼, 주인이가 이 세계의 정체에 대해 아는 건 아무것도 없다는 얘기지?"

주인이의 의도가 밝혀졌대도, 주인이가 노아리와의 통화를 엿들었을 가능성이 있으니 방심할 수는 없다.

노아리의 말대로 주인이와 노아리는 명목상이나마 협력 관계니까, 주인이가 정말로 통화를 엿들었다면 노아리를 먼저 캤을지도 모르지.

하지만 노아리는 눈살을 찌푸리며 억울하다는 표정을 지었다.

"제가 그 머리 좋은 인간한테서 비밀을 지키려고 지금까지 얼마나 애썼는데요."

"그래……."

그리고 눈을 데굴 굴린 그녀는 아무렇지도 않은 목소리로 말을 이었다.

"그런데 솔직히 어느 정도 눈치챘을지도 모르겠어요. 제가 그럴 빌미를 줬다는 게 아니라, 알잖아요, 그 사람은 하나를 채 다 안 들어도 열, 아니, 스물은 알아 버리는 사람이라는 거."

"그래, 알지."

나는 쓴웃음을 지으며 대답했다.

아무튼 노아리의 저 평온한 반응을 보아서, 주인이가 아직 그날의 통화에 대해 그녀에겐 어떤 말도 하지 않은 것은 확실했다.

나는 안도의 한숨을 내쉬었다. 그렇다면 한 짐 던 셈이지만, 애초에 주인이가 일반적인 방식으로 행동할 것이라 기대해선 안 된다. 그러니 여전히 긴장을 놓아선 안 되겠지.

그러다 나는 문득 떠오른 생각에 물었다.

"그런데 너, 사실을 들켰을 때 어떻게 될지 걱정되진 않아? 네가 주인이에게 썩……."

거기까지 말한 내가 눈썹을 슬쩍 찡그렸다.

"……잘해 줬다고는 못하잖아."

노아리는 어쩐지 해탈한 듯한 얼굴로 대답했다.

"물론 걱정되죠."

"그런데 왜 그런 표정이야?"

"저는, 이 세계에 떨어져서 하필 그 인간과 처음 마주치던 그날부터 제 목숨을 반쯤 놨으니까요……."

침묵이 흘렀다. 한참을 말을 잃고 서 있다가, 나는 말없이 손을 내밀어 그녀의 어깨만 두드려 주었다. 힘내라고 하고 싶지만 그럴 수도 없는 게, 이 경우에는 정말로 자업자득이니까.

그리고 나는 드디어 개찰구로 향했다. 아무튼 이로써 내가 노아리에게 찾아왔던 이유는 모두 사라진 셈이었다.

다만, 권은미의 일로 노아리와 권은미의 접촉이 필요할수 있고, 그게 아니더라도 유천영네 사람이 노아리가 그때그 침입자였음을 알아보면 곤란하다. 그러니 어쩌면 그녀를 반여령과 사대천왕에게 한 번쯤 소개하는 일이 필요할지도 모르지. 하지만 그것은 어쨌거나 그때 가서 생각할 일이고.

교통 카드를 꺼낸 나는 카드를 찍기 전, 다시 노아리를 돌아보았다.

"아무튼 오늘 시간 내줘서 고마워. 또 한편으로는 고맙지 않은 것 같기도 하지만……."

길고 어려운 대화가 끝났기 때문인지 먹구름 갠 듯 환하던 노아리의 얼굴이 이어진 내 말에 다시 흐려졌다.

나는 키득키득 웃으며 덧붙였다. 농담이야.

"그리고 네 가족 일에 대해서는…… 안타깝게 생각해. 돌아갈 방법을 알게 된다면 알려 줄게. 대신 너는 돌아가지 않을 방법을 찾게 된다면 나한테 알려 줘야 해."

"그건 물론이죠."

그렇게 대답하는 노아리의 얼굴에는 그새 또 옅은 슬픔이 베일처럼 깔렸다. 아마도 원래 세계의 가족에 대해 생각하는 모양이었다.

다시 한번 노아리의 어깨를 두드려 준 내가 마침내 개찰구 안으로 들어섰다. 힘없는 걸음걸이로 출구 계단을 오르는 그녀의 뒷모습을 바라보다가, 나는 아래로 내려가 지하철을 탔다.

덜컹거리는 지하철 안에서 검게 물든 유리창에 비친 내 모습을 보며 나는 되뇌었다.

"포기하면 안 돼."

내가 알고 있던 것 중에는 가장 가능성이 있던 통로가 사라졌다.

그래도 포기하면 안 돼.

이 세계에 남을 방법이, 분명히 있을 거야.

* * *

출구 바깥으로 올라섰던 노아리는, 그러자마자 갑자기

자기 어깨를 건드리는 손에 화들짝 놀라 비명을 질렀다.

"엄마야!"

평소라면 이렇게까지 놀라진 않았겠지만, 방금 나눈 대화가 대화이다 보니 그녀는 잔뜩 예민해져 있었다.

더군다나 집으로 돌아가 도통 계속 봐도 익숙해지지 않는 노민찬의 얼굴을 봐야 할 시점이기도 했다.

그를 가족으로 받아들이지 않았는데도 그가 차린 밥을 매일같이 먹고 있으며, 그가 쓸고 닦는 청결한 환경을 아무렇지도 않게 누린다는 것이 노아리의 마음을 무겁게 했다.

더욱 못 견디겠는 것은 그의 태도였다. 노아리가 이제껏 한 번도 다정하게 대한 적이 없는데도, 노민찬은 그것을 사춘기의 반항으로 해석했는지 어쨌는지 일관되게 다정한 태도를 고수할 뿐이었다.

계단을 오르며 노아리는 또 그녀가 습관처럼 해 온 말을 되뇌었다.

당신은 내 오빠가 아니야, 당신은 내 오빠가 아니라고.

이건 전부 꿈일 뿐이야.

나는 돌아갈 곳이 있어.

그때, 기척도 없이 튀어나온 손이 그녀의 어깨를 건드렸다. 그녀로서는 놀라지 않을 수 없었다.

눈물이 고인 눈으로 뒤를 돌아보았던 노아리는 곧 한숨을 토해 냈다.

"아."

그리고 그녀는 곧장 짜증을 냈다.

"그냥 이름을 부르면 안 되는 거예요? 허락 없이 몸에 손을 대는 건 안 될 일이죠."

그렇게 말하면서도 노아리는 스스로 조금 미쳤다고 생각했다. 그도 그럴 게 자신이 성을 낸 상대는 다름 아닌 우주인이었다.

도대체 왜, 뭐 하러 이곳에 온 건지.

갈색 눈동자가 강한 볕 아래 맑은 황금색을 띠고 있었다.

기겁하는 것도 잠시, 노아리는 이제 더 이상 그에게 쩔쩔맬 필요가 없다는 것을 상기하고는 마음을 다잡았다.

지금까지 우주인이 노아리를 협박했던 방법은 대개 '함단이에게 널 데려가겠다'였다. 하지만 이제 노아리는 더 이상 그 일을 두려워할 필요가 없었다.

새삼 고개를 들고 노아리가 '어디 한번 해볼 테면 해보라'는 식의 당당한 표정을 짓는 그때였다.

순간 마주친 우주인의 얼굴을 보고 노아리는 흠칫 놀랐다.

화날 때조차 정색하기는커녕 도리어 더욱 환히 웃던 그였다. 그런 그가 밀랍 인형처럼 생기 없는 얼굴로 자신을 보고 있었다.

저런 표정이라니, 내가 뭔가 건드려선 안 되는 걸 건드리기라도 한 걸까? 노아리가 경악 어린 마음으로 생각하는 그때였다.

눈이 마주친 우주인의 얼굴에 서서히 표정이 피어올랐다.

어느새 평소 같은 모습으로 돌아온 우주인이 생긋 웃으며 말했다.

"네 말이 맞아. 우리가 아무리 협력 관계라도 불쾌할 일은 해선 안 되지. 미안해."

"아, 아니, 전……."

노아리가 더듬더듬 말을 꺼냈지만, 우주인은 이미 두 손을 항복하듯 들고 뒤로 물러나고 있었다.

"비꼬는 거 아니야. 정말로 미안하다니까. 네가 손 닿는 걸 싫어할 줄 알았다면 안 했을 거야."

그리고 우주인이 가라앉은 목소리로 덧붙였다.

"네가 아는 대로, 내가 아무리 성격이 나쁘다고 해도."

어째서일까, 노아리는 우주인의 가라앉은 목소리가 제 목을 죄는 듯한 느낌을 받았다.

그런 가운데, 문득 한쪽 입꼬리를 끌어 올린 우주인이 덧붙였다.

"아니지, 그래도 나는 우리 가문 중에서는 획기적으로 성격이 좋은 편에 속하니까, 내가 일부러 그러지 않았다는 거 믿을 거지? 응? 믿어 주는 거지?"

"네? 네……."

노아리는 긴가민가하는 얼굴로 대답했다.

무슨 말을 해 보려고 해도 쉽지 않았다. 우주인이 간신히 평소와 같은 미소를 되찾기는 했으나, 눈빛만은 묘하게 서늘한 게 문제였다.

차라리 온전히 싸늘했다면 모르겠으나 이유를 알 수 없는 슬픔과 회의감, 온갖 감정이 휘몰아치는 복잡한 눈이었다. 도대체 그를 저렇게 만든 것이 무엇인지 노아리는 짐작도 할 수 없었다.

두 사람이 서 있는 사이로 계속 사람들이 오가자, 그제야 역 출구 앞을 막고 있다는 것을 깨달은 노아리는 황급히 걸음을 옮겼다. 우주인도 그녀를 따라왔다.

어느 정도 걷고 나서야 노아리는 제일 궁금했던 것을 물었다.

"그러고 보니, 왜 여기에 계신 거예요? 친구 만나러?"

우주인은 주저 없이 고개를 내저었다. 그리고 그가 대뜸 내민 것에 노아리는 당황했다.

작은 봉투 두어 개를 건네주며 우주인은 방글방글 웃는 얼굴로 설명했다.

"이건 초콜릿이고, 이건 크런치. 아, 그리고 하이라이트는 이건데."

우주인이 봉투 안을 뒤적거리다가 대뜸 꺼낸 것을 본 노아리의 표정이 흐려졌다. 뭐야, 저건.

"돌하르방인데, 불량품이래. 내가 가게에서 찾아냈는데

직원이 죄송하다고 새 걸로 가져오겠다고 했거든. 그런데 내가 달라고 했어!"

그 말대로 돌하르방은 상당히 기묘한 생김새였다. 모자가 묘하게 삐뚜름하다거나 손이 맞물리지 않는 것은 둘째 치고라도, 코가 지나치게 컸다. 그녀는 제주도에 가 본 적이 없었지만 일반적인 돌하르방의 생김새 정도는 알았다.

노아리의 표정에도 아랑곳 않고, 생글생글 웃으며 그녀의 손에 대뜸 불량품 돌하르방을 쥐여 준 우주인이 말했다.

"그럼 잘 있어."

그러더니 그는 발레 선수처럼 가뿐하게 돌아 콩콩 계단을 내려가 버렸다.

두 손을 주머니에 집어넣은 데다 계단도 몇 칸씩 뛰어내리는 게 꽤나 아슬아슬해 보이는 모양새였다.

한참이나 넋을 잃고 있던 노아리가 이윽고 그를 외쳐 불렀다.

"자, 잠깐만요!"

그가 이쪽을 돌아보았다. 캐러멜색 눈동자 안에 햇빛이 비껴들자 찬란한 황금색을 띠었다.

해처럼 활짝 웃은 그가 되물었다.

"왜?"

"설마 이거 주려고 오신 거예요?"

"응! 우리가 제주도 다녀오는 동안 너희 1학년은 찜통이 된 학교에서 종일 공부했으니까. 아, 불쌍해라."

끝까지 좋은 소리 하나도 안 한 우주인은 '그럼 됐지?' 하고는 참새처럼 종종걸음으로 계단을 마저 내려가 버렸다.

너무 빠르게 시야에서 사라져 버린 우주인을 보며 노아리는 중얼거렸다. 도대체 뭐 하는 인간이람.

백번 고쳐 생각해서 우주인이 기념품을 사다 준 건 후배를 생각하는 갸륵한 마음으로 그랬다고 치자. 하지만 이것만은 도저히 이해가 되지 않았다.

"뭐야, 이게."

그렇게 중얼거리며 노아리는 코가 큰 돌하르방을 들어 올렸다.

열쇠고리에 매달려 대롱대롱 흔들리는 돌하르방을 보며 노아리는 우주인의 의도를 추측하려 했으나, 아무래도 쉽지 않았다.

기왕 기념품을 주려면 멀쩡한 걸로 좀 사다 주지, 불량품이라니. 자신을 싫어한다는 것을 전달하는 것 외에 도대체어떤 의미가?

고민은 짧았다. 우주인은 본래가 상당히 충동적인 인물이고, 그가 하는 말들도 80퍼센트 이상은 날카로운 식견을 감추기 위한 가벼운 농지거리에 불과했다. 그러니 추측하려 애쓰지 않는 게 좋을 것이다.

그래도 버리면 무슨 후환이 있을지 몰라, 주머니에 열쇠고리를 던져 넣은 노아리는 문득 핸드폰이 울리고 액정 위에 '노민찬' 글씨가 떠오르자 그제야 걸음을 옮기기 시작했다.

집에 와서 열어 본 초콜릿은 바깥에 오래 서 있기라도 했던 건지 다 녹아 있었다. 노아리는 우주인 이 인간, 나 정말 싫어하는구나, 하고 중얼거렸다.

그녀는 우주인이 자신과 함단이와 오랫동안 대화를 나누었던 바로 그 역에서 뛰쳐나왔음에 대해서는 까맣게 잊어버렸다.

제50조. 체육 대회와 공개 고백의 상관관계는?(상)

체육 대회와 공개 고백의 상관관계는?(상)

　수학여행이 끝나자 그때 휘몰아쳤던 난장판을 보상이라도 하듯, 그전까지에 비하면 상상도 못 할 만큼 평화로운 나날이 찾아왔다.

　수학여행이 끝난 지도 벌써 3주나 흘렀구나.

　무더운 7월 초, 7월 전국 모의고사 마지막 과목 마킹을 마무리하고 시험 시간이 10분 정도 남아 있는 시계를 보며 나는 문득 그 사실을 실감했다.

　혹시나 밀려 쓰진 않았는지 OMR 카드를 한번 뒤집어 본 다음, 책상 위에 두 팔을 겹쳐 놓고 그 위에 턱을 올리며 나는 생각했다. 그동안 무슨 일이 있었더라?

　정말로 딱히 특별한 일은 없었다. 그러니 이제야 새삼스럽게 날짜를 깨달은 것일 테고.

일단 은형이의 발목이 나왔다. 은형이는 불과 2주도 안 되는 시간 만에 뼈가 전부 붙어서 의사와 우리 모두를 당황시켰다. 심지어 병원에서 의료진들이 은형이를 연구 대상으로 지정해야 한다는 둥의 얘기를 나누었다는 말이 있었다.

그 말의 출처가 은지호이니 아마도 사실일 것이다. 하긴, 그러고 보면 은형이는 전에 반휘혈과 싸웠을 때도 잔뜩 부풀어 올랐던 팔을 하루 만에 회복하여 우리로부터 '저게 사람이냐'는 시선을 받았지.

또, 나는 노아리에 대해 반여령과 사대천왕에게 설명했다. 내가 아는 동생인데 병원에 갔다가 길을 잘못 들었을 뿐이라고, 하도 자주 그러니 신경 쓰지 말라고.

다행히 그들은 노아리가 손에 정체불명의 것을 들고 반여령을 만나러 왔던 바로 그 사람임은 못 알아본 모양이었다. 이럴 때면 정말이지 인터넷 소설의 안면 인식 오류에 감사하고 싶어진다.

내가 들어도 조악한 변명인데도 불구하고, 그들은 그저 내 말이라는 이유로 쉽게도 믿어 주었다. 나쁜 뜻은 없지만 어쨌든 거짓말을 한 게 미안해질 정도였다.

사과의 뜻이라고 하기는 뭣하지만, 나와 노아리는 권은미의 병을 낫게 할 방법을 모색했다. 우리는 '일주일마다 권은미의 병세가 완화된다'라고 쓰인 쪽지를 끈으로 감아

소원 팔찌를 만들어서 권은미에게 선물했다.

권은미는 예상대로 무척 기뻐했다. 그런 다음 그녀는 은형이 들으란 듯 '이런 건 태어나서 처음 받아 봐요.'란 말을 함으로써, 은형이가 그날 밤새 세 개 정도의 소원 팔찌를 만들게 했다. 그래서 지금 권은미의 팔에는 도합 네 개의 소원 팔찌가 걸려 있다.

과연, 권은미의 병세에는 확실히 차도가 나타나기 시작했다. 덕분에 은형이는 요즘 표정이 배로 밝아졌고, 은미와 보내는 시간 또한 늘었다.

그것을 보며 나는 은미의 회복으로 인해 은형이의 마음에 있는 구멍이 조금이라도 메워질 수 있길 바랐다.

권은미가 완전히 회복된다면, 어쩌면 그것은 은형이에게 있어서 '그의 삶에 다시는 불행한 일이 일어나지 않으리라'는 뜻이 될 수도 있지 않을까? 부디 그렇게 되길 나는 기도했다.

그리고? 나는 컴퓨터 사인펜 끝으로 책상 끝을 톡톡 두드렸다. 그 외에 무슨 일이 있더라?

유천영이 나오는 〈검은 비〉 9화가 최근 방영되었고, 시청률은 30퍼센트가 넘었다는 것에 대해 내가 말할 필요는 없을 것이다. 그것은 출연진과 각본, 영상미만 봐도 그렇지만, 세계의 법칙을 생각해도 당연한 일이므로.

그 외에는 달라진 게 거의 없다. 은형이와 여령이는 여전히 친구처럼 '보이는' 관계를 유지하고 있고, 주인이는 무엇을 눈치챘는지도 모를 만큼 여상한 태도로 나와 노아리 둘 다를 대하고 있다.

은지호는 가끔 예고 없이 우리와 등교하러 아침에 불쑥 찾아와서 우리를 당황하게 한다.

'거야 어차피 집도 근처고 중학교 때는 자주 같이 등하교하기도 했으니까 상관없기는 하지만, 너희 전문 기사님이 심심해하시지 않겠냐.' 그런 말을 하면 은지호는 눈을 가늘게 휘며 '운동 좀 하려고.' 했다. 그러면 나도 달리 할 말이 없어서 그의 등을 떠밀며 어서 가자고 재촉하곤 했다.

가장 당혹스러울 때는 어쩌다 타이밍이 안 맞아서 여단 오빠와 은지호가 우리 아파트 복도에서 마주칠 때였다. 그럴 때면 여단 오빠는 인사 한마디도 없이 우리를 쌩하니 지나쳐 먼저 엘리베이터를 타고 사라져 버리곤 했다.

그럴 때마다 내 얼굴은 어두워졌다. 그야 여단 오빠와 지냈던 시간이 있으니, 어쩔 수 없다.

이 감정을 미련이라고 부르고 싶지는 않다.

미련이라고 부르게 되면 그때야말로 어리석은 선택을 할 것만 같아서.

그래서 나는 부러 여단 오빠에 대해 아무런 생각도 하지 않으려 노력하고 있다.

그러는 새 시간은 빠르게 흘러, 이제는 1학기가 끝날 때까지도 2주 정도밖에 남지 않았다. 문득 손가락을 펴고 남은 시간을 어림셈해 본 나는 깜짝 놀랐다.

헉, 16일 남았잖아? 진짜 2주하고 이틀밖에 안 되네.

고등학교 생활이 점점 끝나 간다는 것은 기쁜 한편으로 슬프기도 했다. 대학 생활이 다가온다는 건 좋지만, 대학 생활 이전에는 고3 생활이 있지.

나는 턱을 괴고 창밖을 보며 맥없이 읊조렸다.

아아, 수능은 보기 싫은데 대학은 가고 싶다. 기말고사는 보기 싫은데 방학은 하고 싶고.

그런 양심 없는 생각이나 하고 있을 즈음, 마침내 종이 울리고 맨 뒷자리에서 답안지를 걷어 갔다.

"끄응."

나는 두 팔을 뒤로 뻗고 힘차게 기지개를 켰다. 그러기가 무섭게 반의 아이들이 우르르 일어나 내…… 가 아니고 내 옆의 김혜힐 자리로 몰려들었다.

"야, 18번 답 뭐냐? 아니, 잠깐, 3번이라고? 진짜 3번?"

"나 4번 답 좀 가르쳐 줘! 아니, 4번부터 헷갈리다니, 나도 진짜 어이가 없다."

"조용히 해. 2번 헷갈린 사람 여기 있으니까."

왁자지껄한 가운데 노민찬 선생님이 앞문을 열고 들어오셔서 외쳤다.

"청소 시간이다! 다들 몰려 있지 말고 얼른 자리에서 일어나!"

그제야 애들은 체, 하는 소리를 내며 각자 자리로 돌아가 책상을 뒤로 밀었다. 마찬가지로 책상을 뒤로 밀어 둔 나는 김혜힐을 찾아 손을 내밀었다.

"김혜힐! 매점 가서 아이스크림 물고 산책이나 가자."

"아이스크림은 좋아. 산책은 말고."

"너무 덥나? 실내에 있을까?"

"특별 활동실 쪽이면 조용할 것 같은데."

모의고사 날이면 교무실과 특별 활동실은 청소를 하지 않았다. 애초에 나와 김혜힐이 청소 시간에 매점에 가려는 것도 우리 둘이 이번 달의 교무실 청소기 때문이었다.

김혜힐의 말에 고개를 끄덕인 나는 곧장 그녀와 팔짱을 끼고 밖으로 향했다.

* * *

특별 활동실이 몰린 별관으로 가는 길에, 우리는 아이스크림 봉지를 뜯고 저마다 한 입씩 깨물었다.

느리게 녹아 가는 얼음덩어리를 입에 물고 우리는 반쯤 눈을 뜬 채 끙끙거렸다.

"아, 살겠다."

김혜힐의 말에 이어 나도 말했다.

"살겠다, 진짜. 시원해지려고 아이스크림 사러 갔다가 오히려 쪄 죽을 뻔했어."

"매점에 사람이 많아서일까? 아니면 여름이 더워서?"

"한국 갈수록 더워지고 있다던데."

어쩌면 나중엔 40도도 넘을지도 모르지. 내 말에 가볍게 손을 내저은 김혜힐이 설마, 하고 가볍게 웃었다. 그리고 우리는 특별 활동실 앞 복도에 놓인 책상 위에 털썩 걸터앉았다. 문득, 학생들 몇몇이 이쪽으로 다가오는 것을 본 것은 그때였다.

1학년부터 3학년까지 학년도 수도 다양했다. 나와 김혜힐은 아이스크림을 문 채 눈만 둥그렇게 뜨고 서로를 돌아보았다.

무슨 일이지? 오늘 별관 사용하는 사람이 없을 줄 알았는데. 무엇보다 인적 많은 곳에서 이렇게 땡땡이, 음, 엄밀히 말하자면 땡땡이는 아니지만, 아무튼 놀고 있는 거 보이면 쪽팔리잖아.

그때, 마침 이쪽으로 다가오던 누군가 우리를 불렀다.

우리 둘의 고개가 휙 그쪽으로 돌아갔다.

"어, 함단이, 김혜힐! 너희 뭐 하냐!"

현장을 적발했다는 듯 신나서 달려온 그가 우리 앞에 멈추고는 씩 웃으며 한마디 했다.

"완전 양아치들이네?"

그러자마자 그는 김혜힐의 거리낌 없는 공격에 무릎 아래를 얻어맞고 억, 하며 신음했다.

나는 옆에서 눈을 가늘게 뜨고 한숨만 내쉬었다. 그러게 윤정인, 도대체 왜 안 될 줄 알면서 덤비는 거냐……. 이윽고 고개를 든 윤정인이 억울한 듯 말했다.

"양아치 소리 한 번 했다고 발부터 나가냐?"

김혜힐은 거리낌 없이 대답했다.

"다른 사람이 했으면 안 때렸을 거야."

"그럼?"

"너한테서 양아치란 말을 들으니 뭐라고 해야 하지, 사람이 갈 데까지 갔구나 하는 생각이 들어서……."

"방금 네 말이 내 양아치 소리보다 백배는 더 너무한 거 아니냐."

윤정인이 허탈한 투로 중얼거리거나 말거나, 김혜힐은 '양아치 소리는 오빠에게나 하고.'라며 진정한 남매애를 보여 주고는 다 먹은 아이스크림 막대를 흔들며 물었다.

"그래서 무슨 일인데?"

윤정인의 시선이 아이스크림 막대를 따라 같이 흔들렸다. 그가 투덜댔다.

"아, 치사하게 벌써 다 먹었냐. 부럽다, 나도 회의 끝나자마자 매점 가야지."

"무슨 회의냐고."

그제야 정신을 되찾은 윤정인은 대답했다.

"우리 하계 체육 대회 있지."

"아, 그거?"

"기말고사 보면 바로 1학기 끝나니까, 모의고사에서 기말고사 사이인 지금이 최적기잖아. 그래서 슬슬 부르겠거니 생각은 하고 있었는데, 이거 좀 이상하다?"

그렇게 말하며 윤정인이 뒷머리를 긁적거렸다. 나와 김혜힐은 잠자코 그의 다음 말을 기다렸다.

"아니, 왜냐하면 하계 체육 대회에 특별한 준비가 필요할 리 없잖아? 평소에 하던 거 하겠지, 뭐. 종목 아이디어 내고, 반 티 맞추고. 그런데 왜 전교 회의를 벌써부터 소집하냐고? 모의고사 끝나자마자 이렇게 급하게."

김혜힐은 평온한 얼굴로 다리를 흔들거리며 대답했다.

"평소보다 일찍 끝나는 날이니까 하는 김에 해치우자는 거 아니야? 학생들 늦게 귀가시키면 학교 측에서도 눈치 보이니까."

"아, 그런가?"

반박 없이 고개를 끄덕인 윤정인은 중얼거렸다. 그러게, 내가 혼자 예민하게 받아들이는 거지, 이거?

그리고 그는 손을 흔들며 우리 바로 대각선 방향에 있는 회의실 문을 젖히고 들어갔다. 열린 문 사이로 이미 착석해 있는 학생회 임원 수십 명이 빠끔 내다보였다.

"이따 보자!"

그 말을 마지막으로 문이 닫혔다.

닫힌 문을 잠자코 지켜보던 나는 입에서 빈 나무 막대를 빼냈다.

나를 돌아본 김혜힐이 물었다.

"다 먹었네? 우리도 이만 갈까?"

고개를 끄덕인 내가 책상 아래로 발을 내려놓던 그때였다.

회의실 안에서 윤정인의 방정맞은 외침이 날아왔다. 정말이지 우리 학교의 누가 들어도 반박할 수 없는, 윤정인만이 낼 수 있는 목소리였다.

"뭐?! 대박!"

나와 김혜힐은 내딛던 걸음을 우뚝 멈추고 서로를 돌아본 다음, 약속한 듯 검지에 입술을 가져다 댔다.

우리는 곧장 자세를 낮추고 살금살금 다가가 회의실 문에 귀를 댔다. 한참을 기다렸지만 더 들려오는 목소리는 없었다. 기껏해야 교류…… 기회…… 새 물결…… 하는 거창한 단어들이 흘러나올 뿐 흐름은 종잡을 수가 없었다.

결국 어깨를 으쓱한 우리는 포기하고 교실로 돌아왔다.

막대를 교실 쓰레기통에 던져 넣으며 나는 입을 뗐다.

"그거 정말 뭐였을까."

책상 위에 팔꿈치를 올리고 턱을 괸 김혜힐이 대수롭잖다는 투로 대답했다.

"그런데 사실 윤정인은 거의 모든 일에 대박이라고 하잖아."

"그건 그래."

나 역시 동의하는 그때였다. 남자 친구 이름을 듣고 귀신같이 나타난 이민아가 우리 사이에 고개를 불쑥 들이밀고 '왜? 무슨 일인데?' 하고 물어 왔다.

나와 김혜힐이 막 방금 별관에서 있었던 일에 대해 설명하는 참인데, 갑자기 바깥에서 소란이 일어났다.

분명 1층에서 시작되었을 터인 소란은, 그새 2층으로 번져 마침내 우리 반까지 전파되었다.

우리는 무슨 일이 났는지도 모르는 채 소란이 일어난 방향으로 창을 열어젖히고 목을 길게 뺐다.

"뭐야, 뭔데 그래?"

"무슨 일이야?"

"헉, 저기 교문 봐!"

그즈음 '교문'이라는 단어를 듣고 나는 몹시 불안해졌다.

내가 아는 한 루다가 우리 학교에 입학했을 때 검은 양복들이 가로막고 있던 곳도 교문이었으며, 루카스가 처음 모습을 드러냈던 곳도 교문이었다.

그렇듯 교문이란 온갖 사건 사고의 시작점이었다. 그야 학교가 배경이니 어쩔 수 없기야 하지만.

결국 궁금함을 이기지 못한 나는 아이들을 힘겹게 뚫고 창문으로 다가갔다.

"나도 좀 보자. 뭔데 그래?"

그렇게 말하며 간신히 한 애의 팔을 머리 위로 치우자, 교문 앞에 서 있는 익숙한 교복의 학생 두 명이 눈에 들어왔다.

나는 눈을 크게 떴다. 멀리서 봐도 눈에 확 띌 정도로 존재감이 강한 카키색과 노란색이 어우러진 교복은 몹시 익숙한 것이었다.

아이들 사이에서도 한바탕 탄성이 일었다.

"선율 예술 고등학교잖아! 왜, 전에 우리 수학여행 갔을 때 숙소 같이 썼던 학교!"

"뭐야? 누군데?"

그가 교정을 가로질러 다가올수록 그들의 얼굴이 점차 드러났다.

한 남학생은 상당히 마른 체구였는데, 어깨를 구부정하게 하고 걷고 있어 키를 잘 짐작할 수 없었다. 반면, 옆의 남학생은 조선 시대 선비가 현대에 왔다면 저러지 않을까 싶을 정도로 바르고 곧은 걸음걸이였다.

그 예사롭지 않은 걸음걸이에서부터 싹트던 의심은, 그가 가까워지자 확신으로 굳어졌다.

내가 속으로 외쳤다. 이서진! 네가 왜 여기서 나오는데!

물론, 이서진이 그동안 아예 기별도 없었던 건 아니었다. 반여령을 통해 나는 이서진의 소식을 꾸준히 전해 들고 있었다.

그게 무슨 소리인고 하니, 반여령이 이서진과 문자 정도
는 하기 시작했다는 뜻이었다.

하지만 반여령과 이서진 둘 다 질척대는 것과는 거리가
먼 성격이다 보니 문자 내용은 언제나 일상적인 것에서 맴
돌았다. 그런데도 반여령은 그에게서 그 이상의 것을 바라
지 않는다는 듯, 문자를 지속했다.

그것을 보며 나는 종종 의아해지곤 했다. 저건 은형이가
자신을 빨리 포기하게 하기 위해서일까? 아니면 정말로 이
서진에게 관심이 있어서일까?

아무튼 저건 통상적으로 '관심 있는 사람'에게 보일 만한
행동은 아니지 않나? 내가 아는 한, 관심 있는 사람에게
보이는 행동은 좀 더 조바심 내야 하는데. 가령……

그 무렵, 요즘 우리 집 앞에 뻔질나게 찾아오고 있는 누
군가를 떠올리고 만 나는 고개를 내저었다.

아니, 이 생각은 그만두자.

이제 간신히 한 번의 연애를, 그것도 안 좋은 방향으로
끝낸 참이었다. 적어도 한동안이라도 다른 곳에 눈을 돌려
야 할 필요가 있었다.

그보다 정말로, 이서진이 이 학교에는 왜 찾아온 거야?

내가 뒤늦게 창틀에 손을 짚고 다시 한번 기웃거렸으나,
이서진은 이미 건물로 들어온 듯 모습이 보이지 않았다.

그때, 문이 쾅! 소리 나게 열리며 우리 반 반장 윤정인이 등장했다.

"야, 대박!!"

그는 오자마자 소리부터 질렀다. 그리고 그가 이어서 하는 말에 내 눈이 휘둥그레졌다.

"우리 선율 고등학교랑 합동 체육 대회 할 거래!!"

"뭐?!"

나뿐만이 아닌 우리 반 모두의 외침이었다.

나는 속으로 외쳤다. 아니, 합동 축제도 아니고 합동 체육 대회 따위는 정말 내 생에 들어 본 적도 없다고!

다행히 나뿐만이 아니라 다른 애들한테도 '합동 체육 대회'란 것은 듣도 보도 못한 행사인 것 같았다.

황당함을 감추지 못하는 우리 앞에서 윤정인이 설명을 시작했다.

"왜, 우리 전에 선율 고등학교랑 같은 숙소 썼잖냐. 그래서……."

그 무렵, 일의 경위를 이미 짐작한 아이들이 감격한 얼굴을 하며 외쳤다. 주로 전에 윤정인에게 네 친화력으로 선율 고등학교와 다리 좀 놔 달라며 애걸하던 그 아이들이었다.

"뭐야, 그때 안 된다고 말은 하더니 결국 친해졌구나? 그래서 저쪽 학생 회장한테 네가 부탁한 거지?"

"윤정인, 스케일 한번 크게 벌인다. 잘못했다는 소리는 아니고, 장하다 장해!"

그 말을 들은 윤정인이 당장 무슨 소리 하냐는 얼굴이 되어 대꾸했다.

"아니, 당연히 나 때문은 아니지. 그럴 턱이 있냐? 나는 일개 학생에 불과한데."

그 단호한 대답에 학생들은 어리둥절한 얼굴이 되어 서로를 돌아보았다. 나와 김혜힐, 이민아도 서로를 돌아보고는 어깨만 으쓱했다.

솔직히 나 같은 경우에도 윤정인이 그 가공할 사교성과 친화력으로 어떤 일들을 저지르는지 잘 보아 왔기에 아예 의심을 안 하진 않았다. 그럼 도대체 일이 어떻게 된 거야?

손을 들어 바깥을 가리킨 윤정인이 말을 맺었다.

"우리 학교 선생님들이랑 선율 고등학교 선생님들이 친목 도모를 거하게 하신 거지, 뭐."

"아…….."

한바탕 침묵이 흘렀다.

실로 황당한 경위였다. 아무 말도 못 하고 입만 벌린 학생들 속에서, 나 역시도 어이없다는 표정이 되어 중얼거렸다. 도대체가 이놈의 학교는 친목 도모조차 일반적으로 못 하는 거냐.

그래도 지금까지는 그럭저럭 평범한 체육 대회에서 벗어나지 않았는데. 이번 체육 대회는 망했군, 망했어.

아니나 다를까 그렇게 생각하자마자 윤정인의 말이 들려왔다.

"야, 그래서 체육 대회도 1부 2부로 나눌 거래. 1부는 평소처럼 체육 대회 하고, 2부는 공연."

"뭐? 진짜?!"

그 짧은 말로 교실은 당장 용광로처럼 들끓기 시작했다. 선율 예고 유명인 엄청 많잖아! 그 사람들 공연 라이브로 볼 수 있는 거야?! 급기야 한 녀석이 앞으로 튀어 나가 교실 컴퓨터에 '선율 예고 연예인'을 검색하기 시작했다. 그러자마자 당장 연관 검색어에 튀어나오는 이름들을 보고 나도 눈을 휘둥그레 떴다.

와, 진짜 많다. 그거야 한국에서 손에 꼽히는 예술 고등학교니까 당연한 일이겠지만.

저 중에 노아리가 만든 인물은 몇이나 되는지 궁금해지는걸. 내가 새삼스레 의문을 갖는 가운데, 갑자기 한 녀석이 주창하기 시작했다.

"그, 그래도 우리 학교도 지진 않아! 우리 학교에도 유천영이 있다고."

"맞아, 요즘 대세는 유천영이지."

"아니, 이거 합동이지 경쟁 아니거든? 합동의 뜻 모르나 봐?"

윤정인이 들고 있던 책자로 어깨를 툭툭 치며 어이없어하거나 말거나, 그런 소리를 내며 저마다 경쟁심을 불태우던 이들은 바로 다음 말을 듣자마자 우수수 무너지고 말았다.

"아무튼 그래서 2부 때 선율 고등학교 측이랑 합동 공연할 사람 뽑아야 하니까, 시간 괜찮은 사람들 명단 적어서 넘겨주라. 알릴 건 여기까지."

그럼 나 다시 회의 가 본다. 윤정인이 획 뒤돌아 교실을 나가기가 무섭게 사방에서 온갖 괴성이 터져 나왔다.

의자 위에 뛰어 올라가며 '나! 내가 갈래!' 외치는 애의 다리를 끌어 내리며 다른 애가 '어딜! 내가 갈 거거든?!' 하고 외치고, 여자아이들끼리는 벌써부터 창가에 모여 가위바위보를 하는 둥 하여간 진풍경은 진풍경이었다.

하긴, 나만 해도 합동 공연 준비를 핑계로 선율 예술 고등학교 문턱에 발이라도 내디뎌 볼 수 있다면 그건 꽤 매력적으로 느껴지긴 하는걸. 나도 으레 고등학생들이 그러하듯 아이돌한테 아예 관심이 없는 건 아니니까.

내가 턱을 괴며 재미와 성적 사이에서 조심스럽게 무게를 가늠할 무렵, 노민찬 선생님이 교실로 들어오셨다.

종례를 시작하기 전, 노민찬 선생님은 우리를 보며 조심스레 물었다.

"다들, 선율 고등학교와의 합동 체육 대회에 관한 건은 반장한테서 전해 들었지?"

그러자마자 터져 나온 '네!' '선생님 사랑해요!' 하는 우레와 같은 외침에 노민찬 선생님은 작게 웃음을 터트렸다.

이윽고 그가 탁자 모서리를 쥐며 나긋이 꺼낸 말에 아이들이 곳곳에서 으윽, 하는 소리를 내며 심장께를 부여잡았다.

"다들 이번 방학만 지나면 3학년들 수능 때까지 두 달도 안 남으니까 긴장 좀 하고. 3학년들 수능 끝나고 나면 너희도 사실상 3학년이나 다름없어."

신음하는 아이들 사이에서 나 또한 얼굴빛이 핼쑥해졌다. 역시 수능이란 단어는 언제 들어도 정신 건강에 좋지 않단 말이야.

"시험 끝났다고 너무 퍼져 있지 말고 집에 일찍 들어가라! 이상. 회의 간 반장 대신 부반장이 인사!"

그 말에 이민아가 자리에서 일어나며 외쳤다.

"차렷, 경례!"

경쟁하듯 '감사합니다!' 하고 외친 아이들이 이미 싸 둔 가방을 등에 둘러메며 우르르 달려나갔다. 그들이 선율 고등학교에서 온 학생들을 구경하러 별관으로 갔는지, 아니면 놀러 번화가 쪽으로 나갔는지는 모를 일이었다.

그 모습을 우두커니 보던 나는 가방을 느릿느릿 챙기고 자리에서 일어났다.

언제나 행동이 남들에 비해 느린, 다른 말로 하면 느긋한 김 쌍둥이가 책상에 앉아 있다가 인사를 보냈다.

"잘 가."

"너희도."

그들에게 손을 흔든 나는 복도로 나왔다.

다른 반은 일찌감치 종례를 마쳤는지 복도는 그새 적막해져 있었다. 창문을 타 넘은 석양빛이 복도 위로 주황색 사각형을 그렸다.

복도에 울리는 발소리가 내 것 하나뿐이라 어쩐지 몸가짐을 조심해야 할 것 같은 기분이 들었다. 나는 쭈뼛쭈뼛 7반 쪽으로 다가갔다.

뒷문을 통해 안을 들여다보자 예상대로 반여령이 자기 자리에 앉아 있는 것이 보였다. 그녀를 부르려던 나는, 은지호가 교실 모퉁이 쪽에 서 있는 것을 보고 눈을 크게 떴다.

싸운 것도 아니면서, 둘이 저렇게 떨어져 있을 필요가 있나? 그렇게 생각하던 나는 문득 반여령의 앞에 그림자에 파묻히듯 서 있는 인영을 발견하고 눈을 찡그렸다.

애초에 존재감이 없는 인물이기도 했다. 굳이 따지자면 눈을 사로잡는 생김새인 것은 마찬가지인데도, 그는 늘 영화에 나오는 암살자나 혹은 닌자처럼 스스로 기척을 죽였다. 어쩌면 그것조차 '평범한 사람'을 가장하기 위한 하나의 방편일까? 귀찮은 것을 싫어한다고 들었으니 그 때문일 수도 있겠다.

그때, 거짓말처럼 그의 시선이 나를 향했다. 고개를 든 그가 아무렇지도 않게, 친구 대하듯 선뜻 나를 불렀다.

"함단이?"

그와 마주 보고 있던 여령이도 휙, 나를 돌아보았다. 그런 가운데 이서진은 아무런 망설임도 없이 성큼 교실을 가로질러 내 쪽으로 다가왔다.

아니, 방금까지 여령이랑 무슨 얘기를 하고 있는 거 아니었어? 그런데 양해를 구하지도 않고 갑자기 이쪽으로 와도 되는 거야?

잔뜩 당황하며 여령이의 표정을 살폈지만, 그녀는 전혀 이서진에게 유감을 느끼거나 혹은 내게 유감을 느끼는 듯한 표정이 아니었다. 그저 평소의 무구한 눈으로 나를 바라보고 있을 뿐이었다.

그런 가운데, 마침내 이서진이 내 앞에서 멈추었다. 그가 홀가분한 표정으로 인사를 건넸다.

"안녕, 오랜만이네. 수학여행 끝나고 한 번도 본 적이 없으니 한 달 정도 만인가?"

"아, 응. 그러네."

"잘 지냈어? 여령이한테 소식 듣고 있기는 했는데."

그의 말을 듣고 나는 눈을 찡그렸다. 여령이에게 내 소식을 들었다고?

여령이는 본인이 남의 입에 지긋지긋하게 오르내렸으니만큼 남의 얘기를 자기 입으로 잘 옮기지 않는다. 그런 그녀가 내 얘기를 했다면, 그가 내 이야기를 굳이 물어봤다는 걸 텐데…….

그렇게 생각하며 나는 이서진을 골똘히 응시했다. 사람 좋은 미소를 머금은 얼굴이 작게 기울었다.

"응? 내 얼굴에 뭐 묻었어?"

"아, 아니. 아무것도 아니야."

더는 그와 굳이 대화할 필요성을 느끼지 못한 나는 시선을 피했다. 아무튼, 내가 이 교실에 찾아온 것은 반여령을 찾기 위해서였지 다른 이유는 없었다.

아무래도 오늘은 노아리를 만나 볼 필요가 있을 것 같아서 반여령에게 따로 귀가하자고 말하려고 한 건데, 어차피 은지호가 있으니 괜찮을 테고.

그런데 여기에서 이서진을 맞닥트릴 줄은 상상도 못 했지.

아니, 뭐, 이서진에게 우리 학교에서 꾸준히 연락하는 상대라고는 아마도 반여령밖에 없을 테니, 온 김에 그녀를 만나러 오는 건 전혀 이상한 일이 아니지만.

그런데 이서진은 내가 그를 의식적으로 피하는 것을 전혀 눈치채지 못한 모양이었다. 아니면 일부러 모르는 척을 하고 있거나. 아니, 아마도 후자일 것이다.

이서진이 내 태도에는 전혀 아랑곳하지 않는 얼굴로 태연하게 말을 이었다.

"얼굴 보니까 잘 지낸 거 알겠네. 건강해 보여서 다행이다."

"응? 응. 그보다 나 잠깐, 여령이한테 할 말이 있어서……."

"오랜만인데 인사는 좀 받아 주지."

나는 그 말에 흠칫하며 반여령에게로 향했던 시선을 다시 되돌렸다. 이서진은 여전히 특유의 알 수 없는 눈을 하고 나를 빤히 내려다보고 있었다.

그러다 말고 그가 꺼낸 말에 나는 기겁했다.

"아, 또 '내 옆에 있으니까 더워'서?"

악! 속으로 작게 비명을 지른 내가 외쳤다.

"그걸 왜 아직도 기억하고 있는 거야!"

내가 한껏 인상을 쓰며 진저리를 치거나 말거나, 이서진은 내게서 유의미한 반응을 끌어낸 것이 유쾌한 모양이었다.

그가 입을 가리고 시원스레 웃는 모습을 보며 나는 점차 복잡한 기분이 되고 말았다.

내가 중얼거렸다. 솔직히 노아리한테서 그런 말을 듣지 않았더라면, 나도 너한테 호감을 갖지 않기란 어려웠겠다.

하지만 어쨌건 이서진의 감추어진 이면을 이미 알고 있는 바, 그의 저런 행동이나 내게 선뜻 다가오는 태도가 곱게 보이진 않았다.

무슨 꿍꿍이를 가지고 있는 것은 분명한데. 눈을 가늘게 뜨고 그를 올려다보던 나는 다시 반여령을 돌아보았다.

"여령아! 나 오늘 좀 들를 데가 있어서 그러는데, 따로 가도 돼? 미리 말하는 걸 깜빡했다, 미안."

그렇게 말하며 힐긋 반여령의 눈치를 살폈지만, 그녀는 전혀 이서진과 내 사이를 가늠해 보는 듯한 얼굴이 아니었다. 그녀는 다만 눈을 휘둥그레 뜨며 되물었다.

"아, 진짜? 어디 가는데?"

"아리 있잖아. 전에 내가 얘기했던 친한 동생. 걔 뭐 좀 도와주기로 해서 가 봐야 하거든."

"그래? 그래, 그럼! 나중에 집에서 봐."

흔쾌히 떨어진 대답에 고개를 끄덕이며 나도 대답했다.

"그래, 집에서 봐."

그리고 은지호를 향해서도 손을 흔든 나는 다시 이서진을 돌아보았다. 그는 여전히 나를 골똘히 응시하고 있었다.

그를 잠시 올려다보다가, 금세 머쓱해져서 시선을 피한 내가 작게 말했다.

"그럼 나중에 봐."

솔직히 다시 볼 일은 없을 것 같지만. 그렇게 중얼거리던 나는 불쑥 날아온 물음에 다시 고개를 들었다.

"여령이랑 같이 살아?"

"뭐? 아, 아니."

그렇게 대답하며 나는 또 인상을 찌푸렸다.

내 인사를 듣지 못한 건가? 물론 내가 기어들어 가는 목소리로 말하긴 했지만, 들리지 않을 정도의 거리는 아닐 텐데. 더군다나 바로 옆이고.

그때 이서진의 대답이 돌아왔다.

"그래? 집에서 본다는 말을 하길래."

"아, 그건 바로 옆집이라서. 아니, 그런데 이게 중요한 게 아니고. 아무튼 난 갈 데가 있어서……."

"어디까지 가는데?"

황급히 돌아서던 나는 또다시 따라붙는 목소리에 눈썹을 찡그렸다.

아니, 여령이 보러 온 거 아니었어? 더군다나 여령이와 이서진은 굳이 말하자면, 소위 '썸 타는 사이'가 아니던가? 그런데 여령이 앞에서 이러는 건 대단한 실례라고 생각하는데!

그렇게 생각하며 여령이를 돌아보았지만, 그녀는 이쪽에는 전혀 관심이 없는지 누군가와 문자 하는 데 열중하고 있을 뿐이었다.

그 모습을 본 내 얼굴이 다시 찌푸려졌다. 아니, 반여령! 너도 네 썸남이 무슨 짓을 하고 다니는지 정도는 관심 좀 가져라!

그때, 불쑥 튀어나온 팔이 나와 이서진 사이를 가르고 들어왔다. 나는 흠칫 놀라 그 팔의 주인을 쳐다보았다.

"너는 왜 그렇게 사람한테 관심이 많냐?"

은지호였다.

멍하니 그를 올려다보던 나는, 그가 나와 눈이 마주치자 문 바깥쪽을 턱짓하는 것을 보고서야 퍼뜩 정신을 차렸다.

가방끈을 움켜쥔 내가 황급히 돌아섰다.

"그럼, 나는 이만."

허둥지둥 돌아서는 내 뒤로 두 사람이 나긋하게 주고받는 목소리가 들려왔다.

"여령이 가장 친한 친구라던데. 친구끼리 친하게 지내면 좋잖아? 또 개인적인 호기심도 있고."

"반여령이랑 호칭 정리도 제대로 안 하고서 이쪽저쪽 다 친하게 지내자고 하고 다니는 건 찔러보는 것으로밖에 안 보이는데."

"그건……."

멀어지는 그들의 대화를 들으며 나는 멋쩍게 귓바퀴만 매만졌다.

나는 한숨을 내쉬었다. 도대체 이 사태가 앞으로 어떻게 굴러갈지를 모르겠네…….

뭐, 그래도 작가라면 알지도 모르지. 그렇게 생각하며 조금이나마 기력을 되찾은 나는 걸음을 재촉했다.

* * *

"네에?! 제가 그걸 어떻게 알아요?! 모르죠, 당연히!"

노아리의 집에서 얼마 떨어지지 않은 한 카페.

상황을 설명하자마자 우렁차게 울리는 노아리의 외침을 듣고 나는 이마를 짚었다. 아, 역시 그렇겠지…….

오히려 당황한 걸로 치자면 나보다 노아리 쪽이 더할 것이다. 이게 무슨 모든 영웅들이 한 우주에 공존해서 한 영화에 한꺼번에 등장한다는 모 영화도 아니고. 등장인물들끼리 작가한테 상의도 없이 서로의 작품에 우정 출연해 버린 꼴이니.

게다가 장르는 어떻고? 연예계물에 학교물에 서열물까지, 영 겹치지도 않는 장르들이 하나로 섞여 버렸잖아.

생각을 거듭하던 내 얼굴이 점차 창백해졌다. 아, 정말이지 나는 얼마나 이상한 세계에서 살고 있는 걸까…….

나만큼이나 창백한 얼굴로 허우적대다 간신히 정신을 차린 노아리가 입을 열었다.

"아, 좋아요. 일단 선율 고등학교에서 주의해야 할 인물들을 알려 드릴게요. 어차피 땀 흘리는 건 원체 싫어하는 인물들이라 체육 대회에서는 웬만해서 마주칠 일도 없을 거예요. 공연만 좀 하고 갈걸요? 그조차 귀찮다며 안 할 수도 있고."

노아리가 불러 주는, 과연 인터넷 소설이 아니고서는 좀처럼 존재하지 않을 것 같은 이름들을 들으며 나는 고개를 끄덕였다.

아무튼 노아리와 알고 지내게 돼서 이것만은 좀 좋다. 정글 밀림이나 혹은 지뢰밭의 지도를 얻은 느낌이랄까. 고개를 주억거리며 그녀가 불러 주는 이름들을 적어 내려가던 나는 문득 고개를 들고 물었다.

"이서진이란 이름은 말 안 하네?"

그러자마자 노아리의 눈이 게슴츠레해지는 것을 보고 나는 깨달았다. 아.

"아, 그거야 당연히……."

그 정도는 알아서 피하란 뜻이었군.

고개를 끄덕인 나는 작은 수첩을 탁, 소리 나게 접어 가방에 넣고 몸을 일으켰다.

"좋아, 그럼 나는 가 볼게. 슬슬 엄마 아빠가 집에 오실 시간이라서."

그렇게 말하고서 나는 곧바로 아차 했다. 엄마, 아빠란 단어는 노아리 앞에선 금기인데.

아니나 다를까 고개를 돌린 즉시 눈에 들어온 노아리의 얼굴을 보고 나는 이맛살을 찌푸렸다. 으윽.

은형이의 비 오는 날에 얽힌 사연을 들었을 때와 비슷한 통증이 내 가슴을 찌르고 지나갔다. 아니, 하지만 그럴 수밖에 없는 게 어쨌건 그녀도 가족과 생이별을 한 데다 돌아갈 수 있을지 없을지 알 수 없는 상황이니까.

잠시 망설이던 내가 물었다.

"혹시 괜찮으면, 오늘 우리 집에서 저녁 같이……."

노아리의 얼굴을 어둡게 한 것은 물론 '엄마', '아빠'란 단어도 있겠으나, 여전히 가족으로 여겨지지 않는 노민찬 선생님과 단둘이 어색한 식사를 해야 한다는 것도 꽤 클 것이다.

내 조심스러운 말에 노아리는 고개를 내저었다. 간신히 표정을 수습한 그녀가 어색하게 뺨을 훔치더니 대답했다.

"아, 아니에요. 저도 바깥에서 먹기로 해서."

"아, 그래? 잘됐네."

그렇게 대답하는 한편, 나는 조금 의아해졌다. 내가 아는 한 노아리에게 같이 밥 먹을 만한 친구가 따로 없는 걸로 아는데?

쉬는 시간마다 후드를 뒤집어쓰고 교내 곳곳을 헤집고 다니느라 노아리는 친구도 제대로 사귀지 못했고, 지방에서 이제 막 올라왔기에 동네 친구가 따로 있는 것도 아니었다. 노민찬 외에 의지할 상대가 하나도 없다는 것이 그녀를 더욱 심리적인 벼랑으로 내몰았을 것이다.

그런데 같이 저녁 먹을 친구가 생겼다고? 대체 누구지? 그렇게 생각하며 노아리의 얼굴을 빤히 들여다보던 나는 그녀의 눈빛을 보고 깨달았다. 아하.

"주인이야?"

노아리는 여전히 시선을 바닥에 둔 채 고개만 끄덕였다. 씁쓸하게 웃으며 그녀가 덧붙였다.

"여우 피하려다 호랑이 굴에 들어간다는 게 바로 이런 걸까요?"

"아니, 뭐 꼭 그렇게 말할 것까지야. 주인이를 호랑이에 비유하다니…….."

거기까지 말한 나는 잠시 천장을 올려다보며 생각했다. 그러기엔 호랑이가 너무 귀여운가.

"그러기엔 호랑이가 너무 귀엽지요?"

노아리도 나와 똑같은 생각을 한 것 같았다.

울 것처럼 웃으며 묻는 그녀에게 나는 말없이 난감한 미소만 지어 주었다. 아니, 뭐. 그래도 주인이가 사실 착하긴 착한데. 애가 무슨 생각을 하는지를 잘 몰라서 그렇지.

나는 지난 몇 주간 의식적으로 머릿속 깊숙이 밀어 넣어 뒀던 생각을 다시 꺼냈다.

주인이는 대체 진상에 대해 얼마나 알아낸 걸까? 내게도, 노아리에게도 주인이는 아무런 말도 하지 않는다. 심지어 내가 그의 앞에 데려가 노아리를 '내가 원래부터 알고 지내던 동생'이라고 소개하던 그 순간조차.

노아리의 말과 내 말이 전혀 앞뒤가 맞지 않는다는 것쯤 진작 눈치챘을 텐데, 이것도 소위 '봐주기'일까? 아니면 정말로 눈치채지 못해서?

하긴, 이 세계가 누군가의 소설로 인해 만들어졌다니 상식적인 사람이라면 당연히 믿지 못할 만해. 나와 노아리가 무슨 소설이나 영화에 대해 얘기하고 있었나 치부하고 넘겼을 거야.

시간이 흐를수록 그 문제에 대한 내 생각은 점차 안일해져 가고 있었다. 그야, 겉으로 일어나는 일이 아무것도 없으니 어쩔 수 없다. 화산이 오랫동안 활동하지 않으면, 그 화산이 언젠가 다시 활동할 거라 생각지 못한 사람들이 그 근처에 자리를 잡듯이.

그러다 문득 떠오른 생각에 나는 노아리를 돌아보았다.

내가 물었다.

"그런데, 너도 주인이한테 이제 네가 날 피할 필요가 없다고, 그러니 너를 더 숨겨 줄 필요가 없다고 말했을 거 아니야? 그러면 주인이한테 협박당할 이유도 없을 텐데, 싫으면서 굳이 만날 필요가 있어?"

"그건……."

내 물음에 노아리는 잠시 어물거렸다. 여전히 위로 올라오지 않고 바닥만 맴도는 시선을 보고서야 나는 그 이유를 깨달았다.

나는 빠르게 말했다.

"아니야, 내가 괜한 말을 했다."

"네? 아니요, 그런 건……."

"조심히 들어가. 집에 가서 연락해."

그리고 나는 카페를 나서며 카페에 앉은 사람들을 흘깃거렸다. 네 명서 모여 앉아 무슨 얘기를 하다 말고 웃음을 터트리는 여중생 혹은 여고생들, 우아한 차림의 부녀,

노트북을 켜 놓고 뭔가를 열렬히 토론하는 한 무리의 직장 인들…….

그중 누구도 혼자는 없었으며, 혼자가 아니기에 즐거워 보였다.

차라리 대학생이라면 혼자 노트북을 켜 놓고 공부하는 척이라도 할 수 있었겠지만, 노아리의 나이는 그조차 안 되었다.

친구들과 어울려 노는 것이 자연스럽다고 평가받는 나이. 그 때문에 아이들은 종종 혼자가 더 편하면서도 강박적으로 친구를 사귀고는 한다. 혼자일 때 받는 시선들이 두려워서.

나는 옅게 한숨을 내뱉었다. 그 시선의 두려움을 나 역시 모르는 건 아니다. 사대천왕과 잠시 멀어졌던 때, 혼자 있으면 '문제 있다'고 평가받을까 봐서 나는 부러 아이들을 찾아가 강박적으로 즐거운 듯 얘기하고, 평소보다 더 밝게 웃었다.

나는 다시 노아리를 돌아보았다. 그 자리에 홀로 우두커니 서 있는 노아리의 그림자가 유난히 짙어 보였다.

아무튼 그녀에게 지금 곁에 있어 줄 사람은 나, 혹은 주인이밖에 없는 것이다.

그조차 주인이와 만나는 것 또한 맘 편하지 않으면서도, 노민찬 선생님과 있는 것보다는 낫다는 생각 때문에…….

다시 한번 한숨을 내쉰 나는 걸음을 옮겼다.

아무튼 나는 내 주변에 자꾸만 터지는 일에 대처하는 것만으로도 바빴다. 주인이가 노아리와 함께 시간을 보내 준다니 그것만은 다행이었지만, 주인이가 시간 허투루 쓰는 애가 아니란 것은 내가 잘 안다.

그렇다면 그는 대체 노아리의 무엇 때문에? 단순한 호감? 하지만 주인이가 어느 누구에게 쉽게 호감을 갖지 않는 사람이란 것 역시 지금의 나는 잘 알고 있다.

그럼 대체…….

"어휴, 아니다. 두 사람 일인데 내가 생각해서 뭘 어쩌자고."

머리칼을 벅벅 헤집은 나는 빠른 걸음으로 지하철역으로 향했다.

*　*　*

집 문을 열자마자 나는 탄성을 내뱉었다.

"아."

집 안에는 향기로운 부대찌개 냄새가 가득 풍기고 있었다.

부대찌개는 내가 가장 좋아하는 음식 중 하나이지만 햄이 건강에 안 좋다는 이유로 잘 해 주시지 않았는데, 모의고사 본 날이라고 모처럼 해 주신 모양이니 그저 감사해야 할 일이지만…….

부엌 쪽에서 엄마의 목소리가 날아왔다.

"단이 왔니? 왜 이렇게 늦었어?"

그 말에 정신을 차린 나는 그때까지도 신고 있던 신발을 벗으며 대답했다.

"아, 친구 좀 만나고 오느라."

"친구 누구, 반 친구들? 혜힐이랑 민아?"

"아니, 최근에 새로 친하게 지내는 애 있어. 한 살 동생 인데, 학교 후배."

그렇게 대답한 나는 식탁 쪽을 최대한 쳐다보지 않으려 고 게걸음으로 방 쪽으로 향했다.

식탁에서는 여령이와 여단 오빠가 얌전히 앉은 채 내가 하는 양을 빤히 보고 있었다. 여령이야 내가 여단 오빠와 헤어지고 얼굴 보기를 곤혹스러워하는 것을 아니까, 이런 다고 맘 상해하지는 않을 것이다.

방으로 들어가 옷부터 갈아입던 나는 다시 날아온 엄마 의 말에 와락 기침을 했다.

"그래? 너 요즘 너무 늦게 다녀서 수상한데? 그 애, 남학 생 아니야?"

"아, 엄마!!"

한참이나 기침하던 내가 외쳤다.

순식간에 까슬해진 목을 매만지며 나는 중얼거렸다. 아 니, 하필이면 여단 오빠도 집에 있는데 그런 소리를……

물론 여단 오빠와 내가 사귀었다는 것을 모르시기에 말씀할 수 있으신 거겠지만.

으윽. 나는 비틀거리며 옷장에 이마를 기댔다. 여단 오빠네 집과 우리 집이 보통 가깝게 지내는 게 아닌 만큼, 헤어지고 이런 사태가 몇 번이나 벌어질 수 있다고 마음 단단히 먹기는 했지만…… 역시 상상하는 것과 실제로 겪는 것 사이에는 엄청난 차이가 있군.

한참이나 옷장에 이마를 처박고 숨을 가쁘게 내쉬던 나는 간신히 진정하고 방을 나섰다. 아무튼 밥은 먹어야 할게 아닌가……. 시험 쳤더니 배고파 죽겠네.

자리를 떠나는 노아리를 보며 소화제를 사 줘야 할까 고민했는데, 정작 오늘 소화제가 필요한 사람은 나였다.

내 소화 기관 힘내라! 위장에 응원의 메시지를 보내고서야 나는 수저를 잡았다.

같이 식탁에 앉으실 줄 알았는데, 부대찌개와 반찬들을 식탁에 올려놓자마자 곧바로 방으로 들어가 버리는 엄마를 보고 나는 눈을 동그랗게 떴다.

"엥? 엄마는 저녁 어떡하고?"

"엄마는 저녁 약속 있어. 그런데 오늘 여령이네도 둘 다 야근이라고 하고, 네 아빠도 야근이래서 차린 거야. 오늘 시험 날이니까."

"아."

그러고 보니 요리하는 내내 엄마가 외출복 차림이기는 했다. 곧 린넨 재킷을 걸치고 나온 엄마는 '카드 신발장에 둘 테니까 시켜 먹고 싶은 거 있으면 시켜 먹어, 알았지?' 하는 말을 남기고는 휙 밖으로 나가 버렸다.

삐리릭 하고 도어 록 잠기는 소리가 들리고 나자, 한동안 침묵만이 감돌았다.

그러다 우리는 갑자기 자신의 역할을 깨달은 로봇들처럼 삐거덕거리며 앞 접시 위에 부대찌개를 퍼 날랐다.

여령이의 접시를 받아 부대찌개를 가득 담아 준 여단 오빠가 당연한 듯 내게도 손을 내밀었다. 나는 심장이 입 밖으로 튀어나올 것 같았지만, 부러 내색하지 않고 접시를 내밀었다.

"여기…… 고마워."

내가 작게 덧붙인 말에도 여단 오빠는 대답 없이 고개만 끄덕였다.

그러다가 접시를 주고받는 나와 여단 오빠의 손이 스치듯 맞닿자, 여단 오빠는 당황한 듯 손을 휙 빼 버렸다.

"앗."

내가 어쩔 새도 없이 접시가 바닥으로 떨어졌다.

나와 여단 오빠 둘 다 손 놓고 있는 사이, 가공할 반사 신경으로 접시를 잡아챈 사람은 다름 아닌 여령이었다. 그녀는 당연한 듯 접시를 우리 쪽으로 내밀었다.

"자."

"고, 고마워…….."

얼떨결에 접시를 받아 들면서도 나는 눈을 깜빡였다. 무슨 초인도 아니고, 어떻게 떨어지는 접시를 그렇게 빨리 낚아채?

여령이가 내 생각을 읽은 것처럼 말했다.

"오빠랑 너 하는 걸 보아하니 접시 떨어뜨릴 것 같았어."

그제야 그녀에게서 고개를 돌린 나는 아하, 하……. 어색하게 웃었다. 그런 우리를 바라보는 여단 오빠는 여전히 무슨 생각을 하는지 알 수 없는 눈빛이었다.

이윽고 나를 돌아본 그가 짧게 말했다.

"미안."

"아, 아니야. 괜찮아. 접시 깨지지도 않았는데."

그리고 나는 잠시 망설이다가 말했다. 내가 뜰게. 그럴래? 응. 그리고 나는 내가 먹을 몫의 찌개를 묵묵히 퍼 날랐다.

침묵이 형태를 가지고 내 몸 이곳저곳을 찌르는 것 같아 고통스러웠다. 나는 그들 남매가 볼 수 없을 만큼 아주 짧은 순간 눈을 질끈 감았다가 떴다.

예전에는 이렇지 않았다.

그와 함께 있는 것만으로, 가장 무거운 새벽의 침묵조차 담요처럼 부드럽게 나를 감싸던 때가 있었다.

그와의 만남과 헤어짐으로 내가 잃은 것은 아무것도 없고, 오히려 얻은 것만 무척 많다는 생각이 드는데도, 그래서 가끔은 미안해지기까지 하는데도 이렇게 마음이 아파 오는 까닭은 뭘까?

정말로 민아의 말처럼 마음이 닳아 없어지는 과정을 보는 것조차 두려워서 서로의 마음이 온전할 때 헤어졌기 때문에, 그것이 미련으로 남아서? 하지만 서로를 싫어하게 돼서 헤어졌다면 그쪽이 훨씬 아프고 괴로웠을 텐데.

그러다 문득 식탁 맞은편을 건너다본 나는 흠칫 입을 벌렸다.

여단 오빠 역시 다른 곳으로 눈을 돌리고 있었다. 그의 눈에 깃든 무거운 고뇌가 내 쪽까지 느껴지는 듯했다. 정리되지 않은 것은 저쪽도 마찬가지인 것이다.

그제야 나는 마음을 다잡을 수 있었다.

서로 호응하는 것처럼, 내가 동요를 보이면 그만큼 여단 오빠도 동요한다는 것을 알았다. 나와 사귈 때도 괴롭게 했던 사람을, 심지어 헤어지고 나서도 괴롭게 하는 것은 안 될 일이었다.

여령이조차 입을 열지 않아 아무도 말하지 않는 침묵 속에서 간신히 식사를 마친 것까지는 좋았다. 그러나 내가 신발장 위의 카드를 보며 '뭐 먹을래?' 하고 물었을 때, 여단 오빠는 고개를 내저었다.

"나는 공부할 게 있어서."

"아……. 그래, 그럼."

어색하게 웃으며 나는 두 손을 등 뒤로 숨겼다. 여단 오빠가 공부라니, 그것도 시험 끝난 날에. 참으로 못 믿을 소리라고 생각하면서.

피해 주는 걸까, 도망치는 걸까? 그렇게 생각하며 나는 닫히는 현관문 사이로 사라지는 여단 오빠의 모습을 가만히 보았다.

문이 완전히 닫히고 철컥, 맞물리는 소리가 났을 때는 내 발밑에 까만 구멍 하나가 생겨난 듯한 느낌이었다. 나 혼자만이 들어갈 수 있는 작은 구멍.

가만히 서 있다가 나는 조용히 손을 들어 올려 손등을 이마에 대 보았다. 매운 음식을 먹어선지 이마에 뜨끈하게 열이 올라 있었다.

한동안 그대로 있다가, 나는 여령이를 돌아보며 물었다.

"뭐 먹을래?"

결국 우리가 택한 것은 치킨이었다. 기름 묻은 손을 휴지에 닦으며 내가 여령이에게 물었다.

"내가 교실에 가기 전까지 이서진이랑 무슨 얘기 했어?"

여령이는 팔에 뺨을 기대며 대답했다. 더워선지 다른 이유인지, 어째 심드렁한 얼굴이었다.

"뭐, 그냥. 사실 계속 연락했으니까 서로 근황은 알잖아.

그래서 딱히 할 얘기는 없었고, 합동 체육 대회라니, 이렇게 돼서 신기하다. 즐겁게 하자. 너희 학교에서는 누가 운동 잘하느냐, 뭐 그 정도? 끝?"

나는 눈을 크게 뜨며 물었다.

"정말로 그것밖에 안 했어? 다른 얘기는."

그러자 여령이는 전혀 모르겠다는 얼굴로 고개를 기울였다.

"다른 얘기? 어떤."

"왜 있잖아, 그런 거! 그게 뭐냐 하면⋯⋯."

허둥대며 말하던 나는 문득 말을 멈추었다. 그러고 보면 나도 여단 오빠와 소위 말하는 '썸'을 탈 때 어떤 얘기들을 했는지 잘 생각나지 않았다.

한참이나 고민에 빠져 있던 내가 마침내 물었다.

"사, 사과 머리를 좋아한다거나, 그런 거?"

여령이는 곧바로 작게 웃었다.

"뭐야, 그게."

나는 그런 여령이를 게슴츠레한 눈으로 응시했다. 그냥, 너희 오빠랑 사귀어 본 사람만 알 수 있는 그런 게 있어. 아무튼, 나는 치킨을 하나 더 집어 들며 대답했다.

"좋아하는 음식 얘기나."

"아니?"

"너 바다 좋아하잖아. 좋아하는 장소 얘기나, 같이 놀러 가자는 얘기는?"

"전혀?"

그렇게 말하면서도 아무렇지도 않은 얼굴인 여령이를 보며 나는 이마를 구겼다.

내가 갑자기 자리에서 벌떡 일어나자, 여령이는 의아한 눈으로 나를 올려다보았다. 답답함에 가슴을 두드리던 내가 다시 물었다.

"아, 아니. 이서진이 너한테 그런 거 하나도 안 물어봐?"

"응? 응."

반여령……! 그런데도 왜 그렇게 아무렇지도 않은 얼굴을 하고 있는 건데! 그 정도면 불안감을 가질 법도 하지 않아? 아니, 뭐, 나로서야 당연히 반여령이 이서진을 좋아하지 않는 쪽이 훨씬 좋기야 하지만!

잠시 턱을 짚으며 고민하던 내가 다시 물었다.

"그럼 너는? 넌 이서진한테 그런 거 안 물어봐?"

반여령은 여전히 해맑기까지 한 얼굴로 대답했다.

"내가 왜?"

"아악, 반여령……!"

여전히 머리 위에 물음표를 달고 있는 반여령을 보며 나는 분노의 상모돌리기를 했다.

지금까지 조마조마했던 내가 바보같이 느껴진다. 이 둘, 대체 뭘 하고 있는 거야? 누구 하나 나서서 뭘 어떻게 해 볼 맘이 없구만!

단아, 왜 그래? 소화 안 돼? 도대체 어떻게 헤드뱅잉이 소화 불량과 연결되는 건지는 모르겠지만, 아무튼 날 무척 걱정하는 듯한 여령이의 말에 나는 마침내 상모돌리기를 멈췄다.

그리고 고개를 든 내가 퀭해진 얼굴로 말했다.

"여령아."

"응."

"너 진짜 이서진이랑 사귈 마음이 있는 거 맞아?"

"응!"

아무렇지도 않게 흘러나온 대답에 나는 눈을 크게 떴다.

응이라고? 방금 진짜 응이라고 했어? 나는 혼란이 가득한 얼굴로 물었다.

"하지만 이서진이 나한테 말 걸어도 아무렇지도 않잖아. 그렇지? 내가 네 표정을 잘못 읽은 게 아니지."

여령이는 고개를 끄덕였다. 나는 잠시 망설이다가 물었다.

"불안하지 않아? 굳이 내가 아니라, 다른 사람이라도. 어쨌든 이서진은 부회장이고, 주변에 사람은 많으니까."

직접적으로 묻기 힘들어서 간접적으로 물은 거였는데, 여령이는 곧바로 알아듣고는 시원스레 대답했다.

"아, 그러니까 이서진이 너랑 사귀거나 아니면 다른 사람이랑 사귈까 봐?"

너 지금 날 도발한 거냐는 둥의 반응이 나올까 봐 조마조마했던 나는 이어 흘러나온 반여령의 말에 다시 이마를 짚었다.

"그럼 어쩔 수 없지, 뭐!"

"아니, 어쩔 수 없다니⋯⋯."

나는 퀭한 눈으로 여령이를 쳐다보았다. 역시 이 애, 이서진을 좋아하는 건 아닌 것 같은데.

도무지 이해가 되지 않았다. 나와 여단 오빠가 헤어지는 경위를 보았을 텐데, 싫지 않다는 안일한 마음으로 만나는 것이 상대방에게 어떤 상처를 주는지.

여령이는 특히나 다른 사람 상처 주는 것을 무엇보다도 싫어하는 애였다.

그런데도 이서진을 만나겠다고? 달리 외로움을 타는 것도 아니고, 오히려 연애하면 친구들과 함께 있는 시간이 줄어든다며 그것만은 싫다고 했으면서.

한참 망설이던 나는 다시 조심스레 물었다.

"이런 말 해도 될지 모르겠는데, 여령이 너 자체가 사실 연애가 별로 맞는 타입은 아니잖아. 그런데 왜 굳이 절박하지도 않은데 이서진이랑 사귀려고 하는지 모르겠어."

"그건⋯⋯."

이윽고 흘러나온 여령이의 말에 나는 한숨을 내쉬었다.

"그래야 은형이가 날 포기하잖아."

"아⋯⋯."

"은형이가 나한테서 천천히 멀어지겠다잖아. 어느 날 사라져 주겠다잖아."

그렇게 말한 여령이는 눈을 내리깔며 제 팔을 꽉 쥐었다.

"그런 거 싫어."

잠시 그녀를 말없이 바라보던 내가 물었다.

"하지만, 이서진이랑 사귀다가 헤어지면 이번에는 이서진 쪽이 네게서 평생 사라져 버릴걸?"

그러자 고개를 든 여령이가 되물었다.

"그게 왜?"

"뭐? 왜냐니⋯⋯."

황당한 듯 어물거리던 나는 이윽고 깨달았다.

잠깐만, 지금까지 반여령이 한 말의 의미를 종합해 보면, 은형이랑은 절대 사귈 수 없지만 이서진이랑은 사귈 수 있다고?

왜냐하면 이서진은 잃든 말든 별 상관없지만, 은형이는 절대로 잃어선 안 되니까?

조금 더 시간이 지나 반여령이 떠나고, 그녀가 사라진 문 쪽을 바라보며 나는 작게 읊조렸다.

"쟤는 참 봐도 봐도 모르겠어⋯⋯."

이제 본 지도 5년이 되어 가는데, 갈수록 알게 되기는커녕 어려워만 지다니. 나는 또 한 번 길게 한숨을 내뱉었다.

　　　　　　＊　　＊　　＊

　난데없는, 정말이지 전무후무한 '합동 체육 대회'란 것 때문에 바빠진 건 학생회 임원들뿐이었다.

　체육 대회에서 경기의 비중이 상당히 줄었기 때문에, 우리 일반 학생들은 몇 종목 연습하지 않아도 돼서 오히려 편하게 됐다.

　그마저도 운동장 크기는 한정되어 있는데 학교는 두 개다 보니 대회에 나가는 학생 수 또한 줄어서, 체육 대회에 나가는 건 엘리트 중의 엘리트뿐만이 됐다.

　이 정도면 다 함께 즐긴다는 취지는 저 멀리 날아간 것 같은데. 사회의 냉혹한 실력주의를 미리 체험하는 셈 치지, 뭐.

　그런 생각이나 하며 나는 아이들과 함께 점심시간에 운동장으로 나가 연습 구경하는 것을 즐겼다. 절대로 무더운 여름, 뙤약볕 밑에서 땀 안 흘려도 된다는 생각에 신난 게 아니고.

　오늘도 우리는 매점에서 캔 음료 하나씩을 사 들고 그늘 밑에 앉아 운동장 쪽을 보며 소리를 높였다. 힘내!

　운동장에서는 각각 황금색과 검은색의 인영이 유성처럼 흙먼지를 길게 매단 채 무섭게 질주하고 있었다. 그들이 우리 바로 앞을 지나가면 모래바람 때문에 한동안 숨쉬기가 곤란할 정도였다.

하여간, 진짜 영화 같은 장면이라니까. 그렇게 생각하며 나는 슬쩍 뒤돌아 건물 쪽을 바라보았다.

학교 건물에서도 구경꾼들이 창문에 개미 떼처럼 다닥다닥 붙어 소리를 높이고 있었다.

"이루다 잘한다! 이루다 파이팅!"

"반휘혈! 휘혈아! 전국 서열 1위 실력은 뒀다가 국 끓여 먹을래?! 나 오늘 너한테 걸었단 말이야!"

"그럼 반휘혈이랑 대등하게 맞붙는 이루다 쟤는 대체 뭐냐?! 전국 서열 0위쯤?!"

문득 들려오는 익숙한 단어에 나는 속으로만 하하 웃었다. 나도 이젠 서열 어쩌고 하는 말 따위에는 눈 하나 깜짝하지 않는 훌륭한 인터넷 소설 주민이 됐다고.

그리고 나는 옆을 힐긋 보았다.

'전국 서열 0위' 하는 소리가 나올 때부터 은형이는 기계적인 미소를 띤 채 정면만 응시하고 있었다. 나는 말없이 손을 내밀어 그의 어깨를 토닥여 주었다.

그제야 나를 돌아본 그가 파리해진 얼굴로 또다시 웃었다. 나는 그가 안쓰러워져 화제를 돌리기로 했다.

내가 물었다.

"여기 있어도 돼? 회의는 끝났어?"

"회의 안 끝나도 나와야지. 이렇게 볼 만한 대결인데."

은형이답지 않은 소리를 한다 싶어 조금 놀라면서도, 나는 고개를 끄덕이고 말았다.

"그건 그래."

그리고 나는 다시 고개를 돌렸다. 마치 역사 소설에 나오는 장수들 같은 이루다와 반휘혈의 맹활약에 다른 학생들은 기를 못 펴고 있었다. 설상가상으로 무더운 날씨 때문에 그들은 거의 반쯤 녹아 흐느적거리고 있었다.

급기야 그들은 저희끼리 이런 말을 주고받기 시작했다.

"우리 왜 나왔어?"

"몰라, 머릿수 채우기?"

"야, 들어가자, 들어가. 우리는 필요가 없겠다……."

마치 시험 기간에 반여령과 사대천왕을 바라보는 나의 마음이 그러할까. 나는 짐짓 아련한 눈으로 그들을 보다가 다시 은형이를 향해 고개를 돌렸다.

은형이는 내 옆에 앉은 이래로 한 번도 쉬지 않고 다른 학생들과 인사를 나누고 있었다. 그를 보며 나는 그의 발이 얼마나 넓은지를 새삼 실감했다.

어디서나 환영받는 그가 굳이 반에 돌아가는 대신 내 옆에 앉아 있는 이유야 뻔했다. 나는 작게 한숨을 내쉬었다.

여령이와 마주치는 게 싫어서겠지. 정확히는 여령이와 마주쳐서 여령이를 불편하게 하는 게 싫어서.

친구가 자기를 티 나게 피하면 극도로 불안감이나 배신감을 느끼는 여령이는, 이번만큼은 은형이의 그런 행보에 조금의 제재도 가하지 않았다. 그 때문에 은형이는 여령이 역시 이것을 바란다고, 자신이 옳은 선택을 했다고 믿는 것 같았다.

하지만 정말 그럴까? 나는 한숨을 내쉬었다. 나도 지금까지는 어쩌면 그럴지도 모른다고 생각하고 있었는데 말이야. 어제 여령이 하는 말을 들어 보니까…….

여령이는 자신이 이서진과 사귀면 은형이와의 관계가 원래대로 돌아올 수 있을 거라고 믿고 있는 것이 분명했다. 은형이도 더는 자기를 피하지 않고 제 옆으로 돌아올 거라고.

하지만 정말 그렇게 될까? 은형이는 여령이한테 누가 생기든 말든 그런 건 상관없이 여령이를 계속 좋아할 게 분명한데.

그런 생각을 차마 입에 담을 수는 없어서, 나는 턱을 괴고 주변 아이들과 종일 인사를 나누는 은형이의 옆얼굴을 연신 힐끗거렸다.

그러다 갑자기 휙 불어오는 한 줄기 바람에 나는 고개를 돌렸다. 바람? 아무것도 흔들리지 않는데.

내가 채 반응할 새도 없이 얼굴 바로 앞에 검은 그림자가 훅 덮쳐들었다.

"어."

아무것도 못 하고 멍하니 내뱉은 순간, 거짓말처럼 다가온 주먹이 내게로 날아오던 공을 쳐 내 버렸다.

펑! 하고 놀랄 정도로 큰 울림이 눈앞에서 터졌다. 한동안 눈만 깜빡이던 나는 곧바로 옆을 향해 고개를 돌렸다.

"은형아!"

어느새 자리에서 일어난 은형이가 한 손으로 다른 손을 붙잡고 있었다. 그의 손등은 그새 발갛게 달아올라 있었다. 나는 다시 휙 고개를 돌렸다.

방금 내게 날아들었던 축구공이 텅, 텅 소리를 내며 계단 아래로 굴러떨어졌다.

곧바로 사람들이 우르르 달려들었다. 그들이 하나같이 걱정스런 얼굴을 하고 물었다.

"은형아, 괜찮아?!"

"방금 소리 엄청 컸어!"

운동장에서도 한 사람이 황급히 달려왔다.

반휘혈은 또 예의 시무룩한 곰 같은, 이 표현 진짜 그만 써야 하는데. 하여간 자책 어린 얼굴로 사과했다.

"미안하다."

"야, 넌 진짜 힘만 무식하게 세서 다룰 줄도 모르냐! 공을 얻다 차?!"

뒤에서 나타난 이루다가 그의 어깨를 잡아채며 날카롭게 외친 말에 반휘혈은 더더욱 시무룩해졌다.

"아, 아니, 그럴 수도 있지 뭐."

나는 황급히 말렸다. 한편으론 저렇게 거침없이 서열 1위를 핍박할 수 있다니, 역시 서열 0위 자리는 루다에게 돌아가야 하는 게 아닌가 하는 생각도 했다.

한편 옆에서는 그 말을 들은 아이들이 더욱 떠들썩해지고 있었다.

"야, 너 방금 그거 심지어 반휘혈이 찬 공이었어!"

"은형아, 진짜 괜찮아?!"

은형이는 방금 자신이 받아친 게 난장이가 쏘아올린 작은 공이든 반휘혈이 쏘아 올린 큰 공이든 상관없다는 투로 차분하게 대답했다.

"너무 호들갑 떨지 마. 어쨌거나 그냥 공일뿐인데."

말과는 대조적으로 그의 손등이 더욱 붉게 달아오른 것을 본 나는 이마를 찡그렸다. 내가 은형이의 소매를 잡아끌었다.

"안 되겠다. 따라와, 양호실 가자."

"아니, 단아. 난 진짜 괜찮은데……. 그리고 내가 이러고 가면 휘혈이가 얼마나 머쓱하겠어."

하여간 이런 와중에도 상대방의 죄책감 따위를 걱정하는 게 은형이답긴 하지만……. 나는 눈살을 찌푸렸다.

여령이와 사이가 그렇게 되고부터, 자기 몸을 함부로 다루는 은형이의 버릇은 더욱 심해진 것 같았다.

나는 눈살이 찌푸려지는 것을 숨기지 않고 말했다.

"네가 양호실 안 가면 휘혈이가 얼마나 걱정되겠어. 그리고 나도."

내 말에 반휘혈이 황급히 고개를 끄덕이는 것을 본 은형이는 결국 걸음을 옮겼다.

혜힐이까지 더해서 우리 셋은 하얗게 지글거리는 길을 한참 걸어갔다.

건물로 막 들어서는 참인데 마침 여령이와 마주쳤다.

"어디 가?"

여령이는 우리 셋을 보자마자 눈을 동그랗게 뜨며 물었다. 아무래도 이색적인 조합임인 것을 보아 무슨 일이 생긴 것을 알아차린 모양이었다.

나는 은형이의 손등을 가리키며 대답했다.

"은형이 손 다쳐서. 양호실."

"아."

"여령아, 얘가 어쩐 줄 알아? 나한테 날아오는 공을 완전 멋지게 막아 준 것까진 좋은데, 또 그래 놓고는 별로 안 아프다면서 양호실 안 가겠다고 우기고."

나는 일부러 혼내 달라는 투로 여령이에게 말했다. 은형이가 앞으로 이런 무모한 일 좀 덜하고, 더불어 다치면 재깍재깍 양호실이나 병원으로 갔으면 싶은 마음에서였지만 여령이와 은형이가 오랜만에 말 섞게 하고 싶은 마음이기도 했다.

그러나 여령이는 평소처럼 호들갑을 떨거나 전처럼 드물게 화를 내는 대신, 눈을 내리깔며 '그래?' 했다. 그러더니 그녀는 휙 돌아서서 자신의 친구들과 함께 떠나 버렸다.

우리 세 사람은 그런 여령이의 뒷모습을 제자리에 서서 오랫동안 바라보고 있었다. 반점이 점점이 박힌 길은, 햇빛을 잔뜩 받아 꼭 여령이처럼 눈이 부셨다.

*　*　*

양호실에 가는 내내 나는 은형이의 앞에서 고개도 들지 못했다.

내가 방금 저지른 일이 되레 은형이와 여령이의 지금 관계를 은형이에게 확인시킨 꼴이 된 것 같아서 마음이 무거웠다.

게다가 사실 따지고 보면, 내가 은형이를 찔러보지만 않았어도 은형이가 여령이에게 자기 마음을 들킬 일은 없었을 것이다.

그렇게 생각하자 나는 정말로 고개를 들 수가 없어졌다. 점점 물속 돌처럼 아래로 가라앉던 내 머리를 은형이가 붙잡아 바로 세웠다.

그가 미미하게 웃으며 말했다.

"단아, 네 잘못 하나도 없어."

어떻게 내 생각을 읽었는지 모를 말이었다. 아니면 그만큼 내가 평소에 하는 생각들이 죄다 단순하다는 반증일까? 나는 죄책감에 따끔거리는 눈으로 은형이를 바라보았다.

"은형아. 내가 진짜……."

"어차피 언젠가는 이렇게 될 일이었어. 사실 이렇게 밝혀져서 다행이야."

흙먼지가 묻은 머리카락을 쓸어 넘긴 은형이가 덧붙였다.

"여령이를 속인 기간이 그만큼 짧아졌으니까. 그 시간이 길어지면 길어질수록 내 마음엔 죄책감만 커졌을 거야."

"그래도……."

"어차피 이렇게 되지 않았다면 내 입으로 밝힐 일이었어. 진짜로."

"저기."

우리는 불쑥 끼어든 차분하고 이성적인 목소리에 고개를 들었다. 그리고 시야에 들어온 얼굴을 보고 우리는 진땀을 흘렸다.

김혜힐이 발표하는 초등학생처럼 손을 든 채 차분하게 물었다.

"괜찮으면 나는 이만 나가 볼까 하거든."

"아……."

"너희들이 아무래도 내가 있는 걸 까먹은 것 같아서."

나도 혹시 내가 투명해진 걸까 하고 잠깐 기대했는데, 너희들 지금 반응을 보니 그런 건 아닌가 봐.

혜힐이가 차분하게 덧붙이는 말을 들으며 은형이는 말없이 한 손으로 얼굴을 쓸어내렸고, 나는 그런 은형이에게 거듭 사과했다. 은형아, 미안해. 내가 진짜…….

아무래도 내가 있어 봐야 은형이의 심리적 안정에 별 도움은 되지 않을 것 같아서, 나는 김혜힐과 함께 양호실을 빠져나왔다.

양호실 문을 닫은 내가 김혜힐을 돌아보자마자 그녀는 내 마음을 읽은 것처럼 말했다.

"아무 데도 말 안 해. 걱정하지 마."

"그거 고맙다……."

그리고 우리는 터덜터덜 걸음을 옮겼다.

한 걸음을 옮길 때마다 나는 주먹을 들어 스스로의 정수리를 망치처럼 내려쳤다.

멍청아. 멍청아, 진짜 어쩌자고…….

그때, 가라앉은 김혜힐의 말소리가 들려왔다. 나는 눈을 들었다.

"그렇게 된 거였구나."

"응……."

힘없이 대답하던 나는 김혜힐의 다음 말을 듣고 작게 웃음을 터트렸다.

"아쉽다. 나는 은형이라면 너랑도 좋을 거라고 생각했어."

"그건 사실 은형이가 누구랑도 잘 어울릴 만큼 엄청 좋은 사람이라서잖아."

내가 허탈한 웃음을 지으며 건넨 말에 김혜힐은 잠시 생각하는 눈빛을 하더니 순순히 고개를 끄덕였다. 그건 그래. 그리고 뒷짐 진 그녀가 조용히 중얼거렸다.

"반여령이랑 권은형이라……. 너희들 우정은 대체 어디로 가는 거니."

"나도 그게 궁금해."

나는 허탈한 미소를 띠며 대답했다.

문득 떠오른 듯, 다시 나를 본 김혜힐이 물었다.

"그러고 보니, 그 애들은 아직 네가 헤어진 거 모르지? 은지호, 걔 빼고는."

"응? 응. 그렇지, 뭐……."

나는 고개를 끄덕였다.

아직 은지호를 제외한 나머지 이들은 내가 여단 오빠와 헤어진 것을 모르고 있었다.

일부러 그런 건 아니었다. 다만 반 친구들에게 말하면 한동안 놀림받을 것이 두려웠고, 또 상대가 상대였으니 만큼 전교생 입에 오르내리는 것 또한 두려웠다.

그러다 보니 어째 극소수의 친구들에게 말한 것을 빼고는 입에 올리지 않게 되었는데, 어차피 말하든 말하지 않든 일상생활에 별다를 건 없는 느낌이고. 굳이 나 스스로 소란을 일으킬 필요가 있나 싶어 자제하던 것이 여기까지 왔다.

생각하던 내 옆에서 김혜힐이 손가락을 하나씩 접으며 물었다.

"들어 볼래? 내가 지금 생각하는 네 남친 후보들."

"아니, 무슨 소리야. 나 이제 공부만 할 거라니까. 공부와 연애를 둘 다 잡는 건 나 같은 사람한테는 불가능하다는 걸 깨달았어."

내가 정색하며 말하거나 말거나, 김혜힐은 내 손길을 피하며 킥킥 웃더니 입을 열었다.

"첫째, 요즘 우리 학교에서 가장 기분 좋아 보이는 그 애."

"아, 전혀 모르겠는데."

일부러 귀를 막고 그렇게 말하면서도 사실은 누구인지 잘 알 것 같아서 곤혹스러웠다.

김혜힐이 손가락을 하나 더 접으며 말했다.

"둘, 요즘 우리 학교에서 가장 안 보이는 그 애."

"아니, 걔는 진짜 왜?!"

이번에는 어이가 없어서 나도 모르게 소리를 높이고 말았다.

뭣보다 걔는 요즘 학교에 나오지도 않는데, 뭘 보고? 그러자 혀를 빼물며 감이야, 하고 말한 김혜힐이 계단을 오르며 말했다.

"그리고 세 번째는, 내가 별로 마음에 안 들어 하는 애인 데…….."

그러다가 문득 위쪽을 올려다보고 김혜힐은 얼굴을 찡그렸다.

"……쟤."

그녀는 다만 그런 얼굴로 한마디만을 덧붙였다. 쟤? 나는 어리둥절해하며 계단을 천천히 올라갔다.

우리 교실 바로 앞에 누군가 기대어 서 있는 것이 보였다. 남들과는 다른 교복을 입고 있었기 때문에 눈에 띌 수밖에 없었다.

"버블걸즈 송민하도 오냐?"

"시리얼의 케빈은? 케빈도 와?"

쏟아지는 질문에도 전혀 곤란해하지 않는 얼굴로 하나하나 대답해 주던 그가 나를 발견하고는 환히 웃었다.

내게로 다가오며 그가 말했다.

"단아, 어디 다녀와? 교실에 없어서 기다렸어."

또다, 또. 귀에 간지럽게 달라붙는 '단아'라는 호칭.

나는 눈을 내리깔며 대답했다.

"아, 안녕."

그리고 나는 다른 사람들의 눈치를 힐끗 보았다. 다들 나와 선율 예술 고등학교 부회장이 도대체 무슨 사이라 교실 앞에서 기다리기까지 하는지 궁금해하는 눈치였다.

물론 그렇게 말하면 나로서는 해 줄 말이 전혀 없기에, 나는 하복 아래 드러난 맨 팔만 어색하게 매만졌다.

어색한 내 태도에도 아랑곳 않고 이서진의 말이 이어졌다.

"학교 온 김에 얼굴 보고 가는 게 좋을 것 같아서. 여령이랑도 봤거든."

"아, 응."

여전히 나를 언제 봤다고 유난히 살갑게 구는 그였다. 하지만 나는 그에게 할 말도 들을 말도 없었다.

나는 그저 이서진의 닫힌 카메라 렌즈 같은 검은 눈을 빤히 올려다보기만 했다.

굳이 말하자면 이서진의 이런 태도는 1학년 초의 루다와도 비슷했지만, 느낌이 전혀 달랐다.

루다의 서투른 행동들에서는 떨림과 조바심이 전해져서 밀어내는 데 미안한 마음까지 들었던 반면, 이서진에게선 곤충 채집 상자 안에 이쑤시개를 넣어 쿡쿡 찔러보는 흥미와 잔인함만이 느껴졌다.

그러나 나한테 잘못한 것도 없는 애를, 더군다나 앞으로 합동 체육 대회를 개최할 학교의 부회장을 단지 꺼림칙하다는 이유만으로 냉대하는 것도 어려웠다.

내가 작게 한숨을 내쉬는 그때였다. 내가 팔을 계속 매만지는 것을 본 이서진이 물었다.

"추워?"

"어, 응?"

"볼 때마다 추워하네. 어쩌지, 이번엔 벗어 줄 옷이 없는데."

눈을 가늘게 휘며 이서진이 던진 말에 나는 당황해서 입을 열었다.

"아니, 이건 그런 게……."

그러다가도 나는 새삼 깨달았다. 어, 방금까진 머쓱해서 매만지고 있을 뿐이었는데, 이번엔 진짜 춥잖아?

그리고 뒤를 보았을 때, 익숙한 인영이 계단을 올라오는 것을 보고 나는 눈을 크게 떴다.

내내 시선을 내리깔고 있던 그는 나와 다섯 걸음도 안 남은 곳까지 다가오고서야 소란을 알아챘는지 눈을 들었다.

나와 마주쳤던 푸른 눈이 이윽고 도르르 굴러, 내 앞의 이서진을 응시했다가 다시 내게로 향했다.

그리고 귀에 꽂고 있던 하얀 이어폰을 천천히 빼내며 그가 물었다.

어쩐지 몹시 심기 불편해 보이는 목소리였다.

"뭐야?"

유천영의 첫말을 듣고, 나는 도대체 내가 모르는 새 유천영에게 무슨 일이 있었는지 의심해 봐야 했다.

'뭐야.'라니? 유천영이 이서진을 만난 적이 있던가? 그런 적은 아무래도 없던 것 같은데, 유천영이 처음 보는 사람한테 저런 식의 시비조를 던질 사람은 또 아니었다.

그렇다면 역시 유천영이 말한 '뭐야?'는 나를 향한 것일까? 나는 손을 들고 누가 들을까 무섭다는 듯 작게 속삭였다.

  "난 함단이라고 해."

  그러자마자 유천영을 얇게 둘러싸고 있던 냉기가 가셨다. 그가 어처구니없다는 눈으로 나를 힐끗 보고는 짧게 답했다.

  "알아."

  "아니, 너 오랜만에 학교 나와서 까먹은 줄 알았지."

  그러자 미간을 좁힌 유천영이 짧게 내뱉었다. '까먹을 게 따로 있지.' 그리고 그가 이서진을 가리키며 물었다.

  "얘 뭐야."

  으아악, 유천영! 나는 속으로 비명을 질렀다. 너 초면인 사람한테 삿대질하고 그런 사람 아니었잖아! 너 이제는 연예인인데 이런 거 사진 찍혀서 인터넷에 올라오면 어떡할래?

  한편, 초면에 삿대질을 당한 이서진은 과연 유쾌하지 않은 모양이었다. 그 와중에도 웃는 얼굴에 금 한 줄 가지 않은 이서진이 나를 돌아보며 나긋하게 불렀다.

  "단아."

  "어?"

  "'단아'?"

  유천영이 미간을 좁히며 그가 부른 호칭을 되뇌는 그때,

이서진이 유천영을 가리키며 물었다.

"쟤 뭐야?"

"어……."

나는 안색이 창백해진 채로 입을 다물었다.

과연 이서진, 유천영의 화난 모습을 보면 보통 학생들은 물론이고, 우리조차 시선을 피하며 쩔쩔매곤 했다. 그런데 그런 유천영에게 정면으로 반격하다니, 역시 노아리의 피조물.

사실 최근 또래 사이에서 유천영의 인지도나, 또 이서진이 예술 고등학교를 다니고 있다는 점을 감안하면 이서진이 유천영을 모를 리는 없었다.

즉, 저건 순전히 복수란 얘기였다.

이서진의 대답을 들은 유천영이 다시 나를 돌아보았다. 나는 속으로만 비명을 질렀다. 아니, 왜 날 보냐고, 날!

"쟤는 뭔데 다른 학교 교복을 입고 들어와 있어."

"그러는 그쪽은 교복 차림도 아닌데?"

이서진이 여전히 화사한 미소를 지은 채 대꾸했다.

나는 유천영을 힐끗 보았다. 그러고 보니 그랬다.

유천영은 흰 티셔츠에 트레이닝복 차림이었다. 아무래도 정황상 촬영 마치자마자 학교에 나온 것이 분명했다.

그런데 오늘은 이미 오전 수업도 끝났는데, 굳이 학교에 올 이유가 있나? 이서진의 물음에 유천영은 비로소 머리카락을 쓸어 넘기며 낭패란 듯한 얼굴을 했다.

"이건, 촬영 끝나자마자 바로 와서."

"흐음, 그렇구나. 연예인이라고 교복도 안 챙겨 입고 바로 온다 이거지."

이서진의 말에 유천영의 머리 위로 느낌표가 두 개쯤 떠올랐다.

그가 고개를 휙 들어 이서진을 바라보았다. 그는 이제야 이서진이 원래부터 자기 정체를 알고 있었다는 걸 깨달은 모양이었다.

아니, 유천영. 지금 대한민국에서 너 모르는 애는 없다니까. 내가 작게 중얼거리는 가운데, 유천영이 다시 물었다.

"뭐 하는 애야?"

나는 그가 구태여 나에게 묻는 것을 보며 다시 의아해졌다.

나는 눈살을 찌푸리며 중얼거렸다. 아니, 그러니까 그건 이서진한테 물어보라니까 그러네. 이서진이 자기소개할 입이 없는 것도 아니고, 왜?

이서진도 유천영이 뻔히 저를 앞에 두고 나를 향해서만 말을 하고 있으니 그 부분이 기분 나빠서 건드린 게 아닌가? 보통 같았으면 자기 가시를 남들 보는 앞에서 드러낼 성격은 아닐 텐데.

저건 꼭…… 이서진이 누구인지보다는, 이서진이 나와 어떤 관계인지가 더 중요하다는 것처럼…….

거기까지 생각하고 나는 황급히 고개를 내저었다. 아니야, 유천영은 그냥 오랜만에 학교에 왔더니 모르는 교복을 입은 학생이 떡하니 복도에 있어서, 그것도 모자라 나와 얘기까지 하고 있으니 놀란 것뿐이겠지.

그때, 복도의 군중들을 둘러싼 소란이 커졌다. 그제야 내가 시선의 중심이 되어 있었다는 것을 깨달은 나는 후다닥 뒤로 빠졌다.

동시에 군중들 사이로 은지호가 불쑥 튀어나왔다.

유천영을 발견한 그가 태연하게 손을 들었다.

"어, 유천영, 왔냐. 너 진짜 이쯤 되면 자기가 학생인 거 안 까먹냐?"

"까먹을 게 따로 있지."

유천영은 대번에 아까와 같은 대답을 내놓았다. 그러자 턱을 매만지며 '하긴, 뭐. 그런 걸 까먹을 린 없지.' 하고 중얼거리는 은지호에게 그가 다시 말했다.

"함단이는 나 보자마자 자기소개하더라."

"엥?"

갑자기 내 얘기가 나오자 나는 눈을 동그랗게 떴다. 그 가운데, 나를 흘낏 본 은지호가 되물었다.

"자기소개? 왜?"

"내가 자기도 까먹을 줄 알았다나."

"야, 유천영……!"

나는 작게 외치며 유천영의 팔을 손날로 가격했다. 그러거나 말거나, 유천영은 미간 한 번 좁히지 않고 나를 노려보고 있을 뿐이었다.

아, 설마 얘 나한테 그걸로 삐진 거였어? 내가 새삼스레 깨달음을 얻던 찰나, 유천영이 다시 물었다.

"그래서, 무슨 사이인데."

"아, 걔? 옆옆 학교 부회장인데."

이번에도 대답한 것은 은지호였다. 그가 태연히 대답하는 소리에 유천영이 다시 내게서 시선을 돌렸다.

그 틈을 타 나는 휴, 하고 안도의 한숨을 내쉬었다.

그런 가운데 은지호가 말을 이었다.

"저번 수학여행 때 반여령이랑 친해져서 연락하고 지내. 반여령이랑 함단이랑 친하니까 같이 친해지고 싶다고 하던데."

그리고 은지호는 주머니에 손을 쑤셔 넣더니 덧붙였다.

"일단 말은 그러더라."

그 말을 들은 나는 또다시 파삭 미간을 구겼다. 아니, 너까지 이서진 앞에서 그러면 진짜 싸우자는 거야, 뭐야?

아니나 다를까, 돌아본 이서진의 얼굴에서는 미소가 싹 사라져 있었다. 아침 햇살 같던 온화한 미소가 온데간데없이 사라진 모습은 꼭 전혀 다른 사람을 보는 것만 같아서, 나는 놀란 숨을 들이켰다.

그런 가운데, 전혀 아랑곳 않는 태도로 유천영이 말했다.

"반여령한테 안 좋은 목적으로 접근한 거면, 가만 안 둬."

경고 조로 낮게 읊조린 그는 나를 힐끗 보더니 '나중에 보자.' 하고 속삭이고는 7반 교실로 향했다.

유천영의 까만 뒤통수를 눈으로 뒤쫓던 이서진은 다시 고 갤 돌려 은지호를 쳐다보았다. 그가 나긋이 웃으며 물었다.

"사나운 친구를 뒀네?"

나는 이서진을 미심쩍은 눈으로 살폈다. 그가 은지호와 이렇게 친근하게 대화할 사이던가?

한편, 은지호 또한 이서진 못지않게 나긋한 미소를 지으 며 대답했다.

"사납기는커녕 맹탕 같은 놈인데, 최근에나마 이빨이 생 겨서 다행이지."

"뭐?"

"그리고 여기 남은 맹탕은 내가 데려간다. 너한테 뼈째 씹어 먹힐까 봐 겁나거든."

그렇게 말한 은지호가 대뜸 손을 뻗어 잡은 것은 다름 아 닌 나였다.

나? 내가 우왕좌왕하는 사이, 은지호가 내 손목을 고쳐 잡았다. 그 모습을 보며 이서진이 무슨 말을 하려던 찰나, 갑자기 우리 반 문이 쾅 소리 나게 열리며 이루다가 모습 을 드러냈다.

그가 문에 기대며 껄렁하게 묻는 것을 보고 나는 이마를 짚었다. 아이고.

"넌 뭐냐?"

루다야, 유천영의 '뭐야?'가 양반이었다는 생각이 들게 하는 언행은 그만둬 줄래. 다른 애들이 보면 네가 기어이 옆 학교 부회장이랑 싸우는 줄 알겠어.

이서진은 비로소 몹시 지친 얼굴을 했다. 그의 눈이 '이 학교엔 다 이런 놈들뿐이야?'라고 말하고 있는 것 같아서 괜히 내가 다 미안해질 지경이었다.

"오늘은 너무 시끄러워서 가 봐야겠네."

빙긋 웃으며 그렇게 말한 이서진은 나를 향해 손을 한들한들 흔들더니 빠른 걸음으로 뒤돌아서 버렸다.

야, 너 어디 가! 묻는 말에 대답부터 해! 이루다의 사나운 외침이 뒤따르던 찰나, 옆에서 다시 누군가의 손이 나를 끌어당겼다.

돌아보니 은지호였다. 그는 나를 이끌고 이번에야말로 빠른 걸음으로 자리를 벗어났다.

한참이 지나서 우리는 인적이 거의 없는 계단참에서 멈추었다. 나는 한동안 기가 빨린 나머지 멍하니 서 있었다.

솔직히 그동안 지내면서 인터넷 소설의 여러 상황에는 어느 정도 적응했다고 생각했는데, 방금은 정말이지 내가 입 한 번 열 수 없는 무서운 분위기였다. 어찌나 온도가 낮

던지, 창문 다 깨지는 줄 알았네.

그러다 문득 옆에서 날아오는 소리에 나는 고개를 돌렸다.

"내가 잘한 거 맞냐?"

"뭐?"

"네가 제발 여기서 나 좀 꺼내 달란 표정을 하고 있던 것 같아서. 내가 잘못 본 거 아니지?"

나는 얼른 고개를 끄덕였다. 그야 그렇지, 고래들 사이에서 등이 터지고 싶지 않은 새우의 맘이랄까.

하지만 막상 유천영과 은지호의 도움으로 빠져나오니 이것은 이것대로 마음에 걸렸다. 나는 이서진이 사라진 쪽을 계속 힐끗거렸다.

은지호가 물었다.

"왜?"

"이서진한테 조금…… 미안해서."

나는 어두운 얼굴로 대답했다.

마치 이 소설에 처음 들어왔던 중학교 1학년 때로 돌아간 것만 같아서, 기분이 썩 좋지는 않았다.

별 이유도 없이 단지 곁에 있으면 '어떤 사건이 일어날지도 모른다'는 예감만으로 내게 호의적인 것이 빤히 보이는 사대천왕과 반여령의 손을 모조리 쳐 내던 그때.

나는 내 손을 빤히 보았다. 물론 지금은 정확한 정보를 제공해 주는 노아리가 있으니 상황이 다르고, 이서진의 감정도 순수한 호감이 아니니 상황이 많이 다르긴 하지만.

그때, 은지호에게서 불쑥 돌아온 대답에 나는 놀라서 고개를 들었다. 나와 마찬가지로 이서진이 사라진 자리를 시선으로 좇던 그가 대답했다.

"하긴, 나도 조금은 그렇더라."

은지호에게서 그런 대답이 순순히 튀어나올 줄은 몰랐기에 나는 조금 놀랐다. 사람 읽는 데는 상당히 능한 그가 아니던가. 그도 이서진의 본성을 알아채고 나를 도망시켜 준 줄 알았는데.

그때 은지호가 다시 말했다.

"저 녀석 심정."

"응."

"어떨지 잘 알겠거든."

나는 시선을 조심스레 비껴 올렸다.

창문을 등지고 선 은지호의 얼굴과 몸 전체가 역광 때문에 한 겹 그림자에 씌워져 있었다. 그 가운데 검은 눈만이 유독 선명하게 빛나고 있었다.

그 눈과 시선이 마주친 순간, 나는 왜인지 모르지만 도망쳐야 한다는 생각에 사로잡혔다.

나는 눈을 내리깔았다. 목울대가 일렁이고 심장이 빨리 뛰었다. 내가 그에게 잡힌 손목을 빼내려던 그때, 나직한 말소리가 이어졌다.

"보여 줘도 못 본 척, 말해도 못 들은 척."

"어…….."

"처음에는 정말로 네가 아무것도 못 보고, 아무것도 못 들어서 그러는 줄만 알았어. 왜냐하면, 그쪽이 나를 원하는데 내가 원치 않는다면 모를까, 반대의 경우는 없었거든."

그때까지는. 나직이 따라붙는 소리에 나는 다시 숨을 삼켰다.

내가 다시 한번 은지호에게 붙들린 손목을 비틀어 빼내려는 그때, 천둥 같은 말이 내려쳤다.

"그래서 몰랐어. 네가 우리를 원하지 않는다는 걸."

"……."

침묵이 내리깔렸다. 그 속에서 나는 한동안 숨만 집어삼켰다.

이 타이밍에. 나는 중얼거렸다. 이 타이밍에 이런 말이 돌아올 줄은 정말이지 상상도 못 했다.

그들에게서 내가 도통 속을 털어놓지 않는다며, 정말 자기들을 친구로 생각하는 게 맞느냐며 비난당한 일이야 여러 번 있었다. 그러나 그들 입에서 과거의 내가 그들을 '원치 않았다'고, 직접적으로 언급된 것은 이번이 처음이었다.

한참을 얼어붙어 있다가, 나는 눈을 들어 은지호를 바라보았다. 심장이 토끼처럼 빠르게 뛰고 있었다.

그런데, 막상 마주친 그의 눈에 비난하는 기색이 전혀 담겨 있지 않아 나는 의아해졌다. 나는 정말로, 그가 내게 화를 내려는 거라고 생각했는데.

내가 입속으로 되뇌는 그때, 은지호가 말했다.

"그런데 요즘은 다르다는 생각이 들어."

"뭐?"

"널 둘러싼 뭔가가 떨어져 나간 것처럼 느껴져서……."

잘 설명은 못 하겠지만. 은지호가 덧붙이는 말을 듣고 나는 이번에야말로 얼굴색이 창백해졌다.

최근 다른 이들에게서 '분위기가 안정되었다'는 말은 종종 듣고 있었다. 아마도 그것은 내가 노아리와 만나고, 내가 더는 원래의 세계로 돌아가고 싶지 않고 이 세계에 남고 싶다는 것을 확실히 말한 뒤였을 것이다.

그때, 아무런 연습도 하지 않았는데 술술 쏟아지는 내 진심을 듣고선 나조차 놀랐을 정도였다.

아무튼 내가 내 마음을 알고 나자 마음이 편해졌다. 이 세계를 조금 더 생생하게, 살아 있는 것으로 느낄 수 있었다.

이런 내 변화를 가장 가까이서 지켜봐 온 이들이 눈치챈 건 당연한 일이지만, 은지호가 말하고 있는 것은 그 뜻만이 아닌 것 같았다.

나를 기이할 정도로 선명한 검은 눈으로 내려다보던 은지호가 말했다.

"이제 더 이상 네가 전처럼 그러지 않을 것 같아."

"전처럼이라니……."

"보여 줘도 못 보고, 말해도 못 듣는 대신에…… 이번에야말로 똑바로 봐 줄 것 같아, 제대로."

"……."

나는 숨도 못 쉬고 바짝 가까이에 다가온 은지호의 얼굴을 응시했다.

그 가운데 그가 못 박듯 말했다.

"아니, 너 이미 알지?"

"……."

"이제는 내가 더는 안 보여 줘도, 더는 말 안 해도."

그가 말을 맺었다.

"내가 지금 무슨 말을 할지까지도, 이미 알고 있는 거지? 너."

은지호의 손을 휙 뿌리친 나는 다급하게 계단을 달려 내려갔다. 물론 방금 수업 준비종이 요란하게 울리긴 했지만, 그 때문만은 아니었다.

언제부터 들킨 거지? 언제부터?

손을 들어 미친 듯이 빨리 뛰는 맥을 짚어 보며 나는 중얼거렸다. 내가 그를 의식하고 있다는 걸.

수학여행 이후로 내내 나는 은지호의 행동에 촉을 기울이고 있었다. 그야 은지호의 눈 안에서 마치 나를 보던 여단 오빠와 비슷한 눈빛을 발견했으니 어쩔 수 없었다.

아니, 어쩌면 그보다도 오래되고 깊은 눈빛이었다. 연원을 짐작할 수조차 없는.

깨닫고 나자 그가 지금까지 나를 그런 눈빛으로 봤다는 것이 도무지 믿기지 않았다. 내가 그것을 지금까지 모르고 지냈다는 것도.

내가 모든 것은 이미 정해져 있다며 안일하게 지내던 세월이 얼마나 길었는지 새삼 깨달을 수 있었다.

특히 은지호의 경우에는 은발이니까 남자 주인공인 게 분명하고, 당연히 반여령이랑 이어질 테니 더더욱 의심이라곤 하지 않았다. 그가 그렇게나 티를 냈는데도.

나는 숨을 헐떡이며 계단을 달음박질쳐 내려갔다.

"어떡해."

그러다 문득 머리칼을 헝클어뜨린 나는 다시 내뱉었다. 어떡해, 진짜? 고개를 내저은 나는 다시 복도를 가로질러 뛰어갔다.

교실 문을 열자, 이미 다른 아이들은 모두 책상에 앉아 수업을 기다리고 있었다. 황급히 서랍에서 교과서를 챙기는 내게 그들이 말했다.

"야, 방금 이루다가 선율 예고 부회장한테 인성질 했다. 이제 우리 반은 불이익당할지도 몰라."

"그 녀석이 기분 나쁜 걸 어떡하라고. 첫눈에 보자마자 느낌 싸하던데, 너희는 모르겠냐?"

의자 등받이에 한쪽 팔을 걸친 채 그렇게 말하며 흥, 하고 코웃음 치는 루다에게 다른 이들이 한마디씩 했다.

"루다야, 자기소개 잘 들었다."

"나도 1년 전 너를 볼 때부터 느낌이 싸했어."

"와, 진짜? 나는 진짜 하나도 몰랐어."

"당연히 그냥 하는 말이지. 우리라고 알았겠냐? 쟤 얼굴이 얼마나 착하게 생겼는데."

주위에서 그를 가지고 농담처럼 떠들건 말건, 이루다는 나를 보곤 자리에서 일어나 획 다가왔다.

옆에서 김혜힐이 중얼거리는 소리가 들렸다.

"왔네, 마지막 후보 4번."

"혜힐아."

너 아직도 그거 꼽고 있었어? 내가 허탈하게 속삭이는 찰나, 내 바로 앞에 선 이루다가 책상을 짚으며 물었다.

"단이 너 방금 그 자식이랑 알아? ……뭐야, 얼굴은 또 왜 이렇게 창백해?"

말하다 말고 화들짝 놀란 표정을 지은 그가 손등을 내 이마에 댔다. 고개를 살짝 뒤로 빼며 내가 말했다.

"아, 아니야, 나 안 아파."

"얼굴빛이 이렇게 새하얀데? 은지호가 너 그 자식한테 씹어 먹힐까 봐 데려간다더니, 자기가 씹어 먹은 거 아니야?"

이루다는 별 뜻 없이 한 말이었겠지만 나는 당장 얼굴이 창백해졌다.

내가 급기야 딸꾹질을 시작하는 걸 보고, 이를 갈아붙인 이루다가 휙 돌아섰다.

"뭔가 하긴 했다는 거지? 내 이 자식을 그냥…….

"이루다, 이만 자리에 가서 앉아. 곧 선생님 들어오셔."

김혜힐이 태연한 얼굴로 그의 옆구리를 샤프로 찌르며 말하자, 잠시 아쉬운 얼굴을 하던 이루다는 빠른 걸음으로 자리를 떠나 버렸다.

그러고서야 나를 돌아본 김혜힐은 샤프를 들어 교과서 여백에 끼적였다.

—무슨 일인데 그래?

나는 대답 대신 두 손으로 얼굴을 가리며 끙끙 앓았다. 맙소사, 하루 만에 이런 일이 생길 거라면 미리 꿈으로 알려 주기라도 해야 하는 게 아닌가. 난데없이 폭탄이 떨어진 셈이었다.

몇 분이 지나고, 선생님이 수업을 시작하고 나서야 나는 샤프를 들어 모서리에 끄적였다.

—은지호가…….

김혜힐이 고개를 주억거렸다.

─자기 마음 이미 알지 않느냐고.

김혜힐이 고개를 휙 들었다. 그녀가 있는 대로 커진 눈으
로 나를 보며 입 모양으로 속삭였다. 그게 진짜야?
나는 고개를 끄덕였다.
그녀가 다급하게 샤프를 잡고 다시 끼적였다.

─뭐라고 했는데?
─당연히 대답 못 했지. 마침 수업 준비종도 울려서 그냥 튀
었어.
─너 어떡해?

어떡하기는. 턱을 괴고 한숨을 푹푹 내쉬던 나는 김혜힐
의 이어진 글을 보고 얼굴을 굳혔다.

─다음 교시 영어고, 그다음 교시 수학이잖아.

심장이 줄도 안 매달고 번지 점프를 하는 기분이었다.

* * *

마지막 교시가 다가올 때까지 나는 시시각각 고민했다.

쨀까? 째고 튈까? 아니면 양호실에 가서 조퇴시켜 달라고 해?

쉬는 시간마다 친구들이 증언해 준 바에 따르면 내 안색은 이제 좀비한테 친구 하자고 해도 그럭저럭 먹힐 수준으로, 조퇴도 가능성이 영 없진 않았다. 게다가 심장은 어찌나 빨리 뛰는지, 지금 당장 맥박을 잰다면 부정맥 진단쯤은 가볍게 받을 수 있을 것 같았다.

그러나 오늘 도망쳐 봐야 내일 또 은지호와 학교에서 만나야 할 것이 분명하고, 내가 그를 지나치게 신경 쓰고 있다는 것만 증명하는 꼴이 될 게 뻔했다.

결국, 나는 사형 집행을 기다리는 죄수의 마음으로 가만히 얼어붙어 앉아 있었다.

"단아!"

평소와 다름없이 밝은 표정의 여령이가 그렇게 외치고서 내 옆에 앉았다.

예전에는 자유롭게 섞여 앉았는데, 은형이와 여령이가 사이가 이상해지고부터 내 옆은 여령이의 고정석이 되었다.

여령이를 뒤따라 들어온 이들도 한마디씩 했다.

"엄마!"

"단아, 우리 왔어."

한편, 유천영은 내 앞자리에 앉자마자 나를 돌아보며 물었다.

"왜 그렇게 수상한 녀석이랑 친해진 건데."

"치, 친해진 거 아니야. 인사만 하고 있고, 그리고 걔는 내가 아니라……."

그렇게 말하고 나는 반여령을 힐끗 보았다. 반여령이 마침 손을 들고 당당하게 말했다.

"서진이는 나랑 연락하고 있어."

그러자 유천영의 눈이 다시 찌푸려졌다. 그가 다시 말했다.

"걔, 느낌 안 좋던데."

"애초에 느낌뿐만이 아니라 걔 하는 행동만 봐도 감이 오지."

그렇게 말하면서 끼어든 것은 은지호였다. 그의 목소리가 들려오자 나는 흠칫하며 시선을 들었다.

다행히 막상 바라본 그는 나를 보고 있지 않았다. 안도의 한숨을 내쉬는 내게 그의 말이 이어졌다.

"반여령이랑 호칭 정리도 제대로 안 해 놓고서 친구를 소개받을 생각부터 한다는 게 이상하지 않냐."

"흐음, 내가 좀 알아볼까?"

턱을 괴며 귀여운 목소리로 말하는 주인이에게 은지호는

심드렁히 대답했다. 아니, 뭐 그럴 것까지야.

그가 덧붙였다.

"그리고 표정 바꾸는 거나 말하는 걸 봐서는 보통내기가 아니야. 어차피 꼬리를 밟아도 나오는 건 없을걸."

은지호의 말이 끝나자 유천영이 나를 빤히 보았다. 나는 불안해하면서도 물었다.

"왜?"

"그 형은, 최근에 걔가 너한테 접근한 거 알아?"

'그 형'이라는, 유천영에게서 나온 것치고는 사뭇 거리감 있는 호칭에 나는 심장이 떨어지는 듯한 느낌을 받았다. 그가 말하고 있는 상대는 다름 아닌 여단 오빠였다.

아, 그랬지. 나는 이마를 감쌌다. 아직 이들에게 말하지 않은 것이 이렇게 돌아올 줄은 몰랐다.

맞은편에서 은지호의 시선이 나를 빤히 응시하는 것이 느껴졌다. 한참을 가만히 있다 나는 고개를 저었다.

"아니."

"그럼 말해. 아니면 그쪽한테 사귀는 사람이 있다고 말해도 괜찮고. 아직 말 안 한 거지."

나는 고개를 조용히 끄덕였다.

유천영이 시선을 정면으로 되돌리며 말했다.

"설마 사귀는 사람 있다고 하면 더 접근하진 않겠지."

유천영의 말을 들으며 나는 중얼거렸다. 아니, 사실 그 사귀는 사람이 없어서 그 말을 할 수 없다는 게 문제인데.

마침 여령이가 나를 향해 아직도 말 안 했냐는 듯한 시선을 보내기에, 나는 그냥 고개만 끄덕였다.

한편, 은지호의 집요한 시선은 여전히 내 이마 언저리에 머무르고 있었다. 그렇게 직접적으로 말을 꺼낸 게 처음이니만큼, 이번만은 그냥 넘어가 주지 않을 분위기였다.

뭐, 그래도 오늘 하굣길은 반여령과 더불어 오랜만에 유천영도 함께일 테니까, 괜찮겠지? 대각선의 유천영을 힐끗 본 나는 안도의 한숨을 내쉬었다.

그러나 안도감이 산산이 조각나기까지는 얼마 걸리지 않았다.

*　*　*

7반 교실에 갔을 때, 나는 이미 그 반의 일원이라도 된 듯 익숙한 인물과 마주쳤다.

"안녕."

나와 눈이 마주치자, 낮에는 언제 그랬냐는 듯 익숙한 웃음을 지으며 말하는 이서진에게 나는 따라 웃어 주었다.

평소라면 그냥 고개만 까딱하고 시선을 피했겠지만, 낮의 일 때문에 아무래도 죄책감이 들어서 그럴 수가 없었다.

그런 가운데 반여령이 종종걸음으로 다가와 물었다.

"단아, 오늘은 나 따로 가도 돼?"

"응? 어, 그럼 설마…….'"

놀란 눈으로 반여령과 이서진을 번갈아 보는 내게 그녀가 고개를 끄덕였다.

"응, 나 오늘은 서진이랑 돌아가려고. 얘기나 하면서 천천히."

"그…… 래. 그거 좋지."

그제야 정신을 차린 나는 간신히 대답하긴 했지만 복잡한 기분이었다. 전에 반여령에게 들었을 때는 두 사람, 아무래도 영 진전이 있을 것 같지 않더니 결국 이런 날이 오긴 오는구나.

무슨 일이 생기진 않겠지? 나는 반여령에게 핸드폰을 흔들어 보이며 속삭였다. 연락 꼬박꼬박 해. 여령이는 웃으며 고개를 끄덕였다.

그러고서야 나는 뒤를 돌아보았다. 문가에 선 은지호와 유천영이 나를 향해 말하고 있었다.

"가자."

"어, 응."

유천영의 말에 대답하며 나는 은지호의 눈치를 보았다.

그는 두 손을 주머니에 쑤셔 넣은 채 태연하게 걸음을 옮기고 있었다. 누가 봐도 우리 사이에 무슨 일이 있었다고는 도저히 믿지 못할 모습이었다.

아무튼 유천영이 함께 가니 다행이다. 나는 또 한 번 안도의 한숨을 내쉬었다.

그러나 교문 앞에 다다르자마자, 유천영은 나를 향해 말했다.

"그럼, 체육 대회 날 보자."

"뭐? 자, 잠깐만. 어디 가?"

나는 그만 당황해서 그의 손을 덥석 붙잡고 말았다. 눈을 크게 뜬 유천영이 다시 나를 돌아보았다.

그가 드물게 당황이 묻어나는 목소리로 대답했다.

"촬영 가는데."

"아니, 오후 촬영이 있는데 굳이 학교를 온 거야?"

나는 정말로 그가 오늘 촬영을 모두 마쳐서 모처럼 우리와 오후 시간을 보내려고 학교에 온 줄 알았다. 그렇지 않다면 굳이 학교에 올 이유가 없잖아. 정말로 오후 수업만 들으려고?

그러자 유천영은 미간을 좁히면서도 순순히 대답했다.

"오후에 영어랑 수학이 끼어 있었으니까."

"아……."

멍하니 그를 붙잡고 있던 손을 내리는 내게, 그가 수상쩍다는 어조로 물었다.

"그보다, 왜 그래? 무슨 일……."

"아, 아니야! 아무 일도 없는데, 아무 일도 없지만……."

내 말이 이어질수록 유천영의 눈썹 끝이 치켜 올라갔다. 저건 필시 그의 마음 안에서 나에 대한 불신이 따라서 커지고 있다는 뜻이었다.

그의 눈치를 보던 내가 마지못해 내뱉었다.

"아, 안 가면…… 안 돼?"

"……."

잠시 정적이 흘렀다. 그 가운데 나는 뒤에서 허, 하고 은지호가 기가 차다는 듯 한숨 쉬는 소리를 들은 것도 같았다.

난감한 얼굴을 하고 한참이나 나를 내려다보던 유천영이 마침내 말했다.

"왜 이래."

"미안."

나는 두 손으로 얼굴을 가리며 그에게서 잽싸게 떨어져 나왔다. 내가 방금 한 짓을 깨닫고 나자 다리가 절로 비틀거렸다.

방금 내가 아빠한테도 초등학교 들어가곤 하지 않던, '출근 안 하면 안 돼?' 그 비슷한 말을 유천영에게 했단 말인가? 아무리 급해도 그렇지!

무슨 말이 돌아올지가 두려워 도무지 유천영을 쳐다볼 수가 없었다. 내가 얼굴을 가리고 고개를 들지도 못하는데, 돌연 머리 위에 손이 얹혔다.

나는 슬그머니 눈을 들었다.

정색이나 경악, 둘 중 하나일 거라 생각했던 유천영의 얼굴 위에 떠오른 것은 신기루처럼 옅은 미소뿐이었다.

그가 더없이 낮은 목소리로 말했다.

"이러면, 가기 싫어지잖아."

"……."

"가야 하는데."

그제야 정신을 차린 나는 고개를 끄덕이며 말했다.

"가야 하는 거 알아. 붙잡아서 미안."

말뿐이 아니라 어느새 검은 차 한 대가 우리 바로 앞에 바짝 다가와 있었다. 어서 타라는 듯 헤드라이트가 연신 깜빡였다.

내 머리칼을 부드럽게 헝클어트리던 손이 마침내 떨어져 나가고, 차에 탄 유천영이 문을 닫았다.

그의 차가 멀어져서 마침내 시야에서 사라지고 나서야, 등 뒤에서 답지 않게 차분한 목소리가 날아왔다.

"그럼 우리도 가자."

뒤돌아본 나는 그의 눈치를 살피며 물었다.

"어…… 우리 둘만? 주인이는?"

너무 속 보이는 내 물음에도 은지호는 불쾌한 내색 하나 없이 순순히 대답했다.

"우주인은 저녁 약속 있다던데."

저녁 약속이란 말에 나는 또다시 노아리를 떠올렸다.

주인이는 노아리와 만나고 있는 걸까? 이런 빈도면 거의 일주일에 서너 번은 만나는 게 분명한데, 대체 무엇 때문에?

아무튼 특별한 이유도 없고, 달리 갈 곳도 없는데 싫다고 할 수도 없는 노릇이었다. 나는 쭈뼛쭈뼛 걸음을 옮겨 은지호의 옆으로 다가갔다.

나를 기다리며 서 있던 은지호가 이윽고 내 걸음에 맞추어 걷기 시작했다.

차에 타고서도 우리는 한마디 말도 없이 각자 창밖만 보았다. 기사 아저씨가 한마디 하고 싶은 기색으로 우리 쪽을 흘깃거리는 게 느껴졌다. 그도 그럴 게, 나와 은지호는 둘만 있을 때 말이 무척 많은 편이었으니까.

턱을 괴고 까만 차창만 바라보던 나는, 차창에 반사된 은지호와 우연히 눈이 마주치자 흠칫 놀라 어깨를 떨었다.

그때, 침묵을 뚫고 목소리가 날아왔다.

"너, 곤란하지."

나는 옆을 돌아보았다.

"뭐?"

그가 말한 곤란함이 자신의 고백에 대한 것인지, 아니면 내 상황 자체에 대한 것인지 알 수 없었다.

거침없는 말이 이어졌다.

"유천영한테 그러겠다고 말했지만, 정작 사귀는 사람이 없는 상태니까. 곤란하잖아. 이서진을 어떻게 밀어내야 할지도 머리 아프고. 괜히 죄책감만 들고."

"그건, 그런데…….'"

대답하면서도 나는 미심쩍어서 얼굴을 찡그렸다. 도대체 무슨 말을 하려고.

"날 이용해."

뜬금없다고 느껴질 정도로 훅 치고 들어온 말이었다. 그렇게 말하는 그의 얼굴은 일말의 장난기도 없이 진지했다.

한참 만에 내가 되물었다.

"그게 무슨 소리야?"

"너, 그 형이랑 사귈 때도 그 형한테 달라붙은 스토커를 떼려고 가짜로 시작했던 거라며. 그러다 진짜가 된 거였다고."

"……."

"이번에도 그런 식으로 하면 되겠네. 이서진한테 나랑 사귀고 있다고 말하고, 비밀로 사귀고 있어서 다른 애들은 모른다고 해. 그러면 되잖아."

은지호는 우리 사이에 아무 일도 없었다는 듯, 말하는 내내 태연했다.

내가 당황해서 대답했다.

"아니, 그거랑 이거는 다르지."

나는 빠르게 말을 이었다.

"그건 엄밀히 스토커였고, 얼굴도 이름도 몰라서 어떻게 끌어내야 할지도 모르는 상태라 그 외에는 별 방법이 없었는걸. 하지만 이서진은 아니잖아. 게다가 애들한테 들키면, 너랑 내 평판은…….”

다른 애들은 내가 아직까지도 여단 오빠와 사귀고 있는 줄 아는 시점이었다.

김혜힐과 이민아가 나서서 우리가 진작 헤어졌음을 증명해 준다고 해도, 그 진작이란 게 고작해야 수학여행 전날이니 남들이 보기엔 그리 긴 시간이 아닐 것이다.

그런데 은지호와 벌써부터 사귀고 있다고? 무슨 말이 나올지 뻔하지. 나는 이마를 짚었다.

내가 의아한 것은, 내가 아는 것을 설마하니 은지호가 모를까 하는 것이다.

“알아.”

과연 은지호에게서 내가 예상한 대답이 흘러나왔다. 나는 그런 그를 물끄러미 쳐다보았다. 그럼 대체 무슨 생각에서?

그가 차창 밖으로 고개를 돌리며 대답했다.

“그냥 해 본 말이야.”

“아니, 왜 그런 말을 그냥…….”

“왜긴. 그런 핑계를 대서까지도 너한테 이용당하고 싶다는 거잖아, 지금.”

나는 입술을 꾹 깨물었다. 전에도 생각한 거지만, 은지호의 표현은 깨닫고 보니 지금까지 어떻게 몰랐나 싶을 정도로 노골적이었다. 그의 말이 불러온 침묵이 차 안을 짓눌렀다.

한참이나 숨도 쉬지 못하고 있다가, 나는 간신히 입술을 뗐다.

"내가 어디가 좋아?"

그제야 창밖을 향하고 있던 은지호의 시선이 다시 나를 향했다.

나는 스스로를 찌르는 심정으로 내뱉었다.

"내가 왜 좋아? 너 같은 사람이, 더군다나 나 같은 사람을…… 어떻게 좋아해?"

나는 진심으로 이해가 가지 않았다.

차라리 고등학교 때 만난 다른 누군가라면 이해했을지도 모른다. 왜냐하면 고등학교 때의 나는 훨씬 안정되어 있었고, 꼴사나운 일도 거의 저지르지 않았으니까. 물론, 어디까지나 학교 밖에서의 일을 빼고 말했을 때이지만.

그러나 은지호와 내가 만난 것은 중학교 1학년 때, 내가 반여령과 만나고 막 이 세계에 들어와 혼란의 정점을 찍던 시기였다.

지나치게 견고한 자기방어, 나라도 평화롭게 살아야겠다며 반여령의 혼란을 외면하던 이기심, 아무것도 없는 사람이 가진 것 많은 사람에게 드러내던 경계심과 질투.

은지호는 그 모든 것을 봐 왔다. 말하자면 내가 엎어지고 구르고 깨지는 것을 전부 지켜본 셈이었다. 그것도 특등석에서.

은지호는 의미 모를 검은 눈으로 나를 물끄러미 응시했다.

이윽고 웃음기 하나도 없는 건조한 목소리가 돌아왔다.

"말 함부로 하지 마. 내가 좋아하는 사람한테."

나는 이번에야말로 숨을 멈추고 말았다.

이번에 고개 돌린 사람은 나였다.

한참이나 캄캄해서 아무것도 비치지 않는 창밖을 바라보다가, 나는 두 손을 들어 얼굴을 가렸다. 으, 으으.

앓는 소리를 내는 나를 보며 은지호가 놀랍게도 짧게 웃는 소리를 냈다.

그는 곧바로 말을 이었다.

"나도 그걸 알 수 있을 거라고 생각해서 기다렸어. 그걸 알아내면 곧바로 그만둘 수 있을 테고, 그러면 성가시게 더는 이런 고민할 필요 없을 거라고 생각했어."

"……."

"이미 해야 할 일도 산더미인데, 거기에 일 하나를 더 끼워 넣을 필요는 없는 거라고."

그렇게 말하며 은지호가 턱을 괴고 있던 팔꿈치를 들어 창턱에 가져다 대었다. 나는 그런 그를 물끄러미 응시했다.

"그런데 그걸 기다리는 사이에 낚아채였더라고. 코앞에서."

"……."

"나는 이것도 다른 모든 일들처럼 내가 마음만 정하면 되는 문제인 줄 알았는데, 그게 아니었던 거지."

그리고 은지호가 문득 턱을 괴고 있던 팔을 내리며 꼬고 있던 다리를 풀었다. 나는 그가 무엇을 하려나 싶어 숨죽이고 기다렸다.

"그전까지는 여유 만만이었는데 말이야. 우습게도 우리 중에 하나한테라면 널 양보할 수 있다는 생각까지 했어. 그런데 막상 그걸 깨닫고 나니까."

그가 한 것은 정말로 대수롭지 않았다. 그저 발을 뻗어 내 발을 툭 친 것이었다.

친구들 사이에 그저 가볍게 할 수 있는 발 장난. 우리조차 가끔 서로의 발을 장난스레 밟고, 내가 한 거 아니라며 시치미를 떼다가 더러 난장판으로 번지곤 했다.

그러나 내 손에서 얼마 떨어지지 않은 은지호의 새끼손가락이 움찔 떨리는 것을 보고, 나는 이게 그런 장난과는 의미가 전혀 다르다는 것을 알았다.

그는 아마도, 내 손을 잡는 대신 내 발을 툭 치는 데 그친 것이었다.

잔뜩 억눌린 것처럼 낮은 목소리가 이어졌다.

"한 번 빼앗겨 보고 나니까."

"……."

"조바심이 나서 참을 수가 있어야지."

내가 아무 말도 없는 가운데, 은지호가 불쑥 물었다.

"한 달이면 혼란을 수습할 시간으로 충분하지 않아?"

"한 달 아니야. 아직 3주인가…….."

내가 볼멘소리로 하는 말을 자르고 은지호가 말을 맺었다.

"나한테 와. 남은 미련도 다 사라지게 해 줄 테니까."

웃음기 하나 없는 얼굴로 그렇게 말하는 은지호를 보며, 나는 비로소 몇 년간 잊고 살았던 그의 소설 속 위치를 다시 깨달았다.

그런 다음, 나는 얼굴을 가리며 앓는 소리를 냈다. 이래서 내가 단둘이 안 남으려고 한 거였다고!

이루다의 표현대로, 은지호는 나를 뼈째 씹어 먹으려거든 능히 그럴 수 있는 사람이기 때문에.

마침 차가 아파트 앞에 멈춰서 망정이었지, 아니었으면 나는 숨이 막혀 기절했을지도 모른다.

"생각해 봐."

내게 커다란 폭탄을 던져 준 그가 얄밉게도 그 말만 남기고 살랑살랑 손을 흔들며 떠나간 뒤, 나는 밭은 숨을 내뱉으며 그 자리에 웅크려 앉았다.

무릎을 끌어안은 채로 나는 멍하니 읊조렸다.

"누가 인터넷 소설 남주 아니랄까 봐…….."

미쳤다, 진짜 미쳤어.

이 말밖에는 나오지 않았다.

　　　　　　*　*　*

　그 뒤로는 도통 눈을 뜨고 있는 건지 감고 있는 건지 모를 혼돈의 나날들이 계속되었다. 마치 밥을 어디로 먹는지도 모르는 고장 난 로봇이 된 것 같았다.

　그나마 일주일도 남지 않은 합동 체육 대회 건으로 눈코 뜰 새 없이 바쁘고, 나만 정신없는 게 아니라 다 같이 정신이 없다는 게 다행이었다. 내 이상 행동은 다른 이들의 흥분과 광란의 도가니 속에 그럭저럭 묻혔다.

　체육 대회가 3일밖에 남지 않은 토요일 학급 회의 시간, 교실 맨 앞에 선 윤정인이 말했다.

　"이제 종목도 주자도 거의 다 정해졌는데, 선율 예고 측에서 새로 제안한 종목이 있거든?"

　뭐야. 뭔데, 뭔데? 온갖 물음들이 튀어나오는 가운데 윤정인이 분필을 들고 크게 썼다.

　심드렁하게 턱을 괴고 칠판을 쳐다보던 나도 이윽고 눈을 크게 뜨며 입을 반쯤 벌렸다.

　저게 뭐람.

　"'공주님 구하기'."

　반 전체가 조용해진 가운데, 윤정인이 분필을 들고 큰 원을 그린 다음 그 안에 작은 원을 그리며 설명을 이어 나갔다.

"잘 봐. 여기 큰 원이 적진이고, 이 작은 원 정중앙에 공주님이 있어야 해. 물론, 여기서 공주님은 우리 팀 공주님이야."

그런 다음 그는 분필을 들어 큰 원과 작은 원 사이의 공간에 점을 마구 찍었다.

"그리고 이 영역은 적진 공격수들이 활동하는 영역. 여기서는 몸싸움이 가능해. 적진 공격수들이 너희를 직접 잡고 밀어낼 수 있어."

그런 다음 윤정인이 작은 원 안에도 동그라미를 마구 찍었다.

"그리고 여기는 적진 수비수들이 활동하는 영역. 여기서는 좁으니까 몸싸움이 사고로 번질 수도 있어서, 적진 수비수들이 너희를 직접 붙잡는 건 불가능해."

그리고 그가 칠판을 두드리며 말을 맺었다.

"대신에 수비수들이 너희를 살짝 터치하기만 해도 아웃이야. 그러니까 저기선 기동력과 민첩성이 동시에 필요한 거지."

"흐음."

"물론 우리 팀에도 다른 팀 공주님이 있을 거고, 다른 팀 구출대가 자기네 공주님을 구하러 우리 진영에 침투할 거야. 먼저 자기네 공주님을 구하는 팀이 승리."

"저걸 왜 해?"

윤정인의 설명이 끝나자마자 누가 손을 번쩍 들고 물었다. 나도 같은 생각이었다. 이미 있는 종목들로도 승부 가리기는 충분할 것 같은데?

그러자 뒷머리를 긁적인 윤정인이 난감한 듯 대답했다.

"어, 그게. 보여 주기용 퍼포먼스?"

"아니, 체육 대회에 퍼포먼스가 왜 필요한데?"

"필요하지, 당연히. 그도 그럴 게 그 대단한 선율 예술 고등학교의 체육 대회인데."

윤정인이 정색하며 단호하게 하는 말에도 모두는 어리둥절해했다.

"아니, 그러니까 왜 필요한 거냐고?"

"그야, 방송국에서 촬영하러 오니까……?"

윤정인의 폭탄 발언 이후 잠시 교실 안이 씻은 듯 조용해졌다. 잠시 후, 모두가 앉은 자리에서 반쯤 일어나 책상을 내리치며 외쳤다. 방송국?!

그들이 비명처럼 외쳤다.

"그런 얘긴 없었잖아!"

"나도 어제야 전해 들었어. 원래 방송국에서는 선율 예고가 끼는 데다 합동 체육 대회니까 한번 취재해 볼까 하고 가벼운 생각에 왔다가…… 우리 학교에 유천영이 있다는 말을 듣고."

그러자마자 몇몇 여학생들이 덜컹 일어나 7반 쪽으로 다가갔다. 윤정인이 그들을 보며 물었다.

"야, 야, 잠깐. 뭘 하려고?"

"유천영을 없애면 텔레비전에 안 나와도 되는 거야? 이 모습으로 평생 박제 안 당해도 돼?"

그 모습을 보며 나는 중얼거렸다. 어제의 아군이 오늘의 적이라더니, 이거 완전히 유천영을 두고 하는 소리로군.

한편, 윤정인은 이마에 굵은 땀방울을 매단 채 그들을 열심히 말렸다.

"야야, 진정해라. 어차피 지금 옆 반 가 봤자 유천영 없을뿐더러, 티비에 나온다고 하면 흥미 없었던 선율 예술 고등학교 학생들도 어쩔 수 없이 대거 참가할걸? 인지도를 높일 기회니까."

그 말에 비로소 이들의 움직임이 멈췄다. 다른 이들도 하던 것을 멈추고 기대감 어린 눈빛으로 윤정인을 돌아보았다.

"그 말은……?"

"야, 연예인들이랑 같이 체육 대회 할 기회가 어디 흔하겠냐. 그러니까 다 추억이라고 좋게 생각…… ."

윤정인의 말이 끝나자마자 우렁찬 함성이 터져 나왔다.

그 가운데 나는 혼자서만 가방 앞주머니에 든 수첩을 슬쩍 내려다보았다.

아이고, 이래선 노아리가 절대 만날 리 없다고 단언했던 인물들을 만날 확률이 무척 높아지는 거잖아. 뭐, 예측 못한 일을 겪는 게 한두 번도 아니니 어쩔 수 없지. 나는 한숨을 내쉬었다.

바로 그때, 윤정인의 물음이 날아왔다.

"아니, 그래서 우리 반 공주님은 누가 할래?"

"윤정인을 추천합니다."

그러자마자 날아오는 이민아의 말에 반 전체에 웃음이 터졌다. 윤정인도 난감한 미소를 매달고 대답했다.

"난 기왕이면 구하는 쪽이 되고 싶은데. 자기가 하지 그래?"

그러자 이민아도 씩 웃으며 혀만 쏙 내밀었다.

공주님 자리를 건 이민아와 윤정인의 공방은 다른 이들의 '너희가 구출대 안 하면 누가 할 건데?' 소리에 금방 묻혔다. 내가 생각하기에도 윤정인이나 이민아 둘 중 하나가 공주님을 한다는 것은 우리 반에 있어 꽤 큰 전력 손실이었다.

그러자 다음으로 대두된 사람은 다름 아닌 나였다.

아니, 나? 나는 미간을 좁히며 물었다.

"왜 내가?"

"그야 공주님한테는 운동 신경이 필요 없거든."

그렇게 말하는 윤정인의 목을 손날로 찰싹 때린 이민아가 말했다.

"아니, 생각해 봐. 체육 대회에서 우리 반의 주 전력이 될 사람이 누구야?"

그러자 모두 고개를 돌려 이루다와 반휘혈을 쳐다보았다.

반휘혈은 책상 위에 고개를 처박고 자느라 여념이 없었고, 이루다는 지루했던지 창밖을 보고 있다가 시선을 느끼고 이쪽을 돌아보며 '나? 왜?' 했다.

그러자마자 다들 납득해서 말했다. 그러네, 단이가 해야겠네. 함단이 말고는 적임자가 없네.

쏟아지는 말들을 들으며 나는 이마를 짚었다. 그래······ 이루다를 여장 남자로 착각하고 반휘혈을 전국 서열 1위와 우연히 이름이 같은 왕따로 착각한 내 죄가 크다.

그리하여 결국 칠판 한가운데는 내 이름이 크게 적히고 말았다.

그렇게 회의가 대강 마무리되자마자, 우리는 다른 반에서도 이 주제로 얘기를 나누고 있을 거라는 데 생각이 미쳤다.

그 말인즉 다른 반도 공주님을 정하고 있을 거란 얘긴데. 나처럼 호기심을 느낀 애들이 하나둘 자리에서 일어났다.

"궁금하지 않냐? 1반은 누가 할까?"

"난 7반이 궁금한데."

"7반? 7반은 당연히 반여령이겠지, 뭐."

누군가의 말에 나는 고개를 끄덕였다.

하긴, 고등학교 막 입학할 때만 해도 '사대천왕의 꽃'이라는 등 낯간지러운 별명으로 불리던 여령이었다. 지금은 뭐라고 할까, 다들 여령이가 꽃이라기보다는 맹수나 대장에 어울린다는 사실을 눈치채서 더는 그렇게 부르지 않지만…….

거기까지 생각하자 어쩌면 전혀 다른 인물이 7반 공주님을 맡게 될지도 모른다는 데 생각이 미쳤다. 나는 다른 애들이 빠져나가는 것을 보고 눈치를 본 뒤에 후다닥 복도로 나왔다.

7반 쪽을 보니 아니나 다를까, 다른 반에서도 염탐 온 애들이 창문을 기웃거리고 있었다.

나는 그들 뒤에 조용히 따라붙어 발뒤꿈치를 들었다.

맨 앞에서 회의를 진행하고 있는 사람은 다름 아닌 은형이였다. 그의 손목을 감싼 붕대를 보고 나는 한숨을 내쉬었다. 아직도 안 나았나 보네, 미안하게.

칠판에 윤정인이 그렸던 것과 비슷한 그림을 그린 은형이가 차분한 목소리로 말을 이었다.

"그래서 우리 반 공주님은 누가 하는 게 좋을까?"

"아무래도 반여령이지?"

"당연히 반여령 아니야?"

그러자마자 흘러나오는 이름들은 단연 반여령의 것이 제일 많았다.

여령이, 다른 사람이 당연한 듯 자기를 주인공 역할로 추천하는 일에 상당히 스트레스받는 것 같던데 괜찮을까? 유치원 때의 기억만 봐도 그런 일에 너무 시달려서 진절머리

나는 게 뻔히 보이던데.

나는 그녀 쪽을 힐끗 보았다. 여령이는 무슨 생각을 하는지 모를 무표정한 얼굴로 정면을 응시하고 있을 뿐이었다.

한동안 가만히 얘기를 듣고 있던 은형이가 손을 들며 말을 이었다.

"아무래도 여령이가 가장 우세한 것 같은데. 여령이 네 생각은 어……."

그때, 여령이가 번쩍 손을 들었다. 그리고 그녀가 손가락을 뻗어 가리킨 사람은 다름 아닌 은형이였다.

은형이가 스스로를 가리키며 어색하게 웃었다.

"나?"

"권은형을 공주님 역할에 추천합니다."

거침없이 흘러나온 여령이의 말에 잠시 정적이 맴돌았다. 이윽고, 7반 교실 안은 벌집처럼 온통 시끄러워졌다.

그 가운데, 은형이가 애써 미소 짓는 게 분명한 얼굴로 물었다.

"아니, 여령아. 왜 날……?"

그러자마자 여령이가 자리에서 벌떡 일어나는 바람에 7반의 모두는 물론이고, 창에 들러붙어 있던 우리까지도 화들짝 놀랐다.

척척 걸음을 옮겨 마침내 은형이의 앞에 멈춰 선 여령이가 그의 손목을 가리켰다.

"너 다쳤잖아."

"아니, 이건 아마도 곧……."

"게다가 발목도 부러졌다가 나은 지 얼마 안 됐고."

반박하던 은형이의 입이 이어진 여령이의 말에 의해 다물렸다. 그는 입을 다물고 난감한 기색으로 그저 웃기만 했다.

그런 가운데, 은형이의 바로 옆을 탕 소리 나게 내리친 여령이가 말했다.

"부상자까지 부려 먹어야 할 정도로 우리 반은 약하지 않아! 그러니까 너는 앉아서 가만히 기다리기나 해."

"……."

"승리는 내가, 아니, 우리가 갖다 바칠 테니까."

다시 한번 씻은 듯한 침묵이 찾아왔다. 이윽고 정신을 차린 이들이 하나둘 더듬거리며 내뱉었다.

"마, 맞아…… 그러고 보니 반장 다친 거 나은 지 얼마 안 되긴 했지."

"공주가 꼭 여자가 돼야 한다는 것도 좀 구시대적이고."

"아니지, 공주가 구출받는 역할이란 게 구시대적인 거지. 우리는, 그 뭐냐, 왕자님 구하기로 가자."

이윽고 가자! 가자! 하는 외침이 산발적으로 터져 나오는 가운데, 나는 비척비척 물러서서 창문에서 떨어져 나왔다.

한동안 이마를 가리고 앓는 소리만 내던 나는, 얼마 떨어지지 않은 곳에서 귀신 본 듯 창백한 얼굴로 서 있는 노아리를 발견하고 힘겹게 웃었다.

나를 발견한 그녀도 이쪽으로 다가왔다.

내가 힘없이 인사했다.

"어, 안녕."

"반여령 대체 뭐예요?"

나를 보자마자 노아리가 꺼낸 첫말이었다.

얼마나 놀랐던지 그녀는 심지어 다른 사람들 앞이고, 선배란 호칭을 붙여야 한다는 것조차 까맣게 잊어버리고 있었다.

그런 그녀의 말에 내가 대답했다.

"네가 그런 말을 하면 어떡해? 반여령을 저런 인물로 만든 건 너잖⋯⋯."

"그런 적 없거든요!"

그러자마자 노아리가 경기 일으키듯 외치는 말에 나는 황당한 얼굴을 했다.

아, 그러냐. 내가 중얼거리는 가운데, 노아리는 급기야 두 손으로 얼굴을 가리더니 우는 소리를 내기 시작했다.

이어서 그녀가 하는 말에 나는 깊은 연민을 느꼈다.

"아⋯⋯. 나 어떡해, 진짜."

"⋯⋯."

"반여령한테 설렜어⋯⋯."

저 마음 내가 알지…….

나는 그냥 손을 내밀어 노아리의 등을 토닥여 주었다.

체육 대회 날이 점점 가까워지는 가운데, 우리를 둘러싼 혼란도 그저 깊어만 가는 것 같았다.

부디 이게 체육 대회 때 폭발할 일은 없어야 할 텐데. 나는 깊은 한숨을 내쉬었다.

〈끝나지 않은 '인소의 법칙'들! 12권에서도 계속됩니다.〉

인소의 법칙 11

1판 1쇄 발행 2019년 8월 13일
1판 6쇄 발행 2022년 5월 11일

지은이 유한려
펴낸이 신현호
편집장 예숙영
편집 최은지
편집디자인 한방울
영업 김민원
물류 이순우 박찬수

펴낸곳 ㈜디앤씨미디어
출판등록 2002년 5월 1일 제117-90-51792호
주소 서울시 구로구 디지털로 26길 111 JnK디지털타워 503호
대표전화 (02)333-2513 팩스 (02)333-2514
전자우편 dncbooks@dncmedia.co.kr
디앤씨북스 블로그 http://blog.naver.com/dncbooks

ISBN 978-89-267-0682-4 04810
ISBN 978-89-267-1819-3 (SET)